顾盼的罗曼蒂克和柴米油盐

晓月 著

北京联合出版公司
Beijing United Publishing Co.,Ltd

图书在版编目（ＣＩＰ）数据

顾盼的罗曼蒂克和柴米油盐 / 晓月著 . -- 北京 ：
北京联合出版公司，2021.8
　ISBN 978-7-5596-5321-5

　Ⅰ . ①顾… Ⅱ . ①晓… Ⅲ . ①长篇小说－中国－当代
Ⅳ . ① I247.5

中国版本图书馆 CIP 数据核字（2021）第 105684 号

顾盼的罗曼蒂克和柴米油盐

作　　者：晓　月
出 品 人：赵红仕
责任编辑：徐　樟
封面设计：吴黛君

北京联合出版公司出版
（北京市西城区德外大街83号楼9层 100088）
北京新华先锋出版科技有限公司发行
涿州汇美亿浓印刷有限公司印刷　新华书店经销
字数261千字　620毫米×889毫米　1/16　20印张
2021年8月第1版　2021年8月第1次印刷
ISBN 978-7-5596-5321-5

定价：49.00元

顾盼的
罗曼蒂克
和
柴米油盐

▽
目 录

1

婚！爱结结，不结滚

姓名：顾盼

性别：女

年龄：28 岁

身高：166 厘米

体重：65 公斤

学历：本科

工作：合资企业人事部职员

基本工资：7000 元 + 绩效

家庭情况：无新港户口，父母离异各自再婚

男方本人们拿着这份基本材料看到"体重 130 斤"，不约而同地皱起了眉："这也太肥了吧？"

未来婆婆们被最后一条吓到了："不是新港人而且父母还都再婚了，这也太复杂了吧？"

顾盼身边的人却同时感慨道："就这么一个条件普通到底的肥妹，竟然通过相亲很快把自己嫁出去了，而且男方还是那样的条件。这让还剩着的一众窈窕狐狸精情何以堪？"

> 姓名：杜青翰
>
> 性别：男
>
> 年龄：32 岁
>
> 身高：185 厘米
>
> 体重：70 公斤
>
> 学历：硕士
>
> 工作：外资银行高管
>
> 基本年收入：100 万元＋
>
> 家庭情况：公务员家庭、有车有房、父母健康

每次相亲前，女方最感兴趣的就是右上角的照片。这是明星吗？这是明星吗？这是明星吗？

未来丈母娘更是每一条看着都满意，不过她们最关心的还是，啥时候结婚？啥时候结婚？啥时候结婚？这么好的女婿可别让别人抢跑了。

而杜青翰身边的人则感慨道："这么一个条件好到令人发指的妖孽，竟然找了一个相貌普通的外地肥妹，而且认识没多久就订婚了、同居了、准备领证了。这让一众八卦的已婚或未婚的直男顿时感觉平衡了不少。"

顾盼的资深闺密胡潋滟说："相亲的雏形源于旧时的包办婚姻，现在简化流程不用看八字，却在原有的基础上进行了创新改良。一男一女被贴上标签，价钱相当就可以限时订货。购买时广而告之使得所有人艳羡，可买回家才知道根本没有保质期。若想退货，必定伤筋动骨，搞不好还会被商家打成残废。所以大多数人选择宁可放在一边，也不会轻易置换。"

为此，胡潋滟语重心长地表示："如果婚姻是爱情的坟墓，那么相亲就是对爱情的亵渎。想要真爱，请远离相亲！"

顾盼的妈妈听了这番话后叉着腰对女儿说："看见没？人家门当户对的都能凑合过，你这个跟杜青翰门不当户不对、条件相差十万八千里的还敢犹豫。那么多罐六个核桃白喝了，我真想把你塞回肚子里，重新给你补点脑子。"

顾盼头顶顿时飞起三条黑线，一群乌鸦展翅高飞！

一

顾芊芊的微信传来："姐，别告诉我这个星期你又一斤没瘦啊。我说多少遍了，在这个世界上胖子是没有前途的。看看你身边的人，无论男女老少都在节食减肥，都在想着怎么招人喜欢，你怎么就这么无动于衷呢？你是外星来的吗？

"人家小S是怎么说的来着？女人不对自己狠心，男人就会对女人狠心。杜青翰那个大帅哥天天睡在你身边，你半夜醒来的时候就没有一点危机感吗？"

顾盼直接断掉微信，坐在了电脑前。

为了讨好一个别人眼中的极品"好"男人，就每天甘愿虐待自己只吃几片蔬菜、一片面包？而且关于这个男人"好"的定义是，他肯娶你、肯给你房子住，他肯将来让你为他生孩子。可讨好就一定有用吗？

顾盼已经活到了这个岁数，不是没被别人爱过。她很清楚，当一个男人爱你的时候，无论你体重多少斤、有多少肉，只要你是你，他就不会嫌弃。可当他不爱你的时候，你就是九天仙女下凡尘，只要你还是那个你，他就一定要离开你。

从上初中至今，即便是生活很困顿的时候，顾盼的体重也没有低于过100斤。有一种胖叫天生胖，还有一种肥叫婴儿肥，她就是这种天生的婴儿肥。

难道所有的女人都得瘦成古代的"瘦马"才叫美？别人都说她不切实际，可她依旧我行我素。

收件箱一封未读邮件突然欢脱地跳了出来："盼盼姐，下面是婚礼酒店的甄选方案，还有新娘新郎礼服品牌促销活动的汇总情况，请您把意见尽快回复给我，我好向杜经理请示最终意见。等你消息哟！方媚儿。"

顾盼盯着电脑屏幕失神了足有十分钟，才意识到这是杜青翰让他新来的小助理代替他去做相关的婚礼准备。

她端起桌上的咖啡喝了一口，对此表示非常无语！难怪胡潋滟有时根本不信自己和杜青翰是每天生活在一个房子里的未婚夫妻。此时此刻，连她自己都很怀疑。

整个下午，微信里顾盼收到了顾芊芊的减肥警告三条，各只损友朋友圈晒幸福的图文若干，就是没有杜青翰的任何消息。

忙忙忙，杜青翰确实是忙！这个男人除了工作外几乎没有时间生活，当然也包括恋爱。家里的老父母天天敲着催命鼓，强迫着把他送到了相亲桌前。

顾盼这辈子也忘不了，当初杜青翰是一边看着表一边跟自己进行相亲对话的。一开始顾盼以为他在炫富，因为那块锃光瓦亮的银色腕表，在灯光的照耀下熠熠生辉。连顾盼这种不识表的人，都知道其价值绝对不菲。

我顾盼才不是那种物质的拜金女呢！

谈话期间，她一直抱有这个想法。两人谈了不到十分钟，杜青翰就表示他有重要的事必须回公司。这句猝不及防的话着实令顾盼大跌眼镜。她蓦地为自己之前想当然的念头感到羞愧不已。原来这人是一个不折不扣的工作狂，而不是在刻意强调自己拥有"钞能力"。

之后她就成了杜青翰的女朋友。哪怕是后来同居、准备结婚，两个人也是不咸不淡地相处着。

顾盼被老娘训得次数多了，也试图安慰自己：无论嫁给谁，几十年后还不都是平平淡淡、细水长流。

某人没消息，不过下班时，顾盼接到了未来婆婆的晚饭邀请，是个临时家庭聚会，具体出席人员都有谁电话里没来得及多说，但婆婆说杜青翰下班会去。

顾盼接电话的时候，胡潋滟就在旁边。当年她们是一起进公司的，经过四五年的时间，两人建立了深厚的阶级感情。她是顾盼这个外地人在新港唯一的好姐妹。

胡潋滟皱着眉头说："你们睡一张床都不带对话的？我怎么觉得他娶你就是为了找个固定床伴，留着给他洗衣做饭呢？如果不是还有传宗接代的任务在身，你妥妥就是一个到杜家帮佣的老妈子。"

顾盼叹了口气说："潋滟，你这是让我下定决心分手的节奏吗？"

胡潋滟看着顾盼认真的模样，赶紧撇清关系："别别别！要是让你老妈知道是我从中挑拨离间，她非把我直接扔海里不可。"

"那就别废话，赶紧跟我排队买点心去。"顾盼拉着她的胳膊往外走。

杜家老太太就喜欢吃顾盼公司门口蛋糕店的桃酥。全市仅此一家没有分店，每天从早到晚排着长队。两个人站在长长的队伍里，胡潋滟一惊一炸地指着前面说："那不是你家杜大帅吗？"

因为杜青翰长得太帅，又在单位里独当一面，胡潋滟给他起了一个外号，叫"杜大帅"。

顾盼顺着胡潋滟的美甲看过去，不远处杜青翰脱了大衣，刚打开车门准备坐进去，突然拿出手机接听起来。

她看着距自己百米之遥的某人，对方穿着她早上熨烫好的白衬衫，站在闪耀的霓虹灯中。气温已经零摄氏度以下，但从他脸上看不出丝毫畏冷的样子。

杜青翰就是有这样的本事，无论身处何种环境，任尔东西南北风，我自岿然不动，有时冷静得根本就不像正常人。

不出顾盼的意料，杜青翰自始至终都没抬头往顾盼工作的写字楼看上一眼。他应该是路过或是来办事的，接完电话就立刻坐进车里扬长而去。

胡潋滟满心愤恨：哪有这样的未婚夫？！无论什么原因，下班点出现在女朋友的公司楼下，晚上还要一起回爹妈家吃饭，竟然连个电话都不打。这种男人留着有何用？不如干脆直接"休"了他。

当然，她不可能傻了吧唧地跟顾盼说这些话，而且她显然对另外一件事更感兴趣。

"顾盼，你们家杜青翰光开宝马卧车开腻了，又新买了别克昂科威啊？"

那是 10 月底新上市的一款车，胡潋滟跟老公关注很久了，两人一直想等发了年终奖凑钱换一辆。从年初的预售公告开始，两口子就对这款车的性能、价格、颜色、配置进行了深入的研究，现在万事俱备只欠年终奖到位。

许久也等不到顾盼的回答，胡潋滟突然醍醐灌顶，嘴巴张成最大的椭圆形："他不会买车都不告诉你吧？"

一脸平静的顾盼试图挤出一个笑容来安慰闺密，哪知胡潋滟抢先一步咬牙切齿地说道："太不尊重人了！"

二

杜青翰的父亲杜秉严很有家长作风，在家说话从来都是说一不二，母亲刘玉兰夫唱妇随，是丈夫的头号忠实拥护者。杜家颇有些老式家庭的氛围。

顾盼到的时候，杜青翰还没有回来，可是玄关桌子上摆着的果篮和各种小吃、卤味是用杜青翰就职的银行崭新的手提袋装着的，这让她有点纳闷。

她把点心放在桌上，对着坐在客厅沙发上的杜秉严喊了句："叔叔！"

杜秉严抬头看向玄关，目光凛冽地瞪了她一眼，面色不悦地回了一句："你叔父还没来呢？"

杜秉严想委婉地提醒一下顾盼该改口了，但顾盼显然只感受到了他话语里的寒意，而没有领悟他话语中的深层含义。

整个房间的气温马上因为一家之主的不痛快降了好几度。顾盼感觉自己头大了一下，左右不知道自己哪儿错了。好在刘玉兰及时把顾盼叫到厨房，娘儿俩一边唠嗑一边择菜。

刘玉兰说："最近跟青翰没什么事吧？"

"没有啊！"顾盼诧异地看着未来的婆婆，以杜青翰的性格，断不会跟老娘八卦什么的，更何况他们之间万年如一日，要是哪天真能痛快淋漓地干场架也算是弥补了常年坐办公室运动不足的缺憾，有益身心。

刘玉兰压低了声音："做女人就得多长点心眼儿。你看你二婶家的谭小环就是个缺心眼儿的。之前怎么留住男人，我都教过她，可她就是不开窍！老话怎么说的，可怜之人必有可恨之处。"

要是平时，顾盼肯定得捧场地笑笑，可是关于小环嫂子的事，她一点也不觉得好笑。

"阿姨，您别这么说，那件事小环嫂子没有半点错，她老公得负全责！"

刘玉兰叹了口气："话是这么说，可你大刚哥跟那个女人在外面过了那么长时间，她都不知道，但凡她细心点早点发现也未必是这样的结局，归根结底都是她失察的罪过。而且吧，我以前一直觉得她挺贤惠的，没想到离婚后竟然把孩子教得不认自己的亲爹，还恨上自己的爷爷奶奶了，真是不像话！"

顾盼非常不认同。

老公出轨，小环嫂子怎么会一直不知道呢？已经落到这种田地，她曾经怎么极力挽留丈夫的点点滴滴现在不过是不想跟别人说太多，留点可怜的自尊而已。

至于孩子，他已经8岁了，事实摆在那儿，谁是谁非用得着别人教吗？

话不投机，话题冷场了。

顾盼只得尴尬地笑了笑说："阿姨，别说别人了，您刚才怎么那么问我？"

刘玉兰神秘兮兮地凑过来："你知道这桌子上的东西都是谁送来的吗？"

顾盼抬起头又往桌子上看了看，摇摇头说："谁送来的？"

"青翰的女秘书！"刘玉兰别有深意地说，"你说就咱们家青翰这样的，长得好、家庭好、能力强，又刚升了经理，得多少年轻的小姑娘盯着啊！就刚才那个方小姐，要身条有身条，要长相有长相，嘴巴甜得跟抹了蜜似的，拿我们当皇亲国戚一样哄着，你说搁谁家谁不喜欢？"

顾盼这才恍然大悟，这个方媚儿不仅替杜青翰代尽婚礼筹备职责，还负责为今晚杜家的家宴采购食品。

升职就是滋润，要不怎么都削尖了脑袋往上爬呢！

刘玉兰语重心长地说："盼盼，从你跟青翰的事情定了之后，我可就拿你当亲闺女一样看待，我跟你说句掏心窝的话，你可得记在心里。这女人要想一辈子过得好，那可得每天都瞪起眼珠子来。条件再好的姑娘一过25岁那就开始走下坡路了；一过30岁正经的好男人都不稀罕要了；要是过了35岁，就只能找个二婚带孩子的了；这要是过了40岁，倒贴都不带有人要的。"

顾盼突然嗓子发痒，剧烈地咳嗽起来。

刘玉兰啧啧两声："你感冒了？一会儿我给你熬点姜糖水，走时带点感冒药，我跟你叔叔今年的医保没花完，开了不少药。"

顾盼点点头，好容易止住了咳嗽。

"青翰工作那么忙，传给他可了不得，你今天回去最好别跟他一屋睡了。"

顾盼脸唰的一下子红了，尴尬得有点想撞墙。

刘玉兰接着刚才没说完的话题，继续津津有味地说着："这男的可就不一样了！40多岁也照样能找个没结过婚的黄花大闺女。你看隔壁跟青翰一块儿长大的云翳，堂堂研究生毕业，国外留学一圈回来，30岁了还没找着合适的主呢。她妈都快愁死了，天天让我给她闺女张罗对象。她一个劲儿地羡慕你命好，能找到青翰这样的男人，找着像我们这么好的家庭。所以呢，你可得时刻注意提高自己的个人魅力。"

顾盼手里的香菜青黄相间，颜色深浅不一，还沾着湿气，择菜的时候免不了弄得一手泥。她皱了皱眉，觉得有点腻歪。

刘玉兰看着垃圾桶里择出来的香菜说："你看这些老了的香菜都绿得发黄了，到了这种地步，想挽回也没有可能了。男女之间的感情也是这样。你要时刻保持警觉啊。你的情况跟谭小环不一样，她那边是老得发黄，你这边是嫩得发黄，所以更要不得不防。尽管真的绿了，也还有补救的可能，但还是将发现的不良苗头及时扼杀在摇篮中更为保险。"

看着沉默的顾盼，刘玉兰脸上的笑容有些阑珊，心里想这丫头事少，心眼儿也不多，直来直往算是优点，可就是有点不灵透。要知道多少姑娘赶着嫁到他们家来呢，顾盼上辈子算是积德了。

顾盼去洗手盆边里洗菜，身后的刘玉兰嘟嘟囔囔的抱怨声传来。

"唉，你大刚哥还不到40岁呢，也不是个聪明人。既然离婚了，你说找个大姑娘多好，非找个二婚的，亏不亏得慌！"

水龙头哗哗地冲掉了香菜上的泥浆，盆里的清水立刻浑了。顾盼慢吞吞地放空了脏水，赶紧把清水再次续满，看着水盆里的清水缓缓积满，她心里舒坦了不少。

婆婆不是妈，再不痛快也千万别轻易撕破脸！

顾盼的妈唐僧一样地教过女儿：婆媳相处的黄金模式是，少交流，多忍让！

三

饭做得差不多的时候，门铃响了！

顾盼去开门，呼啦一大家子人拥入了杜家。先进来的女人她不认识，看上去比自己岁数大，人高马大的，手里提着五六个袋子。

女人还没看见杜秉严和刘玉兰，就已经亲亲热热地喊着："大伯大娘，您二老身体可好？"说着越过顾盼挤了进去，径直往杜秉严身旁走去。

看清了后面进来的是杜青翰的堂哥杜青刚还有他的二叔二婶，顾盼顿悟：走进去的就是害得杜青刚抛妻弃子的"老三"（这个女人据说比小环嫂子还要大好几岁）。她顿时大脑一片空白，障碍性地失去了行动能力，站在那儿傻眼了。

杜秉严看着顾盼说："你叔父来了，在那儿傻站着干吗呢？"

顾盼缓过神来，心里一向藏不住事的她跟杜青翰二叔老两口打招呼时的笑容也没那么自然了。可杜青翰的二叔二婶根本不见外地顺手把外衣递给她，示意她挂好，表情自然得不得了。

看着客厅里亲亲热热的一大家子，顾盼再悟：原来今天晚上的家庭聚会是迎接这位新嫂子正式成为杜家大家庭的欢迎仪式。顾盼肠子都快悔青了，早知道打死也不会来。

正式开饭的时候，杜青翰也没有回来。一家之主杜秉严一声令下，众人齐齐落座，家宴正式开始。

新嫂子叫戴玲玲，人如其名，饭桌上八面玲珑，站起来端起酒杯首先就给杜秉严敬酒，还没说话眼圈就红了。

"大伯，青刚一直跟我说，老杜家您是一家之主，您不点头我就进不了这个门，所以我特别感谢您。我们俩走到今天这步不容易，以前让老人们操心了，我戴玲玲无以为报，就用后半生的行动报答您的成全之恩。"说着，她一饮而尽，眼泪也随着啪嗒啪嗒往下掉。

顾盼心想：要是不知道谭小环和杜青刚当年是自由恋爱、和和美美生活了十来年，还以为杜青刚一直活得水深火热，刚被这位受了杜家家长重托的戴玲玲从地狱里拯救出来呢。

被推到救世主位置上的一家之主杜秉严，迎着所有人关注的目光什么也没说，端起酒杯喝光了杯中酒。

顾盼心想，这是说废话少说，全在酒里了？

刘玉兰明白了丈夫的意思，赶紧给戴玲玲夹了一块糖醋排骨："快坐吧！以后都是一家人了，吃菜吃菜，尝尝你弟妹的手艺。"

戴玲玲咬了一口脆骨，嚼得咯吱咯吱响，不住点头："好吃，弟妹的手艺真不错！"

杜青刚打趣着说："你牙不是活动了吗？咬排骨也没见不给力啊？"

所有人都笑了，只有顾盼一个人面无表情地坐在那里。

戴玲玲说："你们全都笑话我，只有盼盼对我好，不与你们一般……"

戴玲玲话还没说完，顾盼便出其不意地笑了起来。因为她想起一件高兴的事情。去年春节饭桌上，涛涛把炖菜里的八角当成菜吃了，闹了一个不小的笑话，逗得大家哈哈大笑。

顾盼一笑，杜青刚又咧嘴笑了起来，一边笑一边说："盼盼，你这反射弧也太长了吧？"

在大家又被逗笑的时候，顾盼不仅又没捧场地一起笑，反而有一种兔死狐悲之感。她清楚地记得，去年春节的时候，小环嫂子搂着涛涛坐在这张饭桌上，也是一家人其乐融融的样子。如今是小环和涛涛不见了，喊她弟妹的换成了另外一个女人。

可杜家呢，笑声依旧！真是铁打的杜家、流水的儿媳！有儿子就有媳妇，谁坐这儿都一样。

顾盼心里百感交集，冷不丁地听到刘玉兰跟她说："盼盼，张嘴让你二婶看看你的牙！"

后知后觉的某人完全不明白接下来会发生什么，听话地张开了嘴。

刘玉兰笑着说："我们盼盼就是牙口好，你看又齐又白，这个很重要，我看书上说牙齿随母亲，将来我孙子牙一定好。当初青翰找对象的时候，我特意嘱咐过的！"

"您这买牲口呢，还看牙口？"杜青刚笑得前俯后仰。

"怎么说话呢？"刘玉兰训斥着杜青刚，自己也忍不住看了顾盼一眼，笑了出来。

杜青刚又说："您老怎么就确定盼盼准会生个大胖小子呢？"

刘玉兰看向顾盼："盼盼，站起身来，然后把身子背过去。"

顾盼不明所以，但还是照做了。

刘玉兰拍拍顾盼的屁股："老话不是说，女人屁股大容易生男孩儿吗？你看这屁股又大又圆，还富有弹性。"

顾盼的脸立马羞得通红，赶紧转过身坐回了座位。

杜青刚打趣说："这也是您选儿媳的标准吧？"

刘玉兰笑而不语，算是默认了。

全家爆笑！顾盼也傻乎乎地挤出一个尴尬的笑容。眼前一桌子的笑脸在她面前渐渐摇曳起来，紧接着脸就像被人扇了一巴掌，重又火辣辣地烧起来。

刘玉兰和杜青刚的二婶妯娌几十年，身为大嫂必须为家庭和睦而表率这一点，老太太做得非常到位。两个人真正是亲如姐妹，说不完的家长里短，越聊越投机。

一旁的杜秉严不时对老伴儿投去满意的目光，然后又皱眉看向顾盼。顾盼像个木头人似的，也不知道跟戴玲玲说点亲热话。杜秉严心想，青翰这个未过门的儿媳妇还不够称职，心里琢磨着怎么让刘玉兰对她进行强化训练，好让杜家的优良传统延续下去。

杜家二叔一向唯大哥马首是瞻，杜青刚则在一旁垂着脑袋假模假样地听着杜秉严的教诲。大都是工作上要抓紧，自己年轻时、当领导时如何如何，越说越高兴暂时忘记了对顾盼的不满意。

饭桌子上其乐融融，只有顾盼和戴玲玲两个人相对无言。也不是无言！只是戴玲玲一直在微笑着倾听四个老人说话的内容，无暇应酬顾盼。而顾盼是真心不想说话，只顾闷头吃饭。

就在大家酒酣饭饱、齐齐举杯的时候，门外突然传来了一阵惊天地泣鬼神的敲门声。

"爸爸，爸爸！"孩子稚嫩的声音像一阵冰雹让室内的温度骤然冷却。

杜青刚黑着脸去开门。几秒钟后，披头散发的谭小环和满脸是泪的涛涛站在了杜家人的面前。

杜青刚急了："你来干什么？"

谭小环疯了一样往里冲，被面前的男人左右挡着，冲不进去她失去理智地大喊大叫："她来干什么？这个不要脸的女人凭什么在这儿？"

"谁是不要脸的女人？玲玲现在是我老婆！是老杜家的媳妇！"杜青刚厌烦地说。

谭小环搂着儿子涛涛，眼泪止不住地往下掉："她是老杜家的人，那我跟涛涛呢？"她抬起头望着屋内的四位家长，目光空洞："大伯大娘，你们当初不是说要给我主持公道吗？大伯，你不是说要严正家风吗？大娘，你说让我等着杜青刚回心转意跟我复婚，这才几天啊？你们全家就在一起亲亲热热迎接这个小三进门，你们老杜家的家风在哪儿呢？都是骗子！"

"我抽你！"杜青刚一巴掌扇在谭小环的脸上，"我告诉你谭小环，今天这事闹大了，你骂我父母，骂我们老杜家全家，我跟你没完，我打死你！"

涛涛哭喊着："不许打我妈妈！"

刘玉兰跟二婶赶紧上前连劝带拉，130平方米的房子里登时一片鸡飞狗跳。

"住手！"

"有本事打死我！"

顾盼护着涛涛，抬起头看到是杜秉严和谭小环同时吼出了声。

杜秉严皱着眉头怒斥着，不知道在训谁："像什么样子！还有没有规矩了？老杜家不是菜市场，不是谁想闹就闹的！你们小辈的事我能解决的都尽力解决，解决不了的也无能为力，不能说因为你们离婚了，我这日子就不过了。都别在我这儿吵吵闹闹的，滚！"

谭小环流着泪点头："你们别不信，我今天要是死在这儿，你们全家都是助纣为虐的杀人凶手。"说完，她扭头就往外跑。

涛涛看见妈妈走了，也顾不得什么撒开腿冲了出去。八九岁的男孩子已经很有力气了，顾盼拦不住又怕出事，也追了出去。

"不许去！"杜秉严吼了一声，紧接着是刘玉兰的喊声。

可是顾盼失聪了，什么都没听见。

四

都说戏剧源于生活又高于生活，有时候真实的生活远比戏剧更让人终生难忘。

因此，即便谭小环的弃妇桥段老得不能再老，依旧让顾盼痛彻心扉。

当年杜青刚失业在家，谭小环什么都不图地跟着他，怀孕九个月还在上班，含辛茹苦十年，杜青刚倒好，一有钱就出轨了。最可气的是，谭小环一开始是真的相信他是为了家庭才长期出差的，完全不知道婆婆私下里已经跟小三见了面，还给了见面礼。她也就不会明白一向跟自己非常亲近的公婆何以突然开始对自己横挑鼻子竖挑眼，甚至因为给孩子洗衣服没洗干净便站在门口破口大骂，引来整个楼的邻居听到他们骂媳妇好吃懒做不孝顺。

当她终于发现小三跟杜青刚之间的微信往来，拿着丈夫的手机向婆婆哭诉着寻求安慰时，哪知曾经口口声声说拿自己当亲生女儿的婆婆哄骗她把手机交出来，然后直接把手机摔了个稀巴烂，轻轻松松就消灭了谭小环掌握丈夫出轨的第一手证据。

事后，二叔还夸自己的老婆为保护老杜家的家产做出了杰出的贡献。杜秉严没有当面评价过，但话里话外也是非常赞许的。

顾盼一直不明白：原配是女人，可小三、婆婆也都是女人啊，女人何苦为难女人呢？

尤其是为难谭小环这个可怜的女人！

涛涛身体一直不好，平日里医药费不断。杜青刚出轨后就没再往家里送过钱，谭小环手里根本没有积蓄。而房子是公婆名下的老楼，与谭小环无关。等到分割财产的时候，杜青刚不但说没钱，反而拿出一大堆借据，都是他在外面欠的债务。

最后，前婆婆好心出面替谭小环做主："你来老杜家十多年，没功劳也有苦劳，债务就不用你管了，另外我再给你 15000 块钱，你也不用谢我，我这个人没别的，就是心眼儿好。"

谭小环气得把银行卡扔在了他们脸上，气没出多少，辛苦钱反而降到了 10000 块钱。

5000 块钱又没了！

至于涛涛的抚养权，杜家没说不要孩子，可孩子已经大了，自己会做选择，一心要和妈妈在一起。这样一来，杜青刚就发话了，说都是因为谭小环的挑唆，儿子才不跟他亲了，甚至连爷爷奶奶都不认了。要是孩子住她那儿，抚养费一分没有。

狗急了都要跳墙的，何况是个走投无路的大活人。顾盼真怕谭小环做出什么傻事来。

顾盼追到楼下把涛涛送进谭小环怀里。孩子扑过去搂住妈妈，却被狠狠推开。悲痛欲绝的谭小环索性不要孩子了，自己一个人往远处的黑暗中走去。

涛涛吓坏了，敏锐地感知到妈妈也不要他了，他在后面一直哭喊着，鞋子都被甩掉了，寒冬腊月光着小脚连滚带爬地追赶着妈妈。

"妈妈！妈妈！"

顾盼脸上冰凉冰凉的，一摸全是泪水，赶紧也追了过去。

涛涛终于追上了谭小环，一把抱住了母亲的身体，死也不肯撒手。

当妈的掰不开孩子的手，突然绝望地抬起大巴掌狠狠拍下来："我养不起你了，你走你走你走！早知生下来就该掐死你，省得现在活受罪！"

涛涛懵懂地看着母亲，大概是听明白了，自己死了母亲就会开心起来。他突然不哭了，转身光着小脚向侧面的路口跑去。

顾盼和谭小环同时向路口看去，却只看到一片白黄色的光亮。车子发出刺耳的鸣笛声，"砰"的一声，两个人的心脏仿佛停止了跳动，然后飞也似的向前冲去。

"涛涛！"

"涛涛！"

干枯的枝叶在冷风中旋转，冷清的街道分外凄凉。路灯投下的昏黄光幕里，涛涛坐在地上号啕大哭。

孩子大概是吓坏了，在一个尖锐的高音后突然哽住了。失声的片刻，似乎有人拿着一把刀子一寸寸地凌迟着母亲的心。

谭小环疯了一样跑过去搂住涛涛上下查看，当发现孩子完好无损的时候，她也跌坐在地上号啕大哭，死也不肯再松开抱着孩子的手。

五

送别了谭小环母子，顾盼自己好像掉进了苦情戏的剧情里拔不出来，回到杜家也根本缓不过神来。万幸的是，杜青翰二叔一家已经走了，她终于不用再见杜青刚跟戴玲玲了。

杜秉严虎着脸坐在沙发上，叫顾盼坐过来。被训练了几十年的刘玉兰赶紧走到丈夫身边添茶倒水。

杜秉严郑重地说："顾盼，你以后别再跟小环联系了，她现在整个人都不正常，别老二家离了婚，回头闹得咱们家也鸡犬不宁！"

顾盼想了想，她从没跟长辈顶过嘴，尤其是杜秉严在整个大家庭里那从来都是说一不二，她如果今天说个不字，搞不好就是杜家家史上的一件大事。

她斟酌了半天，小心琢磨着措辞说："叔叔，这样不好吧，小环之前也帮过我的，我总不能忘恩负义……"

杜秉严一声断喝："你叔父已经走了！对了，我还没说你呢！"

杜秉严已经是第三次暗中表达对"叔叔"这个称呼的不满了。顾盼看着杜秉严瞪起了眼珠子，可是心里这口气也确实咽不下去，都是女人，女人应该为女人伸张正义！

"叔叔，小环喊了您跟阿姨十多年大伯大娘，一家人相处了这么久没恩情也有感情，我跟青翰帮帮小环，她心里也会念您和阿姨的好！"顾盼仍旧没改口。

刘玉兰见丈夫气不顺，赶紧坐下助阵，郑重其事地开口了："我们也是为了你跟青翰好。涛涛生病该担责任的是他父母，大不了还有爷爷奶奶。你跟青翰马上就要结婚了，你的钱也是家里的钱，不能因为咱家条件好，就觉得可以浪费。再说青翰那么忙，你让他为谭小环的事情分心，万一工作出了岔子怎么办？这可是大事！"

"可谁出了事都是大事啊！因为杜青刚娶了别人就跟小环断掉联系，这种事我做不出来。"

这是顾盼第一次跟自己未来的公婆顶嘴，气氛马上就冷到了极点！

杜秉严脸色也难看得很："听你这话是觉得我招待青刚他们两口子不对了？可戴玲玲嘴上又没抹屎，谭小环嘴上也没抹蜜。老二他们两口子都认了，青刚领谁来都是我侄媳妇，我有毛病吗不让人进门？"

那杜青翰结婚后带着别的女人来呢？

顾盼下意识地看了一眼之前放食品的手提袋子，眼前仿佛出现了方媚儿巧笑嫣然拎着东西上门同杜秉严和刘玉兰寒暄的样子。

她直觉上觉得这句话颇有含沙射影的意味，可想想也能释然，杜家二老不过是把事实说了出来而已。只怪人家平日里嘴上喊你亲闺女亲女儿的，你就真忘记了自己的真实身份。而且，人家说的是谭小环又没说她，自己往身上找什么不痛快？

脑子里这么想着，她的心里却是冰凉冰凉的，好像一时间自己与杜秉严、刘玉兰之间多出了一道结界，再也无法亲近一步。

杜秉严最近咽炎犯了，气不顺剧烈地咳嗽起来。在一声声的咳嗽里，顾盼觉得自己这么跟老人说话不合适，内心充满内疚，一会儿又觉得自己把气氛弄僵了不好收场。各种复杂的感觉都往她心里挤，令她如坐针毡。

"我没说您做得不对！我就是觉得……"

杜秉严猛地站起来，指着顾盼的手指气得发抖，大声咆哮着："你还觉得什么？我们做大人的这一辈子省吃俭用，累死累活还不都是为了你们。出钱给你们结婚买房子，每次来了给你们做吃做喝，我是一个负责的爸爸，为了孩子为了家庭我付出了，你们不知足、不感恩，我心里委屈！"

顾盼一向知道自己未来的公公严厉，可因为从没亲身经历过这种场面，根本不知道事情的严重性，她真不知道接下来该怎么办了。

两人对话的间隙，刘玉兰及时发表了自己的意见。

"你们买的房子一共880万，贷款200万，剩下680万，500万是青翰自己掏的，另外180万是我们一辈子的积蓄，为了你们，我们现在连保健品都舍不得吃。"说着说着她的眼圈红了，"你家在外地，家里又是两边离婚，买房出不了一分钱，我们可一点都没嫌弃你。这要是放在别人家，你嫁过来还不得给你气受啊？说你教你都是为你好，你看看你说话是什么态度？"

顾盼顿时羞愧得脸面通红，浑身却冷得直打寒战。她从小就寄人篱下，最怕给别人添麻烦，更怕人家跟她一分一分算计柴米油盐，这个时候只恨不得找个地缝钻进去。

刘玉兰义正词严地说："赶快道个歉吧，我们以后还拿你当亲闺女，这事就过去了！"

"叔叔、阿姨，对不起！"

顾盼觉得难堪到了极点，浑身上下像裹了一层蜗牛的壳，抵御着所有的嫌弃和指责，也拉远了自己跟这个空间里所有人的距离。

杜秉严的脸色稍微缓和了一些，他长吁了一口气说："我们的钱将来都是你们的，现在多花，将来就少花，做大人的不跟你们计较，你们也别觉得理所应当。还有顾盼，不是我说你，你跟青翰就要结婚了，房子也买了，日子也定了，今天当着你二叔一家子的面你还喊我叔叔，只会让人说你没规矩，让人笑话你没家教！"

顾盼这才终于明白了，怪不得她今天一进门，杜秉严就瞪了她一眼，原来是今天家庭聚会上她没改口。另外，提的那三嘴"叔父"里也有诸多不满吧。自己真是太迟钝了。

刘玉兰无奈地看了顾盼一眼，赶紧说："就是，该喊爸爸了！喊啊！"

顾盼和杜青翰交往以来一直对他的父母尊敬有加，甚至是言听计从，无论他们说什么，她几乎都是笑脸相迎，可是这个时候，她觉得自己好像被施了魔法一样，竟然张不开嘴！

看着顾盼，杜秉严和刘玉兰的脸色变得越来越难看！

很小的时候母亲再嫁、父亲再婚，她从上初中就一直住校。寒暑假两边住着，可是哪里也不是自己的家。她曾经很认真地想过把杜青翰当作自己最亲的人，把他的父母也当作自己的父母。可是此时此刻，她真的做不到。不是人家不好，只是一切跟她想象的完全不一样，是自己钻牛角尖、给脸不要脸！

房子里的空气瞬间凝固了，刘玉兰比顾盼还着急，在一旁像催着刚学说话的奶娃娃一样说："盼盼，你倒是叫啊！"

"爸爸、爸爸。"刘玉兰最后真急了，不惜以身示范对着丈夫喊道。

"行了！别叫了！当事人都没表态，你就别瞎掺和了。辈分都被你叫乱了。"杜秉严大为光火，把茶杯重重地摔在地上。

顾盼也替自己着急，她多希望自己能像人家那样八面玲珑，哪怕这回装装样子也行。

叫一声怎么了？可她死活张不开嘴，鸵鸟般低着头，但在别人眼里就是赤裸裸的叫板！

"好，好，好！我算是看明白了，玉兰，为儿为女一辈子，咱这老了以后指不定是个什么结果呢！"

顾盼不知道今天到底会是个什么结果，她突然觉得自己整个人难受得像是被碾成了蔗粉，连渣都不剩，一分一秒都难挨。

谁知道长久的沉默之后，杜秉严的口气诡异地缓和下来："顾盼，我们就青翰这么一个孩子，你就是我的亲女儿，给你们花钱我无怨无悔，但是你们得给我写个凭证，他不在，你就先把字签了吧。"

顾盼不明所以："叔叔，什么凭证？"

杜秉严一脸桀骜的表情："你们结婚买房从我这儿拿的180万，是我们一辈子的血汗钱，得给我写个借条。不过你们放心，我们没有别人，就你们俩孩子，这钱死了也带不进棺材里，攒钱为的就是你们，给了就没想要回来。只要是你们孝顺、表现得好，我们当家长的就算将来有什么要紧的事缺钱，也不会找你们要。但是时代不一样了，人心隔肚皮，以防万一，你们必须得给我留个证明！"

顾盼还沉浸在自责里没缓过劲儿来，一时间没明白什么意思！

写借条，什么意思？

六

刘玉兰补充解释说："你爸的意思就是说，钱我们没打算找你们要回来！你们也能看得出来，我们对你俩绝对是百分之百的真心实意。按说你们的钱也是家里的钱，可你们俩上班赚多赚少，我们也没找你们要过一分，现在又不求任何回报地把一辈子的家底给了你们，能做的都做尽了。你们将来对我们什么样，全凭心吧！这个借条就是个凭证，将来有了孙子，若是你们忘了这回事，我们也好跟孩子有个交代！省得将来孩子还以为自己的爷爷奶奶是窝囊废。"说到动情处，她的眼圈再一次红了。

一直以来，杜青翰不用顾盼还贷款，她就主动承担了装修费和每月的家用。可这和900多万的房子比起来，简直就是金字塔和小沙粒，根本不是一个重量级的，几乎可以忽略不提。

"顾盼，你怎么想的，签还是不签？"刘玉兰直接问她。

顾盼知道自己这个时候必须表态，除非她不想结这个婚了。刚要说话，手机铃声突然响了，她赶紧挂断，然后又响了，又挂断……

胡激滟一沾顾盼就特别来劲儿，也不管自己有事没事、人在哪儿，都是一通连环夺命 Call。

杜秉严不耐烦地说："接吧，接吧！"

"对不起！"顾盼拿着手机向厨房外面的小阳台走去。

胡潋滟的大嗓门儿嚷嚷说："盼盼，赶紧问问你们家杜青翰，昂科威是哪个 4S 店买的，有熟人没有，便宜了多少。我们家张景山忍不了了，明天就要贷款买去，一会儿给我打过来啊！"

顾盼捂着听筒，小声说："现在不行，有急事呢，明天再说！"

"什么急事啊？这都几点了，你那顿婆家饭还没吃完？"

"正签协议呢，晚上打给你！"

"协议？什么协议？顾盼，你给我说清楚了！"

胡潋滟的八卦功力那已经是到了炉火纯青的地步，不刨根问底问个明白，她是绝对不会放过顾盼的。

顾盼无奈只得压低了嗓门儿，一五一十地把事情简单描述了一下。

电话里传来的胡潋滟的声音仿佛是炸裂的炮仗，震耳欲聋："顾盼！你缺心眼儿吧？被人卖了还帮人家数钱！将来真要走到离婚那一步，杜家的财产于公于私跟你没有半毛钱关系。现在白纸黑字写了借条，你顾盼就是小姑未嫁一身债。"

顾盼苦笑："说什么啊？婚还没结呢就想着离？"

"你不想离将来就真不离了啊？先小人后君子，到时候再想就晚八春了。我告诉你顾盼，他们这是全家下好了套，让你往里钻呢。这全中国哪有儿子花老子钱写借条的？他们让杜青翰写借条是假，让你签字画押才是真。就你们现在住的房子，那是婚前财产，跟你没关系。要不他们家怎么都不用你跟着还贷呢，就是不想将来离婚时说不清。你还傻不愣登地拿钱装修，以后离婚装修能带走吗？他们早算计好了，你看看你现在一个月工资才 7000 多块，还装修贷款将近 4000 块钱，负担生活 3000 块钱左右，杜青翰整个找了一个倒贴钱的床伴和老妈子，还管装修。他算得多精啊！"

胡潋滟一口一个离婚，砸得顾盼眼冒金星，脑子里一团乱麻，好像一台坏了 CPU 的计算机，分析不出任何有用的数据。

屏幕上干脆直接写出几个字：顾盼是缺心眼子。

挂了电话，顾盼没有直接回客厅，而是一个人站在阳台上愣了很久。

窗外就是新港这座大城市的万家灯火，映衬得窗玻璃上她那张苍白的脸庞越发孤单。她在这个本来就陌生的城市里终其一生所追求的，不过就是想有个家，其他的自己一直以来从未考虑过。

窗子没有关，被风打进来，让顾盼有了瞬间的清明。一时间混沌的思维中冒出来的竟然是离婚后，她自己与杜青翰对簿公堂，还有他那张严肃冷漠的脸孔。紧接着是杜秉严厉声断喝的样子、刘玉兰笑里藏刀的讽刺、谭小环和涛涛失声痛哭的场景……

她使劲儿摇摇头拒绝再想，默默走进了客厅。

谈判重新开始。

顾盼说："叔叔，有件事情，我得跟您和阿姨说清楚。其实吧，我从来就没想过花您二老的钱，更没想过自己有一天会不赚钱。当然人这一辈子很长，难免有个突发情况，比如我失业了、生病了赚不到钱了，可我肯定会在第一时间出去找工作。您二老放心，我从 19 岁起就没找任何人要过一分钱，经过这么多年的历练，我能够养活自己，更不会想在结婚这件事上占别人的便宜。"

杜秉严说："我知道你的意思，你是说借条让我找青翰一个人写？这不行。你嫁到杜家，咱们就是一家人。房子是你们两个人的婚房，没有杜青翰一个给我写借条的道理。你们将来有钱了，180 万可能放不进眼里，可为你们结婚操劳我们老两口付出的情，1000 万也买不来。我是让你们记住这份情。"

刘玉兰看顾盼还在固执，有点急了："顾盼，你说自己养活自己这样的话就不对。什么叫自己养活自己啊。你跟青翰既然结婚就是一家人，生老病死都得互相照应，难道你真病了，或者将来有孩子真不能工作，我们还能让你出去赚钱去？我们说了，这个借条就是要你们记住这份情，将来别忘了。"

顾盼干脆什么也不说了，她从桌上把借条拿了起来，这才发现借条不是空白的，除了180万借款以外，还有两行黑字清晰地写在那儿：

如果由于顾盼的原因离婚，杜秉严有权依据2015年国家贷款利率向其追讨其中90万的贷款利息。

看着这短短的一句话，顾盼突然冷得直打哆嗦，仿佛一切都不用争辩了，一切都没有意义了，她彻底明白了。

她拿起笔签下了自己的名字，一笔一画力透纸背。

七

结婚的房子其实是杜青翰在认识顾盼之前就买好的期房，180平方米的三居室，位于新港市中心。装修的那段时间，他正处于升职的要紧阶段，连续出差，所有的事情都是顾盼一个人忙活的。她以前出过车祸，这辈子战胜不了恐惧因而无缘开车，就公交倒地铁，骑脚踏车或打出租车地忙活了一个多月。

杜青翰进门的时候发现毛坯房变成了大豪宅，而自己留给她的60万元装修费一分没动地存在了卡里。或许从那天开始，两人的相处就变成了同在一个屋檐下，金钱上各自为政的相处模式。

等到了晚上10点多，杜青翰的电话终于打通了，说是有要紧的应酬来不了了。顾盼如蒙大赦，逃也似的往家赶。回到家的时候，发现杜某人已经洗过澡，换上了睡衣，躺在卧室两米宽的大床上睡着了，显然是早就回来了。

可以断定，某人没撒谎，卫生间里换下的衣服都是烟酒味，呛得顾盼脑袋疼。她赶紧扔进洗衣机里消毒，再把自己洗刷干净已经是夜里 1 点以后了。

　　顾盼坐在宽敞的客厅里，环视着这套昂贵的房子，这一刻寻找不到半点归属感。她想，协议的事杜青翰应该早就知道了，她与他之间的婚姻源于明码标价的相亲，可并不是等价交换，外人都觉得在这场婚姻中她占了他很大的便宜。以前她一直不知道杜青翰是怎么想的，现在看来，他原来也一直是这么认为的——结婚可以，却不愿意让她占这个"便宜"。

　　顾盼自嘲地笑了一下，心里空得难受，呆呆地又坐了一个小时，才走进卧室。

　　床上的杜青翰穿着蓝条纹睡衣，冷漠的面孔看上去多了分随意，完全不似白日里西服革履、一副拒人千里之外的样子。顾盼躺下来，心里却有一团东西上不来下不去，如鲠在喉。辗转难眠间，内心深处期盼身边的男人能醒过来听她说说话。发生这么大的事情，正常的夫妻和恋人都应该交流一下不是吗？

　　就在顾盼胡思乱想的时候，杜青翰真的醒了，他翻身下床去了洗手间。很快传来马桶抽水的声音，然后他重新回到床上躺下，仿佛没意识到身旁多了一个人。顾盼耳边很快便响起了均匀的呼吸声。

　　顾盼心底最深处的一丝期盼熄灭了，整颗心一点一滴地被满室的黑暗渐渐吞没。她忘了，她和杜青翰不属于正常夫妻的范畴，只限于胡澈滟口中的"饮食男女"。

　　虽然她和身边的这个男人没有热恋，没有太多的依恋，可是她答应跟他结婚的时候，是真心实意地想跟他过一辈子。她从 19 岁起就已经自立了，在社会上闯荡这么多年更没占过别人任何便宜。如果签下借条能让杜家拥有对婚姻的安全感，那么她愿意先让对方看到自己的诚意。

　　她想要一个家，想要在这冷漠的世界中，寻找一份安全感。他能给她吗？

这些钱或许现在对她来说是一个天文数字，可是她相信有一天自己一定会赚到这笔钱，并且连本带息一起还给杜秉严夫妇。想起不平等条约上的文字内容，一口气堵在了心里，顾盼感觉浑身突然充满了力量。

第二天早上顾盼醒来的时候，杜青翰已经走了。她不知道他是出差赶飞机还是有早会，总之他基本上不会跟她提及工作上的事情，也不关心她的工作是什么样。久而久之，这也成了他们相处的习惯之一。唯一的沟通就是，如果杜青翰在新港，晚上会告诉她一声回不回家吃饭。

看着某人顶着一对熊猫眼上班来了，胡潋滟的丹凤眼嗖嗖瞟来，像探照灯一样先把顾盼从头到尾打量了一遍。顾盼没看她，直接用白纸写下几个字像投降举白旗一样举了起来：本人已死，有事烧纸！

对于"借条事件"，总是后知后觉的顾盼昨天好像还能想得开，可人就是一种"后犯劲儿"的动物，经过一夜的辗转反侧后，她现在的心情可谓是十分堵心。既有一种恨铁不成钢的悲哀，更有一种尊严扫地、当众被人脱光了衣服的耻辱感。

正在她努力调节情绪的时候，隔壁桌的孙琳突然一边哭一边跟电话另一头的闺密诉说起委屈来了。

"他们家不让我见孩子，我都已经半个月没见着小宝了。刚才在路上看到人家送孩子上幼儿园，我就忍不住一直哭。好多人都看我，以为我是神经病呢。我觉得我现在真有点不正常了。"

一旁的胡潋滟冷哼一声，咬着手里的三明治，语重心长地对某人说："看见了没，孙大美女就是你的前车之鉴。"

顾盼的头皮一麻，感觉浑身上下更难受了。

过了好一会儿，见孙琳挂断了电话，顾盼走过去倒了一杯水放在桌上："孙琳，什么事都不如自己的身体重要，别伤心了，气坏了身

体不值得！"

胡潋滟也走过来拍拍孙琳的肩膀说："顾盼说得对！我看你这是要打持久战的节奏了，身体垮了还怎么斗渣男？"

孙琳看着顾盼和胡潋滟，梨花带雨的一张脸上渐渐充满了斗志，她喝光了桌上的一杯水，咬牙说："别说我没提醒过你们，这结婚前可一定要擦亮眼睛，千万别被渣男制造的表象给蒙蔽了！"

胡潋滟眨巴眨巴眼睛："你老公怎么骗你了？说出来听听。咱这儿就有一现成的冤大头，孙琳你好好教育教育她，别回头人家真把她卖了，她还替人家数钱呢。"

顾盼无语地翻了一个白眼，突然就觉得一颗心突突地剧烈跳动起来。

孙琳语重心长地看着顾盼说："结婚之前他们家说得比唱得都好听，说什么拿我当他们的亲闺女。可结婚刚两年，他就跟别的女人搞暧昧，他爸妈刚开始还说他两句，可关键时刻还是向着自己的儿子。我本来想离婚的，后来才弄明白，房产证上没我的名字，也就跟我半毛钱关系都没有，车子也是写的他的名字，虽然我天天开，但也不是我的。现在我要是答应离婚，就得空身走人，连孩子都带不走！"说着，大美人又哭了起来。

见胡潋滟的小眼刀一刀刀地飞了过来，顾盼觉得自己被一块块地解剖了，每一块肥肉上都写着"白痴"。

就在这时，桌上的电话铃响了，顾盼如蒙大赦接了电话后直奔人事总监的办公室。

在邓子姗的印象里，顾盼一直是一个安安静静的姑娘，大都市的浮华在她身上看不到，这么多年过去，依旧是当年那个纯朴简单的女孩子。在自己手下做了这么多年，踏实本分，她实在想不出来这丫头怎么突然就有了这么个雷人的想法。

"顾盼，市场部那儿是有一个空位，可你确定做了这么多年文职后要去跑市场？要是结婚以后还因为工作往外跑，你老公同意吗？"

顾盼无所谓地点点头："他不会有意见的！最主要的是我想多赚点钱。您知道，咱们人事部，我的工资短时间内没可能大调了，所以才想去市场部试试。"

邓子姗更奇怪了："顾盼，什么情况？你的婚事不会是吹了吧？"

顾盼脸上一哂："邓姐，目前还没吹呢。"

邓子姗乐了："什么叫目前还没吹？都知道你找了个条件不错的大帅哥，这有危机感是必然的。可你们家那位根本不差钱，你若是真去跑市场了，这工作就是满天飞来飞去，你还有时间照顾老公吗？他要是想变心岂不是更容易了？"

顾盼对这种话一点也不陌生。自从她跟杜青翰宣布订婚开始，周围的人都认为她撞了大运。其实对她自己来说，有时候日子并不比单身的时候好过太多，甚至每天要干的家务多出了几倍。对她来说，结束单身生活后唯一令人期待的，不是所有人艳羡的房子、车子、男人帅气的外表，而是让她觉得这个世界上不再是自己一个人，她也有了伴儿。可是在这方面，杜青翰能给她的安全感和幸福感并不多。

"邓姐，您放心，工作、家庭我保准都能照顾好，绝不影响工作。"

顾盼心说，杜先生连她现在做什么工作、赚多少钱都不知道，她调换岗位，人家才不会管呢。

中午的时候，顾盼就从内网里看到了调令，下午就忙不迭跟着市场部精英胡潋滟同学一起去凯悦酒店的产品研讨会会场实习了。

路上胡潋滟就顾盼换岗一事又进行了一番批评教育，说什么某女这性格，就是天生相夫教子的料，市场不好做，搞不好连奖金都不知道什么时候扣没了。

"就说你这慢性子，轻易不冲动，可冲动起来连魔鬼都害怕！"

顾盼嘟嘟嘴，慢吞吞地说："我哪有？"

"还没有？第一次冲动直接领证了。第二次冲动直接换岗了！这还不算昨天一冲动就直接跟杜家两个老人精把卖身契给签了，我说你可愁死我了！看着杜青翰平时人五人六的，没想到竟然跟着他爸妈同流合污，算计你这么一个小姑娘，可真够现实的。你说，他不会不知道这件事吧？"

顾盼摇摇头："应该不会，这么大的事，他爸妈不可能不提前跟他打招呼。"

胡潋滟想了想，说："那倒是！唉，这也就是你，换作我，昨天晚上非跟那一对老头老太太打起来不可，太欺负人了。本来这房子就跟你没关系，这下可好了，要是哪天你跟杜青翰一刀两断，他们家连房租都跟你算得清清楚楚了，还真是一分钱的亏都不吃。你实话说，今天换岗位是不是让这一家三口给挤对的？"

"人家不是说了吗，能用钱解决的事情就都不叫事！他们害怕我占他们便宜，可我就没想占谁的便宜，所以签就签了。我就是看你昨天要买昂科威才毅然决然改行的。"顾盼毫无气势地举着拳头表了表决心，"你跟张景山才买了新房子，300多万，这两年不到就又要换车。那车怎么也得40多万吧？我就算没你能干，赚不到那么多，可也比现在一个月7000多强万倍。"

胡潋滟在市场部一直混得如鱼得水，这几年没少赚钱。她老公收入也不错。两个人在新港早几年就买了个小房子，虽然不大却足以安身。可两口子对生活有更高的追求，去年在房价相对回落的时候毅然决然地进行了大手笔的投资，买了个100多平方米的新房子。不仅花光了所有积蓄，还贷了银行120万元的贷款。过年的时候大家一起出去玩，总会艳羡地提起胡潋滟的两套房子。在30岁左右白手起家、从小地方闯新港的港漂同龄人里，这小两口简直就是成功的典范。比起身边的小年轻还住地下室，很多40岁的中年人依旧蜗居在60平方米的老房子里，胡潋滟和张景山简直就是神一样的存在。

每每人多场面大的时候，胡潋滟也很享受这种感觉，甚至一开口就有意无意、得意扬扬地提及自己的两套房子。可这个时候听到顾盼为了昨天自己一时心血来潮打电话询问"昂科威"的事要换岗位，胡潋滟立马噌的一声蹿了起来。

"你因为这个才要跟我去跑市场？你赶紧跟邓总监说去，快点滚回去当你人事部白领丽人去。"说着，这位脾气火暴的悍妇推着顾盼就往前走。

反应慢半拍的顾盼明显搞不清楚状况，开口询问："哎哎，胡潋滟，好好的你急什么啊？"

胡潋滟终于停住了脚步，像个炮仗一样吼着说："我说要换车你就信啊？还昂科威呢？"

顾盼难以置信地看着胡潋滟，惊讶地睁大了眼睛："潋滟，你们家是不是出什么事了？我那儿存的还有几万块钱，不行你先拿去应应急。"

胡潋滟脸色一垮，顿时像泄了气的皮球似的叹气说："要是下个月张景山再谈不成项目，你真得借我周转点。昂科威是我们一直研究想买的，老张特别喜欢，昨天听说杜青翰买了，他就受刺激了，非得让我把4S店的情况也摸清楚，我这不才打电话问的吗？"

原来这半年来，张景山所在的软件公司的好几个大客户转型，纷纷不再做维护了。新项目拓展也不顺利，好几个月没拿到奖金，上个月连工资都没发。胡潋滟三个月前摔了腿，本来大夫说应该养三个月的，可她两个半月就颠颠地上班来了。腿可以慢慢养，每个月一万好几的房贷可等不了人。连续三个月只有基本工资，再歇着，银行就该收房了。

顾盼皱眉问她："你把那套小房子卖了不得了？反正也不住！"

胡潋滟也不是没想过这事，60平方米的房子卖了就有200万，还了贷款换辆好车太轻松了。这个时候，她的头却摇得像拨浪鼓一样："不能卖，那房子旁边就是一所重点小学。再说了，如果将来张景山他父母要过来跟我们一起生活，那房子正好给老人住。"

"你……你怀孕了？"顾盼的手下意识地摸了摸胡潋滟的肚子。

胡潋滟嫌弃地躲开某人的爪子，睁大了眼睛问："怀孕？我还敢怀孕？我跟张景山说了，五年之内孩子的事想都甭想。大人都快没钱吃饭了，小的出来喝空气啊。再说了，你知道养一个孩子得多少钱吗？早教、幼教、兴趣班、拔尖班。你没听邓子姗吃饭的时候跟大家讲育儿经吗，从今以后寒门再难出贵子。都知道虎妈虎爸有问题，可是人家孩子都这么培养，你孩子难道真就放羊一样散养，不是那回事儿啊，有了孩子就准备好砸钱吧！"

阳光缩进了云朵里，天空一瞬间暗淡下来。

胡潋滟长长地叹了一口气："有时候我真觉得未来挺迷茫的，不知道哪天会失业，哪天房子就供不起了，这么拼命哪天说不定就会被打回原形，重新变得一无所有。"

"你别这么悲观，张景山挺努力，天天这么满世界地找项目，你这样他压力更大。"顾盼听着有点心酸。

胡潋滟摇摇头："我知道他不容易。可是为了赚钱就这么天天不着家，我飞他也飞，一个月在一块没几天，他要出轨简直是太容易。说心里话，我每天忙得昏天黑地，可夜深人静的时候，心里都是没着没落的。"

"你这都哪儿跟哪儿啊？你这是欲加之罪，何患无辞！"顾盼惊悚地抖了抖，她想了想说，"既然这么大压力就先把房子卖了，等以后有钱了再买！"

"再买？谁知道以后房子得多少钱一平方米啊，再买还能买得起？"胡潋滟看着顾盼，一脸无语的表情，"随遇而安、不思进取、生活没计划，社会上要全是像你这样的人，那就是原地踏步，根本没发展可言。我就算再苦再难也得挺着。再说，万一我和张景山离婚了，两套房子财产也好分割，省心！"

"那你还反对我换岗位？你不是应该支持我吗？"顾盼想着，突然拉长了语调"嗯"了一声，"离婚？！激滟，你说什么呢？"

"未雨绸缪呗。"胡激滟苦笑了一下，"一辈子长着呢，明天发生的事谁能知道？钱都是我俩一分一分攒出来的。买房时就说好了，两个房子的房产证上一个写他、一个写我。丑话说前头，总不能等我人老珠黄、他有别的想法了，然后我无财无貌地独自舔伤口吧？"

顾盼突然觉得喘气有点费劲儿，胡激滟和张景山是地地道道的青梅竹马，两人从小学就在一班，这样的感情也能存在"丑话说前头"？

胡激滟看着顾盼迷茫的眼神，喊了一声说："现在谁结婚不长个心眼儿？就算你没想占人便宜，可人家也觉得你占了。你不占人家便宜，人家还想占你便宜呢。感情好的时候，说什么都好，等将来上了法庭那就是仇人，到时候你指望仇人能跟你心平气和地讲道理、分财产？别做梦了！还是趁着有感情的时候把大事定了，省得以后闹出人命来。"

顾盼的头皮一跳一跳地疼。她突然觉得那张借条并不是自己昨天想的那么简单，而是夹在她和杜青翰之间的一道门禁。她不仅像被防贼似的关在了门外，而且她坚持等待开门的时间越久，别人便会越觉得她"别有用心"！

某女此时有些凌乱了。

顾盼跟着胡激滟从凯悦酒店里出来，已经快下班了，这个时间就不回公司了。两个人下了电梯，跑到旁边的星巴克里准备休息一下。今天这个产品发布会包括他们在内的十几家公司来竞争代理权，胡激滟说得口干舌燥，大有口吐白沫之势。这会儿她坐下来，拿起一杯冰柠檬水就灌了下去。

"累死我了！你回家之后把今天他们说的都整理出来，一会儿我直接再去一次老段他们公司问问情况。"胡激滟说完才发现顾盼的身后站着一个年轻的男子，戴着金丝边眼镜，文质彬彬的，颜值颇高。

"嘿！找你的！"

顾盼正端着咖啡喝着，慢慢地回过头。看清这个男子是谁的时候，她发现自己竟然意想不到地镇定和无感。

"顾盼？"

顾盼眨眨眼睛，看着面前的男人打算礼貌地打个招呼，刚要说话只见一个女孩子像小燕子一样飞到了男子身旁。

"家傲，开完会我就找不到你了，原来你在这儿碰见熟人了啊？"

孟家傲看着挽住自己手臂的女孩子，脸色有些尴尬，稍后还是大方地向顾盼介绍说："这是我的未婚妻，我们的婚礼定在下个月初八，欢迎你来参加。"说着，男人从名片夹里拿出一张自己的名片，然后又掏出笔在名片的背后写下了婚礼的地点和时间。

"顾盼，有名片吗？我补寄请帖给你。"

顾盼接过名片，如实回答："我没有名片，请柬就不用了，我没时间参加。"

看着顾盼，孟家傲的表情有些复杂，他好像终于忍不住了一样，脱口而出说："顾盼，我要结婚了，祝你也能过得幸福。你过得好，我心里也会开心一点，过去的都过去了，你也重新开始吧！"

胡潋滟傻了，推了推顾盼说："我说顾盼，什么情况？他谁啊？"

顾盼也愣了，她跟孟家傲分手已经四年了，这些年她连做噩梦都已经梦不到他了，他说这话是什么意思？

"你想太多了，其实我也要……"某女总是慢半拍，再加上软趴趴的声线，说出的话怎么都像打肿脸充胖子。

顾盼的"我也要结婚了"这句话只说了一半，就被旁边的女孩打断了。

"你是顾盼对吧？我听家傲提起过你，你既然是他大学的初恋女友，应该也快三十了吧。像你这个年纪的女生想再找像家傲这种条件好的男人，应该是比较困难了，还是脚踏实地比较好。不过我同学在婚姻介绍所工作，回头我可以给你介绍介绍。你就不要再想着我们家傲了，他现在已经名草有主了。"小女生得意扬扬地说。

"林聪，别说了！"

这会儿胡潋滟大概已经明白这个孟家傲是谁了，看着顾盼嘴劲儿跟不上，她冲过来替闺密拔创说："喂喂，我说你是哪根葱啊？我们顾盼现在的未婚夫是外资银行高管，年薪 100 万，住永东的富人区。"说着，她抓过顾盼手里的名片，眼睛一扫嗤笑道："项目经理，不就是个中层小白领吗？装什么高富帅！我代表我们家顾盼谢谢您当年的不娶之恩了。"

孟家傲愣住了，他从头到脚地打量着顾盼。她还是和当年一样，衣着朴素，身材微胖，还是那种平凡得放进人堆里很快就被淹没的姑娘。

"顾盼，你要结婚了？她说的都是真的？"

"嗯！"这是什么话，难道她还会为了骗人，自己编个假结婚的瞎话？

得到了顾盼的确认，孟家傲脸上闪出一丝尴尬以及更多复杂的神情，他看着顾盼认真地说："顾盼，你太善良，条件好的男人不靠谱的多。如果将来你过得不好，有什么需要帮助的就打电话给我。"说着不给对方再说话的机会，带着身旁的小未婚妻走出了星巴克。

顾盼看着两人的背影，才感觉出郁闷来。

前男友这种生物如果不是用来死灰复燃的，那就一定是用来拉仇恨的！

当年分手的时候，她也着实难过了好久，两个曾经亲密无间的恋人就算分手了，再也没感觉了，狭路相逢视而不见就好了，何必用攀比自吹来满足自己的虚荣心呢？就是为了用对方脸上的郁闷表情来证明自己的存在感吗？

不过孟家傲赢了！

这时候，顾盼的心里确实更加郁闷了。

胡潋滟看着两个人的背影，学着孟家傲的口气重复他刚才的话："条件好的男人不靠谱的多。如果将来你过得不好，有什么需要帮助的就打电话给我。"然后她咬牙切齿地说："靠，他这是诅咒你，赤裸裸的诅咒！我跟你说啊顾盼，回头你跟杜青翰的结婚请柬，我给这小子送去，让他对比一下知道自己吃几碗干饭。嘚瑟什么呢？"

顾盼被气笑了："以前我老妈听说我要跟杜青翰分手，拿水果刀放脖子上'以死相逼'，现在看起来，跟杜青翰在一起确实有好处。"

"什么好处？"

"辟邪！"

八

送走了胡潋滟，顾盼一个人溜达着往家走，这里是市中心，走到她和杜青翰住的地方也不过半个多小时。以前一个人的时候，越到这种万家灯火的时候，越会觉得自己身在异乡。如今这种感觉淡了，可是今天越发明显起来。

身边的人一个个步履匆忙。他们要去的地方，要么有亲人、爱人等待，要么有一个真正属于自己的落脚点，可以供其肆意地生活、尽情地哭泣。

一个人漂泊得太久了，就想要一个家，这也是她之前答应杜青翰求婚的原因。可是此时此刻，她发现婚姻带给她的这个家，跟她想要的相差太远了，心里那股怅然的感觉越来越浓，连脚步也不知不觉慢了下来。

走着走着，顾盼的眼皮突然一跳，她看到自己的侧前方走着一对男女。女的正侧对着身边的大帅哥笑得花枝乱颤。这个角度，顾盼刚好可以看清女孩子的全貌，不是别人，正是杜青翰的新秘书方媚儿小姐。而方媚儿身旁高大帅气的男人穿的是她前天洗好烫好的浅蓝色衬衫，不是杜青翰先生本人、又是哪个？

顾盼看不到杜青翰此时脸上的表情，可她用毫不近视的眼睛看到一向高冷的杜先生手里正拎着方媚儿的粉红色真皮小包包。纯粹小女人的东西拿在冷硬的男人手中虽然充满了违和感，却又给杜先生增添了几分他一向欠缺的温柔细腻。总之，一路上方媚儿收到了无数女人艳羡的目光。顾盼搜肠刮肚地想了又想，杜青翰从来没有给她拎过皮包，甚至两个人一起出门的时候都少之又少。她只觉得眼前的情形好像一桶冷水，把她心底仅剩的什么东西完全浇灭了。

这个时候，她的短信响了，打开一看竟然是杜青翰发来的：今天晚上不回家吃饭。

看着手机屏幕上再也没有多余的一个字，此时顾盼站在万家灯火中，再次想起了昨天刘玉兰"教导"自己的那番话。

"你说就咱们家青翰这样的，长得好、家庭好、能力强，又刚升了经理，得多少年轻的小姑娘盯着啊！就刚才那个方小姐，要身条有身条，要长相有长相，嘴巴甜得跟抹了蜜似的，拿我们当皇亲国戚一样哄着，你说搁谁家谁不喜欢？"

"做女人就得多长点心眼儿。你看你二婶家的谭小环就是个缺心眼儿的。之前怎么留住男人，我都教过她，可她就是不开窍！老话怎么说的，可怜之人必有可恨之处。"

"这女人要想一辈子过得好，那可得每天都瞪起眼珠子来。条件再好的姑娘一过 25 岁那就开始走下坡路了；一过 30 岁正经的好男人都不稀罕要了；要是过了 35 岁，就只能找个二婚带孩子的了；这要是到了 40 岁，倒贴都不带有人要的。"

看着方媚儿越来越灿烂的笑容，顾盼从昨天晚上到现在积压的所有情绪似乎一时间都冲上了脑顶，再也压不下去了。

所有人都觉得她顾盼找了杜青翰是占了天大的便宜，可是对她自己而言，在这场奔着幸福而去的婚姻里，他又真正让她感受到了多少幸福感？

杜家二老通过逼迫顾盼写借条来获取绝对的安全感。他们对于金钱每一步都算计得清清楚楚，绝不允许将来面临婚姻失败的时候多付出一分一毛。而杜青翰则在感情中拒绝投入，只愿享受现成的婚姻生活。

每个人都把自己置于这场婚姻中的某个绝对安全的位置。那么她呢？她想要的安全感又在哪里？婚姻，如果只有一方委曲求全才能维持，那为什么不选择潇潇洒洒地单身呢？

顾盼的小宇宙终于后知后觉地爆发了，顾盼要呐喊，顾盼要发泄……

杜青翰打开家门的时候就闻到了一股浓郁的香气。他回来前在外面和手下楚帅阳喝了几杯，说了点白天在单位没说完的公事，除了几杯冷酒，晚饭基本上没吃什么，主要是没胃口。可现在胃口好像接到了鼻子的信号，工作的积极性被这股香气轻易地调动起来。

他放下包，换了鞋，几步走到餐桌前，顿时愣住了。

桌子上竟然放着八个菜：花样红烧肉、炸茄夹、番茄大虾、太湖大闸蟹、雪蓉丝蒸扇贝、鱼头汤、白灼菜心、脆皮豆腐。而这八个菜的旁边，竟然还放着一串刚刚出锅还冒着热气的冰糖葫芦。

冰糖葫芦？对，就是冰糖葫芦！

杜青翰仿佛是被点了死穴般，放下公文包也顾不得洗手，就拿起那串冰糖葫芦吃了起来。

这东西他至少 20 多年没吃过了，当年杜青翰奶奶在世的时候最喜欢给一大家子的小孩买糖葫芦，他自小在奶奶家生活了好几年，连自己的父母在内，如今根本没人知道他最爱吃的就是这个。

水晶般的糖片入口即化，一股甜香在舌尖上跳跃，再配上山楂的酸味，整个舌尖仿佛都被融化了。味蕾越发敏感，再看向这一桌子的美食，杜青翰只觉得口水一下子都涌入了口中。

厨房里的顾盼还在蘸着糖葫芦，当年她跟着大厨老爹学做饭的时候，第一课就是学着蘸糖葫芦。老爸说人生的最高追求便是吃得下、睡得着。吃再好的食物，没有胃口嚼在嘴里也像吃土；住再大的豪宅，睡不着觉也是受罪。

所以，这糖葫芦便是老爹教她做的开胃的第一道大菜。如今市面上已经很少能吃到纯正味佳的冰糖葫芦了，更没人愿意在这种廉价食物的烹饪上花心思。

可顾盼不一样，她这姑娘在别人眼中有点憨，可做什么都是诚心诚意、一丝不苟。刚才试做的一串颜色不是很满意，所以现在这一锅，她吸取了教训，更加用心。

冰糖在锅里没有化开的时候，必须不断搅拌，让每一滴化开的糖与水充分接触。铁板上刷的油一定要热，蘸糖、拍油的动作要一气呵成，半分半秒也不能浪费。

顾盼盯着锅里熬着的糖，看到糖水呈大水泡状翻滚，糖中的水分充分释放后，她立刻关火，把手边备好的三串用竹签穿好的山楂蘸糖；另一只手将热油刷在铁板上，然后把糖墩儿拍在上面。顷刻间，色泽晶莹漂亮、圆滚滚的、散发着诱人甜香的糖墩儿就做好了。

顾盼咬了一个山楂尝了尝，抑郁了一天的心情顿时好了起来，整个身体像被注入了活力一样，人也有了吃饭的欲望。

某女端着碟子走进客厅，顿时被眼前的景象给雷到了。高、冷、酷，在别人眼中不食人间烟火的某男左手拿着一支竹签，而竹签上的糖葫芦已经诡异地不见了。此时，他的右手正拿着筷子荼毒着她花了一个小时才做出来的花样红烧肉。

心情不好的时候，有的女生去购物爆卡，有的摔东西、砸汽车，有的跑去夜蒲K歌，可顾盼这么多年来每次心情不好的时候就是做菜。

心情轻度雾霾一般是两菜一汤，一荤一素；中度雾霾一般是四菜一汤，三荤一素；重度雾霾根据经济能力而定，少则六菜一汤，多则满汉全席。

因为顾盼做这么多样菜主要是为了发泄，所以菜式的种类虽然多，可菜量很小。她今晚根本就没考虑到杜青翰，不是不回家吃饭吗？怎么又突然回来了，好像自己这顿饭是专门早早地为他准备的一样。

"不是不回家吃吗……"顾盼慢吞吞地说着，又被杜青翰抢先一步打断了。

"不回来，这些菜你不是白做了？"杜青翰满意地又朝着另一盘大闸蟹下手了。

顾盼今天简直受够了这帮自恋狂的态度，做菜也是她一向冷静思考的方式。刚才她想了很久，还是觉得自己跟杜青翰的关系还没有到水到渠成自然结婚的地步。太多的物质标签让她老妈和身边的人都觉得她应该嫁，不嫁是傻瓜。而杜青翰一家同样也认为，她顾盼不可能会不答应嫁给杜青翰。

可是顾盼本心并非这么想的，她只想要一个家。

虽然她与杜青翰之间没有多少爱情，可她对婚姻的态度是严肃的。哪怕是她经历过失败的感情，她和杜青翰是相亲认识的，她依然向往一生一世的婚姻，并且一直为之努力。

可是现在……

她想忠于自己的心，这个婚姻让她没有安全感也没有幸福感，她顾盼不结了。

仔细想想，杜青翰也是迫于父母的压力才选择结婚的。杜秉严那个状态不仅她顾盼敬而远之，就是杜先生这位亲生儿子也搞不定，所以他才不情不愿地胡乱找个女人凑合着结婚。自己这个决定说不定正好救他于水深火热当中!

终于想明白了,顾盼突然觉得一身轻松,抑郁了一天一夜的心情终于完全舒缓下来,连胃口也突然好起来。看着自己做的这一桌子菜,顿时也有了食欲。

可是,等等!杜青翰是饿狼投胎怎么着?

这一错眼珠的工夫,某人下筷如风,桌上盘子里的食物已经去了一大半。眼见自己最喜欢的花样红烧肉只剩下了三块,慢半拍的顾盼顿时着急起来,赶紧伸过去筷子夹肉。哪知道自己筷子还没有落下,某人便快速夹起她想要的、那晶莹剔透的、散发着诱人光泽的五花肉放进了嘴里。

顾盼彻底呆了,又见杜先生将筷子伸向了那盘炸茄夹。夹着肉馅的茄子周身裹着由蛋液和面粉合成的金色铠甲,在灯光下一副十足酥脆可口的姿态。刚才杜先生毫无绅士风度地抢了红烧肉,她也就不跟他客气啥了。可某女的手速赶不上脑子,眼巴巴地看着某男又抢先一步把自己看好的那个茄夹放进了嘴里。

这下顾盼彻底不爽了,凭什么他吃得这么惬意?

女人在某个时刻都是极度小气的物种,顾盼也不例外。他帮她买过一次菜吗?他在她做饭的时候帮过一次忙吗?他刷过一次碗吗?她用过他给的家用里的一分钱吗?

他的爹妈跟她算得这么清楚,他在外面跟别的女人搞暧昧,他凭什么吃得这样心安理得?

顾盼决定自己一定要多吃,都吃光,一点儿也不给杜某人留。可在思绪百转千回之后,她惊悚地发现碟子里仅剩的两块红烧肉,其中一块已经不见了,某人已经准备好向最后一块下手了。

顾盼顿时严阵以待起来,一顿饭吃得像打仗,她守卫阵地一般把最后一块红烧肉塞进嘴里之后,开始紧紧护卫着扇贝、大虾、豆腐……可是杜青翰实在是太狡猾了,他吃得无比优雅,却总能在顾盼慢吞吞嘴里鼓鼓囊囊嚼着食物的时候，神速地将下一道菜消灭个七七八八。

最让顾盼愤愤不平的是，就连碟子里最后几根菜心，这位杜先生也要跟她抢。眼见着除了他不爱吃的大闸蟹还躺在盘子里之外，其余的几个碟子都在两个人无形的战争中见底了。

"还没吃饱？"

听到杜先生冷不丁地说了一句，她抬起头正好看到他那双笑意盎然的眼睛，好心情让这个男人看起来更加英俊逼人。柔和的灯光下，他面部冷硬的线条看起来多了些许暖意，果真是帅到让小女生尖叫。

可顾盼是小女生吗？尤其是杜先生的目光此刻正落在她的肚子上。她自己摸了摸，已经鼓鼓的了，应该是吃饱了。

咦，他什么意思？顾盼的脸唰地红了！

"早饱了！"看着你就饱了。

某女咬牙切齿地说。可某男看在眼里却是，这个胖乎乎的小女人声音软软的，毫无气势，就像只自己生气着玩的小猫咪。他笑了一下，拿起一串糖葫芦，坐到沙发上以一种无比慵懒舒服的姿势打开了平板电脑。

顾盼听着音乐声响起，不禁摇了摇头，谁能相信高冷酷帅的杜先生，回到家心情好的时候，最爱做的事情就是玩"保卫萝卜"！

收拾完桌子，顾盼一个人在厨房里刷碗。听着流水声，她觉得自己的一颗心好像在等待着什么，虽然自己的心中已经做了决定，可是对外面那个男人还存有些许期待。现在他没有喝醉，没有睡着，是不是应该对昨天他父母跟她签协议的事情发表一下看法了？至少这是对她顾盼最起码的尊重。

毫无意外，还是顾盼自己用了将近一个小时的时间将厨房彻底清理干净了，客厅里已经不见了杜青翰的人影。而主卧卫生间里传来的流水声已经告知了顾盼杜先生的行踪，他这是和平常一样，吃饱喝足洗完澡准备钻进书房工作了。

这个时候的杜先生千万不能打扰，他就像上了发条的机器人一样，大脑自动开启了生人勿近模式。你跟他讲话他根本听不进去，在他眼中，你跟淘宝买来的扫地机器人没有什么区别。

钟表发出嘀嗒的声响，顾盼知道杜青翰虽然一般情况下话很少，可是口才堪比律师。有一次她听到他在书房开视频会议，一个人舌战群儒，把一众精英都给比了下去。她那时就想，若是有一天她和杜青翰也像正常夫妻那样吵架的话，自己绝对说不过他。

可有什么好说的，直接做就得了！

顾盼靠在床头，这时候手机微信突然响了。点开微信，顾芊芊的声音从里面传来。

"姐，老爸催着让我赶紧给你买结婚礼物，刚又把我数落了一顿，说我不知道关心人，不把你这老姐放心上，叽叽歪歪差点把我扫地出门了。"

顾盼被逗笑了，点开语音说："别买了，我什么都不缺。有钱赶紧把你的信用卡还上吧，卡奴你还当上瘾了！"

"姐，你可别冤枉我啊。天地良心，为了给你买结婚礼物，我都寻思大半年了，刚才终于得了灵感，我已经下单付款了。给你发个照片先秀秀，不要太喜欢啊，谁叫我是你妹妹呢，就这么贴心！"

顾芊芊话音刚落，微信里传来好几张情趣内衣的图片，尺度之大让顾盼只觉得一阵天雷滚滚。

顾芊芊说："姐，怎么样，性感吧？新婚之夜你穿上，我姐夫一准儿流鼻血！"

顾盼看清楚图片底下的价格，一套4000多元，两套就将近1万块。她顿时就急了，脱口说道："赶紧给我退了，这婚我已经不准备结了，你可千万别浪费钱啊。"

"什么什么什么，婚不结了？什么情况，顾盼你给我说清楚了！"

顾盼一阵头晕，手一抖，赶紧把手机扔在了一边。她怎么就把实情告诉顾芊芊这个小燕子了呢？用不了多久所有人应该都会知道她悔婚的事。尤其是一想起自己亲娘那张晚娘的脸，她就浑身冒汗。可再一想，这样也没什么不好。

顾盼这个人虽然有时后知后觉，可一旦打定主意就一定是最倔强顽固的那个人。反正今天晚上，无论如何她也要跟杜青翰说清楚。

这个时候书房里的杜青翰已经关了电脑，准备收工睡觉。电话响了，一串不认识的号码，接听后是一个熟悉又陌生的女声。

"青翰，是我！"女人在电话的那一端没有听到杜青翰的回应，补充解释说，"我是云翳，我回国了！"

杜青翰看着窗外的万家灯火，淡淡地说道："嗯，那天听我妈说了！新港这几年发展得不错，凭你的履历应该能找到不错的机会。有需要的话，我可以帮你推荐。我要休息了，再见！"

杜青翰不是敷衍，他这会儿是真的想去睡觉，不想在这通前女友打来的电话上浪费太多时间。

"等一下青翰，我听阿姨说，你要结婚了，是真的吗？"云翳心底一阵发苦。他已经知道自己回国了，却连一个电话都不打。她主动打过来，他却像个陌生人一样冷漠、客套。

"对！我要结婚了，我妈应该会把请柬直接给阿姨，我就不邀请你参加了。"

云翳简直要被杜青翰这种拒人千里之外的口气给逼疯了，她拿着电话的手都在发抖："青翰，你还在怪我当年为了学业放弃了咱们的感情吗？当年我们都还是孩子，根本不知道感情的可贵。现在我回来了，你能不能先不要仓促结婚，再给我们彼此留一个机会？"

"没这种可能！我跟你早就已经成为过去。我跟我太太生活得很幸福。最重要的是，跟她在一起，我从来不会担心她哪天会离开我。"杜青翰由衷地说。

"那是因为她根本就配不上你！你这么优秀，却娶那么一个平凡到掉渣的姑娘，她当然不会离开你，因为她一旦离开你根本就不可能再找到像你这样的男人。她当然会感恩戴德，她巴不得一辈子守在你身边呢。可是你爱她吗？你跟她在一起会幸福吗？杜青翰，你这是在降低自己的幸福标准，你这是对自己不负责任！"

"跟你有关系？"说着，杜青翰挂掉了电话。

对于顾盼，他之所以会力排众议选这个普通的姑娘结婚，确实是觉得她安全可靠，不用他花太多的心思。如今他要的早已经不是花前月下、铭心刻骨的爱情。相反，他对婚姻的要求很简单：饮食男女、平平淡淡。

顾盼不仅很会照顾家，又烧得一手好菜，最重要的是，她很本分、纯朴，没有他的关注也一样能生活得很好，而且他可以肯定她不会背叛他，更不会离开他。

杜青翰这个时候回到卧室，顾盼感到非常惊讶，竟然足足比一般情况下早了两个小时，刚 10 点钟，他竟然就要休息了，这可是从来没有过的事情。

眼前一黑，原来是杜青翰把灯关了，然后利落地掀开被子躺到床上，用一只手臂搂住了顾盼的腰。小女人软乎乎的身体抱在怀里，杜青翰本来就想要的心思更迫切了，另一只手探进了顾盼的睡衣。

顾盼正想着怎么跟杜青翰谈不结婚的事情，明知道无论是口才还是气势都不如某人，打着腹稿的大脑完全没有转过来，整个人便被杜青翰压在了身下。

"喂——"

黑暗中杜青翰也能看到顾盼惊慌失措、有点呆的样子，他轻轻地笑了一下，动作更加温柔了。小女人软软的肌肤带来的触感让他的呼吸也渐渐急促起来。不得不承认，他和顾盼之间在这方面还是非常和谐的。虽然她算不上很漂亮，在别人眼中可能有点过于丰满，可这个身体他是喜欢的，如果单纯想找一个老婆，不谈爱情，不要激情，顾盼让他很满意，甚至对于当初的仓促决定，有了一种物超所值的感觉。

在爱情里，他早已经失望透顶。如果女人对婚姻和爱情的用心程度取决于男人给予的物质水平，那么他干脆就把精力全都投入创造物质财富中去，没必要再浪费时间谈情说爱。

事实证明，他是对的！这些年，女人们对他越来越感兴趣了，可是他对女人越来越不上心了。不过因为根深蒂固的传统观念，他对婚姻还是不排斥的。

如果谁都不是心里的那一个，那么从某种意义上讲，娶谁都无所谓。只要她让自己放心、让自己省心，他便会与她分享自己透支生命打拼来的物质生活。他不需要她感恩戴德，他只需要她听话。

顾盼被杜青翰撩拨得有些发晕。她开始受到了惊吓，可是心跳渐渐地开始加速。当他的手摸上顾盼丰满的胸前时，她的一颗心都要跳出来了，立刻抓住了他的手。

"杜青翰，我有话跟你说！"

"生理期？"

顾盼摇头否认。

"那明天再说……"杜青翰显然已经不能自己，他的声音沙哑，一双手轻车熟路地在自己专属的领地上检阅，整个身体的温度越来越高。

顾盼终于明白杜青翰为什么今天这么早回卧室了，原来是"饮食男女"在驱动，果然古语说饱暖思那什么来着？说来也好笑，她和这个男人相处的大多数时候都是冷漠平淡的，可在床上杜先生总是能让她感受到"激情似火"。以前，她偶尔还会觉得自己在他眼中是有魅力的，时至今日，她只觉得"饮食男女"这四个字是对她婚前试爱过程最可悲的概述。

"杜青翰，等一下，你……"

"不用担心，我会做好保护措施的。"

杜青翰已经沉迷于身下这具温软的身体，他深深地吻上了顾盼的唇瓣，把她喋喋不休的唠叨吞没在唇齿之间。

顾盼已经明显感到了杜青翰身体的变化，就在他的手伸向她的腰部，即将褪掉她的睡裤时，她猛然用尽全力推开了身上的男人。

"我说有话要说！"

杜青翰一点防备都没有，直愣愣地倒在了枕头上，紧接着便有些恼了。

"你到底想干什么？"

"杜青翰，我们还是不要结婚了！"

顾盼气喘吁吁地说着，在这个时候说这种话显然不是时候，可她一分一秒也等不了了。她的声音里是从没有过的坚持和果断。她平复了一下心情，因为有腹稿，所以说起来越来就越顺溜了："我们两个人有很多地方不适合，需要磨合的地方太多了，如果就这么结婚，说不定会成为这辈子犯下的最大错误。"

杜青翰身上的情欲好像被一桶冷水彻头彻尾地浇灭了，整个人被夹在冰火两重天内，最终是透心地凉。

他猛地坐起来，看上去有些狼狈，头发丝里却冒着寒意，居高临下地看着顾盼："你说嫁给我会成为你这辈子犯的最大错误？"

顾盼利落地爬起来，两个人本来就气场悬殊，那样躺在床上更是没有气势："我不是这个意思，我只是觉得咱们之间还有很多问题，现在结婚太草率了。而且要不是被你爸妈逼婚，你也不会想着结婚。我们再磨合磨合，若是合得来再结婚也不迟。"

"若是合不来呢？"杜青翰咬着牙说。

"合不来那就分开，这也是对我们彼此的人生负责。"顾盼干脆地说。

杜青翰的脸色难看到了极点："那你觉得现在我和你是合得来还是合不来呢？"

顾盼的脑子转不了那么快，一时间没反应过来杜先生是什么意思，愣住了。

杜青翰看着顾盼冷笑道："当然是合不来了。要不然你怎么会提出不想结婚了？"

杜先生的气场太强大了，顾盼看着他不自觉地点了点头。

"所以你要跟我一拍两散，在我向你求婚之后，你最终的想法是跟我分手，现在只不过是婉转地告诉我一下？"

顾盼终于看到了杜先生眼里的寒意，可话说出来了就真心有种豁然轻松的感觉。她看着他的眼睛，认真地说："我没有想要和你一拍两散，我只是觉得咱们之间还没有到可以走进婚姻的那一步，所以想再等等……"

杜青翰简直要被气疯了，他真没想到自己想要找一个最本分老实的外地媳妇，挑来挑去却挑走了眼。本来一心以为只做饮食男女不谈感情就可以平淡一生，没想到结婚前竟然被甩了。

女人到底是种什么生物？他怎么就看不明白了呢？

"没有想过一拍两散，就是不想结婚？"杜青翰的声音有些沙哑，多少年前另一个女人也对他说过同样的话，然后没过多久便消失不见了，那种灭顶的痛楚让他的汗毛孔里都透着寒意。

看着再一次点了点头的顾盼，他的眼底闪过一丝冷酷的笑意，戏谑地说："顾盼，真看不出来你还挺前卫的。不想要婚姻，只想跟我保持这种床上关系？"

顾盼傻了，她知道自己的口才比不上杜先生，可也没想到他会说得这么犀利，让她如此难堪。

"杜青翰，你明知道我不是这个意思！"她心底翻涌上一股羞愤的情绪来，用从未有过的音量对面前的这个男人大吼说。

"那你是什么意思？"杜青翰的脸色更冷了，"顾盼，你该不会是自恋地以为我非娶你不可吧！你仔细考虑考虑，这婚爱结，不结就滚！"

说完，杜青翰起身就冲下了床，离开时把卧室的门摔得噼啪作响。他也觉得自己说得有些过分，但是他太生气了，仿佛前半生所有不愿想起的往昔，都在顾盼说这句话时爆发出来。

卧室里只剩下了顾盼一个人。看着这满屋的黑暗，她觉得浑身发冷，她瑟缩地抱住了自己的双腿，整个人蜷缩成一团。

说心里话，她有点害怕。

这是她第一次见到杜青翰发脾气，却勾起了她童年时很多不愉快的回忆。从她有记忆开始，父母就总是不停地吵架。后来父母离婚了，在她上小学的时候又分别再婚，此后她就成了一个彻底多余的人。再后来，父母各自有了新的孩子，她再接到的便只有同情的目光。她非常恐惧这种眼神，所以也一直养成了一个习惯，加倍地对别人好，哪怕是再苦的时候也不要占别人的便宜。了解顾盼的人都知道她是一个怎样的人，却没有人知道，其实她也有奢望，也想从别人身上索取什么，她想要一个家，想要一个真心疼爱她的丈夫。

就像父亲疼爱女儿，就像哥哥疼爱妹妹，就像恋人宠溺心爱的女孩，当所有人都不要她时，他也会守在她身边。

很多时候，当顾盼睁开眼睛看到睡在自己身边的杜青翰时，她也想过他就是这样的一个男人，可今天她终于明白，也彻底失望了。

顾盼的性格温和可不代表真的没有脾气，杜青翰的这些话已经直接说出了所有问题的重点，虽然早就知道他也是这么想的，可是真听到还是忍不住会满心酸涩。

她错了，错得离谱。她不应该仅仅跟他说不要结婚，她应该马上跟他分手。

他是别人眼中的高富帅、极品女婿、完美男人，或许他适合天下所有的女人，但是他给不了她想要的安全感，就不是适合她的男人。

这天下不是因为一个人看起来完美，就必须所有人都爱他。

她顾盼或许真的渺小如沙，可也能在太阳下为自己发光，何必在别人艳羡的光环下，让自己委屈伤心？

这样静静地坐了不知道多久，抬起头已经是夜里一点钟了。一根筋的小女人这时候突然觉得在这个华丽的大房子里，一分一秒也待不下去了。房子再大，没有归属感也不是她的家，她要马上离开这里。

此时，顾盼的脑海里想的都是昨天杜秉严夫妻两个人对她说的话、孙琳的哭诉，以及这一天中发生的一幕一幕，最终定格在杜青翰的那句：这婚爱结结，不结就滚！

随之，顾盼往箱子里放好最后一件衣服，箱盖哐的一声合上。已经换好衣服的顾盼毫不犹豫地拎起箱子向外走去。

大都市的街头，这个时候即便是霓虹闪耀也不免有了一种萧瑟的感觉。顾盼脑海中忽然想起了三年前的那个夜晚，她被房东赶出了门，也是一个人在这样的街头游走。城市的霓虹再美，也只能更深刻地提醒自己，她是一个外地人，在新港没有家。她属于这个繁华美丽的国际大都市，可这个城市一点也不属于她。

冷风吹打着她的面颊，这个时候她能去哪里？回过头去，杜青翰所在的高档公寓就在身后，高耸入云的建筑中还有一盏盏依旧明亮的灯火。她突然发现，三年过去了，她竟然还能将自己置于三年前的境遇。

老妈说："你不小了，一个人在新港妈妈不放心！结婚吧，女人总要有个家。"

胡潋滟说："感情好的时候，说什么都好，等将来上了法庭那就是仇人，到时候你指望仇人能跟你心平气和讲道理、分财产？别做梦了！"

顾盼看着这满眼的繁华，再看看自己的一身落寞，忽然有些恐惧。

如果再过三年呢，十三年呢，三十年呢？她是不是也会一个人拉着一个行李箱游走在这个更加繁华的城市里，没有落脚点，没有一张真正属于她的床，可以任她趴在上面大声哭泣、尽情欢笑，痛痛快快地洗个热水澡后，舒舒服服地躺在上面美美地睡上一觉。

随着迎面吹来的冷冷的夜风，这种恐惧仿佛把顾盼从小到大对安全感的缺失一寸寸地放大了，她忽然很怀念小时候跟奶奶在一起住时，那张真正属于自己的破旧的木床。顾盼忽然觉得脸上有些冰凉，一摸，竟然全是自己的泪水。

九

这一夜杜青翰在书房里睡得极不安稳，顾盼离开的时候他根本不知道，而是沉浸在噩梦中。梦中，一个久已陌生的女子留给自己一个决然的背影。

"杜青翰，你告诉我爱情能带给我什么？我只有 25 岁，这个世界对我来说充满了诱惑。如果你不能给我比别人更好的生活，让我体验和一般人不同的高档生活，我凭什么要嫁给你？嫁给你，你能带给我什么？"

"如果就这么结婚，说不定会成为这辈子犯下的最大错误！"

"合不来那就分开，这也是对我们彼此的人生负责。"

顾盼的声音回响在耳边，杜青翰猛地惊醒了，他从床上坐起来看到墙上的时间已经是凌晨四点钟了。此时他心里的郁气不但没有得到缓解，反而越聚越多，喉咙里像着了火一样，干脆起身到客厅里去拿水喝。

当杜青翰路过主卧的时候，他发现卧室的门是微微敞开的，他嗤笑一声，这个发现让他的心情不受控制地好了一些。顾盼是在给我留门了吧？或者说那个小女人现在已经知错了。她的脑子一直迷迷糊糊的，或许只是抽疯才会说出一些乱七八糟的话来。

只要她认错，或者说清楚她是因为什么事情才会有这样的想法，这个时候我非常愿意听到她的理由，还有她表达的歉意。

这么想着，杜青翰轻轻推开了门。走进卧室，他见被子鼓鼓的，被褥外却不见顾盼的头和脚。想着顾盼可能蒙着被子生闷气呢，他蹑手蹑脚地走到床边，猛地掀开被子，然后瞬间石化在了原地。醒过神来，他冲到衣柜前，打开一看，顾盼的衣服也不见了。整个卧室属于顾盼的痕迹全都消失了，仿佛从未有过这个人一般。他的冷汗一瞬间便从额头上冒了出来。

记忆像潮水一样吞没着杜青翰的神经，几分钟后他已经开着车在新港的街道上游走。他记得第一次遇到顾盼的时候，她便是这样一个人拖着行李箱在路上走着……

一个女孩子孤身一人实在是太危险了！

顾盼的电话已经关机了，他这才发现，他们虽然已经订婚，已经一起生活了这么长时间，他竟然对她了解得少之又少。他几乎想不起来她在哪里工作，不知道她有哪些朋友，更不知道她一个人的时候是如何生活的。

他以为自己这辈子不会再因为任何一个女人陷入这种焦急的状态了，没想到还能有今天！说到底他还真小看了顾盼。他真怀疑她是不是真的像看上去那般老实无害、温柔乖巧，她不但能在结婚前甩了他，而且能一言不发，说走就走！她其实比任何一个女人都要有主意，翻起脸来一点都不拖泥带水。

不知不觉天光已经泛白了，他想起刚才看到的：摆放在卧室桌子上的银行卡，老妈传给顾盼的一对金镯子，所有涉及金钱的东西，甚至连公寓的钥匙串都留了下来。一瞬间，心的某一处有些隐隐作痛，他也不知道这是为什么，随着每一次呼吸，那里撕扯得更加难受。

她能去哪儿呢？

虽然她的事情有很多他都不知道，可他知道这个女人不但在新港无家可归，而且她父母所在的城市也并没有真正能收留她的地方。他是真的没想到，这个乖巧听话、安分守己的女人竟然这么任性！

没错，是任性！

杜青翰在第一次相亲的时候便认出了顾盼，并且从她的目光中也能获悉，她同样也认出了曾经有过一面之缘的他。这个契机为他们后来走得更近，起到了积极推动的作用。

从介绍人那里得知这是一个老实本分、乖巧踏实的姑娘，这点与他对她的第一印象不谋而合，所以后来他单独约她出来。他邀请的口气不容置疑，而她在电话里出乎意料的口气也让他没有半分意外。

"如果你也想以结婚为目的通过相亲寻找一个男人，我觉得自己是个不错的选择。"

顾盼觉得自己和面前这个男人的条件相差太多，眼底流露出不太赞同的神情。

杜青翰也察觉到了这一点，索性直接说："我对婚姻没有太多的要求，但我可以肯定自己会是一个遵守婚姻规则的男人，你完全可以放心。"

顾盼不是很理解："什么婚姻规则？"

"我能够为整个家庭提供一个稳定的生活水平，对婚内出轨之类社会上很流行的事情也不感兴趣。总之，只要你不是一个不切实际的小女孩，渴望在彼此的婚姻中寻找什么肥皂剧中的爱情、激情，我想我们应该能和平相处得很好。"

顾盼觉得面前这个男人冷静得不像是在谈婚姻，而是在谈一个长期合作的协议。严肃的时候，给人的感觉特别像面对着自己的顶头上司，让人备感压力。而且通过他不断响起的电话和处理不完的公事，她可以确定这个男人这次约她出来是想把一般男女相识、相知、相爱，最后结婚的前三个步骤直接省略了。

"杜先生，您很着急结婚？"

"我不是急，我只是觉得如果自己并不打算独身，父母又有迫切需求的情况下，如果遇到一个各方面适合结婚的对象，这个事情就没必要再继续消磨精力。我想，这种情况你应该能够理解。"

顾盼当然理解，甚至他们在某些想法上不尽相同。可是……

"你觉得我跟你很适合？"

杜青翰直接把顾盼眼中的怀疑当作了自卑，他鼓励说："至少我们在相亲之前就遇到过一次，这也算有缘。"

顾盼的眸光中翻涌出一种异样的神采来。

杜青翰笑了一下，笑容格外魅惑人心："顾小姐对婚姻有什么要求？"

他记得那时顾盼像是沉默了好久，最终慢吞吞地说："尊重，互相尊重！"

楚帅阳惊悚地看着一脸灰败的杜先生在早上9点半才踏进办公室。要知道他来致远银行已经三年了，第一次看到杜部长在不出差的情况下8点以后才来上班，而且迟到了半小时，另外居然没有换衬衫。

什么情况？春宵苦短，夜不归宿？

一股八卦的气息扑面而来，楚帅阳端着水杯就溜进了杜青翰的办公室。其实不仅是楚帅阳，就在杜青翰走进办公区的一瞬间，好几个女职员的目光便瞄了过去。这个男人的颜值实在是太过爆表，而且杜先生本身又是工作狂，更加证实了那句"认真工作时的男人最有魅力"的至理名言。杜青翰还是银行这次副行长竞选中最年轻、呼声却最高的一个，他简直就是整个银行的大众情人，走到哪里都能引得一众"白骨精"大流口水。

一直以来，杜先生仿佛是女人的绝缘体，别说能跟他有个约会，就是工作之余连句多余的话都很难说上。

今天这个男人竟然夜不归宿了！

众位美女开始浮想联翩，任由各种香艳镜头不断刺激着大脑。

杜青翰把皮包放在桌上，烦躁地扯了扯领带，不耐烦地看了一眼跟进来的楚帅阳，眉头皱得更紧。

楚帅阳不知死活地凑了上去："我说哥，昨天就看你没胃口，咱俩散伙之后，没去别的地方再小酌一下？"他的眼睛精准地瞄到小秘书方媚儿小姐正端着咖啡跃跃欲试地想要进来。昨天这姑娘一直跟到了杜青翰跟他约好见面的酒吧，还不带走的。要不是杜先生说话太过冷，这妞儿一准儿不会走。可也保不准人家在午夜时分又说动了杜先生，来个夜场约会。

现在的小姑娘太能整了，一个个都跟狐仙化身似的。

杜青翰拿出手机翻着电话簿说："小酌什么？你嫂子昨天做饭了！"

"咦？"楚帅阳还是第一次从杜先生嘴里听到这个称呼。对于哥们儿这个准媳妇，他见都没见过，以前也提出过请人家出来一起吃饭，可都被杜青翰拒绝了。他原本的认知是这位嫂子似乎有些上不了台面，可是如今感觉不一样了。

"我说哥，你这都要结婚了，我还没见过嫂子呢，啥时候带出来一起吃顿饭吧！你这么藏着掖着的，我还以为你有好几房姜室，不能让正房暴露呢！"楚帅阳深知杜先生的喜好，不能说这位哥是柳下惠坐怀不乱，只是他知道较之美色，人家有其他更执着的追求。一天24小时，他有18小时都投入工作中了，剩下6小时睡觉想着的还是工作。

杜青翰的脸色登时更加难看了，整个脸像冰雕一样，办公室的空气顿时凝固了。

"哥，你没事吧？马上就要竞选副行长了，你可悠着点，现在身体很重要、情绪很重要，稳定的感情生活更重要。"

"滚——"

10点多的时候，杜青翰终于按捺不住了，决定死马当活马医给家里打一通电话。

"妈，顾盼今天给你打电话了吗？"顾盼对他的父母一直都很孝顺，或许她有可能像一般女人一样，跟丈夫吵架后会向婆婆告状或倾诉委屈。

"顾盼，没有啊！"

杜青翰干脆直接把领带从脖子上扯下来扔到了一旁。自己的父母他最了解，怎么可能有人跟他们倾诉委屈？

"妈，我知道了，先挂了啊！"

刘玉兰在电话里听出了端倪："青翰，顾盼跟你吵架了？是不是因为借条的事？"

杜青翰眉峰一挑，嘴角抽动了一下，沉声说："妈，什么借条，我爸让顾盼写借条了？"

晚上的时候，顾盼躺在胡潋滟的床上，整个人好像虚脱了一样，一动也不想动。老天眷顾，张景山出差了，给顾盼和胡潋滟留下个二人世界。

胡潋滟愤愤地从厨房端来麦片粥，"凶恶"地把某人从床上拎起来，然后报仇雪恨一般将粥碗递到了她的手里。

顾盼有气无力地说："累死我了，昨天在如家一宿没阖眼！你说我怎么就有旅馆恐惧症呢，每次住旅馆，无论什么档次的，都睡不着觉。"

"快吃，吃完我跟你找杜青翰那浑蛋去。这年头三条腿的蛤蟆不好找，两条腿的男人还稀罕呢？不就是有豪宅吗？不就是开宝马吗？不就是长得帅吗？回头我给你找个更好的男人气死他。"说完，胡潋滟自己也有点泄气，咬牙说，"他们家还想怎么着啊？借条都写了，还没完没了了，这也太欺负人了吧？"

"他没对我怎么样？是我不想结婚了！"顾盼喝着粥，慢吞吞地说道。

"咦，"胡潋滟的眼睛登时睁得像个铜铃，嘴里刚喝进去的一口水扑哧就吐了出来，语调惊变，"顾盼，你说你把杜大帅给甩了？"

顾盼皱着眉头，沉默不语。杜先生跟她在一起，本来就是纡尊降贵，他把条件设置得苛刻到了极点，她还能留在他身边那么长时间，估计人家本来就觉得是个奇迹。至于是她先提出分手，大概杜先生除了一开始面子上有些过不去，很快就会觉得庆幸了。

说她甩了他，实在是有些高抬。她不过是脑子慢，理解得太晚罢了。她选择跟杜青翰分手，也许胡潋滟会骂她没脑子，所有人都会骂她缺心眼。可是鞋子不合适只有自己知道，她不想穿着一双华丽的水晶鞋难为自己的脚。

"潋滟，你要是想骂我白痴就骂吧。我知道以后或许真的不可能找到杜青翰那么好的男人了，但是我已经下定决心了。"

胡潋滟的眼圈红了，看着一口一口吃粥的顾盼说："那你准备以后怎么办？所有人都知道你要结婚了，等大家都知道你悔婚了，恐怕接下来的问题还有不少！"

顾盼笑了笑："不知道！我还没想这个问题呢，这不先上你这儿来蹭住几天，剩下的事我慢慢想。"

胡潋滟破涕为笑："你这个慢半拍的！不过我支持你！他还真以为自己是豪门啊，不就是一分钱摔八瓣的小市民吗？埋汰人。我昨天就替你委屈，没想到我这姐们儿平时是个包子，节骨眼儿上太帅了！要是我，可能都没你甩得这么干脆！"

顾盼也惊讶地看着胡潋滟："潋滟，你不骂我，真的支持我？"

胡潋滟郑重其事地点点头，从床头皮包里拿出钥匙包，卸下两把钥匙递过去："这是我家楼下和大门的钥匙，你想住多久就住多久，把这里当你家就行。"

顾盼的心像被温泉缓缓地浸过，轻声说了句"谢谢"。

胡潋滟一拳头打过去："瞧你那包子样吧！跟我客气个屁啊！"

顾盼眼含热泪地接过钥匙，放进了自己的皮包里。这时她的手机响了，一遍比一遍叫得音调高，她下意识地就把手机捂进了被子里，整个人都紧张起来。

"什么情况？"胡潋滟问。

顾盼小声地说："杜、青、翰！"

"杜青翰就杜青翰呗！"胡潋滟用胳膊肘捣了一下某人，"你倒是接啊！"

顾盼纠结地说："我害怕……"

"我去！"胡潋滟无语望天，直接给了某人一个大大的白眼，"你都把他甩了你还怕什么劲啊？记住了，是你不要他了，是你甩了他，你必须得有底气，知道吗？你就说，杜青翰，老娘已经把你'休'了，不要再打扰我了。"

顾盼想了想，重重地点了点头。对啊！她不欠他的钱，不欠他的债，同居这么长时间也不用他负责任，她有什么好怕的？

怪只怪那个男人气场太强大，搞得真的好像她先提出悔婚，就是犯了天大的错误一样。这样想着，她鼓起勇气拿起电话接听，脸上是雄赳赳气昂昂的表情，却毫无气势地说了一句："杜青翰，你已经被老娘'休'了，请你不要再打扰我了。"

"我一个小时后回家，你马上回来！"说完，电话就挂断了。

顾盼听着电话中的忙音，一下子又不知所措了。这男人哪有一点被甩的样子？

杜青翰给顾盼打电话的时候正在开车。他已经打了整整一天，终于打通的时候，他高悬着的一颗心终于归位。对于女人闹脾气，他从来都觉得不耐烦，可是从来不耍脾气的顾盼偶尔闹一次竟然直接离家出走，他觉得自己有必要跟她好好谈一次。毕竟两个人都是成年人了，都带着足够的理智来构建一个家庭，无论发生了什么，都不应该这么孩子气。

一个小时后，杜青翰和顾盼两个人面对面坐在了公寓的沙发上。虽然无论从哪个角度看，顾盼才是身心受损的那一个，可是她现在心里还是充满了愧疚。毕竟耽误了杜先生宝贵的时间，这个结果对两个人来说是双亏。

杜青翰的脸上挂着顾盼熟悉的威严和深沉，整个人周身散发着强烈的气息。顾盼这一路上脑海中浮现的都是杜先生此时此刻的表情，她的心也跟着怕了一路。当真的坐在这个男人面前的时候，她反而镇定下来，反正怎么样都得面对，各种难受痛苦也只是这一次，长痛不如短痛。

"下不为例，就此一回。我每天的工作已经很忙很累了，回到家后实在是没有多余的时间开着车满世界找老婆。你知道吗？"

顾盼疑惑地抬起头，迎上杜先生幽深的眸光，她感觉自己好像被烫了一下，紧接着便是男人铺天盖地袭来的凌厉感觉，她忍不住瑟缩了一下。

"知道吗？"杜青翰又沉声问了一遍，就像个严厉的家长。

顾盼以为自己和杜青翰的关系其实是简单明了的，而且昨天他的话说得也很一针见血，彼此散伙根本不用多费口舌，她只用收拾行李走人这个举动，两个人便足以心照不宣了。都是成年人，而且她和杜先生更没有分手流泪的交情，可现在才发现事情跟她想象的有些出入。

杜青翰看到顾盼纠结的表情，想来她也知道错了，再次警告说："结婚以后，这种事情绝对不允许再发生第二次。"

顾盼则一字一句斟酌着已经到嘴边的措辞："杜青翰，这种婚姻不是我想要的，我决定分手！"

两个人同时发声，听到彼此所说的话，屋子里的空气顿时凝固了。

杜青翰的脸顿时黑成了包公，转瞬嘴角又勾起了一丝戏谑："决定分手？"

"是！"

"为什么？就因为我爸跟你写的借条？"说着，杜青翰从口袋里掏出一张纸，当着顾盼的面，瞬间撕成了两半，然后啪的一声放到她面前。

顾盼睁大了眼睛，盯着茶几上的残骸，才看清楚这是之前自己跟杜秉严夫妻两人写的借条。而杜青翰撕得很有技术，自己的名字和顾盼两个字刚好被活生生地分离。她抬起头看着面前的男人，心里顿时涌上一丝复杂的感觉，甚至有种什么东西在悄然升起。

杜青翰深吸了一口气，说："这件事我事先不知道，非常抱歉。我父母年纪大了，思想难免保守。"

杜秉严思想保守，他明明是思想前卫好不好？顾盼张张嘴，却发现自己的心情十分复杂。这张借条是她自愿签的，并不是驱使她要和杜青翰分手的主要原因。真不是主要原因吗？至少这是迫使她不敢再向婚姻迈进的导火索。

杜青翰看着一直沉默的顾盼，又从茶几的抽屉里拿出两张银行卡，再一次递到她的面前。

"这是我之前给你装修用的那张银行卡，见你根本没动，我就把里面的60万汇到你卡上了，还有这张，"杜青翰指着另一张卡说，"这是我留给你的每个月的家用钱，你也没动，我以后每个月都会通过银行转给。之前是我太忙了，或许是说得不够明白，让你理解上有些错误。总之让你一直垫付这些费用，非常抱歉。这些事情连同之前的借条事件一样，以后都不会再发生了，我保证。"

顾盼抬起头，看着一脸公事公办的杜青翰，方才自己心底燃起的什么东西又呼啦一声熄灭了，整个人感觉越来越冷，连她自己都说不清为什么！

胡潋滟帮她想到的一切恶劣后果，现在都不存在了。杜青翰撕毁了"丧权辱国"的不平等借条，还一次性还给了她为豪宅装修欠银行的几十万贷款。大家可能都会觉得她在金钱上绝对安全了，可为什么她的心却更冷了。

杜青翰看了看时间，有些着急地说："我一会儿还要出去一下，这些事你要是觉得我还有哪里没说清楚，你就直接问。当初我们决定交往的时候，我以为自己已经表述得很清楚了。你只需要做一个安分踏实的妻子，其余的什么都不用管。我现在再郑重地说一遍，你应该明白了吧？"

顾盼的声音有些苦涩："我明白你的意思！"

杜青翰满意地点点头，可是脸上威严的神色并没有变："我不希望以后再发生这种离家出走、随便发脾气的事情。我的时间很有限，回到家不想再因为一些莫名其妙的事情浪费精力。好吧？"说着，男人站起来，拿起手边的皮包就要向门口走去，好像有什么急事，真的很急。

"杜青翰，你什么时候回来？"顾盼也跟着站了起来，下意识地伸出手抓住了某人笔挺的西装衣角。

杜青翰嘴角勾起了一丝戏谑的弧度，印象里这好像是顾盼第一次在他面前流露出这种小女孩的神态。可猛地想起昨天自己被人从身上赶下来，他的心突然有了一种要爆炸的感觉，整张脸瞬间黑了下来。

"今天不回来了！"

"那你能不能再给我一点时间！"顾盼拉着他的衣角不松手。

"等我回来再说吧！"今天找到了顾盼想要跟他分手的原因后，他的心情便舒畅很多。虽然还是有些失落，但是这个理由他可以接受。想要找一个女人跟男人共同承担债务的时代已经过去了，如果一个女人是因为金钱的关系要离开你，那是再正常不过的事情了。

"我不要结婚！"

杜青翰彻底震惊了，以为自己听错了，回过头看着顾盼。

"我坚持分手，装修的钱我拿走。之前的生活费我不需要你给，我嫁给你不是为了找一张饭票，如果单纯是为了有一间房子住，有三餐热饭可以吃，你这里不是什么好选择！"

就在杜青翰用高高在上的表情说完最后一句话，在他理所应当地转身离开的那一瞬间，顾盼彻底想明白了。

"那什么对你是好的选择？"杜青翰第一次没有风度地对面前的小女人失控地吼了出来，"请你用一个正常人的思维好好考虑一下你说的话。难道你也和电视剧里演的一样，房产证上加上你的名字，给你父母一百万的彩礼？顾盼，做人不要太贪心！"

"我没那个需求！"

"那你到底发什么神经，我以为咱们在相处之初就已经把所有问题说得很明白了！现在要结婚了，你到底要搞什么？"杜青翰直接把皮包狠狠地扔到了沙发上，然后干脆脱了西装，又把领带解开，重新坐回沙发上，凝视着面前这个女人。

"我要爱情，杜青翰，你爱我吗？"

杜青翰瞪大了眼睛直视着顾盼，盛怒之下有些哭笑不得："爱情？顾盼，事到如今，你该不会告诉我你嫁给我的原因是因为爱情吧？"

顾盼的脸涨得通红，她一时间想不出来还有什么词比爱情更适合在这个时候用到，咬牙说："对！我就是要爱情，你能给我吗？"

杜青翰嗤笑："这个话题，我们第二次见面的时候就已经说得很清楚了。我杜青翰这里没爱情这种物质，你到了现在这个时候跟我要爱情，你浪费了我那么多时间，你脑子是不是坏掉了？"

顾盼看杜青翰，坚定地说道："我不在乎跟你一起向别人写借条。我也不在乎跟你一起还贷款，更不在乎你买房我装修，更不需要房产证上写我的名字。可是我受不了你父母对我的态度，受不了你高高在上、俯视一切却独独看不到我为婚姻的真心付出。"

"你到底想说什么？"

"我知道我和你最初交往的时候没有爱情，可我觉得正常的人在相处这么久之后，都会有感情。比如我和你、我和你父母，开始是陌生人，现在多少也应该有点亲情。"顾盼说得很流利，没有半丝惶恐，甚至可以说突然强势起来。

杜青翰看着顾盼，眸光更深了。

"可是没有，我发现我就是跟你在一起生活十年、二十年，你们跟我也不可能成为亲人。你们跟我的关系更像是合作，更像是一场买卖。我做一顿饭、收拾一次家，你每月来给我报酬，我为家里买一套窗帘，你也折合成人民币给我。我每天不知道你在做什么，你也根本不关心我在做什么。跟你在一起，我几乎能预见自己老死之前，你在床前对我说，顾盼，你安心死吧，我没有亏待你，给你买了墓地。"

"那你的意思是我不给你家用钱，你老死的时候我不给你买墓地？你没有看过电视、网络上的新闻吗？女人都是为了男人不给钱而怨声载道，你这女人脑子是不是有问题？"

"钱钱钱！杜青翰，这就是你的逻辑。什么都用钱去衡量，什么都要等价交换。你所谓的婚姻，根本不是人类正常的感情需求，你不需要婚姻，你只需要买服务。"

杜青翰已经被气得冒烟儿了："我只会讲钱？好，那我问你，你为什么签了借条后又想悔婚？顾盼，你到底在折腾什么？说到底还不是因为我父母跟你谈了钱？"

"不是！"顾盼委屈得眼圈都红了，"你父母时刻营造出一种我要每日三省吾身，否则就会被扫地出门的氛围。你们以为现在还是旧社会吗？我当初答应跟你在一起，不是因为你给我住大房子的机会，也不是因为你长得帅，是因为我想要一个属于自己的家，我想未来的生活里有一个伴儿，而不是时时刻刻没有安全感、没有尊重感地活着！"

"那你的意思是你愿意住小房子，我应该为了你去整容成一个丑八怪。而我父母应该天天求着你，求着你别离开我。什么叫伴儿，什么叫亲人，每天过得糊里糊涂的，你干脆养一只小狗跟你做伴儿得了。"杜青翰捏捏额角，他从没跟人这样吵过架，从来都是不喜欢就不搭理罢了，顾盼实在是在挑战他的极限。

"我不知道感情这种虚幻的东西有什么意义，我只知道不让一个女人在金钱上有所缺失，不能算是对她不尊重。"

"尊重？你们时刻都在清算，为的就是将来我们分开的时候，你不欠我，我不欠你。归根结底是你们不想付出，害怕受伤，才时时刻刻要把自己置于一个完全保险的位置上。我成不了你们那样的人，我顾盼虽然没你们有钱，但我是一个有血有肉、喜欢过热乎乎生活的人，而不是让生活一点点把自己变成一个没有感情、麻木不仁的机器人。"说完，顾盼拿起桌上属于自己的那张存着装修费用的银行卡，大步走人。

"顾盼……"杜青翰自嘲地笑了一下，他竟然不知道自己千挑万选挑回家的老实媳妇的口才竟然这么好，发起脾气的时候竟然这么彪悍，他想不明白她的那些歪理邪说，咬牙说："你最好考虑清楚，今天你走出了这扇门，就再也不用回来了，分手对吧？我如你所愿！"

顾盼的眼底涌上一股酸涩，有湿润的东西一点点顺着面颊滑落。眼前的一切开始逐渐模糊，昏暗的灯光下华丽的房子处处充满了冷意。

"虽然我们今天分手了，可我顾盼曾经真心地去经营过咱们两个人的感情。我在最开始的时候就敢于付出我的真诚。杜青翰，敢于最先付出真诚，这辈子你还敢吗？"

大门砰的一声关上了。杜青翰一个人坐在原地，耳膜充斥着方才顾盼说的最后一句话。

经营感情？敢于最先付出真诚？你敢吗？

这辈子他还敢吗？

/第二章/

自己买房自己过，我惹谁了

一

十根美甲镶钻的华丽手指在商场的射灯下熠熠生辉，顾芊芊一边吹着指甲一边凑到顾盼的眼前，献宝一样显摆说："姐，亮瞎你的眼了吧。多好看，你也整一个？"

顾盼兴致缺缺："十个手指头搞成这样还怎么做饭，不要！"

见老姐站起来拿卡付账，顾芊芊拿起收银台上挂着的一个亮闪闪的手机链，对收银员说："再加上这个！"然后，她喜滋滋地挂在了自己已经被美钻武装得几乎看不到原来模样的手机上。

"做什么饭啊？我姐夫赚得这么多，要是我就天天在外面吃大餐。"

"做饭不是为了省钱，做饭是生活，懂不懂？"

"不懂！"顾芊芊脑袋摇得跟拨浪鼓一样，生活就是把自己打扮得金光闪闪，然后去最漂亮的地方吸人眼球，做饭跟生活有半毛钱关系？

顾盼看了一眼自己的妹妹，说："芊芊，你难得来新港一趟，想要什么姐给你买。"

顾芊芊看着自己的钥匙链和亮闪闪的指甲，脸上闪过了一丝愧疚："姐，你马上要结婚了，用钱的地方多，我哪能用你的钱？"

顾盼沉默不语，看向了自己的鞋子。

看着自己老姐脸上的表情，顾芊芊猛地睁大了眼睛，说："姐，别告诉我你那天在电话里说的是真的啊！真不结婚了，你有病吧？"

"是真的不结了。"知道瞒不住，顾盼把最近几天发生的事情跟顾芊芊说了一遍，她不求自己这个妹妹真能理解自己，只求她能多少知道自己在这段别人看似撞大运的感情里，有诸多不如意，别拆她的台。

顾芊芊果然不能理解："姐，我姐夫说得也没错啊。人家长得帅，别的女人喜欢，也不是他的错。难道他还得为你去整容？人家算得清楚说明人家有头脑，难道你真不想要精明的老公，想抱只小狗过日子？最重要的是，他给你钱花不就得了？房子你住着，贷款不用你还，还给你家用，给你零用钱，你上哪儿找这样的老公去？你都 28 了，还能跟我一样指望以后找个大富豪啊？"

顾盼叹了口气，她本来就疲惫至极，根本也不愿意解释了，看着国际购物中心里闪亮的一切，与其说是在对自己的妹妹说，不如说是在自言自语。

"我是 28 岁了没错，就算我今年是 68 岁，我也不愿意生活在物质与金钱的虚幻中，变成一个爱无能。金钱有价，情义无价。一个连爱都不会的人，就算挣了再多的钱，他也只能是个面瘫，拥有不了幸福。"

顾芊芊不认同："姐，听说你老妈把你要结婚、新房买在了新港市中心、老公开宝马的什么什么巴拉巴拉跟所有人都说了。咱爸自己晚上喝醉了酒说早先离婚没管你，心里一直对你愧疚，现在看你有个好结果，高兴死了。你说你这婚说不结就不结了，要是让他们知道了，得多受不了啊？"

顾盼惊恐地睁大眼睛说："芊芊，你可千万不能告诉我妈，否则你姐要是命丧街头，你就是杀人凶手。"

顾芊芊打了一个冷战："我不说，打死我也不说。我就是替你可惜，你看你之前大豪宅住着美滋滋的，可现在该怎么办啊？"

孟家傲从二楼的扶梯上下来一眼就看到了顾盼，她旁边那个漂亮的女孩子他也认识，就是顾盼同父异母的妹妹顾芊芊。他悄悄地站在她们身后不远的地方，把两个人之间的对话听了个七七八八，心情突然像坐过山车一样，高高低低不是个滋味，听到最后还有些窃喜。

顾盼不知道有人正看着她，撇撇嘴说："我现在住朋友那儿，正在找房子，走一步说一步吧。总之现在已经比我当年来新港的时候好多了，那时一无所有都能留下来，现在我有朋友有工作，也不会在陌生的街头动不动就迷路，有什么好怕的？"

顾盼把顾芊芊送上了高铁，回到胡潋滟的房子时已经是晚上八点多了。这个时候胡潋滟还在客户那儿，她一个人在外面吃了碗面算是填饱了肚子，准备回去收拾屋子、洗衣服。胡潋滟跟张景山这两口子活脱脱是两只车轱辘，每天马不停蹄地运转着，想在他们家做顿饭，不仅没有油盐酱醋，连锅都没有。

活了这小三十年，除了幼时跟奶奶在一起还有和孟家傲谈恋爱的两段时间外，她一个人生活的时候居多。可生活无论再怎么艰苦，她好像也都没有像这两口子生活得这么潦草过。甚至从大二开始谈恋爱后，她和孟家傲就很少一起去食堂吃饭了。心情好便对生活有了很多新奇的感觉。在他们简陋的出租屋里，她喜欢尝试各种奇怪的菜式搭配，沉浸于中和那些酸甜苦辣各式的调料，她认为那些就是生活的味道。

"顾盼！"月朗星稀的夜色中，孟家傲突然从后面绕到了顾盼面前。

刚从超市采购归来的顾盼被吓了一大跳，手里的两个大袋子差点掉到地上。

"孟家傲，你怎么在这儿？"顾盼皱着眉头，环视了一下四周，确定就孟家傲一个人，浑身戒备地看着他。

"顾盼，一定要这样吗？"孟家傲无奈地叹了一口气。他也不知道自己是怎么了，这一路上一直跟着顾盼。很多往事像潮水一样汹涌而来，刚才在超市的时候，他甚至有些恍惚，觉得他们根本没有分手，还像上学的时候那样一起到超市采购，然后回家一起做饭。当年他选择和女同事一起出国结束了这段校园恋情，可是每每一个人的时候，最能让他内心平静的画面还是和顾盼在一起时的情形。不知不觉他就跟着她走到了这里。

顾盼的眉头皱得更紧了。她理所应当地认为自己和孟家傲是一次巧遇，根本没可能想到这个前男友是一直在跟着她。她之所以会环视四周，是怕人家的小女友不知道又从哪里蹿出来。没办法，从小到大她最怕的事情就是给别人添麻烦，因为有了之前的那一次，她这次是条件反射。

"我怎么了？"迎着孟家傲深邃的目光，顾盼觉得自己的大脑又不灵光了。

孟家傲等了好一会儿没有等到自己想要的画面发生，他有些急切地说："顾盼，如果我知道你现在过得这样不好，我根本就不会结婚。"

顾盼的眼睛登时瞪得溜圆，这是什么节奏？

孟家傲的眼圈有些发红，他想过来拉顾盼的手，可是看到她手上重新提起来的两个好像地雷一样的大塑料袋，完全找不到机会。

"我是说，我希望你能幸福。如果不是我，你不会一个人选择继续留在新港，你也不会一个人背井离乡辛苦这么多年。我是想说，那天我说的话都是真的。无论什么时候我都是你最亲近的人，有什么困难你都可以向我开口。"

顾盼想了想，所有的话到嘴边又咽了下去："我现在就有个要求能提吗？"

孟家傲眼底迸射出了希望的火花。

她说："麻烦让一下！"

二

张景山焦急地等在饭店的包房里，他已经等了两个小时了，可是致远银行这个年轻的少帅神龙见首不见尾。这是对他们公司的产品有意向还是没意向啊？要知道为了攻下致远银行，他已经做了三个月的努力，而且这一单是今年第一季度他完成任务、拿到工资、拿到奖金的唯一希望。说句不好听的，如果这单最后也黄了，说不定公司就把他裁掉了，甚至公司就没了。

听到脚步声，张景山的心都要飞出来了，他赶紧站起来过去开门，只见杜青翰和楚帅阳一前一后地走了进来。他赶紧上前，殷勤地把杜青翰搭在手臂上的西装挂在衣架上，还细心地掸了掸衣服上并不存在的土。

杜青翰皱了皱眉头，坐在了餐椅上。他这几天一直出差，这个张工一直约他谈合同，反正他也不想回家，便叫上楚帅阳一起来了。本来说是在饭店楼下的咖啡厅，没想到这个张景山竟然告诉他在楼上，还订了桌。

张景山赔笑道："杜总，你百忙之中好容易抽空见我一面，今天咱们一定得好好聊聊，不醉不归。"

杜青翰冷着脸："我们吃过了，直接谈事吧！"

张景山被噎得够呛，额头上的冷汗都冒出来了。其实他做项目经理也是赶鸭子上架，从平时工作一天都说不了几句话，到现在每天跟客户没话找话，他已经习惯了，可是今天被人这么单刀直入地一说还是做不到随机应变。

楚帅阳揉了揉太阳穴，憋笑道："张工，跟我们少帅不用搞这一套，你就直接讲你们最终的报价，还有我们几轮建议后你们实施时的关键点，其他的都不用。咱就一个小时的时间，等我们走了，你叫上亲人、朋友、同事过来享受这一桌子的大餐吧，别浪费。"

张景山脸都绿了，这一桌子酒菜好几千，要是直接发工资就好了。他看着杜少帅和楚帅阳已经坐在了沙发上，无奈之下自己搬了把椅子，坐在他们对面，开始毕恭毕敬地讨论起协议来。

另外一个包房里，顾盼第一次见识了市场部金牌公关胡潋滟跟人家拼酒时的软实力，这姐姐实在是太能喝了。即便是这样，赶上好酒的客户，胡潋滟也有些受不住了。无奈之下，滴酒不沾的顾盼同学只得挺身而出，英勇替好姐妹挡酒。后遗症就是没过多久，胡潋滟还没咋地，顾盼一个人跑到洗手间大吐特吐。

杜青翰从昨天开始在澳门时就一直发烧，实际上这一周他的精神状态都特别不好。银行里几个竞选副行长的前辈钩心斗角，他不得不打起精神来应战。每天夜里很疲惫却睡不着，顾盼的那句话总是回荡在他的耳边。

烦，真心烦！

他的手机一直开着，职业习惯24小时开机，可只要铃声响起永远都是因为公事，顾盼那个女人竟然一通电话都没有给他打过。其实他更气自己，女人不就是这样一种生物吗？或者说更像是一只猫，翻起脸来便冷酷无情，甚至不用翻脸就已经离你而去。

对着镜子，他冷笑一声：我真应该庆幸在以前失败的爱情中吸取了教训，在这场即将到来的婚姻中没有付出太多感情。

嘶！头顶又是一阵钻心的痛。他很有先见之明地准备今晚直接去住酒店，回到自己的公寓，估计会更烦，没可能睡着。

杜青翰刚准备离开，突然听到洗手间里传出来令人毛骨悚然的呕吐声，他顿时停住了脚步回头看去。不多时便看到一只猫一样的女人从里面走了出来，他的眼睛顿时瞪得更大了。这是顾盼离家出走后的第八天，杜青翰再次见到这个女人，又气又笑直至咬牙切齿。

顾盼晕乎乎地抬起头，不怎么清楚地看见女厕所里竟然站着一个男人，而且还在目不转睛地看着她，三秒钟后猛地尖叫起来。

"啊——"

变态，变态，打变态。顾盼是个行动派。这么想着，她便拿起手里的皮包向前面的男人抢了过去。

杜青翰一把抓住她的皮包，正想说话，只见外面已经又进来了"方便"的男人。人家像看怪物一样看着他们，嘴角抽动着说："打扰了，打扰了！"

顾盼这个时候脚下虚浮，刚才抢皮包太过用力，使得整个人重心不稳，直直地就扑到了杜青翰的怀中。

这种情形谁见了都会误会。

杜青翰的脸更黑了，猛地一松手，见顾盼便软软地朝地上扑去。他磨了磨牙，赶忙先一步把这女人捞在了怀里。

顾盼的意识因为这两次剧烈的动作清明起来，她仔细看向身旁这个"变态"，顿时惊讶地捂住了嘴巴："杜青翰，你怎么跑到女厕所来了？"

"这是男厕！"杜青翰咬牙切齿地说。

在身后陌生男子的笑声里，顾盼被某人像拖小狗一样，拖出了洗手间。

黑色的皮鞋、笔挺的西裤、一丝褶皱都没有的蓝色衬衫、英俊得能让人尖叫的面容，杜先生果然什么时候都能让自己过得非常好。离开她顾盼，不过是人生中的一个小插曲，估计连片段都算不上。

"杜青翰，你好！"

看着小女人冲着自己咧嘴笑的时候又一阵干呕要吐的样子，杜青翰真有一种把她绑回家的冲动，可他没忘，他被这女人给甩了。

"顾盼，别告诉我你是因为分手后心情沉重跑来买醉的，像你这种又傻又笨的女人还敢喝酒，你就不怕被人卖了？"

顾盼心底一阵愤慨，这个男人要不要说得这么直白？

"杜青翰你误会了，我现在改做市场了，是过来陪客户吃饭的。你想太多了。"顾盼看着某人英俊得不像话的脸，借着酒意恶向胆边生地走过去，拍了拍他的脸，"长得帅有什么了不起，长得帅也不是天下人都要喜欢你。杜青翰，你这个爱无能，你这个面瘫，老娘受够你了。"

她从来没这么调戏过杜青翰，做梦的时候都不敢。看着面前这个疯女人，杜青翰的脸一瞬间变成了白纸，刚要发作，忽然见顾盼的身子一矮，直挺挺地晕了过去。

走廊角落里的张景山把一切尽收眼底后，嗖嗖地缩着脖子，生怕杜青翰和顾盼任何一个人看到他，赶紧夺路而逃。

杜青翰看着怀里这个肥嘟嘟的小女人，温暖的触感似乎一下子抚平了他内心的烦躁，下一秒，他就有种想要把她扔在地上的冲动。可是他没有那么做，看着这个可气的女人，他深吸了口气，费劲儿地抱起她向电梯处走去。

顾盼是在一阵头痛中惊醒的，这辈子她都没喝过这么多酒。睁开眼睛的第一反应就是问自己，换工作是为了让自己生活得更好，可她为什么要选择一种不适合自己的工作？难道就没有别的适合自己的方式赚到钱吗？她叹了口气，把头重新钻进被子里，突然感到了异样。自己的身边竟然躺着一个男人，杜青翰？

这是哪里，这儿不是胡潋滟家，是杜青翰的公寓？

昨晚，杜青翰是这些日子以来睡得最好的一天。果然睡眠是对抗疾病最有效的方式，他退烧了，而且越睡越深，无意识地将一只手伸了过去，把身旁的顾盼搂在了怀里，感触又肉又软抱起来很舒服，他一觉睡到了天明。

"杜青翰！"顾盼的脑子嗡嗡的，她拉开某男放在自己腰上的熊掌，慢吞吞地像蚕蛹一样往外钻。

什么情况？分手前每日都是背靠背，现在分手了却变得亲密无间了？

顾盼有种错觉，昨晚喝醉的那个不是自己，而是旁边这位杜先生。

杜青翰被一阵响声吵醒，极不情愿地睁开了眼睛，当看到顾盼慌乱要逃、一脸后怕的表情，他的脸色难看起来。

"我昨天是出于人道主义，觉得既不能把喝醉的你扔在饭店也不能把一个单身女子随便找个酒店房间一扔，才把你带回来的。"

"其实昨天胡潋滟就跟我在一个包房里。"顾盼着急地说，"我的天，她一定找我找疯了。"她坐起来从皮包里拿出手机，果然已经没电了。

杜青翰这个时候也已经坐了起来，他知道自己此时此刻应该做的是让这个女人把剩下的衣物打包后马上离开。

可是想到她昨天那个样子，他觉得自己身为男人其实完全可以再大度一点。

"晚上我回来吃饭！"这是他能够表示退一步的极限，再多说半个字就不是他做事的风格了。想着昨天面前这个女人为了工作跟人拼酒，他感觉很不好，于是黑着一张脸冷声命令她："马上把需要陪酒的工作辞了，这种工作不适合你！"

顾盼急急忙忙地给手机充上电，向胡潋滟报了一个平安，哪知道人家早就晓得自己和杜青翰在一起了，完全没有半点不放心，并且告诉顾盼，她今天临时出差！

顾盼挂了电话，这才慢半拍地想起刚才某男说什么，晚上回来吃饭？

她苦笑了一下，这个霸道强势的男人自己可以说，婚爱结结，不结滚。当她主动提出分手，他却根本不当一回事，说到底，他还是觉得她没有资本跟他谈条件。

她可以认为他是在挽留自己吗？如果是这种挽留方式，她拒绝！

顾盼收拾好自己走到客厅的时候，杜青翰已经上班去了。她把公寓收拾了一下，然后才去上班。

走到离小区大门口还有一段距离的时候，顾盼听到自己右边的假山后门传来女子嘤嘤的哭泣声："杜青翰，你自己也承认根本不爱顾盼。难道就不能再给我一次机会吗？那个时候我太年轻，不知道感情是用来经营而不是用来考验的，你生我的气生了那么多年，难道还不肯原谅我吗？"

没有听到杜青翰的声音，顾盼在原地站了一会儿，突然发现自己是在偷听别人的隐私。这个女人应该是杜青翰的前女友吧？这个男人还会生气说明心里是在乎这个女人的，看来她说人家爱无能是错误的，只是不爱她顾盼罢了。

"青翰，你倒是说话啊？难道你真的希望我找个不爱的男人随随便便嫁了？你若是觉得这样能报复我，能心里好受，我就马上答应我妈去相亲！"

"我希望你能幸福，我没有生气，我说的是心里话。"杜青翰的声音很温柔，几乎颠覆了顾盼对这个男人的所有印象。

"可我的幸福只有你能给！"女人的哭声更悲催了。

"我已经要结婚了。过去的事情就让它过去吧！"杜青翰的声音里透着深深的无奈和疲惫。顾盼觉得他或许跟自己一样，早就对这个将就的婚姻充满了倦怠。

"可是你不爱她。她根本就配不上你，我不愿意看到你不幸福，更不愿意你一辈子就这么度日如年地活着。我的心情就像你也不希望我随便找个人嫁了一样。你能懂吗？"

"云翳!"初恋女友任何时候在男人心中都有着不同的位置,杜青翰的声音饱含着复杂的情绪,"我没有度日如年,你想太多了!"

"青翰,我……"接下来云翳的哭声变小了。顾盼也觉得自己确实应该走了。她和杜青翰的婚姻始于这个男人的主动,后来却都是凭着她的一腔孤勇。她努力了、争取了、放弃了,她也终于不再留恋了。

如果女人的婚姻是要面对挑剔的公婆、冷漠的男人、纠缠暧昧的女同事、虎视眈眈的前女友或者未来人生路上的各种女人,那么作为经济独立的个体,她为什么不可以选择一个人的生活?

有个公益广告说没有买卖就没有杀戮,那么没有男人是不是就没有麻烦?没有婚姻是不是就没有小三,就不会将一众完全不相干的陌生人变成仇敌?

顾盼下班回到胡潋滟家的时候,张景山早回来了,而且正在卫生间里洗澡,还没有关门。

"老婆,给我拿一下肥皂,用完了。"

顾盼顿时涨成了大红脸,她和张景山也很熟,可是遭遇此情此景,她觉得还是别扭。她正在找出租屋打算尽快搬出去,可是这个季节正是学生们开学的时候,房源格外紧张。而且房租便宜的,居住条件太差,她毕竟已经不是大学生了,对生活环境还是有一定要求的。但是钱多她也舍不得,毕竟房租就是白给人家的钱。

顾盼正不知道怎么回答的时候,张景山从浴室里探出了头来,看到是顾盼,"哎哟"一声,嗖的一声钻回了浴室,不知道是不是也觉得尴尬,浴室的门被关得砰砰直响。

顾盼做好了饭,准备叫张景山一起吃。她走到客厅里,听到他正在卧室里打电话:"家里有潋滟的同事,你们来了也没地方住。我哪知道她什么时候走啊,潋滟也不在家,别扭死了。"

张景山挂了电话,从开着的门缝里看到了顾盼,脸上顿时闪过了一丝尴尬。

顾盼说:"景山哥,谁要来啊?你要是有事,我搬出去住也行。"

张景山无奈地啧啧两声,从卧室里走到客厅,坐在沙发上为难地说:"我表哥的孩子要来新港做手术,说是什么先天性心脏病。你也知道儿童医院那个地方,外地人来看病都挤在楼道里等着排队。他们想住我这儿,唉,你说都赶寸了。"

顾盼挠挠头,感觉自己确实给人家添麻烦了,而且还是人命关天的大麻烦。

"孩子看病可是大事!张哥,我过几年就搬走了。"

"过几年?"张景山喝了一半的水从嘴里一泻而出,直接从沙发上蹿了起来。

顾盼赶紧摇头:"不是不是,我是说过几天!"

张景山松了一口气,可脸上的表情还是不怎么好看,干脆叹息了一声说:"算了,我让他们就住楼道吧。孩子等不及了。你待着吧,我给他们去儿童医院占楼道去。"

顾盼赶忙拦住他说:"楼道怎么住啊?连孩子加大人的太受罪了,这不行!"

"谁说不是呢?我大姑、大姑父、表弟表弟妹一家子全来了,你说说这事弄得!"

"景山哥,你去接孩子吧。我收拾一下马上就走。儿童医院的楼道里空气差,容易交叉感染,孩子抵抗力弱,别再传上别的毛病。"

张景山的脸色这才好看起来,想了想说:"顾盼啊,激滟是个暴脾气,她跟我表哥有点不愉快,这件事你可先别跟她说啊。要不然,我们家可又该爆发世界大战了。"

自小寄人篱下的顾盼很快便捕捉到了一丝异样,这样的情形不言而喻,她突然就有些明白了。胡激滟是她最好的朋友,她自然希望他们夫妻和睦,怎么会因为自己的缘故让人家夫妻俩吵架呢?

"景山哥，你放心吧！我不会跟潋滟提孩子看病的事，我已经找到更好的地方了，所以才搬出去的。"

张景山看着神色淡然的顾盼，心底也涌上了一股歉意："顾盼，对不起啊！"

"没关系！"顾盼甚至笑了一下。从小到大借住的滋味，她体会得最深了。哪怕是在父母各自的家里，也会看到继父、继母的脸色，更何况张景山只是闺密的老公，能有这种态度对她来说再正常不过了。

张景山看着顾盼拎着皮箱走到门口，想了想又说："顾盼，其实你直接回杜行那里不就行了，不用这么委屈自己，一个女孩子到处找房子，何必呢？"

杜行？杜青翰升官了？难怪！

顾盼自嘲地笑了一下，什么都没说，直接拎着皮箱走了出去。

"顾盼，你可一定要回杜行那儿啊，要不我心里真是过意不去，算我求你了，别让我心里不得劲儿，行吗？"除了怕老婆以外，张景山活了30多岁，真的从来不是一个冷血的人，可他也是实在没办法。他现在说得好听是高级工程师、市场部总监，实际上还不是等人赏饭的乞丐。公司一天有项目，他一天就有收入，可是公司已经连续半年没进项了，他不知道哪天就得下岗。

顾盼看着满脸苦楚的张景山，挤出一个笑容，说："景山哥，你放心吧！我回去，别惦记着了。"

每个人都有每个人的压力和负担，不给别人添麻烦是顾盼从小养成的习惯。

看着顾盼的背影，张景山如释重负地长出了口气。对于顾盼亲口答应回杜青翰那儿的这件事，他深信不疑。

谁不想住豪宅，日子越过越好？他和老婆胡潋滟两个人使出了浑身解数，现在日子依旧过得水深火热。胡潋滟这位闺密只要不是真正的奇葩或缺心眼儿，哪会真的放着好日子不过？

当顾盼的人影消失在楼梯处之后，张景山急不可耐地拿起电话给杜青翰拨了出去。同样作为一个男人，在酒店走廊看到杜青翰对顾盼流露出的那种目光，他可以断定自己这个大客户根本不想分手。现在他张景山帮了杜青翰这么一个大忙，给他解决了这么一个大难题，这比送多少礼、请吃多少次饭拉关系都有用吧？

杜青翰下班后早早地就回了家。公寓里黑着灯，一尘不染干净得像个酒店，他本来火热的一颗心马上就凉了下来。到了这个时候，他不得不正视顾盼要分手的这个问题。她不是在闹情绪，她是真的要分手。

杜青翰坐在客厅的沙发上，点起了一支烟。他在心里对自己说，顾盼对他来说绝对不是非她不可的一个女人，他只是不想再找别人磨合，对于家里存在这样一个女人他已经习惯了，习惯了她做的菜的味道，习惯了她慢吞吞的语速，习惯了她的身影在这个房子里晃啊晃，他没有更多的时间重新去认识了解其他女人了，仅此而已！

烟灰无声地烫到了手，他的神志归位，把烟蒂狠狠地碾进了烟缸里。

这个时候，他的电话响了，看着手机屏幕上的一串电话号码，他烦躁地皱起了眉头，直接把手机调成了静音。

短短几天内，顾盼再一次拎着皮箱游走在这座城市的街头。连续打了几个中介的电话，确定一时找不到合适的房子时，她有些抓狂地坐在了街边的长椅上。一个被风吹起的塑料袋在她的头顶盘旋着，带着沙尘的风狠狠地灌进了她的领口。这是要下雨的节奏？

果然，没过多久，天空便掉下了豆大的雨点。路边的出租车一辆接一辆地从她的身边驶过，她打不到车也不知道应该去哪儿。就在她发呆的工夫，一辆电动车从她的身旁呼啸而过，猛地撞到了她的皮箱，她整个人被带得摔倒在路边。

皮箱的盖子被撞开了，里面的东西像垃圾一样滚落到了地上，顾盼的鞋跟也断了。她不得不冒着风雨蹲在地上，一件件地往皮箱里抢东西。雨越来越大，身旁的人都匆匆地经过她的身边，无人注意到她。

顾盼觉得自己好像被遗落在了一个孤单的世界里，别人的世界她撞不进去，她的世界无人关注，她讨厌死了这种感觉，她告诉自己必须摆脱这种漂泊的生活。从小到大，她都是这样无依无靠地过活，可是以前年纪小，如今她已经快 30 岁了。她不想再这样生活下去，她想有一个家。

这时，一张沾着泥浆的广告纸赫然出现在了马路上，上面的一句广告语直击她的心房，让她的心瞬间融化了。

"只需 50 万，让你在新港有个家！"

只是须臾之间，在她走过充满泥泞的 28 年的人生路后，有一盏灯塔就那么矗立在了黑暗的雨夜中。谁说女人想要一个家就必须要结婚，要找一个男人？

她要自己买一间房子，有一个永远属于她自己的地方。无论发生什么也不会有人把她赶走。那是她的家，无论外面有多大的风雨，她都有了一个完全属于自己的避风港。就算全世界都抛弃了她、遗忘了她，她也有寸瓦遮身。

未来无论会遇到多少艰难困苦，就算没有一个坚实的胸膛可以依靠，她也有四面的砖墙给她遮挡出一片天地。

过去的感情经历一次次地告诉她，房子比男人靠谱多了，不是吗？

此时，顾盼站在风雨里，脸上流露出无比坚定的表情。眼前风雨交加的天幕竟然让她看到了晨曦的光亮。她要自己买一间房子，要把 28 年人生中缺失的安全感通过这间房子全部找回来。

这间房子是她自己的厚厚的蜗牛壳，是她渴望已久的爸爸的怀抱，是她不曾拥有过的老公的臂膀，是她从小羡慕别人的妈妈裹住自己孩子的暖暖的身体。

顾盼的眼泪随着雨水止不住地落下来，可她的心里却翻涌着因为希望滚滚而至的温暖。

三

私家菜馆里，楚帅阳看着精神不济的杜青翰啧啧两声说："哥，今天这顿饭我可是专门为了请我嫂子的，你自己一个人来我是真不待见。你跟我说，你到底是怎么想的？到现在还不让我见大嫂的真容，我真心怀疑你心里有鬼！"

杜青翰也不搭理楚帅阳，自己倒了一杯酒一饮而尽。他瘦削的脸颊在阳光下更显坚毅，比平日略显颓废的面容又让他多了几分潇洒不羁，引得周围经过的雌性生物纷纷驻足。

"哥，听说我嫂子是个本分姑娘，要不是我了解你，还真以为这么藏着掖着原配是为了小三小四五六七八九呢！"

杜青翰嗤笑了一声，脸上流露出一丝不为人知的苦涩，稍纵即逝。

这个时候，旁边一桌的一男一女也在交谈，看不出是情侣还是闺密，反正酒意正好，说话声也不知不觉地越来越大。

女人说："什么都是假的，钱才是真的。事实证明，不光男人有钱可以娶到美女，女人有钱也一样可以娶到帅哥。所以说，像我这种女人再也不把时间浪费在男人身上了，有那工夫不如去赚钱，等我成了富婆，也可以左拥小白脸、右抱小鲜肉。姐豁出去跑市场了！"

杜青翰的神经被刺激了一下，面色一垮，耳朵不由自主地竖了起来。

男人明显已经喝高了，大着舌头说："男人，要么高傲地单身，要么马上结婚，何必浪费自己宝贵的青春，去养别人的老婆，还养得那么认真！"说完哐当一声趴在了桌子上。

杜青翰的脸色更加难看了。这个时候他的手机响了起来："喂！"

"杜行，我是张景山，可算打通您的电话了，这几天给您打电话，您怎么不接啊，我有特别重要的事要跟您汇报呢！"

杜青翰深抿起嘴角，皱着眉头说："什么事，说吧！"

张景山见杜青翰接了电话，声音紧张得都颤抖了起来："杜行，我是想跟您说，顾盼这些日子回家了吧？"

杜青翰当然不能在这种场合下回应张景山，眼见着坐在自己对面的楚帅阳投来的八卦眼神，他站起来向饭店的门口走去。

张景山见杜青翰不回答，理所当然地认为对方是默认了，他赶紧邀功道："其实她回家之前的日子都住在我这儿！"

"嗯？"

楚帅阳眼见着向门口走去的杜大帅头发丝瞬间冒起烟来，他完全搞不清楚状况。最近杜大帅自燃的频率越来越高了。

张景山被这个上扬着的音符所带来的压力压得喘不过气来，赶紧一拍脑门，恨不得咬掉自己的舌头。

"不是不是。我是说我媳妇是顾盼的同事，也是她在新港唯一的朋友，她在回家之前一直借住在我家！"长长地舒了口气后，他接着说道，"然后我媳妇出差了，我就想了一个办法，让顾盼在我家借住不了。您也知道最近新港出了好几起单身女子被害的事情，还有现在正是学校开学的时候，在新港找房子那是老困难了。而且顾盼这人财迷得要死，肯定舍不得住像样的酒店，找个小旅馆更是鱼龙混杂。经过我略施小计，连吓唬带甩脸子，她不回家才怪。杜行，我帮了您这么个大忙，我们公司项目的事情，您是不是……"

杜青翰只觉得自己的心突然被拧了一下，这个时候他已经走到了饭店门外，声音里无法抑制地带出了凄惶的语调："你把顾盼赶出来了？"

张景山还沉浸在邀功完毕的喜悦里，这个场景他已经在镜子前模拟了无数次，就算察觉出了杜青翰的异样，可如同写好的程序一样，只能按步骤进行。

"是啊杜行！就是三天前下大雨的那个晚上！我就说您是贵人多福气，不仅有我替您果断出拳，就连老天爷都跟着帮忙，那雨下得可真是时候！我当时可是劝了顾盼好久，才让她回家去的。您看看我这不仅得罪了顾盼，连老婆都得罪了。您可得给我补偿啊！"

张景山暗自心酸，为了一单生意，他一个大老爷们儿连撒娇卖萌都使上了。他们夫妻俩日子过得看似让人羡慕，其实他心里没有一刻是踏实的。如今生活对他来说更是没有后路，不进则退。现在为了能得到项目，就是让他给杜青翰下跪，他或许都能考虑一下。

杜青翰一听就炸了，偌大的新港市，她在唯一可以落脚的朋友家被赶了出来？他不但没有报复的快感，反而有一种感同身受的委屈和心疼。或许在他心里，顾盼早就已经是他的老婆了，想着她一个人在雨中前行的胖胖的背影，他真想把张景山拖出来暴打一顿。

"把顾盼公司的电话告诉我！"杜青翰冷冷地吩咐。

张景山迅速说出自己老婆公司的电话，奴音十足地说："杜行，您要是记不住，我给您发短信吧？"

"不用！"杜青翰已经迅速把八个数字记到了脑子里。

"那您看我什么时候再约您谈谈项目的事情！"

"你们公司彻底出局了！"

顾盼从单位请了假，坐公交车转地铁来到了松江新苑售楼处。小户型刚放了出来，长队一直排到了马路上。顾盼排了半天的队，才发现人家都是排着交钱的。懊恼自己慢半拍的同时，她赶忙从队伍里出来，一溜小跑进了售楼处。

售楼小姐很热情，帮顾盼用计算器算了一下，柔声道："我们这里最小的是70平方米的小两室。单价3万，总价210万。首付最低三成，再加上税金，您只需要准备房款70万即可。"

"70万？"顾盼的头摇得像拨浪鼓，惊悚地抖了抖肩膀。太贵了，她银行卡上的余额加上杜青翰一次性还给她的装修贷款一共也就60万。每个月还要还银行的装修贷款，再加上还房贷，一个月的工资根本不够。也就是说买这个房子，她既凑不够首付也还不起贷款，坐在这里就是浪费时间，还是赶紧去看别的房子吧！

"顾盼！"

孟家傲一眼就认出了顾盼的背影，他走到她的跟前，看着她手上的户型图瞬间就明白了。顷刻间，他心底便翻涌起无限的欢喜来，脸上的表情更是浮现出抑制不住的激动。

"孟经理，您认识这位小姐？"售楼员双眼也冒光了，有经理给折扣，提成有望了。

"小刘，你先忙吧。顾小姐是我朋友，我来招呼她。"

顾盼看到西服笔挺、一表人才的孟家傲站在自己的面前，这才想起来，之前被自己丢掉的他的那张名片上好像就写着什么房地产公司经理，难道就是这家公司？

生活中处处充满了巧合，巧合中不仅会有惊喜，有的还充满了肥皂泡。

售楼处的经理办公室内，孟家傲给坐在沙发上的顾盼倒了一杯茶，然后直接坐在了她身边，眼底都是灼灼的目光，让她感觉非常不自在。

"孟家傲，你们楼盘最小的户型对我来说也太贵了。你不用招呼我了，我还有事，先走了！"

这一次孟家傲没有再让顾盼离开，他的声音有些沙哑说："顾盼，当初这个楼盘制订设计方案的时候，我有幸也参与其中并作了发言，你知道我当初是怎么说的吗？"

顾盼当然不知道，她只知道这个时候她要是强行离开，这个人搞不好会更激动。这间办公室正面都是玻璃墙，外面的人还不知道会想什么呢。

"不知道！"

看着顾盼慢吞吞的表情，孟家傲脸上露出一个大男孩才有的微笑："当时我坚持这个项目主打小户型。因为我想起了咱们两个人刚来新港住小出租屋时的日子，那时我们虽然没钱，可每一天都是幸福的。我想为新港千千万万的青年男女圆梦，想让他们也有一个真正属于自己的家！"

孟家傲目光炙热地看着顾盼，眼圈泛红。

顾盼低着头没看见某人的真情流露，无奈地叹惜着："你们这个价格别说青年男女，就是青年男女他妈妈也圆不了梦。"她就算借到首付，也还不起贷款。梦是个好梦，就是离她太远了。

"我可以帮你！"孟家傲看着顾盼，"别忘了，我是这儿的项目经理，手里不仅有折扣，还有用于内部消耗的低价房。走，我先带你去看看样板间。"

不得不说，孟家傲最后这两句话确实吸引了顾盼。她以前听胡潋滟也念叨过，买房子的水很深，折扣低价房都在开发商手里，难道孟家傲手里真有特别便宜的房子？

孟家傲看出了顾盼眼底的希冀，他突然想起当年两个人一起蒸大闸蟹、一起蒸鱼，然后一起看着时间等着美食出锅时，彼此眼中也是跳动着这样的火花。他的心忽然也醉了。

售楼处里三个刚刚送走客户的小姑娘凑到一起，看着小户型样板间里穿着鞋套、英俊帅气的孟家傲热情无比地给顾盼一寸寸地介绍着房子，脸上都流露出了八卦的表情。

"什么情况？项目开盘这么久了，咱们孟经理什么时候亲自给客户介绍过房子啊？"

"这女的谁啊？你们看咱们经理的眼神，分明就是苍蝇见到血的节奏。"

"孤陋寡闻了吧？这女的是咱们孟经理的前女友。"

"孟经理不是马上要结婚了吗？你怎么知道这是他前女友？"

"天苍苍野茫茫，一枝'红杏'要出墙！"

"那天我听林聪在咱们经理办公室哭呢，好像说的就是什么前女友巴拉巴拉的。那女的一看就有公主病，也就是家世好，否则谁愿意伺候娇小姐？"

"果真情人还是老的好，天涯海角忘不了啊！"

三个人说着说着，眼珠纷纷凝住了，同时往样板间的门口望去，不知道谁又喊了一声："妖孽！"

三个人正准备比赛谁先冲过去的时候，站在样板间门口的杜青翰已经大步走进了样板间。

"先生，您得穿鞋套！"最先冲过来的售楼员才喊了一声，就因某人高冷的气场瞬间被封住了嘴巴！

杜青翰给顾盼的公司打了电话，知道她请假来看房子了，也知道她是铁了心要离开自己。他还依旧当她是结婚的对象，她已经迫不及待地将分手的事情宣扬得漫天飞了。

按照正常的处理方式，他就应该彻底对这个女人不闻不问。可他常年在职场中养成的杀伐决断、绝不拖泥带水的习惯这一次竟然没有拧过自己的心，还是跑到售楼处打算看她一眼。毕竟他以前也体会过那种被房东赶出家门的滋味。他竟然在担心她，更没想到他放下手上无数的工作急切地跑来，看到的竟是这样一幕。

前男友吗？杜青翰嗤笑了一下，女人果然是最现实的动物，他一直想不明白顾盼为什么突然要悔婚向他要爱情，原来是有了备胎。那他还纠结什么！他杜青翰是傻了疯了，才会被同一类石头绊倒三次。

没有哪个女人不爱家装，顾盼觉得这间70平方米的房子就像一个魔幻的城堡，满足了她作为一个女人天生就有的公主梦里的所有幻想。因为她知道，这房子一旦拥有就彻彻底底属于她一个人了，她可以根据自己的爱好，想怎么鼓捣就怎么鼓捣，不用顾及别人的看法。

长这么大，顾盼觉得自己几乎没有任性过，因为从小到大就没有人会给她任性的空间。她必须中规中矩地生活，这样才不会被人嫌弃。这个时候，她几乎看到这个漂亮的房子插上了翅膀，飞着向她靠拢过来。

她猛地一哆嗦，视线里不再是金光闪闪的漂亮房子，而是高冷酷帅的杜青翰。他浑身冒着寒气站在她的面前。

孟家傲早就发现了这个一直注视着顾盼的男人。无形中几轮比较后，他心底的郁气全面爆发了，几乎是冲到顾盼身前，用自己的身体挡住了她。

杜青翰张张嘴，突然觉得哪怕再说一个字都是对自己的一种侮辱，包括继续站在这里，都是对男人尊严的亵渎。

顾盼看着杜青翰高冷傲然地转身，仿佛根本没看到自己一般，她也不知道自己要解释什么，第一反应竟然是追了上去。

"顾盼！"孟家傲也追了出去，一想到这里毕竟是他的工作单位，几秒钟之后他便恢复了理智。这个突然出现却自始至终都没正眼看他一眼的男人，真心让他不爽了。

顾盼一直追到了马路上，终于拉住了杜青翰的胳膊，气喘吁吁地说："杜青翰，你等一下！"

杜青翰没有回头，看着顾盼抓着自己的一只手。他清晰地记得摊牌那天，她也是这样抓着自己，看似是乞求，嘴里吐露的却是最绝情的话语。他真是越来越搞不清楚女人这种生物了。要钱、要感情、要分手、要解释，每一次都要得那么理直气壮。

他站在原地，冷冷地开口："松开！"

顾盼也意识到了这是在街上，他们两个人这样的情形，让人看到会误以为是情侣吵架，便赶紧听话地松开了手。

耳边传来杜青翰冷酷嘲讽的声音："顾盼，我倒是小看你了。没想到，你还有这种脚踏两条船的本事。"

顾盼愣了一下，飞快地转到男人面前，此时他冷漠的表情以及嘴角的嘲讽像一把刀割伤了顾盼。在他眼里或者是在所有人眼里，她这个 28 岁的胖女人如果不是遇到杜青翰，恐怕连结婚都困难！如果可以，她应该大声地嘲笑回去，最终她却软趴趴地解释了一句："我没有脚踏两条船！"

杜青翰脸上的表情更冷了："我就知道你会这么说！不过都不重要了。我如你所愿，我们分手了。"真的要分手，也应该由他说出来，"我很后悔，后悔当初因为同情可怜选择了你。单纯要找一个女人，你确实不够条件！"

说完，杜青翰头也不回地走出样板间，向售楼处的大门走去。他是在后悔，后悔的是这些日子以来为这个女人浪费的精力。不仅如此，他甚至已经开始讨厌自己了。之前他竟然为这个女人担心、为她心疼，他简直疯了！

他应该在她第一次不听话想要悔婚的时候，干脆果断地结束他与她之间的关系。前面的马路上汽车发出了尖锐刺耳的鸣笛声，杜青翰仿佛听到了心门重重闭合的声音。

从此之后，杜大帅又恢复成了那个看轻女人、不屑婚姻的铁血男子。

真诚？爱情？他真不相信世界上还有这种物质。

顾盼看着杜青翰一寸寸地消失在光晕里的身影，一颗心还是没有软着陆，在慢慢下沉的那一刻，她听到了重重的碎裂声。

同情、可怜、不够条件的女人？

这是她第一次听到杜青翰把他心里一直所想的真正说出来。

怪不得她以前的所有努力、所有争取都像一滴水投入大海，得不到任何回应，泛不起一丝涟漪。就在刚才，她希望分手也不要有任何怨怼，她不想让他误会，现在看来，根本没有那个必要。

同在一段感情之中，两个永远不平等的男女，除了冷漠外连怨怼都是一种奢望。

如果一段感情的结束，必须以毁掉所有的美好为前提，那么保护自己最好的办法是不是根本就不该开始、不该去爱？不去爱，就不会被伤害。

　　顾盼打了一个寒战，难道冷血也会传染吗？她可不想做一个爱无能。爱情随遇而安、宁缺毋滥，可没有人不期待幸福降临。

　　咖啡厅的包间里，顾盼一直神游天外。孟家傲看着面前这个女人，这是他的初恋，她如今生活得不好，刚刚被男人再一次抛弃，她应该再次回到自己身边，而他将会成为她的救世主。

　　"盼盼，今天你也看中了我参与设计的这个楼盘，说明我和你之间真的有缘！"坐在对面的孟家傲突然拉住了顾盼的手。

　　满脑子都是杜青翰的顾盼头顶立刻飞起三条黑线，嗖的一声，用尽全力收回自己的手。她想不明白，时隔四年后的今天，孟家傲摆出这样一副热切殷勤的样子，就好像当年是她琵琶别抱、他才是被甩的那个一样。

　　"孟家傲，你做什么？"

　　"盼盼，我知道你想要一个家。我可以给你！其实我在设计这个房型的时候，真的想过与你有重逢的一天。"

　　"难道你带我来咖啡厅，不是说房子折扣的事，而是跟我重续前缘的？"

　　"都是一回事，你差的房款我可以给你补上。我说过我会帮你！我们还可以像以前一样生活在一起。我喜欢吃你做的菜，我喜欢你带给我的家的感觉。盼盼，其实这些年我一直都在想你，从来没有忘记过你！"

　　顾盼有点蒙了，凭借她单纯的头脑，她一时没弄明白孟家傲到底想表达什么。他这是发烧了，还是失忆了？

　　"孟家傲，你不是要结婚了吗？"

　　"盼盼，你现在生活成这样，我怎么能安心去结婚？兜兜转转这么多年，你才是我最爱的女人，我不能没有你。人这一生太短了，能遇到一个真心喜欢的女人不容易，我要永远和你在一起。"

"孟家傲，这种玩笑可开不得啊！我跟你都分手四年了，我不知道你为什么突然要这么做。可你要知道，你结不结婚跟我半点关系都没有！"

孟家傲激动地看着顾盼："怎么没有？你就是罪魁祸首，如果不是因为你，或许我真的能平平静静地跟林聪结婚，可是老天偏偏让我又遇到了你，就是因为你，我才和林聪出了问题。你要对我负责，对我的婚姻负责！"

顾盼完全理解不了孟家傲的思维，不怎么擅长争论的她脑袋一时间卡壳了，不知道该说些什么。

孟家傲看着毫无气势、小女人到骨子里的顾盼，觉得自己已经完全占了主导，今日他志在必得。

"盼盼，给我点时间处理我和林聪之间的事情。或许我跟她的婚礼还会如期进行，但那也只是权宜之计，我会娶你的，你要相信我。我孟家傲对天发誓，我会给你一个家，一个真正属于我和你的家，只有我才能给你幸福！"

又是一个救世主？顾盼心说。

孟家傲看着顾盼迷茫略显无知的样子，却不知道一杯冷水怎么就泼到了自己脸上。他彻底傻了，呆呆地看着面前依旧毫无气势的顾盼。若不是她的手里还拿着杯子，他真不相信是她泼的自己。

"顾盼！"孟家傲有些恼羞成怒，"难道你还想着刚才那个男人？你们已经分手了，他已经不要你了，这个世界上真正对你好、爱你的男人只有我孟家傲。婚姻不过是一个形式，你何必这么较真？"

顾盼气得手指都在颤抖，她真不明白，这些自以为是的男人为什么都这么自我感觉良好？她不是白富美，不是白骨精，她只想安安静静地做一个继续胖着研究做菜的女人。不行吗？

"盼盼，别再离开我，从今以后我不会再让你受委屈！"

孟家傲的手再一次去拉顾盼的手。就在这个时候，顾盼的手机像炸弹一样响了，她连忙接通，里面是胡潋滟机关枪一样的声音，各种问询，各种暴怒，此时人已经杀到售楼处了。

顾盼眼圈一下子就红了，哽咽着说："潋滟，你快来一下，我在对面的上岛咖啡。"

"顾盼，谁欺负你了？杜青翰是不是，你等着！"

三分钟之后，包厢门被打开了，胡潋滟怒发冲冠地冲了进来。一见是孟家傲，小宇宙顿时更猛烈地燃烧了。

"嘿，说你呢，干什么呢，欺负顾盼，活得不耐烦了是吧？"

孟家傲看着顾盼，他没想到半路能杀出个程咬金来，本来想先走，没想到这人来得这么快。

"盼盼，我们两个人的事情，不需要不相干的人插手,你让她走！"

胡潋滟冷笑着走过来，看着孟家傲眯起了眼睛："我算是明白了，你小子这是趁着我们顾盼感情的空白期想乘虚而入？你可够恶俗的！就这么狗血的肥皂剧，剧情现在再来反转，难道不知道再忠实的观众也早就已经换台了吗？"

胡潋滟之前已经知道了顾盼和孟家傲当年分手的原因。两个人来新港找工作，开始都很不顺。后来孟家傲被女上司看中了，拿一个出国培训的机会做诱饵，然后这位先生就义无反顾地甩了顾盼。现在再来重续前缘，以顾盼的为人要是能答应，她胡潋滟今天把眼珠子抠出来扔地上踩三脚。

孟家傲不得不硬着头皮面对胡潋滟："这位小姐，我和盼盼的缘分未断，你一个外人没有资格说三道四。"

"先生，您还要怎么断？我看您就该自我了断！"说着，胡潋滟直接把桌上盛着冰水的玻璃壶拿来，潇潇洒洒地全都扬在了孟家傲的头顶。

"顾盼，跟这种人废个屁话！我们走！"

胡潋滟拉着顾盼走出了咖啡厅，恨铁不成钢地对顾盼说："你呀，就是嘴巴不给力，我今天是没时间，要不然我非骂死那渣男不可！"

顾盼撇撇嘴："算了，今天倒霉，别提这事了！"

胡潋滟看着顾盼，内疚极了："张景山这个浑蛋，我一回来就跟他急了。他说你回杜青翰那儿了，狗屁！你要是能回去，我胡字倒着写。"

"你别怪景山哥，他也有他的难处，我现在找了一个跟大学生合租的房子，一张床位一天50块钱，挺合适的。等我买了房子就再也不用搬家了。"顾盼由衷地说。

胡潋滟的眼圈红了，想着顾盼还和一帮学生挤在廉租房里，心里特别不好受。

"顾盼，张景山其实都是骗你的。我也是才知道致远银行是他们公司的大客户，杜青翰是主要负责人，他是为了钱才把你赶走的。你别搭理他，跟我回去吧！他再敢炸刺儿，我就把他轰出去！"

顾盼摇摇头："你别总对景山哥那么凶。他挺怕你的，可有爱才会怕，要不是他爱你，怎么能一直受着你这个暴脾气。别因为我惹得你们两人闹意见，我有我的打算，你帮得了我一时，帮不了我一世，对吧？"

胡潋滟刚谈崩了一个大客户，无功而返。或许是最近工作上太不顺，或许是生活上压力太大了，或许是看着自己最好的姐妹没地方住，买房子自己一毛钱也帮不上，她的心脏突突地难受，眼前瞬间一阵模糊。

"潋滟，潋滟，你怎么了？"顾盼看着猝然晕倒的胡潋滟，吓坏了！

医院里人满为患，拍了心电图拿了结果，又等了半小时才听到医生喊胡潋滟的名字。

50多岁的女大夫拿着听诊器听了听胡潋滟的前胸后背，皱着眉头说："除了头晕，是不是还有做噩梦的症状？"

胡潋滟点点头，心说，这大夫神了。

"不睡觉的时候，总是心情烦躁、焦虑不安。忙得四肢朝上，仍旧感觉虚度了一天。经常大脑空白，就好像间歇性失忆，总是患得患失，莫名其妙地想哭？"

顾盼担心地问道："大夫，她得的到底是什么病啊，严重吗？"

女大夫看着心电图："心电图没事啊！把舌头伸一下！"

胡潋滟赶紧伸舌头。女大夫眉头又皱了一下："舌头有点抖，你心脏没事，是抑郁症前兆。说白了就是压力太大了。暂时不用开药，我给你开几天假，休息一下，放松放松就好了！"

胡潋滟的头摇得跟拨浪鼓一样："大夫，您甭开了。我歇不了，而且就算歇着，我的心也静不下来。"

女大夫瞪着胡潋滟说："见到你这样的小年轻我就生气。现在拿命换钱，明天拿钱换命，回头得了大病，不怕爹妈心疼啊？"

胡潋滟表情麻木地说："大夫，您孩子估计已经跟我差不多大了吧？"

女大夫点点头。

"所以您站着说话不腰疼。我要是不赚钱，我孩子连出生的机会都没有。"

胡潋滟站起来就往外走。顾盼拿着病例和心电图恭敬地对大夫说："对不起啊，我朋友这会儿可能又抑郁了，您别见怪！"

女大夫看着胡潋滟的背影，推了推眼镜："我看你不仅有抑郁症，还有神经病！"

张景山今天在电话里被刚出差回来的胡潋滟骂了个狗血淋头。什么叫偷鸡不成蚀把米，说的就是他这路人。致远银行的项目彻底折在了他手里。半年了，整个公司等着这一单救命发工资呢。今天从公司出来的时候，他就一直精神恍惚。

可是天大地大，老婆不高兴最大。为了补救，他拿信用卡预订了私家菜，买了玫瑰花，专门向胡漱滟负荆请罪。

胡漱滟也不想怪罪自己的老公，毕竟他没有外心，也是一心一意为了这个家。可她的心情就是好不起来。这些年，她努力了，付出了，没有享受过一天放松的生活，那么努力，为什么还把日子过成了这样？

"老婆，吃完饭，我带你做头发去吧！"

"嗯！"

"我知道你最近心情不好！别给自己太大的压力。相信老公，希望就在眼前，难关马上就要闯过！"

胡漱滟扑哧一声笑出来，深深吸了口气说："你就吹吧你！"

菜式上齐，气氛渐好。张景山暗自松了口气，赶紧给老婆大人夹菜："媳妇，这是你最爱吃的奶油小牛肉，多吃点！"

胡漱滟尝了一块，味道不错，可看着桌子上的四个菜，突然皱起了眉头："这顿饭花了多少钱？"

"三百！"

"连花儿呢？"

张景山不知道气氛怎么突然又变了，结结巴巴地说："那也不到四百！"

胡漱滟放下筷子，顿时火大："张景山你有病吧？找个面馆咱俩一共也花不了一百。你知道一个月贷款得还多少钱吗？你知道咱们家都快断粮了吗？你说你这么大的人了，心里怎么一点数都没有呢？"

胡漱滟好不容易控制的暴脾气因为两个数字又自燃了。张景山见势不妙，赶紧闭嘴。女人心海底针，多做多错，不做全错。

正在这个时候，一男一女吃完饭从楼上的包厢里下来，回头的时候见了张景山夫妻俩，赶忙走了过来。

"景山、漱滟，你们也在这儿啊，早知道一块儿了。"

这两个人是张景山和胡潋滟以前的同事，后来他们夫妻走了，这两个人一直干到了现在，也成了夫妻。

一通寒暄，免不了要彼此恭维，男人说："你们两口子行啊，两套房没少升值，赚大发了。

张景山笑着说："得了吧刚子！谁不知道你今年在股市赚了大钱。我也想投，可钱都押房子上了，光看着你忙活了，自己干着急。"

女人笑着说："有什么干着急的？潋滟，你跟景山把小房子卖了不就得了？"

刚子不认同媳妇的意见："卖房炒股？得了吧，我是买不起二套才有闲钱。万一房子卖了，股市跌了，钱也没了，房子也没了，到时候你负责？"

"我负责不了！"女人笑着摇头。

刚子夫妻两个人走了，张景山和胡潋滟继续吃饭。胡潋滟好奇地问："李刚在股市赚了多少？"

"投了 60 万，赚了 50 万吧！"

胡潋滟的筷子哐当一声掉在了地上，嘴唇一下子变得冰凉："那不是赚了差不多 100%，我们要是有钱投股市就好了！"

这句话说得正中张景山的下怀："媳妇，我早就想跟你商量了。不如咱们把那套小的卖了，然后把钱放股市里。而且咱们俩都不稳定，正好能拿出点钱来应应急。"

胡潋滟正想着，旁边座位新来的两个男人一坐下就开始讨论股市。

"我跟你说啊，这股市听说下周一进入调整期，大盘直线向下。赶紧半仓，谁满仓搞不好就会一夜回到解放前。"

胡潋滟只觉得自己一颗火热的心又冷了，短短一会儿的工夫，像是坐了过山车，七上八下的没有着落，整个人又陷入了一贯的焦灼状态，怎么待着都难受。

另一个男人使劲儿地摇了摇头说："股市不可能跌，就算调整也是正常。楼市可就不好说了，价钱不涨就是赔。我一哥们儿去年买房贷了 100 万，现在家里老人生病想卖房，卖了半年没卖出去，好容易找到了一个买家，可我哥们儿自己一次性还不清银行的 100 万贷款，又黄了。现在干挺着呢！"

"我就不信股市不可能跌！这世上最没准儿的就是股市。房子好歹在那儿是个物件，钱扔股市里了，回头打水漂一样没了，想哭都没地儿哭去。"

"胡说！现在股市是难得的大牛，傻子投钱都能赚。不怕赚得多，就怕你没钱投！"

胡潋滟听着，嘴里的饭菜越嚼越没了滋味。张景山看着自己媳妇，心里也不好受。以前胡潋滟是很好哄的，不像别的女孩子那么难伺候。她和他是初中同桌，高中也是一个学校，大学一起考到新港。小地方出来的人能吃苦，这么多年她跟着自己在新港讨生活，买房置地什么也没享受过。每次媳妇生气的时候，他带着她吃顿大餐就过去了。可是今天，她拎着打包的剩菜，浑身写满了疲惫和落寞。

起风了，夜幕中胡潋滟的长发在风中飘舞。张景山心疼地走过去搂住了她的腰："老婆，我带你做头发去吧！"

胡潋滟看着不远处地摊上叫卖的小玩意儿一直发怔，过了好一会儿，她轻轻地摇摇头说："不去。换发型不一定非得做头发啊，买根头绳绑起来不也一样换形象？"

张景山一阵心酸，想说什么可哽咽得说不出话来，轻轻拍拍老婆的肩膀，把她搂在了怀里。

四

买房子没那么容易，顾盼一个月里搬了三次家，最开始和大学生一起合租的地方因为作息时间不一样，她实在忍不了了，就又在快捷酒店住了一个星期。现如今好不容易找到跟人合租的一个小两室。下班回家，刚想简单收拾一下自己，外面的门铃就响了。门铃响得就跟催命符似的，一声高过一声。

"来了！"顾盼跑到门前，轻轻打开门，看到外面站着的两个人，顿时惊呆了，"妈，您怎么来了？"

"我来把你收回肚子里，重新给你补点脑子！"杨娇芬手比嘴快，上去就揪住了顾盼的耳朵，不解气地往里拽。

"妈，您别揪我姐，快放开！"

"段磊，你别掺和！赶紧给你姐夫打电话，就说我们带着你姐下午就回家！"

段磊是顾盼同母异父的弟弟，今年25岁。大学毕业后一直没工作，他的梦想就是当一名作家，想用自己的思想来改变这个世界。可是投稿多次都被出版社退了回来，写网络小说赚的还不够电钱呢，他坚信总有一天他写的故事会感动所有人，他缺的只是一个机会。

"怎么还不去？"杨娇芬总算是松开了顾盼，自己气得坐在顾盼房间的沙发上，呼哧呼哧直喘。

顾盼接到段磊投给她的"不用担心"的眼神，轻轻松了口气，拿了一瓶矿泉水，拧开盖子递给杨娇芬："妈，您别生气，喝点水吧！"

纸永远包不住火，可顾盼没想到自己的老妈这么快就知道自己跟杜青翰分手的消息。如果她没有猜错，一定是顾芊芊告诉了自己的老爹，然后老爹又告诉了前妻。

话说顾盼觉得自己的父母特别有意思。小时候妈妈强势，爸爸懦弱。妈妈整天指手画脚，爸爸对妈妈言听计从。唯一一次爸爸没听妈妈的话，在外面帮助一位年轻的阿姨，帮来帮去就搭上了自己，一次就彻底农奴翻身把歌唱了。老妈也没手软，对于出轨的老公，房子、票子，甚至连内裤都没给一条，彻底把自己不要的前夫空身赶出了家门。后来两个人唯一的交集就是顾盼，因为她，这对前夫前妻无论是见面还是打电话，都是吵吵吵，最后几乎都是以老妈暴怒、老爸服软告终。顾盼最大的心愿就是不让爸妈再为自己费心，她要让他们知道她一个人可以活得很好。

杨娇芬接过矿泉水，拧开盖子咕咚咕咚喝了大半瓶，有了战斗力再次开口："我不生气？我看你是想要气死我！你告诉我，这婚为什么不结了？"

顾盼看杨娇芬正在气头上，知道自己说什么也没用，索性像蜗牛一样先缩进壳里不吭声了。

见自己的女儿又成了包子，杨娇芬的吼声更大了："你知道自己多大了吗？你知道多少人羡慕你找到这么好的老公吗？你知道多少长得漂亮、家里有钱、工作好、哪里都好的大闺女现在还剩着吗？不作不死，你就放着好日子不好好过吧！"

段磊果断站在顾盼这一边："妈！杜青翰父母一看就是不好相处的，话里话外觉得我姐高攀了他们家。还有，杜青翰长得一副招蜂引蝶的桃花相。"他猛地皱起眉头，"姐，他杜青翰是不是做了什么对不起你的事，要是有，我找他去！"

顾盼惊悚地看着段磊，写小说的头脑果然发达，思路太宽阔了。

杨娇芬脸上的怒火因为儿子这句话消退了不少，脸色也是一变，愣了一下才带着余温气呼呼地说："咱们家本来就跟人家门不当户不对。人往高处走，水往低处流，谁不是往上走啊，难道你要学我找个你爸那样的窝囊废？"

涉及自己老妈的前夫，段磊没了说话的立场，只能沉默了。

顾盼晕了，怎么好好的又扯到自己老爸头上去了？

"就是你爸那样的窝囊废还懂得乱搞呢！像杜青翰那样要才华有才华、要长相有长相、要钱财有钱财的钻石王老五，看好了是你的本事，到手了还看不住，你就是个废物！"

顾盼猛地抬起头，目光坚定得让杨娇芬顿时怔住了。

"你瞪我干什么，我哪说错了？"

"妈，我是你亲生的吗？杜青翰才是你亲生的吧？"顾盼突然觉得若是有一天段磊要结婚，自己老妈跟刘玉兰的腔调肯定会如出一辙。婆婆这种生物到底是怎么构成的？难道一个女人做了婆婆之后就不再是女人了？

杨娇芬脸色一白，声音有些颤抖："这么说，杜青翰真的做了对不起你的事，所以你才搬出来的？老妈跟你找杜青翰说理去。他说好了要娶你的，想反悔没门！我闺女好欺负，她妈可不好糊弄！"

段磊拍拍宽阔的肩膀，也对顾盼说："姐，他不娶咱还不嫁呢！不过这口气不能就这么白受了！"

顾盼赶忙拦住杨娇芬，又拉住段磊说："杜青翰没欺负我。是我觉得我们之间性格不合。这婚是我自己不想结的。你们不用去找人家了！"

段磊的心情突然好了起来，冲着顾盼默默点了一千个赞。他觉得婚姻和爱情真心不能凑合。凑合的婚姻简直就是反人类、反宇宙。

"是你不想结的？你……"杨娇芬大巴掌扬起来，一下子就拍在了顾盼的后背上，自己的血压也噌地蹿了上来，差点晕倒。

"妈！"

顾盼忍着疼，赶紧扶着老妈躺下，然后找到药喂进老妈嘴里，自己也吓出了一身汗。等杨娇芬终于过了那阵难受的劲儿，她看着面前的女儿，一时间气势全无。她的短发散落到耳前，看上去仿佛一下子老了好几岁，她不再是个家里家外什么事都往前冲的泼辣女人了，她只是个希望孩子好、无助又无能的母亲。

"盼盼啊，妈妈知道从小对不住你，可妈也没办法，都是顾面那个浑蛋害了你。妈只希望你能在新港早点有个家，有个归宿，我就是死了也能闭眼了。别任性了，这样的优质女婿，被你瞎猫撞见死耗子遇到了你不珍惜，你将来后悔了就是打着灯笼也没地方找去啊！你现在给杜青翰打电话，就说你后悔了，赔个礼道个歉，咱还接着结婚行吗？"

看着老妈哀痛乞求的目光，顾盼的心一下一下地抽痛。多少年了，她最受不了的就是妈妈这样的眼神，会让她内疚到心痛，会让她觉得自己犯下了弥天大错。可这一次她要选择一条为自己人生负责的路。

"妈，我不打！我也不想跟杜青翰结婚。我保证我一定会让自己活得好好的，绝对不会让你和我爸惦记！"

杨娇芬咬碎了门牙，坐起来吼道："你告诉我，你准备怎么过得好好的？再找个男人还能比杜青翰好？我告诉你，别以为长得像厨子的矮冬瓜，没钱没势没本事对别的女人毫无吸引力，也别以为表面上对你言听计从的男人就不会变心，一辈子对你好，你亲爸就是最好的例子！"

顾盼一脑门的冷汗，怯懦地说："妈，这事跟我爸没关系，你别又扯他身上去。"

"我没说和他有关系，我就是想告诉你，找对象就得找有钱、有本事、带出去有面子的。要是婚姻本来就是没保障的一种男女关系，将来注定得离婚，注定得在婚姻里受到伤害，那还不如先享受了，先不受穷了！"

段磊觉得自己老姐特别无辜，自己今天之所以跟着来就是怕顾盼一个人在新港被人欺负了。他的爸爸不是顾盼的爸爸，自然不会替这个没有血缘关系的女儿出头。而她的爸爸又是那样一个大声说话都不敢的主，若说能为这个老姐出头的男人也只有他了。

段磊坐在杨娇芬的身旁，从背后替老娘顺着气说："妈，你想想我爸不就对你挺好的？要是每个人都对生活这么悲观，咱们这个社会还有什么希望，人跟人之间还怎么交往？我觉得吧，人心都是肉长的，你对别人好，别人不会感觉不到，可别人对你不好，就算理由再多，也有骗不下去自己的一天。我姐这么做肯定是经过深思熟虑的，只要她开心就好，你就别勉强她了。"

顾盼直接给老弟挑大拇指点赞。

杨娇芬气得狠狠拧了段磊一把："我悲观？你以为生活是你编的小说，一堆金光闪闪的男人排着队追你姐啊？生活就是这么残酷，婚姻就是这么现实！你问问她，她准备怎么过得好好的？"

狭小的房间内，行李箱还堆放在地上，真正就像个寄宿者暂时栖息的地方，给人一种无依无靠的感觉。既能听到对门年轻小情侣开得很大的音响声，又能闻到楼道里的垃圾散发出的刺鼻味道。顾盼看着这一切，比起当年自己来新港的时候似乎好不了多少。而那个时候，她的身边还有一个孟家傲。

心有了依靠，再苦也不觉得孤独。身旁有个相濡以沫的人，无论住在哪里都会有家的感觉。如果说幸福的定义是心灵上有所依靠、精神上充实富足、经济上自给自足，那么她今后会毫不吝啬地给予自己幸福。有没有那个人，她都会对自己更好一点！

"妈，你说得对，我快30岁了，一个人在新港这么漂着也不是事，所以我想买房！"

杨娇芬差点一口热血喷出来，看看顾盼再看看段磊，最终又看向顾盼说："你再说一遍，你准备干什么？"

"我准备买房！"

这句话好像炸弹一样在小出租屋里炸开了。隔壁的音响又放出了劲爆的《江南Style》。杨娇芬在大惊之后突然诡异地平静下来。

"你要买房？你哪儿来的钱？你为了忽悠我，这种理由都能编出来？"

顾盼说："妈，我没骗你，最近我一直在看房子。我现在能拿出50万首付，买个二手的小房子，然后自己还贷款，以后您和我爸也不用担心我一个人漂来漂去、居无定所、老无所依，而且你们谁要是来新港也能有个地方住。"

"你有钱？钱呢？"

顾盼说着从钱夹里拿出一张银行卡，怕老妈不信，还特意在她面前晃了晃说："里面有 60 万，我已经看好了一套 60 平方米的小两室，说好了后天去交钱。"

"拿来，我看看！"杨娇芬不动声色地向顾盼摊开了手。

顾盼想都没想就把银行卡递了过去。段磊下意识地喊了一声："姐！"可是他的阻止已经晚了，银行卡已经稳稳当当地落在了杨娇芬手中。

"钱包也给我！"见顾盼犹豫了，杨娇芬干脆乘其不备把钱包抢了过来，然后从里面掏出顾盼的身份证放进自己的口袋里，又把银行卡啪的一声折断了。

"妈！"

"妈！"

杨娇芬把银行卡的残骸扔到了地上，还不解气地跺了两脚："我让你后天去交钱，我让你买房子！我让你脑袋不够用，我让你好日子不好过！女人自己买房子？你当你是大款还是富婆啊？我告诉你，女人就该乖乖地找个男人嫁了结婚，你买房子是想将来倒贴小白脸怎么着？"

段磊捡起地上的银行卡，气愤地对着杨娇芬大吼："妈，你说话太过分了！是你思想落伍了。我姐买房怎么了？只要她自己愿意，谁也管不着！"

杨娇芬跟闺女动完气，又把战火烧向了儿子。说心里话，自己这个闺女虽然从小管得少，可还算是个省心的。这个儿子才是要她老命来的。大学毕业不找工作，就喜欢天天宅在家里编故事。最可气的就是家里张罗给他买房，他坚决反对。

"你这么支持你姐买房，怎么家里一张罗给你买房你就反对呢？"

段磊理所应当地说："我姐买房是为了更好地生活。你们给我买房纯属是为了增加结婚的资本。我特别反对把房子跟爱情捆绑在一起。在我看来，真正的爱情根本就不需要房子。"

杨娇芬的世界彻底因为这一儿一女凌乱了。本该婚后相夫教子的女儿现在要自己买房做女汉子，本该早早毕业赚钱买新房娶新娘的儿子，为了什么狗屁理想不工作不买房，天天宅在家里。

"我理解不了你们乱七八糟的思想，我只知道顾盼你给我乖乖地向杜青翰承认错误结婚去。你这 60 万交出来，留给段磊买房用。你是女人，女人不需要买房子；你是姐姐，你赞助弟弟买房子天经地义！"

顾盼彻底傻了，银行补卡至少得半个月，她后天怎么去交房款？把这 60 万留给段磊？这不行，她必须负担起自己的人生，才有资格负担别人的人生。

"妈，这不行！"

"你要是不听我的，从今以后就当没我这个妈，我跟你断绝母女关系！"

杜青翰出差刚刚下飞机就因为母亲刘玉兰一通生病了的电话赶回了家。竞选副行长的日子越来越近了，不仅人际关系上要打点，方方面面的业绩也等着他来添砖加瓦。忙碌的工作让他觉得不结婚其实才是最正确的选择，与其在女人身上浪费时间，真不如把精力都投入工作中。他已经下定决心，这辈子绝不再在女人这种生物上浪费一毛钱的感情。

按下门铃，门很快就被打开了，可里面站着的不是父母中的任何一个，而是一个长发及腰、高挑美丽的女人。

"青翰，你回来了？"云翳有些紧张。她感觉杜青翰较之上次见面的时候又消瘦了一些，可是看向她的目光凛冽又陌生，这让她感觉自己好像无端做了什么错事一样。

"嗯！"杜青翰简单地应了一句，换了鞋走进屋子。

饭厅里已经摆好了一大桌子菜，刘玉兰从厨房里解下围裙走出来。

"青翰你怎么才回来？就等你开饭了呢。赶紧洗手去，云翳知道我不舒坦，一直跟我忙活了一下午，一会儿你可得好好谢谢人家啊！"

杜青翰深抿起嘴角，直接去了书房。他走进去，看到父亲正在写毛笔字，喊了一声："爸！"

杜秉严放下手中的笔，招呼着儿子说："你过来，看看我写的这幅字！"他老人家见儿子不说话，自己眉飞色舞地演讲起来，"修身、齐家、治国、平天下！如何？"

杜青翰挑眉，眼底闪过一丝不耐烦的神情。

"咱们中国人就是家文化，你连家庭都搞不好，做什么都是胡扯！从小到大，我跟你说的每一件事都是大事。家和万事兴，我是一个负责任的爸爸，咱们家自始至终都是一个传统的家庭，娶妻娶贤这是一代代流传下来的老理儿。"

外人若是听到这样一番言论，定会认为父亲教育儿子天经地义，话说得也极有水平，可杜青翰从叛逆期开始就忍受不了父亲大道理横行、千篇一律几十年的论调。若是以前他顶多不说话，可是今天他实在是不想忍了。

杜青翰挑眉："爸！家和万事兴可没听说有让儿媳妇签不平等条约的。您不能光想着对自己的家庭负责，是不是也得考虑考虑别人的感受？家文化说的可不是画圈文化，几千年来一直说的是泛爱众，而亲仁！怎么传到您这儿，变成画圈文化了？改成了圈里的都顾着，圈外人都不管死活？咱们国家的家文化要都这么往下传，就直接叫画圈文化得了。"

"混账！你还知不知道谁是老子、谁是儿子？"杜秉严马上摔了毛笔，拿起砚台就想砸过去。

刘玉兰闻声赶来，看到这一幕，用围裙擦着手说："哎哟！你们父子俩能不能好好说话，怎么一见面就顶牛呢？吃饭了，赶紧洗手去。"

杜秉严气得浑身哆嗦，指着杜青翰说："我这么做还不是为了你？我跟你妈这一辈子是自己享受了，还是不管你了？你自己问问良心！"

杜青翰一脸无奈："您为什么不跟我妈自己享受？我宁可你们全都自己享受了，也不愿意你们总是干涉我的生活。别以为我不知道云翳今天为什么在咱家，你们总是这样自作主张，有意思吗？"

刘玉兰看着儿子心虚地说："云翳是我找来的。这些日子这孩子变了不少。我也不知道你跟顾盼之间出了什么问题，连订好的酒店都退了。我就是琢磨着，你跟顾盼要是不合适，云翳怎么说也是跟你从小一块儿长大的，知根知底，比外面现认识的女人怎么都强些！"

"妈，合着您这是跟我二婶学习呢？杜青刚没离婚，小三就进门了。我这刚退了酒席，您帮我把备胎都找好了。咱这传统家庭，家文化可真值得别人学习的。"

杜秉严看着自己儿子冷漠的表情，拿起桌上刚刚写好的大字就团成了一团扔在地上，不解气地对老伴儿说："看看你养的好儿子！"

刘玉兰推着老伴儿重新坐回椅子上，然后又折过来拉着儿子的胳膊让他坐在沙发上。她小声央求着："青翰啊，这次是妈不对！你跟顾盼的事，我以后绝对不再掺和了，我让云翳吃完饭就走。"

杜青翰嘴角浮上一丝戏谑的笑容："您以后也没机会掺和了。我跟顾盼分手了，婚也不用结了。你们当初非要借给我的房款，等我发了年终奖先还你们一部分，剩下的我会尽快还清。我还有事，先走了！"

他回来是担心母亲的身体，如今看来她不但没事，而且好得很，他觉得自己可以马上走了。

刘玉兰和杜秉严同时愣住了，互相交换了一个眼神，脸上同时都流露出了一丝凄惶之色。

杜秉严板着脸说："婚姻是人生大事，说结就结、说不结就不结，你们这是胡闹！"

刘玉兰拉着杜青翰的手说："青翰啊，其实顾盼就是笨点儿，人还不错，也能照顾你，你这好不容易答应妈妈结婚了，怎么又反悔了呢？"这会儿她不再是装的，整个人是真的完全不好了。

"不是我反悔，是顾盼提出的悔婚。我也跟你们说一下，以后别再给我介绍女人了，恋爱结婚这种事情十年之内我不打算考虑了。我现在事业正到了紧要关头，没精力为这些无关紧要的破事分心。"

"十年？到时候你都四十多了，我什么时候能抱上孙子啊？"刘玉兰眼一黑，险些晕了过去。杜青翰脸色一白，上前一把捞住了老娘，把她扶到了沙发上。

一个小时后，杜青翰万般无奈之下还是坐到了自家的餐桌边。云翳就坐在了他身边。杜秉严夫妻坐在了他对面。自从 16 岁住校开始，很多时候他最不愿意做的事情就是回家。每日父亲的教训就像一日三餐毫无遗漏。他也不想跟父亲顶嘴，随着渐渐长大，他慢慢发现如果自己不发言，父母便可以直接越过他，干涉他生活的任何一个方面。

从提出自己的观点到反抗到底，这么多年，他每一次回家都觉得很累。最后的结果便是从 18 岁之后，他没有因为任何一件事情求助过家里，就是因为他不想被控制。即便是这样，似乎也逃不开父母为他织就的那张大网。

尤其是母亲，他可以不怕父亲的威严，却不能不顾母亲的哀求和眼泪。当日买房交款的时候，他没通知任何人，没想到父母竟然拿着存折比他先一步到了售楼处。

看着父母在晨风中苍老的身影，那一瞬间，他的心也有所触动。可他万万没有想到，他们竟然让顾盼写借条。早知如此，当时就算父母再坚持，他也不会借用他们的钱。

这个时候，无论是借条还是反感现在同在一张饭桌边的云翳，杜青翰觉得根本都与顾盼无关，这些都是他做人的原则。

"青翰，你尝尝这个土豆泥沙拉，是我在网上学的。"云翳见饭桌上冷空气太重，直让人忍不住打冷战，正好给了她向杜青翰献殷勤的机会。虽然她明显地感觉到这次见面比起上次他对自己更冷淡了，可是她不想放弃，他和未婚妻竟然取消了婚约，看来连老天都在帮她。

杜青翰看着盘子里的食物，他还没到没风度到把土豆泥夹回去的地步。浇着蓝莓酱的土豆泥吃在嘴里有点甜腻，色泽看上去也很漂亮，可不是他喜欢的味道。他喜欢什么口味？眼前分明闪现过了一双胖乎乎的小手端到餐桌上的红烧小排骨、绿油油的清炒菜心、色泽鲜亮的冰糖葫芦。这么想着，他嘴里的食物顿时更没味道了。

"再尝尝云翳做的水煮牛肉，你以前最喜欢吃了。"

"云翳，你也吃！"

云翳笑着摇摇头："阿姨，我最近减肥呢！"

刘玉兰看看自己帅气的儿子，又看看大美人云翳，笑着说："云翳啊，你够瘦的了，这小模样啊，看着就让人喜欢又心疼！"

杜青翰眼见着老妈的筷子又夹起牛肉放进了他的餐碟里，他象征性地夹起来尝了一口，全是辣椒和调料的味道，根本尝不出牛肉本来的香味。他的脑海里不由自主地又想起顾盼围着围裙在厨房里做菜时的专注表情，与他工作时认真专注的模样一般无二。

如果这么去看，其实他和顾盼都是一种人，对待自己愿意做的事情，可以认真到一丝不苟。只是他选择的是事业，而她选择的是生活。

"青翰，好吃吗？"云翳紧张地看着杜青翰，只见他一副心不在焉的样子，心里顿时没了底。

杜青翰看着桌上六双眼睛齐齐地看着自己，还没有完全咽下去的食物更是如鲠在喉，这顿饭吃得太累了。他怀念之前自己一回家便摆上桌的可口饭菜，无论是何种菜式都让人回味无穷。而往昔桌上的气氛更是让他感到轻松和惬意。顾盼从来不会说减肥不吃饭这样的话，相反她从来都是吃得专注而执着，津津有味的表情很容易带动他的食欲。每当那个时刻，透支了一天脑力与体力的他被生活的气氛浓浓地包围着。他一下子便重新从写字楼三十几层的云端，回归到生命的真实。一下子把戴了一天的、用来伪装自己的面具摘下来，把身上用来武装自己的沉重铠甲一件件地卸掉。

"青翰！"刘玉兰用胳膊肘推了一下杜青翰。她看着他这个样子，心里顿时有一种不好的预感。当年，儿子也是经常这样发呆，然后就像彻底变了一个人一样。她忘不了自己是怎么苦口婆心、费尽心机、斗智斗勇才说服他同意相亲的。顾盼那个姑娘虽然怎么看都配不上自己的儿子，可她确实是儿子好几年来唯一看中的女人。以前无论那些相过亲的姑娘多么漂亮，对儿子费尽多少心机，他都连看也不看一眼。

"妈，我单位还有事，先走了！"杜青翰总是想起顾盼，更觉得不爽。他在心底冷笑了一声，不过是习惯而已，这个世界上早就已经没有什么是我不能戒掉的了。

"青翰！"云翳看着杜青翰起身，不由自主地叫了一声。杜青翰却连半点回应都没有。看着他漠然的背影，她苦涩地笑了一下。

"阿姨，我也走了！谢谢您！"

"哎，云翳啊，你慢点啊！"

饭厅里只剩下杜秉严和刘玉兰夫妻两个守着一桌子还没怎么动的饭菜。杜秉严叹了口气说："爱吃不吃，咱们自己吃！"

刘玉兰摇摇头，心脏是真的不好受了："我说老杜，你儿子跟顾盼真就这么分了，我心里怎么这么没底呢？"

"有什么没底的？男子汉何患无妻？这也就是在新社会，要是在过去五斗米就能娶个媳妇。看现在把女人惯得，都没个女人样儿了。"

刘玉兰听了这话心里更不痛快了，恨了半天想把筷子扔桌上，可惜还是没敢，嘟囔着："你年轻的时候是不是就是这种想法，才跟你们单位的女同事出了那么一档子事？"

杜秉严心里也烦躁着，听到老伴又把20多年前莫须有的事拿出来说，火一下子蹿了起来："找不痛快是吧？陈芝麻烂谷子的事你也不嫌烦？"

"怎么不嫌烦？我都烦一辈子了。要不是青翰小时候你整天出差不回家，他跟你的感情会这么淡吗？一年年地在外面，回家看不顺眼就打孩子、训孩子、摆家长作风，现在真有事了，你倒是给我管一下，让儿子听你的啊？"

"我看你是最近没压力！"杜秉严大声吼了一句，见老伴儿及时闭上了嘴巴，他深吸了口气说，"依我看，顾盼主动提分手这事根本就不成立。她傻啊，放着好日子不过。现在小年轻结婚，有几个能住得起800万的房子，能找个年薪百八十万的丈夫？我看也就是你儿子看不上顾盼了，变着法地给顾盼脸上贴金，其实是他自己反悔了。"

刘玉兰皱着眉头："不是吧？我看青翰说话的样子不像是假的！"

杜秉严大手一挥："别说了！我把话放这儿，顾盼用不了多久就得给你电话。得多傻的人才会干这么缺心眼的事。她就是跪着也得求你帮她。"

刘玉兰也没了主意，一会儿担心儿子又要选择几年前死活不肯结婚的老路，一会儿又担心地说："老杜，你说青翰跟他们单位的那个方媚儿是不是真有什么事啊？那姑娘眼睫毛都是空的，一脸风骚相，根本就不是个过日子人。咱可不要这样的儿媳妇。"

杜秉严冷笑："那就得看顾盼了。聪明的就自己想办法去，要是一根筋犟眼子，好男人自然不会留给她。她就应该跟你当年好好学习！"

"我当年？"刘玉兰顿时满嘴苦涩，即便是孩子都三十了，自己这么老了，想起当年的事心里还是一抽抽地疼。

20多年前，杜秉严和一起外派的女同事越走越近。她不仅强忍着愤怒拉扯孩子，还要给丈夫伏低做小，讨男人高兴，挽回男人的心。最后丈夫终于回归了，可是她足足瘦了20斤，以后的好几年里也被失眠和内分泌失调一直折磨着。多少次她也想过彻底爆发一次，可是她怕，怕丈夫真的不要她了，不要这个家了。

年轻的时候她一直活在极度的不安全感中，如今真的白头到老了，想起年轻时的那些事，她还是会愤然难受。如果她有一个女儿，一定不让她受自己当年的委屈。

"像我当年没囊没气的有什么好？"

毕竟是老了，她也不像年轻时那么怕他了，小声抱怨着站起来收拾桌子。杜秉严啧了一声，可看到老伴儿苍白的脸色及时闭嘴了。她身体不舒服，他也是真心疼！

这个时候，杜家的电话响了。

"老刘！接电话！"杜秉严在书房里吩咐着。

刘玉兰在厨房里擦了擦眼泪，解下围裙坐到了客厅的沙发上拿起了电话："喂！"

"亲家母啊，我是顾盼她妈，您最近挺好的啊？"

刘玉兰本来一愣，可听着杨娇芬在电话里亲热十足的声音，她悬着的一颗心渐渐落地，顿时明白了些什么。

"顾盼她妈啊，您找我有事吗？"刘玉兰立刻挺直了脊梁，脸上也不由自主地带出了势力的张扬，不咸不淡地说。

电话的那一端尴尬地沉默了好一会儿，又传来了杨娇芬更加亲切的声音："其实吧，我这次给您打电话就是想替我们家顾盼道个歉。孩子不懂事，前段时间跟青翰闹点不愉快，说了不该说的话。其实吧，她根本就没有真要分手的想法，就是一气之下随口说说。您跟亲家公可千万别往心里去。"

刘玉兰暗自心花怒放，心想自己老头子真是神了。顾盼能如期跟自己儿子举行婚礼在目前来看是最皆大欢喜的结局。她是真怕自己儿子从此又打定主意不结婚了，更怕儿子找了不三不四的女人，心里这么想着，嘴上说的却是另外一番话。

"我说顾盼她妈啊！不是我说，你们家顾盼可真是放着好日子不过。我们青翰是有好多女孩子追着、喜欢着的。你们家顾盼作为女人不得想着怎么笼络丈夫的心吗？她却和我们家青翰闹，愣是把我们家青翰往外推，你养的这闺女是缺心眼吗？还有，这结婚大事里里外外都是我们家操持的，即便是签个借条也是想让她表表忠心，她可倒好，还不乐意了？这不是要饭的还嫌饭馊吗？这叫什么事啊？"

脾气火暴的杨娇芬真想立刻把这个恶婆婆的祖宗八代都问候一遍，还以为这是旧社会呢？她家里外头何时受过这种委屈？她要说真认同刘玉兰说的，当年也就不跟前夫顾面离婚了，可是想着顾盼手里的首付得给自己儿子买大房，便咬牙忍了。

可她有一件事没听明白："借条？什么借条？"

刘玉兰愣了一下，没想到顾盼根本没把借条的事跟自己的亲妈诉苦。她赶忙岔开话题："反正我就一句话，你们家顾盼这事做得太过分了。青翰现在是铁了心不要她了，她要是还想嫁进杜家，就让她拿出态度来。先不说我们家青翰还要不要她，就是为屁大点事这么一哭二闹三上吊拿离婚分手来要挟人，我们家老杜也硌硬坏了。你们看着办吧，我先挂了！"

刘玉兰的心情莫名地就完全好了起来，而书房里杜秉严也好心情地哼起了歌。一时间杜家所有的郁气烟消云散。

小出租屋里杨娇芬气得浑身发抖，看着坐在自己对面低眉顺眼的闺女，心底翻涌出无限的愧疚之情来。她年轻时因为忙工作，这个孩子从小就扔给了老人，离婚后就更顾不上了。可是她也确实没办法，女儿既然这样了，儿子将来结婚时方方面面一定得风风光光地办好了，让人高看一眼。

"盼盼啊，他们家让你写借条了？"见顾盼点点头，杨娇芬狠下心来说，"你要是因为这个跟杜青翰分手，可就太傻了。听妈的话，跟杜青翰道个歉，给他爸妈赔个不是，你只要不跟他们离婚，将来钱还真用你还怎么的？你这首付留着给你弟买房，退一万步说，将来你要是真被人欺负，还不得靠你弟。指望顾面那个软柿子，更得让你被人往死里欺负。"

段磊在一旁气得冒烟儿，看向老姐的表情尴尬极了。

"妈！我不要姐的钱，你赶紧把身份证还给我姐。你看看你哪里像是我姐的亲妈，感觉就像是个卖闺女的老鸨子！"

"你个浑小子，写书写得你什么都敢说，我打你个没大没小的！"

"你打死我好了，别让我看着自己亲妈做伤天害理的事，默默羞愧而死！"

看着母子两个人在小屋内追跑起来，顾盼先是面上一垮，然后又忍不住轻笑了一下。她实在是没想到暴脾气的老娘能对自己说出这样一番话来。从小到大突发事件太多了，她倒不是不能接受。而且在某些方面，其实这种处理方法也符合老妈的性格，比如只要涉及弟弟的事，老妈的思维方式就会变得十分诡异，如同温柔恬静的继母一旦涉及妹妹芊芊的利益，也会像母豹子一样伸出爪子挥向任何人。

她能理解这种母爱，她想如果有一天自己有了孩子，也会把自己全部拥有的、从小缺失的爱都给予这个全新的生命。

顾盼不嫉妒段磊和顾芊芊，因为一个人太久了，她已经适应了没有父母呵护的生活。看到父母各自关爱自己的子女，她也能从一种欣赏的角度去看待。

窗外风雨飘摇，顾盼躺在自己的小床上，听着来自漆黑深夜中大雨的哗哗声。她的身上盖着被子，可还是觉得冷。隔壁的小情侣正在从网上看恐怖片，透过不怎么隔音的墙板可以听到女孩子因为害怕发出的尖叫声，然后便是男孩子恶作剧般的低笑，以及温柔的轻哄声。

即便看不到，顾盼也能想象到隔壁小情侣此时处于怎样的情形。从小到大的经历让她比任何人都知道，最好的爱就是陪伴，最幸福的生活便是两个相爱的人在一起，最甜蜜的时刻莫过于在你害怕无助的时候，有一个人能让你放心地依靠。

顾盼闭上眼睛，这一夜居然又梦到了杜青翰。时光仿佛回到一年前，那是她和杜青翰已经确定恋爱关系两个月的时候。说是已经恋爱两个月了，可是他们见面的时间少之又少。他经常出差，两人一个月见上一两次是很正常的事情。甚至很多时候，她根本想不起来自己还有一个互相见了家长、正在以结婚为目的交往的男朋友。

那天也是这样的大雨，她生病发烧一个人去了医院。这么多年，她已经习惯了这样的生活，没想到的是杜青翰竟然在她打吊瓶的时候打来了电话。

顾盼没想隐瞒，但是也觉得没有告诉杜青翰的必要，毕竟两个人的关系实在是比陌生人熟悉不了多少。

"你在哪儿？"

杜青翰的声音一如既往地清冷威严。很多时候，顾盼都觉得这个男人更像是公司的领导。

"我这会儿在外面有事，你有事情吗？"

医院里人满为患，打个吊瓶也找不到床位，只能在输液室外面的走廊找了个输液的位置。她用胳膊夹着电话，自己挂好瓶子，然后费力地坐了下来。

"你的声音怎么了？"

顾盼一惊。不过在为数不多的相处时间里她已经发现了，杜青翰这个男人霸道冷漠，可有的时候心又很细，前提得是他感兴趣并且愿意做的事情。更多的时候，这个男人更像患了冰冻症，无论怎么接触，都没法让人亲近起来。

这时医院的广播响起：请 428 号病人去 1 号诊室就诊。

电话那一端的杜青翰声音沉了一下："你在哪个医院？我现在过去。"

顾盼真没想到杜青翰会这么说，她确实有些受宠若惊，这么多年几乎都是她一个人上医院，如果不是烧到40℃，她也许都不会往医院跑。

"谢谢你啊。真不用了，我马上就要走了，你不用这么客气！"顾盼觉得很尴尬，这种情况如果让杜青翰不得不为了男人的风度和面子真赶过来，实在是给人添麻烦，完全没必要。

"我给你一分钟时间，要么我现在去医院，要么我去你家门口等你。"

杜青翰的声音霸道至极，不容一丝质疑。顾盼想了想，还是告诉了他自己在人民医院。没办法，当初杜青翰第一次约自己出来时曾经顺路把她捎回家过。可惜时隔两个月，她早就已经搬家了，在电话里没法解释，她只能让杜青翰来医院了。

雨越下越大，天气冷得骇人。医院里已经没有地方停车了，杜青翰的宝马只能停在对面马路边上的停车场里。这个时间是下班高峰期，步行虽然只需要10分钟的路程，真要开过来，绕东绕西的也许花一个小时都有可能。

输完液后，顾盼的体温依旧是38.4℃，她穿着棉服还冷得瑟瑟发抖。见杜青翰沉着脸看时间，顾盼更加觉得抱歉难安。

"你要有事就先走吧，我打个车就回去了。"

杜青翰看了一眼脸色苍白得跟鬼一样的女人，心想，从他来这儿到两个人一起离开医院，足足用了两个半小时，可她当时在电话里对自己说马上要走了，这样的天气能打到车几乎是没有太大可能的。一个病人在路上折腾两个多小时回家，肺炎明天不但好不了，肯定还得更严重。

若是别的女人他肯定不会多管闲事，如今的杜青翰已经没了男人对女人该有的风度。一想到在他身边的这个女人是他准备结婚的对象，而对方居然比自己还无法进入状态，他心底一波波地涌上异样的情绪来。

顾盼真心觉得浪费杜青翰这么多时间心里过意不去，可是看着某人的脸色也不知道该说些什么。正在踌躇之际，突然一件大大的棉风衣从头到脚把她包裹了起来，鼻息间都是男子淡淡的薄荷香气。

　　"你跟我走过去！"

　　杜青翰说着过来拉顾盼的袖子，也许是凑巧刚好就拉到了她的手，他没有迟疑索性就坚定地牵起了她的手，领着她向前走去。

　　发烧中的顾盼，手被男人的大手包裹着，她只感觉到一脉脉的温暖从掌心传递过来，甚至忘记了挣脱。

　　杜青翰曾经有好一段时间单身在北京，那个时候他也是在租房子住。往事历历在目，看到顾盼住的地方，他站在那里愣了好久。时隔两个月不到，她又换了住处，这种遭遇对于任何一个外地人都不会陌生。让他吃惊的是，即便是这样一个有着30多年房龄的、简陋的一居室也能被布置得如此温馨舒适，每一个角落都充满了生活的味道。

　　顾盼给杜青翰倒了一杯水便已经到了极限，她抱歉地说："我已经好多了，今天谢谢你，回头我请你吃饭！"

　　杜青翰看着她苍白脸上不正常的潮红，自然知道她现在一定是难受极了，当年在北京的时候，他自己就差点病死在小出租屋里。而且，他在心底嗤笑了一下，这个小女人竟然把请客说得如此认真和尴尬，他可以肯定她根本就不擅长请不熟识的人吃饭，这么说只是为了不欠他的人情。

　　杜青翰坐在单人的布艺沙发上，从皮包里拿出电脑，极其自然地工作起来："我想起还有个重要的工作没处理完，你去歇着吧，不用管我！"

　　顾盼被雷得不轻，这个男人就是有这种气场，只要他愿意随时可以反客为主。她想了想，周到地从烤箱里拿出一碟子加热后的小点心，放在沙发旁边的茶几上。

　　"这是我做的点心，你尝尝，我不打扰你了！"

杜青翰没有回应，这是完全忽视顾盼的存在了。顾盼头顶划过三条黑线，默默地去自己床上安静地躺了下来。

外面的雨越下越大，还没到晚上，整个天空便完全陷入了一片漆黑的世界。顾盼冷得不行，整个人缩进被子里以一个极度没有安全感的姿势睡着了。

听到不远处的单人床上传来小女人均匀的呼吸声，杜青翰放下手中的事情，将头和后背完全靠在沙发背上，然后再一次打量这个房间。床上是以后要和他共同生活的女人，将来他们的家也会像这里一样干净、整洁，充满生活的味道，一瞬间他竟然有种幸福踏实的感觉。

顾盼是一个能让人安心的女人，这一点在相亲的时候他就发现了，他没想到，自己一直想要的生活竟然在这一间小小的旧屋中全部找到了。他捏起一块点心放进嘴里，味道像预料中的一样好。甜而不腻是他一直喜欢的味道。

因为心里有事，小睡了一下后顾盼便醒了。药力这个时候已经显示出了效果，她躺在床上摸摸自己的额头，上面有一层细密的薄汗，谢天谢地，看来是退烧了。她坐起来，听到厨房传来声响。她穿上鞋子走过去，竟然看到一个男人穿着衬衫打着领带，在厨房里做饭。

杜青翰听到脚步声回头看了一眼顾盼，并不觉得有任何尴尬，他将锅里的白粥盛出了一碗，然后又把切好的小黄瓜放进了碟子里。他把粥和黄瓜端到卧室里小小的餐桌上，用命令的口气说："吃吧！我不太会做饭，熬粥还是可以的。以前我发烧的时候，如果是在家里，我妈就会给我做这个。"

"嗯！"顾盼坐下来，什么也没说，拿起勺子把没有任何滋味的白米粥放进嘴里，黏热的感觉在喉中蔓延。病中的她忽然觉得整个人被包裹在一股淡淡的暖意中，神经也变得格外脆弱，不知不觉眼圈竟然红了。

杜青翰自然看到了顾盼的反应。浸淫职场多年的他自诩阅人无数，真没想到面前的这个姑娘会因为男人给做的一碗粥便感动到如此地步。如果他是一个坏人呢？她难道不知道自己这个样子会很容易上当受骗吗？

顾盼将碗里的粥吃了一小半，便放下了筷子，然后把自己存在冰箱里的半成品拿到锅里热了一下，用碟子盛出来摆在桌子上。

"我之前下班有空时做的，没动过，你将就吃点吧！"

看着桌上一份简单却色香味俱全的炒饭，杜青翰顿时感觉确实饿了。两个人谁都没再说话，继续吃着餐具中的东西。他很快将一碟炒饭吃光了，抬起头，正看到顾盼对着他露出一个开心的笑容。

那一刻，他的心久违地体会到了剧烈的颤动，是不是可以认为，这种感觉是怦然心动？

雨越下越大，顾盼躺在床上不知不觉又昏睡了过去。杜青翰拿起外套准备离开，脚下却像是有密密的丝网牵绊着他一样，让他的步子越走越慢。他现在住的地方很大，准备结婚的房子还没有下来，面积会更大，可是他莫名地喜欢这间狭小的旧屋，不知道比起自己住的地方要温暖多少倍。

"别走！"

女人的声音像糯米一样柔软，他侧过头看着窗外漆黑的雨夜，再看着屋内燃着的一盏小巧昏黄的壁灯。温暖的灯光将小屋内的一切都笼罩在一片静谧而安宁的氛围中，让他再也无法迈出一步。

每次生病的时候顾盼都会想起奶奶，那个从小到大唯一对她百般呵护的人。那一年她只有13岁，奶奶被护士用白床单盖住脸的时候，她还在问医生，我奶奶什么时候醒过来？你们什么时候给我奶奶输液？奶奶什么时候可以回家？

奶奶在的时候，她还有个家；奶奶没有了，她就彻底没有家了。爸爸用卖掉奶奶房子的钱跟继母和妹妹换了一个大一些的两居室。爸爸要在妹妹的屋子里给顾盼加一张床，可是年仅7岁的妹妹哭得死去活来，最后连行军床也不让摆，她在父亲家住的日子里只能打地铺。

妈妈再婚后和婆婆一起生活，婆婆和继父对顾盼都很客气，可毕竟是老式小三居的房子，已经不算宽敞了，她只能和弟弟挤在一间房子里。那时弟弟也已经8岁了，平时有很多特长班要念。晚上，继父会在弟弟的房间里为他补习围棋、奥数、英语。每当这个时候，她就会觉得自己如果变成书柜上的变形金刚就好了。

病中的顾盼想起了很多小时候的往事，她不自觉地追着幻化成形的奶奶的身影，嘴里不断喊着："别走！别离开我！"

已经走到床头的杜青翰去拉小女人伸过来的双手，冰凉得让人心悸。他下意识地挨着小床坐下，抱住了她。女人的身体异常柔软，在他的怀中渐渐安静下来，可他舍不得松手。

这样凄寂的雨夜中，谁说感到寒冷的只有她一个人呢？

不知过了多久，病中的她轻轻地说了一声口渴，他拿起手旁床头柜上的保温杯，拧开盖子递到了她的嘴边。一转眼，水杯已经见底了，她意犹未尽地舔了舔嘴唇。平日里拘谨老实的小女人这个时候有种说不出的娇俏可爱。他感觉大脑嗡的一声，整个身体瞬间炙热起来。

好容易抑制住自己的冲动，想着去给她再倒一杯水，可她根本不知道危险，闭着眼睛搂住他的腰，像个孩子一样黏人地不让他走。他无奈地再次转身，看到她的脸微微仰着，两片小巧的唇瓣微微张合，在微弱的壁灯下闪烁着晶莹的光泽。

"别离开我！"

小女人的声音好像一直在扇动着蝴蝶翅膀，此刻他的心间猛然烧起了燎原大火，他只觉得再也难以自持，控制不住地吻上了她的嘴唇，然后一发而不可收……

曾有一瞬间他强迫自己恢复理智，毕竟她是病着的，可是她就像是个索取温暖的婴儿一般紧抱着他，就是不肯松手，而这种被需要的感觉更似熊熊大火一般将他整个人焚烧殆尽。

那天早上顾盼醒来的时候，杜青翰已经上班去了，桌上摆着他做好的早餐，依旧是白粥和小黄瓜。顾盼看着两样简单的食物，虽然已经凉了，可她心底翻涌起温热的感觉来，让她想把这份温暖一直留住。

五

"顾小姐，您这闲着没事拿我们找乐子呢？房子没钱买你倒是早说啊，我这都约了人家房主了，一会儿就到。就没见过像你这么不靠谱的人！"

中介所里，顾盼被销售经理数落得狗血淋头。她委婉地说："常经理，这房子我不是不买，只是今日交不了钱，您看能不能跟房主说一下，这房子先给我留着，我过一段时间再交钱？"

常经理是个小年轻，这个月拼业绩已经拼红眼了，等着拿顾盼买房的中介费入股市呢。见到手的鸭子飞了，他真心有种杀人的冲动。

"姐姐，您知道今天是月底了吗？再缓缓就是下个月了！"

"下个月怎么了？"不就是提成这个月拿不到了吗？

"下个月就差老鼻子事了！"男经理拍着大腿说，仿佛今天就是世界末日。

顾盼从常经理的目光中分明看到了第二个胡激滟，她能理解对方此时的心情，可爱莫能助。其实她心里更着急，看了这么久的房子，好不容易才看中了一套自己买得起而且还算满意的。如果说从小到大她已经忘记了对母亲的埋怨，那么这一次她是真的很生气。从来没有人给过她一个可以肆意生活的空间，她现在想靠自己的努力去换取一个完全属于自己的地方，为什么要被阻止？为什么要被说成犯错误？

谁说女人必须嫁人才是正途？自己买房自己过，惹谁了我？男人像股票，选不好只能血本无归。可房子旱涝保收，实在不行还可以当包租婆，它不会背叛你，不会欺骗你，永远在原地等着替你遮风蔽雨。

就在这个时候，房屋中介所中跑进来一个男孩子，他满头大汗，气喘吁吁地来到顾盼身边。

"小磊，你怎么来了？"顾盼惊呆了。

段磊抹了把汗，从怀里把身份证拿了出来："姐，老娘已经被我搞定了，她说不再反对你买房了，你把身份证收好了。"

"你怎么说服老妈的？"

"我跟老妈说准备出去找工作了，写文业余时间写，不在家啃老了。说到底老妈要是对我有信心了，就不会老想着霸占老姐你的钱。姐，你别生老妈的气，她说的话千不对万不对，可有一句话没错，你是我姐。我不再是孩子了，我可以保护你。"

顾盼点点头，心底涌上一丝丝暖流。她看着面前这个比自己足足高两头的弟弟，他笑的时候还是和小时候一样露出两个小虎牙，可他确实已经是一个真正的男人了。

新房子的位置不算好，可离顾盼上班的地方搭乘地铁、公交都很方便。虽然已经有将近 20 年的房龄，可小区整体环境还是不错的。小得不能再小的两居室，顾盼一个人住足够了，而且麻雀虽小五脏俱全，把卫生搞一下，完全不用重新装修了。

有了房子，顾盼好像打了鸡血一样，整个人都沉浸在兴奋之中。眼见着窗帘、床罩、锅碗瓢盆、花瓶绿植一件件地摆放进来，人虽然累得虚脱了，可是心灵上暂时得到了极大的满足。躺在充满阳光味道的床铺上，她终于体会到了结束漂泊的感觉。

躺在她身边的胡潋滟整个人却憔悴得不成样子。好友买房本来依着她的脾气必须送一份大礼，可她实在是钱紧，除了出车出力外，连想买的一套床罩，看到价格后也还是放弃了。

人没钱的时候，友情、爱情、亲情上秤后都变成了白菜价。她躺着躺着，不知不觉眼泪就溢出了眼眶。

"潋滟，你没事吧？"顾盼真害怕了，不会是真得了大夫说的抑郁症吧？

胡潋滟摇摇头，眼泪却止不住地往下掉："我就是难过，我就是没想过自己这么努力可是活到 33 岁的时候还是这么一事无成，处处比不上别人，把日子过成了这样！"

"你和张景山两个外地人一起在新港奋斗到有车有房，而且还是两套房，怎么还有这种想法？"

"我们有房子是因为第一套正好赶上买房的末班车了。为了这两套不能套现的房子，这些年我就没过过一天松快的日子。现在股市这么好，身边有闲钱的人都发财了，可我呢，我一分闲钱都没有，只能把 5 张信用卡透支了 20 万投进股市里。"

顾盼猛地坐了起来，头发都吓得冻住了："你把 5 张信用卡透支了 20 万？要是股票跌了怎么办？信用卡每个月的利息多高啊？"

胡潋滟不服气："现在的股市就是拼钱，拼钱你懂不懂？只要把钱放进去就能赚，放得越多，赚得就越多，没钱的只能看着别人赚钱。"

"可是股市哪有准儿啊，要是大盘跌了就是场噩梦！最后的结局只能是，有钱的越来越有钱，没钱的越来越没钱，步步赶怎么办？信用卡套现炒股，你这心跳玩得也太剧烈了吧？"

胡潋滟一下子坐了起来，抹了把眼泪，直接拿起包冲向门口："我走了，你自己收拾吧。"

顾盼看着胡潋滟的背影，还没反应过来，就听到一声惊天动地的摔门声，然后大小姐人已经没影儿了。

这是什么节奏？抑郁狂躁二重奏？

/ 第三章 /

我的地盘我做主，我的人生我自己煮

一

在新港挤地铁不仅要体力达标，更得技术过硬，必要时这两点还远远不够，关键是脸皮要够厚。本来一直是体育补考选手的顾盼这几年百米赛跑进步神速。这天早上，她先是用大皮包隔开一个戴耳机听音乐的"黄毛怪"，然后又用左胳膊挡了一下正要往前冲的"蜘蛛侠"。

顾盼在心里说了声抱歉，可是真的不怨她。想当年她来新港时，脸皮薄，动作慢，以为等下一列就好了，等下下一列就好了，可是新港地铁的人啊，如滔滔江水连绵不绝，人满为患犹如老鼠归仓，随时都可能会把她淹没在地下洪流中。

后来有一次在她腼腆地等到第五列地铁后，又被一个南方口音男人活生生地挤了下来。她才悟出了道理：敢情挤地铁这事，根本不分性别、不分老幼，不仅拼体力，还得斗智斗勇。

"小姐，第一医院转几号线啊！"身边一个四十几岁的阿姨满头大汗，手里拿着一个医院的袋子，指着上面的地址问，口音明显不是本地人，急得两眼发红，好像马上要哭出来了。

顾盼琢磨着可能是有亲人来新港就医的，觉得这是大事，想也没想侧过身来说："1号线到徐家庄倒4号线。"

呃？

话才说了一半，顾盼悲催地发现自己被刚才那个"黄毛怪"挤出了老远。这时地铁来了，大批人流往前涌去，失去有利地形的顾盼透过车窗眼巴巴地看着"黄毛怪"得意的微笑，还有"蜘蛛侠"木然的表情。

欲哭无泪！

顾盼到公司时迟到了10分钟，老远就看到邓子姗和前台小妹莉莉一起站着，两个人同时皱着眉头用颇为同情的眼光看着她，好像在说：顾盼，你怎么这么不长眼？

"顾盼，你怎么又迟到了？"说话的是新上任的副总于墨，平日里大家都叫她四眼鱼，为人尖酸刻薄，偏偏是大老板面前的红人。

顾盼赶忙摆出做小伏低状："于经理，不是又，这是我两年来第一次迟到！"

近来公司效益不好，老板让她压缩人力成本，大事做不了，天天盯着些鸡毛蒜皮的小事，搞得大家人心惶惶、怨声载道。

"你还狡辩？"

"我没有狡辩，是真的。"

旁边的邓子姗和莉莉也为顾盼做证明，可于经理还是冷哼一声，拿着笔在一份名单上不知写了什么，踩着五寸高的高跟鞋离开了。

最后的结局是，顾盼在新港正式荣升为地主的时候，她的年终奖被扣了。年终奖被扣是什么概念，就是两个月的工资打了水漂，一万多块够还好几个月贷款的，这实在是让顾盼始料不及。

如今，顾盼已经在新房子里住了一个月，兴奋之余她也马上发现这一套小房子，她供起来还真是有些吃力。每个月房贷加装修贷款，她的工资已经严重透支，银行卡上买房后还剩的一点余额马上就要清零了，再这么下去，她不但没法生活，而且真的会面临没法还贷款的局面。

可是调岗后的工作还是一筹莫展，不但奖金不知道在哪儿放着，连以前的基本工资也少了 2000 块，她终于体会到胡潋滟一直以来那种月月提心吊胆的感觉。最终，痛定思痛后顾盼只得忍痛割爱，不得不暂时把房子的另外一小间出租出去。

租房的消息在网上挂了一个星期后，顾盼最后决定将房子租给一个研究生刚毕业来新港闯荡的外地女孩子。

女孩子在电话里的声音甜美动人："姐姐，我明天回新港可不可以直接去看房子啊？"

"可以可以！"

第二天晚上，顾盼下了班，还没有吃饭，就听到了敲门声。打开门的一瞬间，她完全呆住了。

"你好，我是楚帅阳，柳晶的同学。"

顾盼完全呆住了！甜美女生什么时候转性了，而且，而且还是这样闪着一对酒窝的小正太。

"我来看下房子！"说着，楚帅阳拎着一个大皮箱，直奔次卧室。

楚帅阳浑身都冻透了，只在飞机上吃了经济舱简单的晚餐，现在饥肠辘辘。小房子里的暖意让他骨头都酥成了末儿，一步也不想再动。看着那张小小的单人床，像是见了分别已久的情人一样，恨不得马上扑倒在上面。

就在顾盼打量楚帅阳的时候，他也暗自看着顾盼。眼前的女人身材圆润，五官清秀，难得的是皮肤好得出奇。白白净净、水嫩光滑，梳着马尾，一件宽大的套头毛衫搭配着一件洗得发白的牛仔裤，看上去就像个学生。嗯，他在心里迅速思索了一下。

姿色仅算清秀，这样的女人不会招惹麻烦。看着很舒服亲切，应该不难相处。屋子整洁温馨，正适合他好吃懒做讨厌家务。就是这里了，楚帅阳暗自打分评判，她应该还算是一个合格的邻居，他就勉为其难将就一下了。

顾盼刚要说话，再一低头，看到正太从钱夹里拿出身份证、手机摆在小床上。

"我不租给男的！"顾盼顿时着急了。这是原则问题，花样美男也没用。

"我叫楚帅阳，25岁，之前住的地方临时要我搬家，我同学柳晶正好赶不过来看房子了，让我看着中意就替她租下来，然后我也正好顺便住一段时间，等她来新港我就搬走。这大冷天的，你要是赶我走，我就只能露宿街头了！"他说话的时候眸光清亮，就像阳光下的溪水。

顾盼心软了，都是外地人，这年根底下没地方住是有些可怜。就在前不久，她也是一个人拎着个箱子到处转悠找住处。

"不行！"她皱着眉头，狠心说！

"租金上写的是一个月1200，我付1800行不行？"楚帅阳从钱包里拿出现钞后，里面就剩下一张百元钞票了，几乎是把所有的钱都推到顾盼面前，做忍痛割爱状。

"再贵我真的租不起了，不过可以去信用卡取现。我爸去世了，我妈在我姐家看孩子，我在新港有急事，所以赶回来了，春节只想有个落脚的地方。我从17岁就没再找家里要过钱了，一直半工半读，现在身上的钱也不多，不想浪费给中介，实在也是没办法。"

楚帅阳一番话说得诚恳煽情，不仅让善良的顾盼差点感动得掉眼泪，还马上对他肃然起敬。顾盼脑子里想起了电视镜头里男人头裹白布、头插草棍、卖身葬父的情形。

楚帅阳马上趁火加油，叹了口气说："真羡慕你们在新港有房子的人！"

顾盼从他的口气里听出了对新港高房价的不满，更从中找到了作为"地主"阶层有房一族的优越感。

"年轻人，房子会有的，面包会有的。"顾盼好心安慰道。

楚帅阳心里憋笑，差点就把后面那句"姑娘也会有的"替她补充完整，但是碍于第一次见面，要保持正派单纯的形象，他连忙点头又做苦大仇深、任重道远状。

"你叫什么名字啊？"

"顾盼！"

"盼盼，很高兴认识你，希望我们今后能相处愉快！"

"我什么时候说租给你了？"这个人还真是实在，还叫她盼盼，好歹也得叫声姐姐啊。

"你比我小四岁零五个月，还是叫我盼盼姐吧！"他比段磊只大一岁。礼尚往来的顾盼从钱夹里拿出一张自己公司的名片。

"盼盼姐是做市场的啊，真看不出来！"这个小女人一脸单纯相，真是容易骗啊。

"嗯！"顾盼正犹豫着，就听进某人肚子里发出一阵雷鸣！唉，这孩子大概是饿坏了。

"要不这样吧，我先租你一个月，你抓紧去找房子，找到了马上搬走！留身份证复印件给我，这一个月里不许带任何人来这里，洗衣机里不许放脏衣服，我的卧室不许入内，OK？"

顾盼一口气说完，这也算是对他仁至义尽了吧！

"盼盼，谢谢你，太感谢了！"总算摸到了柔软的床褥，楚帅阳真想亲吻大地。

早上就变天了，天气冷得瘆人。顾盼见状便在超市里买了一只鸡和香菇还有红枣，一起煨了两个小时。此时外面下起了鹅毛大雪，喝着鸡汤听着音乐，真是人间享受。

楚帅阳打开箱子换了一身运动服，冻僵的脸颊在暖暖的屋子里热烘烘地发涨，看着窗外一片白雪皑皑的琉璃世界，鼻息间都是厨房传来的美味的香气。这大概就是家的感觉吧，久违了！

他换了衣服出来，一眼看到了餐桌上摆着一盆山鸡炖蘑菇，冒着诱人的香气，一盘翠绿的小油菜在灯光下闪闪发光，另外一份顾氏独家秘制的小薄饼，外加一小盘蒸椒合。

楚帅阳马上就走不动道儿了，心里说：难怪这么胖啊，一个人竟然吃这么多。他不自觉瞄了一眼她毛衣下面的胸部，很丰满。

"这是怎么做的，真鲜美啊！"

顾盼以为他问的是鸡汤，没想到他夹着一块椒合放进嘴里，意犹未尽地问道。

"先把辣椒去籽，然后再加入肉馅，肉馅是用纯瘦的牛肉和新鲜的虾仁搅在一起，酱油一定不要多放，否则就失去食材特有的清香了，最后隔火蒸，吃起来怎么样？"

"点赞一万次，这个味道完全可以上《舌尖上的中国》了。"

楚帅阳觉得舌头都可以直接吞下去了，他来不及细细品尝，便迫不及待地去喝碗里的鸡汤。入口后浓浓的香味包裹着味蕾，没有油腻，只有鸡骨和香菇煨在一起的地道味儿，喝下去第二口才发现鸡肉似乎都已经炖化后融在了浓浓的汤汁中，令人回味无穷，几口下去，整个身体都暖了起来。

这个时候，他还细心地发现，为了招待他这个死皮赖脸的客人，主人把唯一的主食——一张小薄饼默默留给了他。很明显，这位胖姑娘好像没有减肥的习惯，而且目光自然又坦诚，这样的细节做法只能说明她是一个很有爱心、很厚道的女生，而且这种吃亏礼让的习惯已经深入了骨髓。

如今的社会，这种姑娘完全比大熊猫还要珍贵。

杜青翰从自己的办公室出来路过楚帅阳的办公桌，敲敲他的隔板说："走，一块儿吃饭去！"

楚帅阳哼着歌从桌子上推过一个大餐盒，一揭开盖子，里面热气腾腾的香味顿时溢满了整个办公大厅。

"我今天自备！"

杜青翰本来准备抬脚走人的，可是闻到这股诱人的香气，他眼底的光亮跳动了一下，不动声色地说："你早上跟我说的那个贷款细则还有点问题，你来我办公室一下，带着饭。"

楚帅阳看着顶头上司的背影，警觉地用手护住了餐盒。

一份鸡蛋黄焗南瓜，另外一份是经顾盼改良的顾氏青椒炒肉。这两种菜完全符合杜大帅的口味。包裹着蛋黄的南瓜酥脆可口，却不甜腻，口感十分舒服。而这道小炒肉更是足见功力。肉是将之前做好的红烧肉回锅再炒，加入青椒独有的清香，肉片咬在嘴里颇有质感，色香味俱全，回味无穷。

"头儿，这是我的午饭！"楚帅阳看着已经去了一大半的两道菜，脸色变得十分不好看。

"嗯！"杜青翰大言不惭地说道，可手上的筷子丝毫没有放慢速度。

楚帅阳的肚子咕咕直叫，可见大势已去，也只能敢怒不敢言了。谁叫对面这位是领导呢？算了，反正晚上回家还能吃到。

"怎么样，味道不错吧？头儿，你要是觉得好，我明天多带一份。"

既然如此，杜青翰也不客气了，干脆把餐盒都端到了自己面前。他已经连续吃外卖快两个月了，一年多的时间胃口已经被顾盼惯坏了，这餐可口的家常菜让他挑剔的味蕾得到了极大满足。

"你女朋友学做饭了？"

楚帅阳脸上一垮，最近他还真没有女朋友，最新的一任也早就灰飞烟灭了。他父亲是外地的高官，姥爷家一直都是做生意的。他天生逆骨，从小不服管教，年纪越大就越想离父母越远越好，最终来了新港。到最后，致远银行的这个工作还是舅舅暗中帮忙找的职位，他的背景连杜青翰都不知道。也正是如此，从杜青翰这个比自己大不了几岁的年轻领导身上，他看到了什么叫敬业，什么叫拼搏，什么叫"世上无难事，只怕有心人"。所以，这份工作他干得很顺心，也很有激情。

谁知道最近爹妈派了老姐来新港抓他回去，为此他搬了好几次家，最后连宾馆都不敢住，就怕神通广大的老姐用身份证号查到他后，半夜去宾馆抓他。正巧歪打正着找到了顾盼的小房子。

早年的时候，身边的女人都知道他家世优越，对他千依百顺，可背着他在别人面前就成了张牙舞爪的"官太太"。更有一个大学时期的哥们儿直接说自己是他爸的干儿子，毕业后坑蒙拐骗地在外面拉项目，导致他老爹因为这件事差点被组织开除。从那以后楚帅阳就有了恐惧症，不跟其他人说自己的家世，走哪儿都说自己是个打工的。

"不是，小肥羊做的！"

"小肥羊，火锅？"杜青翰拧起了眉头。

"扑哧！"楚帅阳说顺了嘴，也忍不住笑了起来。

和顾盼生活在一起是件极其舒服的事情，这姑娘脾气好、性子柔，说话的声音就像糯米团子。最重要的是你跟她说什么，她都只往字面的意义上去理解，实在得不行。

完全无公害得就像只身材丰满的小绵羊，简称小肥羊！

"不是不是。我找了个家庭供外卖的地方，味道不错，我准备以后午饭、晚饭都一起解决了。"

杜青翰把最后一块小炒肉放进嘴里，让他欲罢不能的味道使他近日来心底的空落似乎也得到了填补。

二

胡潋滟上午请假没来。下午的时候，她没有化妆，顶着格外明显的黑眼圈就出现在了所有人面前，周身带着一股杀气，谁也不敢接近她。

"潋滟，我给你带的，尝尝看！"顾盼关了计算器，贴心地拿出自己做的三文鱼寿司递了过去。

食物散发着诱人的香气，可是胡潋滟厌烦地推开了。

"不吃！"

"你又怎么了？"顾盼自己捏了一个寿司放在嘴里，三文鱼的鲜味加上糯米的黏软和清香，味道不知比外面卖的好上多少！

胡潋滟也不回答，烦烦叽叽地拿了一份文件又走出了工作大厅。

公司楼顶的天台上，胡潋滟一个人席地而坐，冷风从衣领处灌进了她的脖领中也浑然不知，整个人以一种无知无识的状态坐在那里。看着前方的高楼大厦，她眼前一阵恍惚，忽然就有了一种想要跳下去的冲动。毕竟是幻觉，一瞬间清醒之后，她庆幸自己还站在原地。

顾盼走到胡潋滟身边，迎面的风吹过来让她狠狠打了一个冷战，方才这姐们儿的样子太吓人了，果然她真有些不对劲儿。

"潋滟，你没事吧？"其实不问顾盼也知道，最近公司效益不好，很多个项目都歇菜了，市场部的人包括胡潋滟这个业务精英也都只拿基本工资。她压力大也是在所难免。

本来安静得瘆人的胡潋滟听到顾盼的声音，一下子就暴躁起来。

"我说，公司这么大地方没你待的地儿是吧？别跟着我行吗，烦死了！"

越这样说顾盼越担心，她干脆坐在了胡潋滟身旁，固执地拿着手里的寿司不肯离开。

"潋滟，你不爱听我也得再跟你说一次，信用卡必须得还上，炒股得用闲钱炒。这件事你必须听我的，要不早晚得出事。"最近一段时间，顾盼跟胡潋滟说了无数这种话，真恨不得押着她抛了股票去还信用卡。

"如你所愿，股票我已经卖了，信用卡也还了！"胡潋滟面无表情地说。

顾盼在心底念了一声阿弥陀佛，脸上露出了开心的笑容："太好了！你没见朋友圈里都在转这么一句话吗？房子放在那里永远还是一间房子，股票一旦跌狠了，那就真什么都没有了。"

"可是股票涨了！"

胡潋滟突如其来的吼声吓得顾盼手里的寿司差一点掉在地上，她的一头长发在风中凌乱，整个人顿时更加不好了。

"涨了？"顾盼瞬间心虚了。

"大盘才不过调整几天，我怕自己血本无归就把股票抛了，白白亏了两万块。可刚抛了股票大盘就涨了，我要是不抛，现在不但不会赔还能赚一万多，你说我为什么不能再坚持一下，为什么就那么小家子气，怎么就听了你这个狗头军师的话啊？"

"两万块就两万块吧，万一哪天又调整亏更多了怎么办？"顾盼小声地反驳了一句。

"亏了又能怎么样？亏了用不了多久也能涨回来。就是因为我没钱，所以才只能看着别人越来越富，我越来越穷。"

看着胡潋滟的胸口剧烈起伏着，顾盼彻底傻了。这个时候本来就不擅长讲道理的她，真心不知道该怎么劝这位好姐妹了。

胡潋滟的邪火没地儿发，猛地站起来对着顾盼一声狮子吼："顾盼，我告诉你，没事别再给我瞎出主意了，姐姐我烦死你了！"

顾盼内心愧疚不已，她自己确实不懂股票，只是按照大多数人的思维方式，觉得胡潋滟之前的做法风险太大。

可是早在父母离婚的时候，老妈就用一种她从未见过的冷酷和决绝告诉过自己。

"盼盼，这个世界变了。以后发生什么事情都不要觉得意外，因为什么事都有可能发生。"然后母亲把她一个人留在了奶奶家，再后来母亲在老爸再婚后不到半年竟也雷厉风行地组建了新的家庭。

如果不是她这个狗头军师，胡潋滟就算不会在短时间内发财，可是赚出几万块来化解一下家庭经济危机还是很有可能的。她是不是真的错了？

整个下午，顾盼的心情都很糟。接到张景山电话的时候，她正在准备明天见客户时需要的一份方案。这个案子是胡潋滟跟她一起负责的，可整个下午都不见她的踪影，从张景山的电话里，她才知道胡潋滟出事了。

到医院里，顾盼看到胡潋滟正面无表情地被一个50多岁的阿姨骂得狗血淋头，站在那儿就像是被抽走了灵魂的行尸走肉一般。原来胡潋滟整整一天魂不守舍，开着张景山的捷达就把过马路的这位阿姨给撞了。人没有大事，可是老阿姨正值更年期，脾气火暴不说，她手里拿着的是给别人贺寿的泥人张，价值两万多块，被摔得那叫一个稀巴烂。最要命的是，据说被摔碎的泥人张是限量版的，在整个新港再也买不到相同的一个了。如今阿姨要胡潋滟赔偿连同精神损失费在内的一共4万块人民币。张景山在一旁也是好话说尽，跟胡潋滟凑在一起被人家骂。

胡潋滟看到顾盼来了，这才有了一点儿生气，紧接着眼圈就红了。她活了30多岁，能从一个平凡的外地妹在新港把生活过得让很多人羡慕，凭的就是骨子里的一股子傲气和不服输的韧劲儿。无论受多少苦她都是打落牙齿往肚里吞，何曾为了钱这样被人指鼻子骂过？

她悄悄地把顾盼拉到一边低声说："别的不说，人家的东西我至少得原价赔了。我现在身无分文，你能借我多少？"

顾盼知道胡潋滟和张景山两口子这会儿连信用卡取现都没法整了。可是她如今也是口袋比脸蛋还干净，信用卡的额度也少得可怜。

她顿时更内疚了，声音轻不可闻地说："5000！"

这句话说完，胡潋滟眼底最后一丝光亮似乎也熄灭了。身后老阿姨的谩骂声无止无休，她在心底不住地问自己，不过是两万块钱而已，她为什么要受这样的羞辱，为什么30多岁要过这种生活？

晚上回家的时候，张景山和胡潋滟两个人一起去坐公交车。他想拉老婆的手却被她不露痕迹地躲开了。以前两个人经常一起坐公交，上学期间约会时为了省钱，两个人甚至随便找一辆公交车从头坐到尾，然后再坐回来，一起看遍城市的每一处风景。那时觉得无比浪漫的事情，现在却变得难以忍受。

胡潋滟自问，她不但不是一个虚荣的女人，而且她比一般女人能吃苦，有头脑、肯付出，可她不知道为什么就把日子过成了这样。

为什么，为什么，为什么？可没人告诉她答案。

胡潋滟不知道自己是哪里出了问题，她就想告诉身边这个陪着自己成长到今天的男人，她不幸福，她现在一点儿也不幸福。

胡潋滟还没有开口，张景山沙哑的声音便传到了她的耳边："潋滟，咱们卖一套房子吧！"

"不卖！我们这么努力，奋斗到今天这个地步容易吗？到时候别人羡慕地问咱，你家另外一套房子呢？你告诉人家因为我们还不上贷款、没饭吃卖了，所以卖了，你是想让别人笑掉大牙吗？你还让我有脸上街吗？"

张景山垂下头，再抬起的时候，他发现车窗外街上的霓虹已经在暮色中瞬间点亮了。现代化的国际大都市顿时像一条闪耀的巨龙，在天幕中跃跃欲试。夜晚的城市愈加繁华，愈加喧闹，他寂寥的面庞在光影中更显颓然。

"潋滟，公司实在撑不下去了，大刘说明天所有人暂时就不用去公司上班了。"他的声音很轻很轻，像一缕轻烟带着生活最刻骨的凉意。

胡潋滟的手一瞬间便失去了所有的温度，她的指尖无意识地碰到了张景山的手腕，冻得他一阵哆嗦。

张景山慌了，赶忙用这只手抓住了媳妇的手，小声哄着她说："你别担心，我已经开始投简历找工作了。等我找到了新工作，这难关马上就渡过了。"

胡潋滟没说话，她觉得丈夫的手一点儿也不温暖，至少再也没法找到当年那种能让她依靠的感觉。而她自己突然感到陷入了空前的绝望中，甚至比当年两个人一起来新港时住在小租屋，吃上顿没下顿的时候还要挫败和仓皇。

顾盼还在医院里，她本来是想再替胡潋滟跟这位阿姨好好谈谈的，可嘴皮子磨破还是无功而返。仔细听了事情的前因后果，这件事真心不怪这位阿姨，人家走斑马线好好的，是胡潋滟魂不守舍地踩着油门就冲了上来。人家买这个泥人张是给恩人过六十大寿的贺礼。现在东西买不到了，她的腿也骨裂了，参加不了对方一辈子就一次的 60 岁寿宴，这件事是无论如何也不能这么算了。

楚帅阳走上医院的楼梯时，就看到顾盼神游天外地正往下走。

"盼盼？"

顾盼面上一垮。说了多少次，这个楚帅阳就是不听，偏要这么喊她。这个时候她忽然想到了什么，看着对面的这个男孩子就像是看到了救命稻草一样，眼睛冒起光来。

"楚帅阳，你怎么来医院了？"

"来看个亲戚。"王阿姨是他舅舅家之前的保姆，他小的时候很长一段时间都是跟着姥姥姥爷在舅舅家一起生活，所以跟他们姐弟俩的感情很深。早几年王阿姨就跟着女儿来新港生活，今天出了事，在电话里哭天抹泪地说不能参加舅舅的寿宴心里难受。姐姐给他打电话说王阿姨在新港被人撞了，赶紧让他过来看看。

"你有事吧？"

顾盼声音跟蚊子似的，还没开口人就紧张起来。面前这个小伙子同自己弟弟差不多大，可她也是真没别人可以求了。

"楚帅阳，我有点急事，能借我点钱吗？"说完，顾盼的脸唰地红了。

楚帅阳看着满脸纠结的顾盼，样子十分可爱。他刚想说话，突然听顾盼懊恼地喃喃自语起来。

"我真是病急乱投医。你哪里会有钱啊，刚工作每个月要给家里钱，钱包里不超过三百块。"

楚帅阳这才惊悚地发现自己在顾盼面前一直伪装的穷苦形象差一点穿帮了，可还是有些不放心："发生什么事了，你需要多少钱？"

"我朋友把一个阿姨的两万块的泥人张给碰碎了，他们手头没有钱赔。"顾盼叹了口气，"很大程度上也有我的原因。"

楚帅阳脸上一垮，才两万块就把这位姐姐难成这样？看着顾盼无助的样子，他本能地就想帮助她，可是一个穷鬼毫不费力地拿出两万块钱来，他又觉得不符合情理。难怪人家说撒了一个谎需要用无数个谎言去遮掩，他现在算是深有体会了。而且，他很快注意到了一个细节，这是顾盼朋友惹的祸，不是她本人，他就更没有必要冒这个风险了。可是当顾盼真的一个人离开的时候，他心里还是有了一丝愧疚感。

他明明什么都没有做错，为什么却有这种感觉呢？而且这种内疚感至少已经五年没有找过他了。

来到了病房，楚帅阳发现一切全都对上号了。通过王阿姨歇斯底里、声泪俱下地一通诉说，楚帅阳了解到了事情的始末。他劝了两句发现根本没有用，王阿姨反而更激动了。其实事情也很简单，他打个电话给舅妈，王阿姨最听舅妈的话。可是一想到被舅妈逮住他的电话，然后可能带来的一大通数落，他立刻又打消了这个念头。

多一事不如少一事，更何况赔钱的只是顾盼的朋友而已。

第二天，顾盼和胡溦滟一起去客户那里。这个案子是顾盼调入市场部后最有希望促成的一个，在她们两个人等待了一天客户，然后用了两个小时再次讲解方案，晚上请客户吃饭、拼酒后，客户告诉她们还要再考虑一个月的时间。

顾盼这是一个月里第四次喝酒了，她发誓自从跑市场以来喝的酒比她之前 28 年喝的加在一起还要多。她也清醒地发现，这份工作确实不适合自己。

她不擅长讲话，可是这份工作每天最基本的要求就是说话。

她酒精适应度为零，可是这份工作免不了要陪客户吃饭喝酒，想想头都痛了。

为了晚上能有一个安身立命的小家，白天就要过自己完全不喜欢的生活，生活为什么不能两全其美？她必须要过这样的生活吗？

从饭店里出来，胡潋滟就告诉顾盼她还有事先走了。这个时候，顾盼站在酒店的台阶上准备打车回家，清晰地看到胡潋滟上了一辆保时捷。车里的男人长什么样子她没看清楚，却能看到那个男人把手臂搭在了胡潋滟的肩头。

顿时，顾盼的酒意全都醒了。她拿出手机赶忙拨了过去，竟然发现对方的手机已经关机了。夜风中，她感到自己的心剧烈地跳动着，担心恐惧铺天盖地席卷而来，她只觉得这一瞬间从脚底泛起的寒意让她的血液都冻成了冰。

这不是她认识的胡潋滟，她打破脑袋也想不到这种事会发生在胡潋滟身上。

凌晨 4 点的时候，顾盼终于打通了胡潋滟的手机。电话里胡潋滟平静地告诉顾盼，之前手机没电了。对方不过是普通朋友，她向人家借钱但是还没借到。

顾盼听后心里算是小小地松了一口气，听到胡潋滟的声音很小而且电话里还有隐约的流水声。她怕自己打扰到人家两口子休息，便匆匆挂掉了电话。

顾盼坐在房间里像热锅上的蚂蚁一样。她深知现如今借钱不容易，尤其是她们夫妻俩和自己的情况不同，却也有异曲同工之处，就是双方的父母亲戚根本无法求助，无论在这个城市发生了什么，都只能靠自己。

顾盼对胡激滟的绝望感同身受，无奈之下，她足足纠结到了第二天下午，终于还是一通电话给杜青翰打了过去。

她知道这样不好，她和杜青翰也没有这样的交情。可是放眼整个新港，真让她能开口借钱的仿佛也只有这个男人了。

杜青翰正在开会。经过这段时间的不懈努力，他在副行长的竞选中优势越来越明显。如果可以竞选成功，他将会是致远银行在新港地区最年轻的副行长，以后甚至能成为正行长，调入总行成为总行的核心管理层。一切皆有可能，前途不可限量。

会议正进行到关键的议题，杜青翰看着已经被调成静音的手机上闪现出了"顾盼"两个字，他几乎以为是自己眼睛花了，完全确定是自己"前妻"打来的时候，手机的屏幕又暗了下去。

杜青翰看着定格在屏幕上的"顾盼"两个字，皱着眉头站起来，对大家说了一声："对不起！"

走到会议室的门外，杜青翰拿起手机准备拨回去，可就在拨通的前一秒又放弃了。大男子主义的他觉得顾盼如果真有急事肯定会再打过来，自己就这么拨过去完全没必要。

顾盼眼见着自己之前的这通电话一直传来机械的女音说"您拨打的电话暂时无人接听"后，她才把手机重新放在桌子上。以前也是这样，她怀着爱情的憧憬搬进杜青翰的房子后，才发现这个男人大多数时候都是冷漠至极的。

她凭着一腔孤勇，努力坚持着。她主动给他打电话，可他的电话很少能打通。无论是正在通话中还是根本无人接听，他都从不主动给她回过来。渐渐她便无奈地放弃了，在白天工作的时候不打电话打扰他，后来她发现，哪怕是在下班后的时间，只要他不回家也是一直在忙着，分不出半点多余的时间跟她交流。

他的世界是被明显划分过的，家以外的地方是她不应该出现的地方，对这个男人而言，她所能发挥的功能和作用仅限家里。

顾盼撇撇嘴，如果有半点志气的话，就该直接把这个冷漠的男人拉进黑名单。可她就是这么一个没骨气的人。昨夜看到的那一幕，让顾盼感到一种莫名的恐慌，胡潋滟是她最好的朋友，事情发展到今天又跟她自己脱不了干系，她必须尽自己最大的努力帮自己的姐们儿解决最大的问题。

顾盼没有办法，直接编了一条短信给杜青翰发了过去。

"杜青翰，很不好意思打扰你，我现在急需两万块钱，能不能先借我一下？最晚半年还你，金额和时间都会写在借条上。你什么时候方便，我再给你电话具体说！盼回复！"

下班的时候，顾盼也没有见胡潋滟回公司，更没有接到杜青翰的电话。她满心烦躁地回到家，一进门便看到男士的鞋子张牙舞爪地躺在地上，屋子里放着刺耳的摇滚音乐。这让她本来就烦躁的一颗心瞬间有种爆炸的感觉

"姐，你可回来了，什么时候吃饭啊，我饿死了！"话音未落，顾盼就看到拿着吉他的楚帅阳大模大样地从小卧室里走了出来。

再好的脾气也不代表没脾气，顾盼看到自己本来美美的小屋此时整个变成了一间猪窝，这严重触及了她的底线。要知道这将近一个月的时间里，她天天要提醒楚帅阳收拾好他的房间，实在看不过去了她有时干脆就自己动手帮他整理，可凭什么？忍无可忍时就无须再忍，她的脸色一下子变得铁青。

"盼盼，你脸色怎么这么难看，是不是病了？"

通过这段时间的观察，楚帅阳一直以为她是比自己对生活还随遇而安的人，他还是第一次见顾盼脸上流露出这么焦虑、隐怒的神情，整个人都愣住了。

"你什么时候搬走？"

"搬走？"楚帅阳觉得自从搬进这里之后，生活便滋润得不得了，

他做梦都没想过这么快搬出去。

顾盼今天的心情实在是坏到了极点，她嘴唇气得直哆嗦："给你三天时间，马上找房子走人！"

"三天？盼盼，你别逗了！"

"谁跟你开玩笑了，我已经给你这么久的时间找房子了，三天之后你再不走人，我就直接把你的东西扔出去！"

顾盼破天荒地吼了一句，然后哐当一声，摔门闪人。

爽，实在是爽！

楚帅阳盯着大门，眉头纠结地皱在了一起，把手里拿着的棒棒糖叼在了嘴里。

什么情况？小肥羊终于化身包租婆了？

回到自己的屋子里，顾盼深深地出了口气，原来对别人发脾气的感觉是这么爽。

她只觉得自己的情绪好多了。看看时间她准备做饭，准备把明天中午她和楚帅阳的午餐也一起创作出来。

顾盼把冰箱里的食材一份份地摆在厨房的案台上，然后拿出手机调出"美食聊斋"微信群，里面已经聊得热火朝天了。

住在桥洞下的人：大家听说没，澳大利亚一个小萝莉在网上教人做菜，月赚 80 万。

开在仙人掌上的花：月赚 80 万啊！草根们 8000 有木有？有木有？

群里调侃得热火朝天，顾盼打着手里的蛋液，下意识地咬着嘴唇。她是真的希望自己能有一份喜欢的工作，无论多么辛苦都没关系，只要精神上是愉快的就可以承受。

可是做市场这种工作和她内向的性格实在是太不相符了。应酬、拼酒、长袖善舞、巧言善变、八面玲珑，她无法从中收获快乐和满足。

回到原来的工作岗位呢？

先不说还能否回得去，就说每个月只有 7000 多块的薪水，让她每个月还两份贷款便是一点盼头也没有的事情。她能看到的结局便是银行收房，信用卡中心给她邮寄违约责任书。那是对她目前来说根本没有希望的一种生活。

可是，生活真的就只能这样吗，得到一件东西就必须舍弃一件东西？因为买了房子就必须去过一种自己不想要的生活？想保持心灵上的平静就只能一辈子居无定所，然后再回到原地，为了一个房子去找一个男人把自己嫁了？难道就不能做自己喜欢的事情来实现生活的梦想？

这个问题顾盼已经不止一次地在心中问过自己。她要的不多，只是一个安身立命的小房子。她也不贪婪，能保住这个窝、能买得起柴米酱醋茶就心满意足了。

可摆在她面前的路是这么难，她改变不了现实，那就只能改变自己的生活方式。

可是，真的能改吗？如果改了之后，满盘皆输怎么办？

第二天早上，顾盼收拾好正准备去上班，忽然听到楚帅阳的屋子里传来了奇怪的呻吟声，她蹑手蹑脚地走过去，见门是敞开的，往里面一看，顿时惊呆了。楚帅阳把自己裹得跟个粽子一样，一声声地咳嗽着。

"楚帅阳，你怎么了？"

"盼盼，我好像病了，嗓子难受得说不出话来，浑身疼！"

"你是病了吧？去医院吧！"

顾盼看到开着的一扇窗子，自己的头也疼了。她早就看出来了，这个楚帅阳就是个大少爷，一点生活常识都没有。这么冷的天气，大半夜的竟然没关窗子。她突然想到昨天自己心情不好跟这位弟弟发了一大通脾气，他是不是故意把自己冻病了，就为了防止她把他赶走？

想到这里，顾盼心里十分不好受，她也尝过那种被房东扫地出门的滋味，都怪她昨天情绪失控了。

她怎么能这样？从小到大几乎没怎么对人发过脾气的她，竟然对着一个比自己小好几岁的、无家可归的弟弟发脾气！还发得那么理直气壮！

楚帅阳今天歇了一天年假，他在屋里打游戏打得正欢，忽然听到门响了，赶紧麻溜地钻进了被窝，狠狠地咳嗽了几声，然后继续装睡。只听一阵很轻的脚步声在小小的单元房内走动，然后像是进了厨房。

顾盼这个时候回家了？难道是为了探望他这个"病人"？

楚帅阳捂着嘴，一阵窃笑。小肥羊就是小肥羊，善良无公害，用当下的形容词是呆萌，其实就是有点笨。

没过多久，他便闻到了一阵饭香。在他的印象里，小时候若是得了嗓子疼发烧这样的病，王阿姨一定会给他做白米粥。敏锐的嗅觉让他可以断定，这种诱人的食物香气绝对不是来自寡淡无味的白米粥。他这个从小到大专职嘴馋人士，用敏锐的鼻子一下子把胃部机能调动了起来。

门被轻轻地推开了，顾盼愧疚地看着躺在被窝里的楚帅阳，亲自拿来拧干的热毛巾放在他的脸上轻轻擦拭起来，大有将功补过的意味。

毛巾的温热感觉传递到脸上的那一刻，楚帅阳只觉得自己周身的毛孔都沉浸在一股巨大的暖意中，他年轻而强有力的一颗心在这个时候尝到了漏跳一拍的滋味。

睁开眼睛，他看到顾盼长长的睫毛低垂着，白皙粉嫩的面庞比起很多涂脂抹粉的女人不知道要好看多少倍。她的身上没有其他女人各式各样的香水味，却有一丝甜淡的味道，让人不知不觉想要亲近。此时她专注而内疚的样子，让他差一点就说出自己装病的事实来，可他又不敢说出口，生怕这么好的顾盼知道后会生气，知道后便再也不理他了。

楚帅阳活了这么大，不知道捉弄过多少女孩子，甚至在自己老爸老妈面前说谎话也是家常便饭。可是这个时候，面对顾盼真诚专注的样子，他愧疚了，愧疚得脸上发烫。

顾盼帮楚帅阳擦完了脸，又帮他擦了手心。然后她回到厨房，把做好的菠菜瘦肉白米粥端到楚帅阳面前。

"尝尝好不好喝，你要是不喜欢，我再给你做别的！"她用白色的瓷勺轻轻搅动着粥碗，食物的香气更加浓郁地散发出来，她的表情就这样生动地在白色的烟霭里朦胧起来。

"昨天我心情不好，我在新港没什么朋友，激滟就像是我的亲姐妹一样，她昨天撞了人也都是我的责任。要不是我非让她卖了股票，也不会让她的日子不好过。你好好养病吧，找到房子前住这里也没关系，我后怕了一天，真怕因为我赶你走，你也会像激滟一样出什么事。"

顾盼的声音让楚帅阳想起了甜品里的糯米糍，让本想说几句俏皮话活跃一下气氛的他，一个字也说不出来了。

她怎么这么容易被骗呢？

食物的香气和女孩真诚的目光，让他彻底处于一种感觉中。可这种感觉是什么，他这个从小阅人无数的聪明孩子也说不清楚。

三

上班的时候，顾盼终于见到了胡激滟。明显看到这位姐们儿又瘦了好几圈。老阿姨还在不依不饶地索要赔偿，而且态度越来越恶劣。胡激滟一开始还是诚挚道歉，后来也因为控制不住自己的暴脾气跟人家吵了好几次，后来干脆医院也不去了。

"激滟，钱我还在想办法，你别太着急了！"顾盼轻声劝慰着。

胡激滟脸上的表情瞬间变得有些奇怪，仿佛顾盼说这样的话早在她的意料之中，可她还是忍不住地绝望。过了好一会儿，她的嘴角一挑，苦涩却再也遮掩不住。

"世上有两难，一是要人命，二是要人钱，算了！"

"算了，这怎么能算了？"

"放心吧，我胡激滟还没无耻到连老太太的几万块钱也不赔。我以后的人生也不会再这么继续丢人现眼下去。"

杜青翰给顾盼回过电话去的时候，已经是三天后的上午了。当他看到顾盼的短信时，就被这女人给气笑了。白纸黑字写借条，在她心中自己就是这么个没风度的男人吗？好歹也是和自己同床共枕过的女人，他还不至于小气到连两万块也不肯借。

其实接到顾盼短信的一瞬间，他还是有些愉快的，说明这个女人离开他之后过得并不好，她应该充分反思一下自己所做的决定是错得多么离谱。最重要的是，她还能向他借钱，当他知道自己是她遇到困难时可以求助的人，心中竟然有种莫名的欢喜。

说不清为什么，哪怕她已经跟另一个男人在一起了，可知道她遇到困难后还是忍不住会担心。这种情愫不符合职场中杀伐决断、铁面无情的杜大帅，更不符合生活中同样也一天比一天对人冷漠的杜帅哥。

仿佛这个世界上只有顾盼这个女人才能让他看到多年前那个七情六欲格外健全、傻头傻脑不够理智的男人。

可在欢喜和担心之后，便是他强大的自尊心无法忍受的不自在。为此，他故意过了这么久才给顾盼回了电话。

顾盼在电话里听到杜青翰的声音时，简直就要激动得热泪盈眶了。就算是紧接着又听到某人嘲讽的嗤笑声，她也毫不在意，她深深地感激这个男人肯在这个时候帮她一次。

杜青翰完全不是因为顾盼要当面给他借条才会开车亲自给她送过来，只有他自己知道，他是因为不放心顾盼到底发生了什么事，才要亲自跑这一趟。他的自尊心也不允许顾盼发现他这份担心。所以，杜青翰选择在晚上10点钟的时候才姗姗来迟，到了顾盼新居的楼下。

已经好几个月没有见到顾盼了，杜青翰见到这个小女人的时候，他再也没法骗到自己，这么久的时间，他确实挺想她的。

　　令他没有想到的是，她身旁竟然还站着另外一个男人。他坐在车里不远不近地看着这一对男女，眯起了眼睛。当他看清那个男人是谁的时候，眼底流露出了一丝危险的光。

　　这个时候外面的天气还是很冷的，小区里没有什么人，那个男人站了一会儿便开始肆意地拉扯顾盼。

　　"盼盼，我根本不爱林聪，我爱的人一直是你。你知不知道这些年我有多想你？"

　　顾盼觉得郁闷极了，她不知道孟家傲怎么会这样阴魂不散地出现在自己面前，如今人们的隐私权是越来越难以保护了，他竟然会找到这里来！

　　"孟家傲，该说的我都已经说清楚了。若是你不想让我恨你，就别在我家门口搞这些！"

　　"如果你不能爱我，那就恨我好了，至少那样你心里还是有我的。"

　　孟家傲凑过来一把将顾盼抱在了怀里："盼盼，这辈子我不会放开你的。你是我的！"

　　顾盼吓坏了，只觉得这个男人已经疯了，任凭她怎么挣扎，他就是有恃无恐地不肯松开手。

　　砰！一声闷响，孟家傲的脸上结结实实地挨了一拳，紧接着又是几拳打在他的肩头、胸口、肚子上。杜青翰的拳头像雨点般砸下来犹嫌不解气，最后一拳直接把孟家傲打倒在地。

　　孟家傲抹着嘴角的血迹站起来，气愤地看看杜青翰又看看顾盼，眼圈都红了。

　　"顾盼，你不是和这个男人分手了吗？"

　　顾盼的眼圈也红了，她看着面前这个男人，只觉得三年感情中最后美好的片段也随之流逝了。娶别的女人然后让她做情妇，被拒绝后便死命纠缠，爱一个人怎么可以这样理直气壮地伤害她？他凭什么就敢这么欺负她？

杜青翰把顾盼拉到了自己身后，冷冷地告诉孟家傲："别让我再看到你纠缠她，否则我见你一次打你一次。滚——"

眼见着杜青翰的拳头又举了起来，孟家傲看着顾盼，周身散发着无尽的落寞，他颓然地转身，身影渐渐消失在茫茫的夜色中。

月色将顾盼的面庞照得格外莹润，她的脸色很不好，眼底还有晶莹的泪花，整个人看上去充满了无辜的羸弱。内心最柔软的部分再次被触动，他记得自己第一次遇到顾盼时，看到的便是这样一张脸。随着时间的推移，他才发现明明是这样一个柔弱的小女人，却有着一颗最固执的心。固执到他到现在也不明白，她为什么铁了心非要离开自己？

"怎么会变成这个样子？他再次看到我就像是见到陌生人一般，连招呼都不打一下。"顾盼哽咽地喃喃自语。

杜青翰没有说话，再次牵住了她的手，本来想用自己的温度去温暖顾盼，却发现他自己的手掌比顾盼的还要冷，这样握在一起便成了他在汲取顾盼身上的温暖，让他舍不得松开。

两个人坐进了杜青翰的车里，杜青翰把从银行取出来的三万块钱现金给了顾盼。顾盼表示只要两万就够了，可是在杜青翰嫌麻烦的目光下，她想起了胡潋滟的现状，也便实在地接受了。

又因为刚才发生的一幕，顾盼向杜青翰说了好几次"谢谢"，然后简单地把上次自己和孟家傲的事情解释了一下。之所以解释一方面是因为今天的事情，另外一方面她潜意识里还是不想让杜青翰误会。

杜青翰看着顾盼老实懦弱的表情，还有慢吞吞的语气，他完全相信这个女人说的是事实。无论怎么说，一年多的相处，他还是比较了解这个女人的。虽然他实在是不理解她为什么执意要离开自己，可是以她的道行，确实也做不出脚踏两条船的事情来。当时，他实在是气急了。

"顾盼，我还真是小看你了。"

杜青翰嘲讽的口气，让顾盼马上意识到自己找错了倾诉对象，都是因为杜青翰能在自己最危难的时候肯大半夜开车过来的行为感动了她。

"前男友对旧情人念念不忘的狗血桥段竟然也会发生在你身上。你倒是很有魅力啊！"说完这句话，杜青翰猛然想到，他自己如今开车给顾盼送完钱却不肯马上离开的行为，又能好到哪里去呢？

顾盼深深地吸了口气，其实不用说的，她在他面前从来就没有什么魅力可言。

"无论如何今天都谢谢你跑这一趟，天太晚了，你路上小心！"顾盼见杜青翰脸色越来越不好了，对于这个性格冷漠的男人，她知道今天实在是给他添了大麻烦。

"我送你上去！"

"不用了！"顾盼说着，看到杜青翰皱着眉头不容拒绝的表情，直接闭嘴。

印象里顾盼好像是第三次坐杜青翰的车，一时紧张不知道怎么才能把车门打开。杜青翰俯过身来，顾盼顿时更加紧张了。这是杜青翰第一次在房间外的地方离她这么近。他长而有力的手臂环过来，几乎是将顾盼抱在怀里一样。

车里没有开灯，只有车窗外的路灯散发出微弱的光芒。两个人的呼吸在彼此的耳边显得格外清晰，两个人的面颊几乎只有一寸之遥。在杜青翰和顾盼两个人目光相碰的那一刻，好像有什么东西在这朦胧的夜色中悄悄被点燃了。

车门打开了，杜青翰紧随顾盼下了车。到了顾盼家门外，她说："进去喝杯水吗？"

"好！"

听到杜青翰马上答应的声音，顾盼愣了一下。她就是礼貌地客气一下，没想到杜青翰真的要进来。在她的印象里，同居之前杜青翰并没有到她住的地方坐一下的习惯。那时候他是神龙见首不见尾，即便她有时兴致勃勃地做好了新研究出来的菜式想要与他一起分享，他几乎都是一律以没有时间为由拒绝了。

门被打开了，顾盼按亮了壁灯，杜青翰完全惊呆了。这个装潢十分简单但是布置得极为精巧的小房子，让他有了一种时光倒流的感觉。屋内的光线晕染开来，本来任何的阻隔都没有，却让他们彼此的样子模糊起来。

杜青翰低下头看到了一双男式的拖鞋摆在那里，他的心紧跟着便更加欢快地跳动起来，那种惊喜的感觉就像是多年前初尝爱恋的毛头小子一般。顾盼没有异性朋友，这双鞋子自然是一直为他准备的。

"顾盼？"杜青翰踌躇了一下。

"嗯？"

这个女人已经拒绝过杜青翰两次了，让他再次说出挽留的话来也难。他抬起头看着顾盼，看着壁灯下泛着莹润光泽的那双嘴唇，他俯过身低头吻上了去。

顾盼只觉得脑子里一阵迷糊，可是杜青翰的气息和有着存在感的怀抱是真实的，她不会记错，这是杜青翰第一次在床之外的地方亲吻她，也是第一次让她从他的吻中感到了恋爱的滋味。

当这个吻结束了好一会儿的时候，顾盼才发现杜青翰依旧将她抱在怀里，而她竟然没有拒绝！

"回去吧，这里收拾得再好也终究是别人的地方。每一次离开的时候，反而会因为投入太多的感情而更加舍不得，那是浪费生命。"

顾盼的理智渐渐回归，赶忙从杜青翰的怀里挣脱出来，脸颊绯红。杜青翰看着她笨拙发窘的样子，极力忍住愉快得想笑的表情，也抑制住想再次拥抱这个女人的冲动。他皱起眉头认真地说道："离家出走这种任性幼稚的行为显然不适合你！"

杜青翰的话触动了顾盼内心深处的恐惧，她看着朦胧灯光下的这间小房子，轻轻地说："你说得没错，完全投入后不得不再被自己抛弃的经历，一辈子有两次就够了。"

杜青翰自然知道顾盼说的这两次，一次是因为方才那个男人，另一次就是因为自己。他懊恼地说："顾盼，成年人应该学着用大脑做事。不能好了伤疤忘了疼。我看你是又忘了在马路上流浪时的感受了。"

杜青翰最受不了的就是顾盼这个时候愚蠢顽固的样子，他实在搞不清楚这个女人，可以在第一次正式约会的时候就答应结婚；可以不用他的钱，用自己的工资贷款承担装修费用；可以跟自己的父母签订不平等条约；可以为了能嫁给他做这么多事，偏偏在最后要结婚的时候脑子不正常地闹分手。放着一般女人都向往不已的大房子不住，偏偏要花心思布置这间还没有两个厕所大的、属于别人的小房子，实在是笨得要死。

顾盼知道杜青翰是真的生气了，俗话说事不过三，如果她没有记错，这已经是杜青翰第三次要她回去了。

他的眼神明显就是在告诉她：你可别给脸不要脸。

"我不想回去！"

"那你想在这儿住一辈子吗，可能吗？"杜青翰真想扒开她的脑子看看里面是什么构造。

"只要我想就可能！"顾盼咽了口唾沫，抬起头认真对他说，"这是我的房子，我买下来了。"

"你买房了？"

这句话一出口，彻底把杜青翰雷到了。来之前无论心底怎么担心，他都是以一种救世主的心态出现在这里的，没想到听见的竟然是这个女人买房子了。那她以后是彻底不需要他了，再也不会跟他回家了？

刚刚吻她的那一瞬间，带顾盼回家的这个念头彻底打碎了这么长时间以来他所有的大男子主义和自我保护，其实在他知道顾盼并没有其他男人的时候，这种念头便像蔓藤一样缠绕着自己，让他迫切到无法呼吸。

"对！"

"谁给你买的？"杜青翰本能地问道。

顾盼诚实地回答："用你还的装修钱买的！"

杜青翰从来没有觉得自己是个彻头彻尾的大傻帽，他还给她装修的钱目的是为了她能像以前一样好好跟自己过日子，没想到竟成了她离开自己的后勤保障了。

出于管理银行的职业习惯，他冷笑了一声："贷款呢，你能同时还装修贷款和房贷？"

"我把房子租了一间出去，是辛苦了一点，不过方法总比问题多！"

"方法总比问题多？"杜青翰眯起了眼睛。

顾盼点点头："是你在家给美国员工开视频会议时说的，我觉得很有道理！"

杜青翰简直要抓狂了，他培训过无数员工，就是从没想过自己的老婆才是那个最好的学生。

"跟别人合租？你知道这样很危险吗？万一遇到了什么坏人……"杜青翰立刻急了。

"不是坏人，是个很好的弟弟！"

杜青翰的头发几乎都要竖起来了，他下意识地低头看看自己的脚，再次眯起了眼睛："这是谁的拖鞋？"

顾盼愣了一下，如实回答说："就是我说的那个弟弟，我的房客的！"

"房客？"在过去的几年里，杜青翰觉得自己似乎已经很久没有真正生过气了，人与人之间不过是虚情假意地周旋着，可短短的几个月里竟然被这女人连续气到了好几次。

"顾盼，你竟然把房子租给了男人，你跟陌生男人住在一起？"杜青翰这一次几乎是直接一口气上不来了，"马上让他搬走！"

顾盼赶忙辩解："不是住一起，是我租房给他。而且我跟他说了，再租给他一个月，让他赶快去找房子。"

"一个月后？你还要跟一个陌生男人同住一个月？我不同意，明天就让他走！"说着，杜青翰就往里面冲。

顾盼看着杜青翰理直气壮的背影，突然缓慢地小声说道："可是我已经同意了，我不想反悔！"

杜青翰站住了，宽阔的肩膀僵硬了一下，慢慢地转过身，看到朦胧的灯光下顾盼异常坚定的表情，如同当日她说要分手时的情形一模一样，虽然语速迟缓，却是一把钝刀子，将他的心拉扯得更疼。

好，很好！

杜青翰看着她，突然大步走到门前用最快的速度换好了鞋，然后惊天动地地摔门而去。

顾盼看着地上被甩得差点上天的拖鞋，悲哀地撇了撇嘴，眉头无奈地皱在了一起。

楚帅阳正在办公室里加班，这一大堆的报表几乎要撑破他的头。喝咖啡的工夫，他的脑海里又想到了顾盼的那个朋友。这几天从王阿姨那里得知这件小事如今已经愈演愈烈，因为双方的脾气都不怎么好，差点闹得上法庭。看到顾盼为这个朋友如此担心，他不止一次地后悔没在最开始的时候给舅妈打个电话让她说说王阿姨，否则事情也不会发展到今天这个地步。

他也后悔当时自己没有借给顾盼区区两万块小钱，可现在再出来参与这件事更是弊大于利。他越是对顾盼上心，就越是不敢暴露自己认识王阿姨这件事。如今他只能装作不知道，恐怕因此影响自己在顾盼心中的形象。

原来，王阿姨的儿媳闹离婚，心情很是不好，她干脆把胡潋滟当成了出气筒，直接闹到了胡潋滟的公司。刚被提拔的于墨是新官上任三把火，在大裁员人人自危的时刻，干脆把这件事当成了典型，召开晨会的时候，当着所有员工的面批评了胡潋滟。为了不再见到那个王阿姨，为了保住这份工作，胡潋滟干脆请了病假。

夜上浓妆，胡潋滟坐在酒店的大床上，用被子盖住自己赤裸的身体。已经穿好衣服的男人回过头来，意犹未尽地俯下身在她的额头上亲了一下。

"宝贝儿，你要是不想让我走，我可以留下来陪你！"男人的声音沉稳，带着不舍的口气，伸出长臂搂住了她浑圆小巧的肩头。

"你走吧！我想一个人待会儿！"

"好，我听你的！"

男人说完后却没有马上离开，而是更紧地抱住了胡潋滟，无声地安抚了她好一会儿，然后从怀里掏出一张银行卡放在她的手里。

他轻柔的声音像情人的呢喃，更像是父亲的疼爱："我没有别的意思，就是看不得你这么辛苦。女人是用来被男人疼的，以前你不接受我，我没有机会。现在你是我的女人了，以后无论发生什么事，只要你想，我就都在你身边。"

胡潋滟没说话，也没有拒绝。她只是垂着头看着手里的那张卡。男人轻轻地叹息了一下，拍拍她的手背，然后轻轻地离开了。

胡潋滟重新躺下，这个时候她确实累了，困倦的她只想睡觉。林鑫浩是她的大客户，成熟多金，不止一次向她表示过好感。说心里话，她也是欣赏这个男人的，虽比自己大了十几岁，但更显得成熟睿智，最重要的是他有一种让人可以依靠的安全感。

和他在一起的时候，她仿佛什么都不用想，什么都不用做，只消放心地享受他给她的宠爱就好了，让她觉得仿佛回到了 18 岁。

不对，是 18 岁时也从来没有得到过的公主生活。刚才她明明是可以拒绝的，她却半推半就地跟这个男人上了床。

夜晚，胡潋滟调成静音的手机闪了又闪，顾盼的名字一直在闪烁着。最后一次是顾盼用微信发来的十几个大大的笑脸，还有一句话：天无绝人之路，钱已 OK！

胡潋滟沉沉地睡了过去，梦里她梦到了自己刚来新港时与张景山土包子的模样，梦到了他们第一次有了房子时的欣喜。她完全没想到，这样的夜里，她竟然在睡梦中露出了久违的笑容。

四

邓子姗和于墨看着手里这张 A4 纸上的内容，下巴简直都要掉到地上了。

"顾盼，你要辞职？你最近没事吧？"邓子姗担忧地看着顾盼，毫不掩饰脸上的焦虑。大家知道顾盼跟未婚夫分手了，也知道她刚刚买了房子，贷了巨额贷款。

这孩子脑袋没事吧？

于墨托托鼻梁上的眼镜，轻轻咳嗽了一声，一本正经地打着官腔说："顾盼，你是不是对这次的薪资改革方案有意见啊？有意见可以提，但是这么辞职，吃亏的可是你自己啊！"

公司新晋的薪金改革方案确实是让顾盼下定决心辞职的最后一根稻草。基本工资降为原来的 60%，其余的全是绩效，这让她本来就不多的收入更是雪上加霜。

从根本上来讲，她还是觉得自己不适合做市场工作，这种完全和性格相左的工作，让她每天都觉得被生活压得喘不过气来，精神高度紧张，没有半点乐趣。

她不适合，干脆就别勉强自己，也把难得的工作机会留给别人！

辛辛苦苦工作好几年，一个纸箱子便是顾盼在这家公司所有的家当。最后在保安的押解下，她离开了公司。看着身后那扇玻璃大门慢慢合并，她的心还是空了一下。磁卡已经上交了，明天再也进不来了，人生的路上，她自己选择亲手关掉了这扇熟悉的大门。未来等着她的将是什么，她虽然意志坚决、一腔孤勇，依然有着满心的凄惶。

外面的阳光有些刺眼，她抱着箱子去了门口的银行。胡潋滟已经自己筹到了钱，所以杜青翰的这三万块就不需要了。顾盼把钱汇到了杜青翰的银行账户里，然后发了短信给他。足足等了一个小时，手机收件箱依旧是空荡荡的，没有任何回应。

顾盼自嘲地笑了一下，其实这个时候她是真心期盼能等到杜青翰的回信。哪怕只有一个字，哪怕他只说一声好！可惜，这个男人还不如生活能够给她制造悬念。

没有等到杜青翰的回应，手机却在她发呆的时候像个炸药一样爆炸了。

"顾盼，你在哪儿？"杨娇芬着急忙慌的声音在听筒里响起。

"妈，有事吗？"顾盼抱着纸箱子，听到老娘的声音本能地紧张起来，头皮一阵发麻，就好像自己做了什么亏心事一样。

"你弟弟在新港找了一份工作，但是人家需要一个在新港有正式工作的担保人，写一份担保书。你赶紧给你弟弟写一份，找你们单位盖好章，明天段磊就要。"

顾盼的冷汗都流了下来，可是又不能真的耽误了段磊的工作，怕老妈杀了她不说，她也知道没有任何工作经验的弟弟找到一份工作有多不容易。

她颤巍巍地说："妈，我辞职了！"

"辞职？你换工作了？"

"不是换工作，是我把工作辞了，以后准备在家里做点自己喜欢的事情。"

杨娇芬根本听不懂："你把工作辞了，自己在家里做喜欢的事？你喜欢什么啊？做饭？"

　　顾盼愣了一下，点点头，心里多少有了些暖意，老妈毕竟还是有点了解她的。

　　"嗯！"

　　孰料只下一秒杨娇芬直接就在电话里哭了出来，歇斯底里道："我怎么生了你这么个缺心眼的傻子。你都二十八了，现在连个工作都没有，以后谁还要你？你不用脑子做事，你对得起自己吗？对得起你弟弟吗？你弟弟的工作要是黄了，我跟你没完！"

　　放下电话，杨娇芬又一次犯了高血压。在她眼里，顾盼自己还着贷款又没了工作，这辈子算是完蛋了。这个孩子从生出来哭声就比别人小，上学时脑子也不怎么灵光，眼见着快三十了，整个成了一个傻大姐。

　　好好的大"豪宅"不住，非要自己买个小破窝。好好的文职工作不干，先是转了销售，现在可好，竟然彻底辞职了！有句话怎么说来着？不作不死，顾盼这是好日子不过，拼了命往死里作啊！

　　她是亲妈，不能让孩子一辈子就这么给毁了。一通电话打到了杜秉严家，本来是想套套话，然后让刘玉兰做做杜青翰的工作。这样的中国好女婿，她实在是不想到手后还飞了。杨娇芬觉得杜青翰是自己闺女这辈子最后的希望了，就凭傻丫头现在这条件，没财没貌一屁股贷款，脑子进水，听不懂人话，再晃悠几年说不定就只能找二婚的了。

　　可是刘玉兰在电话里完全没有听到重点，只听说顾盼买房了。登时，刘玉兰因为这个电话，心脏也开始难受起来。

　　辞职后的顾盼把所有的时间和精力都用在了做菜上。28 年的人生中，她只有这一项特长，只喜欢做这一件事情。这件事情在别人看来平凡到了尘埃里，大多数人都会对此嗤之以鼻。可对她来说是最有意义的事情，她很享受做菜的过程。之前她把自己做菜的视频发到了一个专业的美食网站上，很快附近一个高档楼盘中开设的私家厨房的女老板就联系了她。女老板以前是一家音乐周刊的主编，结婚后便开了这个私家音乐厨房。所谓的私家厨房就是这个女老板买下了自己家旁边的另外一套房子，装修成极有格调的餐馆，面积不大，去的食客大多数是小区的邻居还有朋友，远一点的人慕名想品尝，主要是靠微信订餐，所以才让顾盼有了工作机会。

经过几次试菜后，现在她每天给这家网络餐馆按需求制作菜肴，有时多、有时少，剩下的时间就专门研制新的菜式。收入跟辞职前降薪后的工资水平差不多，只是更加不稳定，但是她觉得每天的生活都充满了兴趣和希望。

如果收入能再多一点就好了！再这样下去，她真的要入不敷出，还不上贷款了。

呜呜！顾盼叹息了一声，继续揉搓着手里的面团。这个时候门铃响了，她赶紧把沾着白面的手在围裙上擦了擦去开门。门被打开的一刹那，她的下巴差点掉了下来，竟然是刘玉兰和杜秉严夫妻俩宝相庄严地站在了她家门前。

"叔叔阿姨，你们怎么来了？"说着，她赶紧把两位让进屋来，沏水让座。

杜秉严坐在小沙发的正位置上一言不发、面沉似水。穿戴整齐体面的刘玉兰端着招牌式的贤惠笑容对顾盼说："顾盼啊，你妈妈给我打了好几次电话了，说你在新港也没个亲人、没个家，她让我们今天过来看看你。"

"我妈？"顾盼一时间更傻了，"她给您打电话了？"

"是啊！"

"她说什么了？"

"她说你能找到我们这样的家庭是上辈子修来的福气。让我再做做青翰的工作，这婚还是尽量结了。"

刘玉兰打量着这间小房子，越看笑容越不自然："你妈妈还说你买房子了，这房子看着也还不错。我们青翰啊从小对人就大方，这也难怪，我和他爸都是公务员，他从小什么都不缺，不像你从小活得那么不容易，所以他在钱上不像你那么用心。"

顾盼总算多少明白了他们一大早来是为什么了："阿姨，您是以为我买这房子用杜青翰的钱了吧？您多虑了，这房子是我自己买的！"

一直沉默的杜秉严这个时候发话了："顾盼，这房子多少钱啊？"

"不是很贵，大部分都是贷款买的！"顾盼想了又想，还是觉得自己实在没必要跟他们汇报自己房子的情况。

"我问你贷了多少钱？"杜秉严冷声问道。

顾盼被杜秉严威严的气势震慑住，只好包子般地如实回答："贷了80多万！"

"80万？"杜秉严傲气地摇着头说："贷款30年一个月也得还5000多，你一个月赚多少钱啊？我听你妈说你还把工作给辞了？"

顾盼听到杨娇芬把自己什么情况都跟别人说了，无奈地叹了口气，然后沉默了。气氛有些尴尬，刘玉兰这个时候善解人意地拉过自己旁边的椅子，亲热地让顾盼坐下。

"我说顾盼啊，你跟青翰两人处了这么长时间，我们对你们俩的事过问得很少。钱什么的都是青翰做主。你说买房的钱是你自己付的首付，这账本身就算得糊涂。"

顾盼皱起眉头，越听越觉得浑身不自在。

"你跟青翰在一起的日子里，说句最直白的话应该算是他养着你吧？你跟他在一起之后不用花钱了，所以才能把自己的工资攒下来！再说了，我们老杜家的人从来不把钱看得太重，要是搁在过日子特别细的家庭里，给你的钱肯定得要求你记账。青翰肯定没要求过你，所以你这房子的首付钱，攒得也容易。"

"阿姨，房子是用我自己的钱买的！"顾盼极其没气势地又解释了一次。

"你说没关系就没关系呗，反正青翰也不会再找你要回去。"刘玉兰依旧对着顾盼笑得和蔼可亲。

顾盼只觉得一股寒气在自己的周围蔓延开来，她的心拔凉拔凉的，刘玉兰的笑容、杜秉严高傲的表情，一点点在自己的面前模糊起来，可是因为从小养成的习惯，她又不好意思跟两位老人大声说话，只能自己心里越来越难受。

就在这个时候，顾盼只觉得自己手背上一阵温热，她低下头看到刘玉兰的手已经抚上了她的，她忽然就觉得一阵黏腻，整个人都不自然了。

刘玉兰拉着她的手说："顾盼啊，现在都知道买房比存钱合适。你买这房子也不能算错！可是你跟青翰耍性子闹分手这事，确实是没脑子了。"

顾盼把手抽回来，轻声说："阿姨，我和杜青翰已经分手了，我们已经没关系了！"

刘玉兰和杜秉严对视了一眼，脸上同时流露出了紧张的表情。

杜秉严长眉一展说："顾盼啊，我吃过的盐比你吃过的饭都多。我这一生见过无数人，要说一个人最大的毛病就是人劝不听，以后要是吃大亏后悔了，可没地方哭去。你从小处于那样的家庭环境中，等于没人教、没人管长大的。今天我就好好地教教你，女人就应该本分贤惠，胡闹不是本事，把日子过到头才是本事。"

顾盼听到别人说她没人教、没人养，一瞬间就想到了自己的奶奶，那个慈祥善良、什么事情都替别人考虑的老人。她从小就教导自己，学吃亏学让人，无论什么时候都要堂堂正正地做人，她的眼圈一下子就红了。悲愤的感觉在她的周身蔓延，面对刘玉兰和杜秉严夫妻一本正经、冠冕堂皇的教训，突然完全不能忍受了。

刘玉兰完全赞同老伴儿的话语，在一旁助威道："你叔叔的意思就是告诉你要认清现实。你都快三十了，你这种家庭，你自己这个条件，还放着好日子不过，你以为像电视里演的，等三十多了还能找个比自己小的丈夫啊？"

"怎么不能！"

楚帅阳用钥匙打开门，从外面走进来，环视了这两个人之后，干脆用胳膊搂住了顾盼的肩膀。感觉到顾盼的身体一僵，他的心也提了起来，生怕这只老实的小肥羊把戏演砸了。

"顾盼是我女朋友，你们说话最好客气一点。"

杜秉严登时就急得站起来："你是谁？"

刘玉兰也顿时感觉整个人都不好了，血压升高，手脚一阵阵发凉。她看着面前这个帅小伙咬牙说："你是谁？你怎么有顾盼家的钥匙？"

楚帅阳大模大样、笑意盎然地说："我就是传说中比顾盼小几岁、有钱有貌、对她一心一意苦苦追求的小老公。我们现在不希望有外人打扰，请你们马上离开！"

杜秉严冷哼一声，抬起脚推门走了出去。

刘玉兰不死心地对顾盼说："顾盼，他说的是真的？"儿子还没先找新欢呢，这女人竟然这么快就有对象了，逆天了吗？

顾盼已经甩开了楚帅阳的手，从这两个人进门到现在，她终于理顺了心情，完完整整地说了一句话。

"阿姨，我从小不是没人教，还有……这里是我的家！"

刘玉兰咬咬牙，欲言又止地叹了口气，纠结了一下追着杜秉严离开了。

屋子里只剩下了顾盼和楚帅阳两个人。人走了，顾盼感到头皮一阵发麻，突然觉得自己的话是不是说得太重了？毕竟是长辈！

"谁的地盘谁做主。又没做错事，在自己家里要是还能被别人指着鼻子数落，你就是真包子！"

顾盼的手心都是冷汗，感觉自己后背也是濡湿的，她的心剧烈起伏着，似乎是不适应这样跟人讲话。可是因为楚帅阳的这句话，她的心底好像还是找到了一丝从未有过的安稳。

杨娇芬的电话不仅打给了刘玉兰，犹豫了一晚上，第二天她又直接给杜青翰来了一通。一方面是想再做做女婿的工作让他赶紧救救顾盼，这傻丫头没了工作欠了一屁股贷款，明显是精神出了问题；另一方面，最重要的是为了段磊的担保人证明，她必须求助于杜青翰。说心里话，她跟刘玉兰夫妇交流完全没有心理障碍，可从心里一直挺怵这个女婿的。

那天，杜青翰收到顾盼汇来三万块钱的银行短信时，他拿着手机看了好半天。不是没想过给顾盼打个电话问一下情况，可是自尊心让他放不下身段打这个电话。明明电话就在手上，却有一股巨大的力量牵扯着他的手指，让他动也动不了。

这些日子以来，他一直在琢磨顾盼这个女人。很明显，这个女人表面软弱实则极有主意。他不是没有想过结婚后干脆就不要她上班工作了，他万万没有想到，这个女人在离开自己后，竟然买了一套房子，每个月去还对她来说无异于天文数字的贷款，而且在这个时候把工作辞了！她是不是遇到什么事情了？

就在杜青翰心烦意乱的时候，又接到了母亲的电话。刘玉兰在电话里很激动，她坚持认为顾盼的房子是杜青翰给买的，老杜家的钱不能就这么便宜了别人，实在不行就上法庭。杜青翰脑子嗡嗡作响，他只听到母亲在电话里说顾盼屋子里住了一个男人。

男朋友吗？那天还只说是租户，今天就变了身份？

"顾盼，你好样的！"杜青翰自言自语地咬着牙。

这个时候还在顾盼家的楚帅阳见她若无其事地继续去厨房鼓捣食材，他就知道这只小肥羊根本就没把自己刚才的一番话放在心上，甚至心连动都没动一下。她呆板的大脑就只当他是在帮她演戏，根本就没多想点别的。比如，她怎么就不想想自己是真的喜欢她，是真的打算追她，是真的想娶她做老婆。她怎么就不多幻想一点呢？

今天楚帅阳请了假去接医院的王阿姨回家，不承想在医院里见到了胡潋滟，是个开宝马7系列新款的男人送这个女人来的。粗粗计算一下那辆车怎么也得200多万，男人出手阔绰，不仅王阿姨提出的条件全都满足了，甚至给王阿姨买了几盒冬虫夏草的营养品。显然顾盼这个傻姑娘是瞎操心，在她看来天大的难事，人家完全有能力自己解决。

楚帅阳心中的一大块石头落了地，忽然就想回家来看看。他觉得自己从来没有过这种感觉，工作的时候会想家，会想到家里有一个女人在认真做着自己喜欢的事情，那种专注的表情，时不时地就会浮现在自己脑海里。

楚帅阳走进了厨房，看到冬日暖阳洒在案台上，映照在顾盼白皙的面庞上，她的眼睛像莹亮的水晶，干净得没有半丝杂质。他第一次见到顾盼的时候就发现了，这个女人竟然有像孩子一样干净纯粹的眸光。在这样浮躁的大都市里，她简单地生活，简单地做人，简单到不把时间浪费在任何一件自己不感兴趣的事情上。

几乎是每和她生活一天，他就不知不觉地被她吸引一分。

生活是什么？追求到了繁华的极致，不过要的也是这样一份简单和纯粹。

"顾盼！"

"嗯？"顾盼继续捏着手里的面团，然后指了指烤箱和微波炉说，"你的午饭我刚才简单准备了一下，不是今天外出办事不用带饭吗？怎么又回来了？"

楚帅阳已经到喉的话语被生生地卡住，他无奈地咬咬嘴唇，向微波炉和烤箱的方向走去，然后把里面的饭菜端出来，放到了小厨房外面的小餐桌上。

"你去洗手，我等你！"

"一会儿人家就该取菜来啦，没时间了！"

楚帅阳又是一阵幸福，这么忙竟然还不忘用几分钟的时间把他的午饭放到微波炉里。他拿起筷子，试吃了一口，顿时觉得顾盼留的菜头竟然比新港百年老店的饭菜还要美味。

门外传来了激烈的门铃声，顾盼本能地感到自己的心剧烈地跳动起来，第六感觉袭来：是个凶兆。

门被打开，杜青翰在看清顾盼家里站着的这个男人的时候，脸立刻绿了。而楚帅阳也睁大了眼睛，下巴差点掉到了地上，完全是一副活见鬼的模样。看着两个男人大眼瞪小眼地都被点成了化石，顾盼也傻了。

"头儿，你怎么来了？"

杜青翰没说话，身上散发出一股山雨欲来风满楼的危险气息。他用目光迅速扫了一眼餐桌上摆放着的几样连他都没吃过的菜肴，又看到了两双碗筷对放在桌子的两侧。只这一个场景就足以让他的血液瞬间沸腾，然后再一点点地凝结成冰。

他无法忍受这本来只应该属于自己和顾盼的生活画面发生在她和另外一个男人身上。至于他们朝夕相处在这屋子里每天还做过什么，他拒绝去想。

"头儿，你怎么知道我住这儿？发生什么事了？竞选投票提前了？我这就跟你回去！"

顾盼这个时候大脑完全一片空白，她被杜青翰骇人的脸色吓坏了，本能地觉得自己又做错了事情。面前的这种情形，完全不是她这种智商可以想得明白的。

"青翰，你找我有事？"

楚帅阳的耳朵动了动，用他交过十个以上女朋友的经验从顾盼这个称呼就足以断定，她和杜青翰之间的关系非常复杂，只有男女关系一种可以完全概括。

"头儿，你认识盼盼？"

杜青翰的嘴角抽搐了一下，眯起眼睛睨视着楚帅阳。自己从来都是连名带姓地喊顾盼。这个楚帅阳怎么可以叫得这么自然？恶心！

"你说自己是她男朋友？"杜青翰冷静得更加骇人。

在老大杀人的目光下，楚帅阳的心顿了一下，可还是咬牙说："没错！她是你什么人？"

"她是我老婆！"

世界顿时安静了。顾盼手里的擀面杖一下子砸在了地上。什么跟什么啊，她彻底凌乱了。

"大嫂？"

楚帅阳更是被秒杀了。这不可能，完全不可能。如果真是这样，顾盼怎么会自己买下这个小窝？为什么会穷得还不起贷款租出去一间房子？为什么朋友需要两万块钱都求借无门？他看着顾盼，用目光向她征询答案。

顾盼如实地解释："他是我的前未婚夫。上午来的就是他父母。"或许，杜青翰是因为她顶撞了他父母所以生气了，才找来了这里？

这个时候，两个男人同时看向顾盼，每个人的心情都复杂极了。尤其是杜青翰，他没想到顾盼第一时间会跟楚帅阳解释，她是怕他误会吗？他看着顾盼，这一刻他才真正看清了自己的心，他从来没有想过要真正地跟顾盼分手，他不过是从心里一直认为，她根本不可能会真的离开自己而已。

而楚帅阳从一开始的心虚也变得热血沸腾了，他想起了很多之前自己亲眼看到的杜青翰对大嫂的态度。挂电话、不回家、不解释、不关心，冷漠至极，不闻不问！若不是亲眼所见，他还不知道杜青翰的父母一直这么瞧不起顾盼。

"马上搬走！"杜青翰从容淡定地说着，却是完全不能商量的口气。

楚帅阳不像杜青翰沉得住气，他本能地就把顾盼挡在了自己身后。谁也不能欺负顾盼，就是自己的顶头上司、自己的兄弟也不行！

"头儿，你得搞清楚，你是前任，我才是现任！"

杜青翰看着楚帅阳年轻坚持的面庞，越看越不顺眼，突然诡异地笑了一下，然后猛地转身走进了楚帅阳住的小屋。

哐当！咚！啪！

听到小屋里好像地震了一般，楚帅阳立刻追了过去，看到杜青翰竟然在野蛮地给自己收拾东西。看着一地残骸，他颤巍巍地喊："头儿、头儿，你没权利这么干！喂——"

站在一旁的顾盼从开始的心惊肉跳到现在看到自己小屋内一片鸡飞狗跳，她的意识也渐渐回归了。后知后觉的她现在才有点明白了，楚帅阳是杜青翰的同事，他才不是什么一直待业刚刚找到工作的穷小子。杜青翰所在的合资银行的福利待遇都好得"令人发指"，这个家伙一直都在骗自己。

顾盼突然觉得自己冷静了下来，还有一个小时人家就要来取餐了，如果误了人家的生意，她明天就会失业，可她今天的工作还没有做好。整整一天，她凭什么被这些人一拨拨地招惹？凭什么？

"你们都给我出去，这是我家！"

看着顾盼站在小屋的门口大声吼着，楚帅阳彻底傻了。杜青翰也停止了手上的动作。两人同时看向了顾盼。

顾盼已经拿起了楚帅阳和杜青翰的皮包直接扔到了门外，然后指着楼梯说："你们都给我走！"

这是杜青翰第二次见到这样的顾盼，第一次是她铁定了要跟自己提出分手的时候。他突然无法把自己第一次见到她时的样子和现在的她重叠在一起，是什么原因让懦弱的小女人变成了这个样子？

还是说，她一直就是这样的女人。她骨子里是倔强的，做包子只是她为人处世的一种方式。可她是有底线的，当事情发展到她的忍耐极限时，她便会比一般人更加决绝，再也不肯给对方机会。

　　想到这里，杜青翰突然有种前所未有的感觉涌上心头，她究竟忍了自己多久，才会让她这样铁了心地离开自己？

　　同为夫妻，老婆身上的变化，张景山不会没有察觉。胡潋滟每天回家的时间越来越晚，出差的日子越来越多，对他的态度越来越冷淡。可是作为失业在家的男人，他早就失去了话语权。

　　在他刚毕业的时候，他觉得自己35岁的时候不是自己在做老板，就是成为大公司的高级管理人员，尤其是在有了车子、买了两套房子后。虽然现实中没日没夜因为贷款的压力生活得很有压力，可骨子里他和老婆一样确实是骄傲的。

　　他能想象的生活都是越来越好，他从没真正想过有一天自己会失业，会彻底供不起这两套房子，从没想过在他这个年纪要重新上网投简历，跟一帮20多岁的小年轻争夺工作机会。

　　他是程序员出身，可是因为做了市场，技术工作已经荒废好几年了，再次拾起来无论是能力还是体力都有些力不从心。而且，他要求的工资肯定比人家年轻的小伙子要高一些，更是完全没有竞争力。做管理呢，他没有什么担任大型企业高级管理层的工作经验，一时也难以找到薪金和岗位都差不多的工作。赋闲了两个月后，他不得不对工作的各种要求一降再降，可是工作的消息依旧石沉大海。

　　丢人现眼！自尊心被现实彻底踩在了脚底下，还得踩三踩！

　　房子的贷款每个月像催命符一样压得他喘不过气来，能借的朋友都借了，可是知道他失业在家，大家除了一致让他卖房，鲜有人肯主动出手相帮。而且帮一次、帮两次，他这种情形谁能帮他养一辈子的房？

他在提了两次卖房后，跟自己的老婆也张不开嘴了，他很怕胡潋滟说他没本事。都说贫贱夫妻百事哀，他们明明算不上贫贱，他却更深地体会到了金钱在夫妻关系中的重要性。以前如胶似漆的两个人，现在变成两个月没有夫妻生活，唯一的一次他自己竟然力不从心了。

今天是他们的结婚纪念日，张景山从早上就开始精心准备。打扫卫生，买鲜花，做了四菜一汤都是胡潋滟最喜欢的菜式。每年的今天都是胡潋滟早早地开始张罗，今年他赋闲在家，于情于理都应该给爱人一个惊喜。

已经晚上 9 点钟了，胡潋滟还没有回来，张景山一个人坐在餐桌前，脸上表情已经开始难看起来。胡潋滟的手机又一直打不通，这两个月以来，她手机打不通的次数远远超过了他们相识多年来次数的总和。每当这个时候，他的心就开始发冷，一股强烈的不安充斥着全身的每一个毛孔，今天这股冷意已经濒临他所能忍受的极限了。

酒店的大床上，林鑫浩化身成了一只不知餍足的猛兽，仿佛是故意似的一次次地折腾着胡潋滟。时间在一分一秒地流逝，转眼已经晚上 10 点了。她记得今天是自己和张景山的结婚纪念日，可是林鑫浩下班的时候就等在了她公司的门口，打开后备厢的时候里面竟然全是火红的玫瑰，她便无法拒绝地跟着他来到了酒店。

当指针指向 10 点半的时候，林鑫浩终于放过了胡潋滟。她几乎本能地就去摸床头柜上的手机，却重新被林鑫浩搂住了身体。

"我们去吃饭！"

"不行，我得回家了！"

"这么晚不吃饭就回家，你怎么跟老公解释？"

胡潋滟顿时一个激灵，男人温热的身体挨着自己，可她还是觉得冷。吃过饭、喝了酒可以说是陪客户，这样空着肚子回去她该怎么解释？或许她已经不用解释了，张景山一直信任她，她说什么他都不会怀疑。

但今天这个日子跟平时是不同的，她心底充满了愧疚，整个人六神无主，一直心不在焉的。林鑫浩仿佛特别喜欢她今天这个样子似的，一直在床上纠缠不说，这个时候干脆把她从床上拎起来，拿过手边的衣服不容置疑地对她说："我饿了，赶紧的！"

"鑫浩！"

"今天必须陪我。"林鑫浩冷下脸来，干脆直接没收了胡潋滟的手机。

胡潋滟也有点生气了，可是林鑫浩仿佛比她还要生气，也表现出他们交往以来从未有过的固执。不等胡潋滟回答，他已经开始拿自己的手机找饭店定位子了。

KTV里男男女女拿着话筒大声嘶吼着，每一声都强烈地刺激着胡潋滟的感官。她在这里如坐针毡，可没法真正站起来拿包走人。吃饭的时候，林鑫浩遇到了熟识的朋友。几个人约好来K歌，她想走却又不能扫了他的面子。整整一夜，痛苦又难熬的一分一秒让她真正懂得了什么叫度日如年。

夜风吹拂着面颊，树叶发出沙沙的声音。这个时候连路上的车辆都已经很少了。整个世界沉浸在一片静谧之中。张景山浑身已经冻透了却浑然不知。此时，他站在离自己家小区一千米的路口处已经等了两个小时。人常说夫妻间根本就不会有秘密，之所以还会有欺骗，那全是因为彼此间还有信任。一旦信任有了缺口，任何欺骗都会很快到真相大白的一天，根本无处遁形。

当胡潋滟从一辆大奔上下来时，张景山看得清清楚楚，车上的男人从身后搂住了他老婆，仿佛是故意享受着女人惊慌失措还有些不情愿的表情。然后，他眼睁睁地看着自己老婆被另一个男人强势地亲吻着。

张景山躲在树后，这个时候他的面部表情完全扭曲了，他的心里是从来没有过的清明，眼底却是一片浑浊。自己所认识的骄傲彪悍的姑娘，竟然会流露出这种无奈又迷茫的表情。她任由身边的那个男人践踏她的意志，而她却没有拒绝。

接下来的一切，张景山再也不要看到，也不想再看到了。他痛苦地抱着自己的头缓缓地顿了下去。他想嘶吼，可喉咙里像塞满了棉花，张开嘴只能听到呜咽的声音。他想冲过去狠狠地教训这对狗男女，可是愤怒中巨大的自责又捆住了他的脚步。

怎么会变成这个样子？为什么会变成这样？

张景山望着头顶苍茫的天空，不知道问谁，这个时候也没有人能够给他答案。

胡潋滟回到家中的时候，一切都已经收拾得没有了半丝痕迹。屋子里一片漆黑，桌子上清冷地摆着两个水杯，卧室的门紧紧地关着。她把皮包放在桌子上，暗自松了一口气。这么多年的夫妻，没有感情是不可能的，相反她和张景山的感情一直很好，她不可能没有愧疚，也不可能没有痛苦。随着与林鑫浩交往的时间越来越长，那个人仿佛也在她的心里越钻越深。

三十几年的人生中，她一直都是清明的。

努力奋斗、好好生活，凭着努力和才华就一定能过上自己想要的生活。可是现在一切都乱了，她的生活脱了轨，已经不知道该怎样才能与幸福握手言和。

啪的一声，客厅的吸顶灯亮起来，张景山蓬头垢面地站在卧房门口，显然是刚刚睡醒。他走到妻子身边，从茶几的抽屉里拿出一支烟来，点燃后深深地吸了一口。袅袅的烟霭中，他眼底的寂寥被无限地放大，直看得胡潋滟心中一悸。

"明天你跟我找一下房屋中介，我要把那套小房子卖了。"

"为什么？"胡潋滟所有的思绪猛然回到了现实，回到了问题的源头，她本能地就坚决反对："我不同意！"

"你为什么不同意？"张景山冷冷地看着她，没有愤怒没有咆哮，而是满满的失望，从未有过的失望。

他几乎是咬牙切齿地替女人回答："因为你虚荣，因为你已经变成了一个彻彻底底的拜金女人。你当你是谁，别人脑子里能想起你的时候一年能有几次？为了别人那些根本不存在的目光，为了让别人偶尔说一声羡慕，就让自己生活得水深火热、猪狗不如。我就是要卖房，我受够了这种生活方式，我也受够了你这个女人！今天你要是不同意，明天咱们也可以不去房管局，我们直接去民政局办离婚。"

胡漱澜气得浑身直哆嗦。房子不能卖，打死也不能卖。否则她走到这一步为的又是什么？她没有想过和张景山离婚，哪怕她已经对林鑫浩动了心。

丈夫和家是她的根本，在新港拥有两套房子是她过去 30 多年人生的成果，这是她要誓死守卫的东西，没了这个根本，她就会觉得未来哪怕是再多的诱惑一切也都是海市蜃楼，她要证明自己不是拜金女，她是一个实实在在奋斗过的女汉子，她所做的一切不是为了自己，是为了这个家。

"张景山，我也早受够了你这个男人了。你凭什么卖房子，要不是我，你连一套房子也供不起；要不是我，你现在说不定早就睡大马路了。你这个没用的男人竟敢说受够我了，实话告诉你，我早就不想和你过了！离婚就离婚，我就是不卖房子。"

卖了房子，她人生的一切努力还有什么意思？

以往不要说胡漱澜提离婚会把张景山吓得半死，就是胡漱澜掉眼泪也会让丈夫心疼得赶紧道歉认错。可是这个时候，张景山仿佛是铁了心一样，立刻拿出纸和笔，洋洋洒洒地把离婚协议一气呵成地写了出来。

胡漱澜泪眼婆娑地看着离婚协议，她浑身像筛糠一样抖着，用手指着张景山，气得一个字都说不出来。

张景山双眼赤红地看着胡漱澜，她终于说出心里话了，他才不过失业三个月而已，她如此理直气壮地在外面胡混，他要这样的老婆做什么，他要这么多房子做什么？农民工还能儿女满堂，他明明不是身无分文，却连要个孩子的权利都没有！

当他看到胡潋滟脖子上被别的男人咬出的痕迹时，他突然就像一头发怒的雄狮一样，一把掀翻了面前的茶几，上面的杯具一下子摔成了碎片。

"离婚，明日一早就离婚去，谁不离谁是孙子！"

客厅里只剩下了胡潋滟一个人，她完全被张景山的怒火吓傻了。张景山从来没有这样对待过她，从来没有对她这么狠心过。她曾经以为这个世界所有人都有可能抛弃自己，唯独张景山不会，可是他现在竟然要跟自己离婚。

胡潋滟只觉得自己所有的血液都爆炸了，她冲到卧室门前，狠狠地砸门，就像这么多年来无数次吵架，都是以她最后发飙来结束一样。

她不甘心地大吼着："张景山，你个浑蛋，你给我出来，你给我出来！你凭什么离婚，你凭什么要跟我离婚！"

可是卧室的房门没有打开，张景山就好像死了一样，一切寂静得令人害怕。一种不祥的预感在胡潋滟的心头蔓延。她忽然觉得好怕，家中悄无声息的感觉像一只无形的手死死地捏着她的脖子，让她呼吸越来越困难。张景山不能这对她，张景山必须道歉，必须跟她说清楚。

她像发疯了一样冲进卫生间，想要去抽屉里拿卧室的钥匙。猛然间，洗手间的镜子映出了她此时的样子，脖子上的丝巾已经歪在了一旁，脖子上星星点点的吻痕刺目地映现在镜子中。胡潋滟顿时觉得灵魂一下子出了窍，她捂着嘴巴，不让自己大声哭出来。

天亮了，张景山的理智也渐渐恢复了正常。面对这个女人，他心底除了愤怒之外，更是充满了浓浓的愧疚。若不是他在关键时刻连两三万块钱都借不到，若不是关键时刻他比妻子还先一步失业，胡潋滟或许就不会走出这一步。不是他老婆的错，是另外一个男人乘人之危，骗了她。这个女人从 16 岁就跟自己在一起,她没谈过别的恋爱,没经历过别的男人,她是被骗了。

令他更加痛心的是,那么强势干练的老婆怎么会甘心受骗?

是因为钱,是因为她不想输,不想让别人看到那么辛苦努力却没有越来越好反而掉了队。是身边人的豪宅、豪车、富贵的生活秀让他的妻子不允许自己过得不好,她已经不是在为自己活着,她是在为别人的目光活着。

她疯了,他也被她逼疯了,他只能跟着她一起疯下去。

第二天早上,张景山和胡潋滟两个人谁也没有提昨天晚上离婚的事情。胡潋滟也同意卖掉一套房子。这个时候,她才觉得只要老公不跟他离婚,就还有一个家。房子卖了可以再买,可家没了,她就什么都没了。

张景山没有捅破那件事,也没有再提过一次离婚的事情。虽然他过不去心里那道坎儿,准备和妻子彻底分居,以后一个人住了一间卧室,至少很长一段时间,他受不了再与她有半点亲密。但是家还在,他还是要小心地维护着。

胡潋滟想了一整夜决定找个时候和林鑫浩彻底说清楚,以后不再见面了,也不能再见面了。不管林鑫浩同不同意,她的心意已决。事实证明,那一点外遇时的动心实在抵不住她 30 多年道德教育下所能承受的压力。她想想自己年迈的父母,想想一直等着抱孙子的公婆,想着她从 16 岁就和张景山一路走来的点点滴滴,她就无比地后怕,她真怕张景山那个时候会真的就不要她了。

如果是那样,她该怎么办?她根本就承受不了。

还好那个男人是一直包容她、爱护她的张景山。他给了她一次机会,她不能不珍惜。

在去找房产中介的路上,胡潋滟对张景山说:"老公,等房子卖了,我听你的话去银行还一部分贷款,剩下的再给你换辆车。"

张景山看着面前国际大都市的钢筋水泥，曾经和胡溦滟一起来到新港时的一幕幕情景不断地在面前回放。他是一个男人，他知道这件事不会就这么过去，一辈子都不会这么过去。他爱胡溦滟，所以他不会放开她，唯一的办法就是赚到很多很多钱，用一沓一沓钞票埋葬掉这段耻辱。

"我想把卖了房子的钱投股市里！最近我一直在研究股市方面的书籍，身边也有好几个在股市里赚大钱的朋友，我自己选两个，为了保险起见再跟着别人买几个。什么事都有两面性，今年我跟你工作都走背字，或许这是老天爷给咱们发财的机会。墨守成规了这么多年，不如赌一把吧。"

"赌一把？"胡溦滟看着张景山，这一刻她仿佛又看到了多年前他们两个人来新港时，面对着这个五光十色的国际大都市，男人眼底迸射出因为希望而生的万丈光芒。

张景山说："他们好多今年都赚了百分之七八十。你自己算算，我们手里这不到 200 万，要是投到股市里，最点背也能赚三分之一吧。60 万啊，比咱俩加一起的全年收入都多。这是老天爷给咱们的发财机会。这房子早就该卖了，卖了正好！"

胡溦滟的心一下一下剧烈地跳动着，看着自己的丈夫，坚定地点了点头。她一直就是这么想的，尤其是在卖了房子之后。可是她不敢说，怕张景山不愿意。没想到两个人竟然在这个时候一拍即合了。这一刻，无比挫败的生活一瞬间又燃放出了绚烂的激情和无边的希望。胡溦滟和张景山一样，整个人都充满了斗志和激情。

顾盼以为自己的世界应该彻底安静了，没想到杨娇芬的电话很快就打了过来，开始几分钟里没有让她再去求杜青翰重续前缘，这着实让她大大地松了一口气。

杨娇芬的口气显得十分惋惜："我给他们家打电话了，听那意思估计以后不可能再同意你和杜青翰的事了，杜青翰也有了新的对象，就是跟他一起长大的女孩子。你说说他们这动作也太快了吧？过分！"

顾盼为了安慰母亲，挤出一声轻笑来："妈，别生气！我挺好的，杜青翰和他的父母对我也还不错，只不过是生活方式不同，一切都过去了，我会让自己过得好好的，你跟我爸不用为我担心。"

"你这缺根筋的死丫头片子啊！"

杨娇芬长叹了一口气，却勾得顾盼眼圈一阵发红："妈——"

"不过我可跟你说啊，你弟在新港刚上班，你要是还不上贷款可别麻烦他。"

杨娇芬的声调猛地上扬了一个八度，顾盼一阵头皮发麻，赶紧把已经到了眼眶的泪花逼了回去："妈，我知道了！"

"知道，知道，你知道个屁啊！你要是能听我一点话也不至于落到今天这步田地。你弟一个月那点工资连自己的生活费都不够，他从小没离开过我，如今一个人在新港本来还想让你照顾照顾他，沾沾姐夫的光呢，以后他在新港发展也能有个帮衬。可看你自己混的，要工作没工作，还一屁股贷款，你说你有点姐姐样儿吗？段磊怎么就摊上了你这么个没用的姐姐？"

"妈，段磊有困难我怎么会不帮呢，我再没用也是她姐姐啊！"

"帮，你怎么帮？要我说如果是真替你弟弟着想，就把房子卖了，在你弟公司附近的开发区用你弟的名字买套房。那边据说房价能便宜不少，腾出点钱来按月还贷款能还不少个月呢。到时候房子你也能住，你弟交女朋友看着也好看。等将来你弟结婚了，把那房子卖了，我给他们添钱换个大点的。你帮着一起还还贷款，你结婚前就保证有你一间屋子住，你说行不行？"

顾盼这才明白杨娇芬打这通电话的真实用意，她拿着手机沉默了。

"你听到我说的话了吗？我可都是为了你好，你别再一根筋了。将来你能指望谁关心你，还不是得靠你弟弟？"

"我明明有妈妈，为什么要指望弟弟关心我？"顾盼的心突突地跳着，一直以来这种情绪应该早就习惯了，可是这会儿好像怎么也压不住，不禁庆幸还好老妈没在跟前，否则立马会从苦情戏变成动作片。

果然下一秒，听筒里便传来了老妈暴怒的声音。一向强势的杨娇芬从来没有听过这个老实的女儿顶撞过自己，这个时候彻底燃烧了。

"你个死丫头说的是人话吗？你这是对我不满意了？这么多年，你以为你妈过得顺心如意？我不是好妈妈，顾面那个浑蛋是好爸爸？我告诉你，你别恨我，要恨就恨顾面那个浑蛋，有本事让他帮你还贷款，让他给你介绍对象。我告诉你，你以后就是流落街头也都是顾面害的，跟我没有关系！"

说着，杨娇芬已经气得哽咽着挂掉了电话。

顾盼感觉自己的头皮噌噌地开始发电，这下完了。从小到大，她好像第一次听到老妈在电话里哭，事情严重了！明明知道老妈有高血压，你说她非说这么一句没用的话干什么呢？嘴欠啊！

顾盼的电话一次次地打过去，又被杨娇芬毫不犹豫地一次次挂断了。某女怀着虔诚赎罪的心最后一次打过去的时候，某母已经彻底关机了，她赶紧编辑短信。

"妈我错了！你别生气了，都是我的错！"

"我没那个意思，你比我爸好多了，都是他的错。你是好妈妈，他是坏爸爸！"顾盼无奈之下，撒娇卖萌一心想要挽回今天的局面。

终于在一个小时之后，杨娇芬的短信传来几个字："房子给不给你弟？"

这一次，顾盼没有再任性了，她很理智地小心斟酌着措辞，过了好一会儿才回复道："我知道说了这么多，妈妈你都是因为关心我。"

"你知道就好！"短信及时回复了，顾盼抹了一把额头的白毛汗。

"可是我现在过得真的挺好的，根本不存在还不上贷款的问题！所以我没必要卖房，没必要给我弟增添压力。"

"那如果你还不上呢？"虽然是短信，依旧能感受到杨娇芬凌厉的气势。

顾盼咬牙发送："这个世界上有一个叫银行的地方比老妈你更关心我啥时候还不上贷款。真有那么一天，银行肯定会来拍卖房子的，我想不卖也不行了。"

杨娇芬的短信没有再回复过来，顾盼的世界真的完全安静了。

第二天，顾盼顶着两只熊猫眼出去采购食材。漫天的朝阳把整个城市镀上了一层金色的光芒，在那光芒里，一辆宝马银光闪闪地停在小区的门口。从敞开的车窗望去，顾盼能清晰地看到车里面坐着的男人，他的背影一如既往地嚣张霸道。她愣了一下，眼前的世界忽然模糊起来，一双腿不听话地一动也动不了。

杜青翰清清楚楚地看到顾盼已经看到了她，她没有走过来，他也没有走过去，两个人隔着这金色的朝阳一起沉默着。过了好一会儿，顾盼整理了一下自己的思绪，决定就当作没看到他，然后向前走去。

"顾盼！"杜青翰的声音在顾盼的身后响起，她觉得有些难以置信，一颗心怦怦地剧烈跳动起来，慌乱得没法思考，可是这一次没有再停下自己的脚步。

杜青翰看着顾盼依旧固执离去的背影，心底的怒气越来越盛，他迈开长腿几步走过去拉住了她的胳膊："等一下！"

她终于转头："你？"

"你怎么了？脸色苍白得跟鬼一样？"他到嘴的话咽了下去，皱着眉头看她。

"我，我没事啊！"

她挣扎了一下，胳膊却被杜青翰抓得更紧了，她的心里有些酸涩，昨天自己一夜都没有睡沉，半梦半醒中脑子里全都是小时候的事情，多久没这么矫情过了，后半夜竟然自怜得哭成了狗，没想到这个狼狈的样子一大早就被杜先生看到了。

"顾盼，你是不是应该有话跟我说？"他说得理所应当。

她想了想，大概明白了他的来意，自嘲地笑了一下，然后慢吞吞地说："等楚帅阳从老家回来之后，我就会让他搬走。他跟你父母说的那些都是为了帮我，不算数的，也都不是真的。就像你说的，我没那么大的本事！而且，我也会嘱咐他去你们单位不要乱说话。你不用放在心上，更不用担心他在工作上对你不利。他这个人虽然有时挺没正经儿的，可心地不坏，应该也不会在你们银行里八卦你什么，安心吧！"

杜青翰的眉毛紧紧地拧在了一起，这个小女人跟他说这些，按照逻辑他应该是很高兴的。可是看到顾盼淡淡的表情，他心里更加窝火了。他今天之所以会站在这里，当然是已经知道她说的这些都是真的，可他想听的可不是这些话。

"我找你来不是为了谈别人，是为了谈我和你之间的事情！"

看着杜青翰强势的样子，顾盼的目光从这张英俊得能让人尖叫的脸上移开，漠然地看向了天边越升越高的朝阳。今天她感觉很累，任何人跟她争论，她都辩解不过，更何况是面前这位口才极佳、气场比口才更佳的杜先生。

"我们之间，还有什么要谈的吗？"

"你说呢？"

顾盼低下头，纤长的睫毛在她的眼睑下洒落一片阴影，她轻声说："该说的我都已经说完了，我现在能走了吗？"

"不能！"

听着杜先生霸道的口气，顾盼叹了口气，刚想说话，杜青翰的电话响了，是单位的公事。和以前无数次的情形一样，她站在他的身旁静静等待着，不知不觉就等到了太阳完全冲破云霄升上了天空。忽然她就不想再等了，也就真这么做了。

这是顾盼第一次没有等到杜青翰放下电话，自己先行离开。这个电话一直持续了将近半个小时，杜青翰意识到的时候，某人的身影已经离他越来越远了，心里涌上来的一股空落落的感觉让他非常不爽。

　　她想要的爱情，如今他这里已经没有了。可是他清楚地知道自己的心，他不想让她离开。只有他自己知道，当他看到她和那个混账前男友一起选房的情形，他真是要气疯了。还有楚帅阳那个臭小子竟然成了她的租客，堂而皇之地跟顾盼住在了一起，他清楚地体会到了自己无法忍受的心情。

　　杜青翰很想就这样追上去，可是自尊心在最后的时刻不允许他这样做。他只能看着顾盼的身影渐渐消失在了人海之中，然后重新坐回车上，发动起引擎。一股无处宣泄的情绪让他的胸腔越来越满，膨胀得就像是要爆炸一样。杜大帅罕见地控制不住脾气，狠狠地拍了几下方向盘。刺耳的喇叭声引起了路过狗狗的不满，对着他汪汪地狂叫着。

　　杜青翰瞪着那只狗狗。这时，狗狗突然看到前方有一只毛色纯白的贵夫人，它顿时眼冒桃花飞快地朝着美女狗狗跑了过去。很快，两只狗狗便亲热地追逐在了一起。

　　人见人爱、花见花开、车见车爆胎的杜大帅被一只沙皮狗鄙视了，他的脸更黑了。

第四章

我来给你安全感，你能感觉到吗

一

楚帅阳刚刚从父母那儿回来，这段时间他着实过得寝食难安。对于顾盼是自己老大的前未婚妻这件事，事后他不是没想过要退缩。可爱情是自私的，顾盼明明是老大不要的女人，他跟在老大身边这么久，明确看到过这个男人对待顾盼的种种令人发指的恶劣行为。

杜青翰这个男人现在又想来吃回头草，凭什么？

想着小肥羊可能又会被暴君欺负的情形，楚帅阳在家终于忍不住了，他还是决定放弃父母对自己工作的安排，回到新港继续工作，保护自己心爱的女人。20多年的人生路上，楚帅阳从未有过这种强烈的感觉，把保护一个人当成自己的责任，想要让她开心，想要让她幸福。

真的站到这间小屋的门前时，他又生平第一次感到了畏缩，他在门前溜达了好一会儿，才掏出钥匙，没想到钥匙竟然插不进去。

顾盼换锁了！

他就知道，这姑娘看似好说话，可骨子里是十分有脾气的。这一个月纠结在心中的恐惧终于成了现实，他心里有种说不出的挫败和苦涩。

那天，楚帅阳接到顾盼给他发的短信，让他尽快回去收拾东西，来之前提前打电话，那时他心里隐隐就有了不好的预感。

顾盼是个实在的姑娘，从第一次见面的时候他就知道了。实在姑娘绝对不会因为自己当初没借给他两万块钱怀恨在心，可是他知道因为自己的欺骗，他和顾盼之间的信任没有了。

骗一个人容易，可是让一个人相信自己很难。楚帅阳用这世上最容易做的一件事，毁了这世上最珍贵的东西。

门突然打开了，顾盼穿着喜羊羊的卡通 T 恤站在他的面前。两个人这么久没见，楚帅阳这一刻明确听到了自己的心跳，他真是挺想她的。

"盼盼！"

"进来吧！"顾盼对换锁一事，连个解释都没有。某人感觉彻底悲剧了。

小小的沙发前，楚帅阳端着一杯水，悄悄打量着顾盼，他发现小肥羊变瘦了。面前的这个女人有着还算健康的生活习惯，她不会为了迎合男人而刻意减肥。想也不用想，一定是因为生活的压力和因为专注于自己喜欢的事情消耗了太多精力。

"最近生意还好吧？"

"还可以！就是琳姐那边高档小区里的食客对食物的要求越来越高，而且讲究菜式的变化和新意，前两天还被退菜了。"

顾盼说得云淡风轻，楚帅阳却感到了一阵心疼。她其实完全不必过得这么辛苦。他想了想说："盼盼，以前一直没和你说。我的情况其实吧……"

顾盼打断他，认真对他说："你不用跟我解释。自己的私事说不说都是你的权利，而且你也没少给我房租，在我这里住的时候也没做什么不好的事情。只是我这个人比较老古板，单身一个人和一个陌生的男人一起合租，总觉得不太合适。这个月的房租，我会退给你，你今天就把东西拿走吧！"

楚帅阳越听心里越不是滋味，他把水杯哐当一声放到桌子上，怒了："我们之间至于陌生到这种地步吗？是不是杜青翰那个暴君威胁你的？他一直对你那么不好，还有他父母那么欺负你，你到现在还听他的，你就是一只彻头彻尾的傻羊羊。"

他心里纠结了一下，是杜大帅自己放弃小肥羊的，他不是诋毁兄弟，他只是阐述事实！

"我让你搬走这件事是一早就说好的，跟杜青翰有什么关系？"顾盼噘了噘嘴。

"怎么没关系？肯定是因为他的关系你才非要我搬走的。盼盼，你实话跟我说，你对杜青翰到底是什么感情？他对你那么不好，你当初为什么要喜欢他？难道你也和其他女人一样，因为他长得帅又有钱，而且还善于装酷？我跟你说，他在打工族里薪水也还算可以，要是论财富金钱，我比他强一万倍。"

这是楚帅阳第一次跟女人吹家底，以前的时候就是打死他，也不会说，现在他真庆幸自己还有家庭条件这个核心竞争力可以 PK 掉杜大帅，可是顾盼怎么好像根本就不关心呢，好像根本没听见一样。

这个时候，很多前尘往事冲进了顾盼的脑海中。在幽暗昏黄的路灯下，穿着白衬衣的英俊男人冷漠的面庞定格成黑白的镜头。他救她的那一幕，一直以来长久地刻在了她的心上。

"我对杜青翰是一见钟情，他是我这一生中第一个一见钟情的男人。"顾盼沉浸在往事里，目光专注。

楚帅阳又一次被顾盼同学雷到了，他一直以为顾盼是那种埋头于柴米油盐中与浪漫无关的小女人，没想到她竟然也相信只有十几岁的少男少女才会迷信的一见钟情。

顾盼看着楚帅阳脸上的表情，呵呵笑了一下，依旧沉浸在自己曾经的执拗中无法走出来："谁说柴米油盐的女人不会向往一见钟情的爱情？我的柴米油盐酱醋茶，满满的都是对幸福的努力、对爱人的心意。"

　　听到这里，楚帅阳再一次沉默了，过了好一会儿，他轻声说道："那现在呢，你依然爱着他，对吗？"

　　顾盼轻笑了一下："生命经不起永无休止的蹉跎。生活中还有更多的事情需要去做。我从决定和他分开的那一刻就想好了，试着不再去爱他，每天不爱一点点，直到像他不爱我一样，最终在人生这场相逢中成为陌路人。"

　　楚帅阳目光灼灼地看着顾盼，张张嘴，却发现自己的声音沙哑得说不出来，只能干咳了一声，调整好自己的声线。

　　"顾盼，那天我说的都是真心话。我喜欢你，我比杜青翰那个暴君强一万倍，你能不能考虑一下我？"

　　顾盼的耳朵动了动，从头到脚用全新的目光打量着楚帅阳。这个当初拎着一只简单的行李箱无家可归的少年郎，这个时候看起来依旧是又白又嫩的模样。这番表白怎么都让她觉得有种老牛吃嫩草的罪恶感。

　　"楚帅阳，从最早的一面开始我就拿你当弟弟看待，在我心里你一直和我弟弟段磊是一样的。"

　　"我从小就不缺姐姐，我从来没有拿你当姐姐对待过。我爱你！"楚帅阳动情地诉说着，突然他想起了什么，挑眉说，"你刚才说你弟弟叫什么名字？"

　　"段磊！"

　　"他是哪儿的人？"

　　"以前我继父在扬州工作，后来因为工作的调动才在成都安了家。"顾盼如实答道。

"他是不是成都实验小学的？幼儿园是不是在君悦幼儿园？"

顾盼点点头："是啊。你怎么知道？"

楚帅阳兴奋地睁大眼睛说："我姥姥姥爷以前就住成都，我在那个小学毕业的。后来舅舅把姥爷一家接走了，我也转学了。等我回去再找段磊的时候，他竟然也搬家了。他是我那时最好的朋友，幼儿园和小学都在一块儿！"

楚帅阳没有说谎，人越大有时候就越是怀念小时候印象深刻的记忆。段磊竟然是顾盼的弟弟，实在是太好了，这简直就是亲上加亲嘛！

顾盼点点头："你们就是传说中穿开裆裤一起长大的兄弟？"

"是啊是啊！"

"那时我经常给我弟弟洗尿裤，你还说你不是我弟弟？我看到你就想起段磊和一众小伙伴穿开裆裤的样子，你说我怎么可能爱上你呢？"

看着顾盼母爱爆棚对着自己笑眯眯的样子，楚帅阳觉得自己直接弱爆了！

他干吗要在关键时刻说这个？

我去……

乡村酒吧里放着悠扬的老歌。赵云翳和杜青翰对坐在窗子前。冬日暖阳洒在他们两个人的身上，指间缓缓涌动的阳光仿佛把他们带回了多年前的青葱岁月。

如果时光可以重来，她一定不会选择用出国来考验他们两个人的爱情；如果一切可以回头，她一定在他第一次说分手的时候就赶回来，而不是因为自尊而伪装坚强。

"青翰，我知道我和你之间已经不会再有半点机会了！因为你不再怨我，也不再爱我。我对于你来讲，现在就真的只是一个邻居。有困难你也会帮助我，可再也不会有其他的感情。"

杜青翰没有回答，他一直以来果决的行动说明了一切。

云翳看着面前这个自己依旧深爱的男人，看着他眉心的皱纹诚心诚意地说："既然这辈子最后的结局只能是做朋友，那我就以一个朋友的身份劝劝你，面对自己喜欢的人，一定要在她没有走远的时候拽住她。否则她会彻底走出你的生活，成为真正的路人。"

杜青翰抬起头看着面前这个成熟娴静的女人，他从她的面庞上依稀还能看到少女时代的模样，一切那么近又那么远。想必当年的他们谁也不会想到有一天，时光会给予他们彼此全新的身份，静静地坐在这里去谈论另一方全新的感情。

"我要回美国了。新港已经没了等待我的爱人，对我来说这里也只是故乡。曾经这里有我最美满的归宿，可是我弄丢了它，所以我的爱情如今还在路上。可你呢？青翰，别告诉我你还没有爱上顾盼！"

杜青翰突然愣了，有些迷茫地看着赵云翳。此时，顾盼这个名字深刻地嵌入了她的脑海中，甚至在阳光中替换了面前这个女人的面庞。

"我看得很清楚，你明明很爱她，却故意把她对你的爱看得很廉价。青翰，不要犯下我年少时犯的错误。如果这一生你选择的那个人注定不是我，那我希望最终陪在你身边的是可以让你幸福的人！"

致远银行副行长竞选投票的事宜已经定好了日子，地点就在总行的报告厅里。其实投票不过是走个形式，之前各种业绩资质的评估，杜青翰已经是当仁不让的人选。这位之前就执掌致远银行业务的少帅是当之无愧的众望所归。

楚帅阳和杜青翰在办公区擦肩而过，他年假病假事假一起请了好长时间，今天是第一天上班。而杜青翰当初给他批假的时候也巴不得这家伙赶紧离顾盼远一点，最好回老家永远别回来才好！

楚帅阳进来请领导销假签字，有句话怎么说的，仇人见面分外红眼。楚帅阳不敢跟杜大帅硬来，可脸上的"仇恨"清清楚楚地摆在那里。

杜青翰大笔潇潇洒洒地一挥，签下了自己的大名。看着某人敢怒不敢言的拧巴表情，他收起笔，像检查工作一样问道："搬家了吗？"

"关你屁事？"楚帅阳哼了一句，心想，我要是一拳打在这个哥们儿脸上，看他挂了彩上台做演讲致辞的时候，台下的一众花痴还会不会尖叫！那天从顾盼家里出来的时候，他就想这么干了。

"你说什么？"杜青翰没听清，皱着眉头问道。

"我说，我还没搬呢！"某人窝囊地咬了一下自己的舌头。

啪的一声，杜青翰直接把手里的文件摔在了桌子上，目光咄咄地瞪着他："你昨天上午就回新港了，怎么今天还没搬？"

楚帅阳努努嘴，一个月前顾盼的家门口，暴君从头到尾就直接甩了一句话给他："马上搬走！"

"明天搬！"楚帅阳简直觉得自己窝囊他妈给窝囊开门——窝囊到家了。

"嗯！"杜青翰脸上的表情渐缓。

楚帅阳脸上的颜色变幻不定，他真不是怕这家伙，他在心里对自己说，一切都是因为顾盼一点也不喜欢自己，那只小肥羊喜欢的人现在还是这个暴君。他是心疼自己喜欢的女人，他是帮顾盼获得幸福而已。

可是这个铁面无情、冷血霸道的男人真的可以给顾盼幸福吗？楚帅阳表示很忧虑。他必须紧密观察，随时准备出手。

"把你的随身用品完全拿走，然后把卫生彻底做一下。顾盼没时间，你最好请个保洁，彻彻底底把你的气味完全清除掉，知道吗？"

"还用消毒液吗？"某人挑眉。

"我看可以！"

楚帅阳咬牙切齿地说："杜青翰，你别欺人太甚！"

"欺人太甚？"杜青翰嘴角扯出一丝冷酷的笑纹，"我还想打狂犬疫苗呢！"

"你？"楚帅阳突然觉得哪里有些不对劲儿。杜青翰有洁癖，他素来知道，可他租的又不是这家伙的房子，干吗他要这么嫌弃？

凭借敏锐的嗅觉，他从这句话里嗅到了阴谋的滋味。

楚帅阳的行李很简单，走了之后小屋基本和之前最初的样子没有任何差别。人都是感情动物，同住了这么久的一个弟弟搬走了，顾盼独自坐在房间里，心里一时间也充满了落寞。

她本来以为买了一间小房子就可以找回曾经28年来一直被遗失的安全感，可是这个时候她才发现，有了遮风蔽雨的一席之地也不能完全拥有绝对的安全感。真正能带给一个人安全感的不是房子、车子、票子，也不仅仅是工作上的满足。

能带给一个人安全感的，是幸福！

这么多年她一直缺少安全感，不是因为她渺小无依、无房无钱，而是因为她生活得不幸福！

无论如何，生活已经开始向着好的方向迈进，最起码她实现了人类最低层次的需求。未来，她会继续努力向着幸福生活迈进，找到一个真正爱自己的人携手同行。

顾盼，加油！

正在这个时候门铃响了，顾盼摇了摇脑袋从思绪中挣脱出来，一路小跑着来到门前，打开门一看，竟然是杜青翰站在了门前。

她这是眼花了吗？依照顾盼对杜大帅的了解，自己之前那么不留余地地从这个小屋赶走了他，她已经做好了这辈子与这个男人老死不相往来的打算。

最重要的是，杜青翰的手里竟然拎着一只箱子。

行李箱！

杜青翰根本没有理会顾盼惊慌失措的样子，而是一个人如入无人之地。不，他根本就像在巡视自己的领地一样，换鞋进屋动作娴熟、一气呵成。

"杜青翰，你这是干什么啊？"

杜青翰直接就走进了之前楚帅阳住的那间小屋："你不是要找租客吗，以后这里我租了！"

顾盼凌乱了："我什么时候说要租给你了？"

"楚帅阳转租给我的！"杜青翰说得心安理得。

顾盼简直肠子都要悔青了，今天她要退楚帅阳一个月的房租，楚帅阳表示不如直接把钱打在卡里比较好。她本来准备晚上打过去的，没想到他竟然把房子替自己租出去了。

她顿时晕菜了："杜青翰，你没事吧？180平方米的大房子不住，跑到我这个小房子里来，你究竟想干什么？别告诉我你是故意让你父母误会我又缠着你，让他们跑到这里来对我兴师问罪。"

真是够了！

杜青翰看着离自己近在咫尺的顾盼，他想说：没有你在的那个大房子，我一个人住着很难受！可是这样煽情的话，哪怕是很久以来一直在心底回响着的声音，这个男人说出来也难。

于是话到喉中便成了这样的句子："别扯上我父母，我付别人三倍的房租给你。"

又来了！这就是杜先生的处事模式，什么都用金钱来衡量，这世界上什么都可以用钱买到。

"你就是付我10倍的房租，本姑娘也不租给你！"顾盼发飙了，跑过去就挡在了小卧室的门前，大有一副死也不会放某人进去的架势。

杜青翰脸色有些难看，他都已经搬进来了，难道所表示的诚意还不够明确吗？这个女人到底还想怎么样？他整个人站在阴影里，拎着大皮箱的手因为太用力，骨节泛白，整个人看起来有种深入骨髓的孤独感。

顾盼这才猛然想起，杜先生这样来到她的小房子里，按照他和他父母的逻辑，已经算是十足的纡尊降贵了，她应该感动得痛哭流涕才是正常的反应。

可他们怎么到现在还没有明白一件事情呢？

"顾盼，你觉得我还有可能给你和第二个男人同在屋檐下的机会吗？"

平时极少动真怒的男人，这个时候脸色阴郁得可怕。褪去平日里高冷、淡漠、彬彬有礼的外衣，这才是真正有情绪的、真实的、活生生的杜先生。

顾盼真的有点害怕了，在他高大的身形下，她感到了一股巨大的压迫感，她下意识地后退了半步，仍旧死死地抓紧了门框。

"这是我的家，我想和谁住就和谁住，你无权干涉。"关于这件事，这个男人和他的父母到底什么时候才能搞清楚呢？

随着行李箱砰然落地的声音，杜青翰已经猛然走近，一只手已经握住了她的肩膀。男人熟悉的气息排山倒海般瞬间充满了她的鼻息间，像一张网将她从头到尾地笼罩起来。

"这世界上任何一个丈夫都有权利要求自己的妻子把其他男人从她的房子里赶出去。其他的事情我可以容忍你的任性，但这是原则性问题，杜太太，你不要挑战我的极限。"

他越过她的肩膀看去，小卧室的墙上还贴着一张楚帅阳用自己的照片改制的漫画。他的眼底凝结出一层冰凌，闪烁着凛冽的光。

"我不是杜太太！"顾盼深吸了一口气，鼓足勇气迎着某人咄咄逼人的目光。这是她的家，不是他的大豪宅，她有什么可害怕的，又有什么必要看别人的脸色？

杜先生这个时候的脸色岂止是黑了，简直是乌云罩顶，握着她肩膀的手更加用力了。

"杜青翰，你干什么？我们已经分手了，就算你想家暴，也找错了对象！"

"家暴？"杜青翰只觉得周身砰的一声被点燃了，他堂堂一个大男人会对一个小女人动手？这就是自己在这个女人心中的形象？

"如果不是，就请您挪开自己高贵的手！"

两个人的气场本来相差得就太过悬殊，可是顾盼真发起脾气来，完全是一副鱼死网破、视死如归的气势，锐不可当！

女人果真是奇怪的生物，张力骇人，尤其是顾盼这样的女人，每每这个样子，简直就是180度大变身直接从包子化身为人肉炸弹了。亏他一直以为她乖巧无害，原来自己选的老实媳妇，竟然有这么强的战斗力。

"你知道自己像什么吗？"

顾盼看着眼底充满嘲讽的杜先生，直觉告诉她，等着她的绝不是什么好话："像什么？"

"人肉炸弹！自从买了这个房子之后，你就直接从包子变成了人肉炸弹！"杜青翰一只手从她的肩膀上拿开，轻轻地搂上了她的腰，手指一点点地抚摸着她腰间的敏感部位。

气氛陡然变化，人肉炸弹这个无论从字面意义还是引申意义上来说都充满贬义的词语，这个时候充满了暧昧。

"杜青翰，我怎么以前没发现，你竟然这么……这么色情、赖皮！"

"男人不色那叫不行，我对自己的女人色，天经地义。"

杜青翰手上的力道带着惩罚的意味更加收紧，直接让她抵在了他的胸膛上，使之动弹不得，而手指一点点向上，两个人鼻息间的气息更近距离地交织在一起。

"不要脸！"

顾盼只觉得自己肾上腺传来的感觉让她一阵阵窒息。面前这个男人真的是杜青翰吗？她以前怎么没有发现衣冠楚楚的杜先生竟然还有耍无赖这种功能？刚才他的眼神还像是要杀人一样，而这一刻又变得暧昧至极。她别过头，坚定地保持着自己的立场。

"我不要脸？"他干脆捏住了她的下巴，强迫她看着自己，"顾盼，过去的事情，我们没有必要像个小孩子一样争个谁对谁错。只是我必须提醒你，生活不是因为有个房子就能底气十足的。"

说着，杜青翰松开了顾盼，在她完全没有回过神的时候，大模大样地走进了小卧室。他坐在床上，拍拍松软的床垫，感觉不错，打开箱子自顾自地整理起衣物来。

如果说没有被杜先生的美色所感那确实是谎话，可是顾盼也着实又一次被男人所谓的房子定论刺激了一下。

"杜青翰，这个小房子就是我自己真真实实喜欢的生活。站在这里我确实底气十足。不仅是我，买这间房子的几个月里，我也看到了许许多多和我一样孤身在新港的女孩子，她们的目标都和我一样，要有属于自己的房子，属于自己的家。"

"属于自己的家，过家家吧？要我说，最明智的选择是你现在卖掉这个廉价的破房子，甩掉你根本无法负担的房屋贷款，搬回去跟我住。"不等顾盼反驳，杜青翰嗤笑了一声说，"安全感是吧？见到老鼠、蟑螂都能吓得尖叫的女人，要从一个空房子里获取安全感，不是幼稚是什么？"

顾盼愣住了，杜先生本来就高高在上、洞悉一切，"安全感"三个字这个时候从他的口中说出来其实也不应该觉得奇怪。他知道，其实一直都知道！

"你说得没错，我确实是想从这间小房子里获得安全感。至少房子给我的踏实感受，是目前为止任何一个男人都没法给我的，包括你。所以，我已经做好了跟这间房子长相厮守的准备。"

"长相厮守？顾盼，你还能再幼稚一点吗？"

"那你知道我想要的安全感是什么吗？"

看着杜青翰毫无悬念地沉默了，顾盼自嘲一笑："我也不认为一个女人必须要买房子才能获得安全感。可是如果一生中遇不到一个顺境逆境都携手同行、不离不弃的男人，那我能做的就是买一间砖头水泥做的房子，用尽心力去供养它，只要我回来，它就永远都在。"

杜青翰非常不喜欢顾盼这个时候脸上的表情，落寞中的孤注一掷让他感到似曾熟悉，也感同身受。可他是男人，她是女人，这是本质上的不同。男人就应该去承担，而女人则应该去承受。而他会对她好，他是真的想让她分享自己打拼的一切，不会再让她承受漂泊无依的痛苦。

一个字也说不出来，杜先生干脆蛮横地拉过她，然后用唇齿封住了她的嘴唇。霸道强势的辗转让她躲不开也逃不掉。愤怒的火花在她的心头哧哧作响，可这火苗连同她身上的热量一起燃烧起来。这是什么情况？

意乱情迷中，闭着眼睛的顾盼眼前幻想出了杜先生眼底的笑意，理智瞬间回归，她猛地推开钳制住自己的男人。

"杜青翰，希望在我回来之前，你能从我家消失。"

"顾盼，你的身体比你更诚实。"杜青翰又一次感受到了这个小女人的坚决，似乎一切和他想象的不太一样。

"那也不代表什么！"顾盼的脸红透了，可她就是觉得站在这方土地上，气势不能输给这个男人。

"可对我来说，这个信息量很大，也很重要。"杜青翰看着顾盼如临大敌的样子，真的笑了，他真想抱抱她，无关情欲，只是因为喜欢。

"那我付费给你好了。都是成年男女，杜先生不会因为被我亲了一下就赖着不走吧！"对了，付费是个好主意，杜先生惯用的方式，他一定会喜欢。

杜青翰刚刚已经消失不见的怒火，这个时候再次涌上心头。从顾盼身上，他第一次领略到"地主"这个词的意义，这个小女人有了房子做底气果然不一样了。

卖掉，卖掉，这个该死的房子必须卖掉！

"顾盼，从早上到现在，我什么东西都没吃过！"

杜青翰计策一变，强势改为怀柔。他确实没有说谎，他现在很饿，不仅是身体还有胃都濒临饥饿的极限。尤其是在楚帅阳不能再带顾盼做的午餐便当后，他几乎吃什么都食不知味。

也就是这一刹那的联想，杜大帅更加愤慨了。顾盼竟然为楚帅阳做了那么久的私人午餐，恐怕还有早餐和晚餐。一股酸涩在某人的心中蔓延，别不承认了，他嫉妒了，嫉妒得发狂。

顾盼没再说什么，转身走出了卧室。杜青翰整理了一下自己带来的东西，然后迫不及待地把墙上楚帅阳贴的漫画撕下来团成了一团。走还不走得干净，还要留下痕迹，果然是狼子野心。幸亏他第一时间搬了过来，否则谁来毁尸灭迹。

躺在小床上，听着厨房锅碗瓢盆的声音，杜青翰轻轻地闭上了眼睛，竟然有了睡意。可是空气里的饭香实在太诱人了，勾得他根本睡不着，内心深处也有一种跃跃欲试的期待，就像之前每晚回家的时候，都会对顾盼做的晚饭充满期待一样。

可是在这美妙的厨房乐曲声中，他猛地听到了重重的关门声。

顾盼走了？

跃跃欲试的杜先生这个时候只能从床上跃起，几步来到厨房。做好的食物都被带走了，冰箱里只有半成品，什么都没给他留下。某人这是去送菜了，根本就没有给他准备晚饭。她是立场坚定地等着自己离开！

杜青翰抿起性感的薄唇，站在厨房里。走吗？怎么可能！

有一句怎么说的？自己动手，丰衣足食！

张景山、胡潋滟和李刚、王美君夫妻两个一起吃饭。饭局是胡潋滟约的，这段时间张景山越来越不爱出门了，整日在电脑前投简历、看股票。房子卖了，两个人手里有了大把的现金，本来日子应该过得松快了，虽然换车的事情两个人商量后否定了，可找个不错的地方旅游一下总可以有吧，但是似乎谁也没有那个心情。曾经上班无数电话嘘寒问暖、下班围着老婆鞍前马后的好好先生，现在一天也同自己的老婆说不了几句话。

"刚子啊，听说你炒股赚了不少钱，今天可得给我们介绍介绍经验，否则甭想走啊！"胡潋滟给他们夫妻俩倒上酒，然后自己先干了。

李刚挑起了大拇哥："妹子这么实在，今天哥就把炒股秘籍全部传授给你们两口子，你们要是不发财，算哥的！"

一直沉默着的张景山这个时候眼底的火苗噌噌地跳动着，略显浑浊的眼球这个时候也突然明亮起来。

"你就吹吧！有这本事，不也没发财吗？人家景山和潋滟都买两套房了，你嘚瑟什么啊？"王美君嫌弃地看着李刚。

几杯酒下肚，李刚的话也越来越多了："我不管别人买了几套房，我在股市里妥妥地赚了50万，有没有？"

王美君剜了他一眼，没说话。可李刚也没放过她，指着她的鼻尖说："你别总瞧不起我，不是谁都能在股市里净赚50万的。我们单位跟我一起炒股的人多了去了，谁赚了？还不就你老公一个人！"

王美君咬牙切齿地说："你再嚷大声点，回头让人绑架了你，我可没钱给你付赎金。你赚的那点钱够干什么的？我儿子买房的钱还差老鼻子呢！"

胡潋滟看李刚大有一副"要不当着外人就抽自己老婆"的样子，赶紧说："我们是把另外一套房子卖了准备炒股的。"

"卖了？"王美君痛心疾首地问。

胡潋滟的脸上划过一丝不自然，想了想又自信满满地说："房价已经不可能像几年前那样疯涨了，可股市不一样啊，就算不能跟刚子一样投60万赚50万，可投100万赚个30万可以吧？我一年工资才多少钱啊？所以我跟景山决定像之前买房一样力排众议，不按常理出牌，再玩一把激流勇进。"

李刚一拍桌子："没错！我就硌硬现在的人一天到晚提房子。你说有地儿住不就得了？非得为几块砖头搭上一辈子。要我说，这两口子必须得统一思想、目标一致、行动合拍。我是从心眼儿里羡慕你跟景山这样的绝配夫妻。"

张景山和一旁的王美君，两个人的脸同时绿了。

胡潋滟尴尬地看了一眼自己的老公，莫名紧张起来。

张景山沉不住气地问："刚子，你倒是说说这50万是怎么赚的？我投100万，一年赚个50万，有戏吗？"

"有戏！怎么没戏？"

王美君急了："景山，你别听他的，这股市哪有准儿啊？他之前是撞大运了，全都是运气，你自己可得拿准了主意。要是炒股那么容易赚钱，这全中国人民不都成大富翁了？"

"刚子不就赚到了吗？"难得胡潋滟和张景山历经这么长时间，第一次又找到了心有灵犀的感觉。

"没错，新港市民千千万，就我李刚股市里轻轻松松赚了50万，不服不行！"

王美君鼻子都气歪了，扔了筷子，直奔洗手间，嘴里嘟哝着："有病！"

李刚也不含糊，拿起桌上的酒杯就要砍过去："欠抽！"

在胡潋滟和张景山夫妻俩殷切的目光下，李刚也不再卖关子了，坦诚地说："要想在股市里赚钱难也不难。我今天跟你们说的都是掏心窝子的话，要是有一句弄虚作假，就让我天打五雷劈！"

"刚子，我们信你。"

李刚点点头："咱都是外地人，在新港能有今天都不容易。日子过好难，过坏了却是分分钟的事。王美君说的一句话没错，股市确实没准儿，但是我觉得只要自己有准儿就行了。"

"什么意思？"张景山点起一支烟，狠狠地抽了两口。

李刚说："专业知识，选股票这个我就不说了。我就说自己炒股的原则，不贪、不疼，该出手时出手，该割肉时割肉。"

胡潋滟赶紧从皮包里拿出一个小本子，拧开签字笔，凑过去准备把李刚下面说的每一个字都记录下来。

"刚子，咱说点实际的行吗？"张景山觉得自己的手有点抖。

"不贪。就是每次我给自己制定一个赚钱的上限，无论是一万、十万还是几十万，只要达到这个上限我就抛，不看别人又赚了多少钱。你得知道，这股票得变成钱才叫钱，多少钱趴在股票上，也保不齐哪天得打水漂。"

张景山觉得这个纯属扯淡，如果股票一直涨得好，眼看就能赚100万，自己赚10万就抛了？冒傻气吧！

"不疼！就是得止损。无论赔了多少利润，只要赔了预期给自己定好的本金额度，我就抛。又不指着炒股吃饭，一个玩儿，没必要让自己整天坐立不安的。所以，该买时绝不手软，该割肉时绝不心疼。所以我赚了。身边的人有的一开始就想赚一辆夏利，后来看形势不错就觉得应该赚出一辆大众，大众还不过瘾觉得肯定能搞出一辆宝马，到最后赔得连买自行车的钱都不够了。都是贪心惹的祸。"

这个时候王美君回来了，她站在丈夫身边总结道："其实就是一个胸无大志！"

回来的路上，胡潋滟问张景山："你怎么看李刚今天说的话？"

"大道理谁都会讲，不过有一条他说得对，该出手时就得出手，别犹豫。他投60万都能赚50万，就凭我的智商，投100万不赚50万出来，我就不姓张！"

"那你姓什么？"

"我跟股市一起改姓牛！"

胡潋滟深吸了一口气，把手里的笔记本扔进包里，心里对李刚说的话也挺失望的："你在前面把我放下去吧，白浪费一下午时间，我得去客户那儿一趟。炒股赚钱还得靠自己，搁谁也不愿意把发财的门道介绍给别人。"

张景山没停车，过了好一会儿才脸色阴郁地说："去客户那儿？几点了？"

"才4点啊！我这一下午还什么都没干呢！"

突然一个急刹车，胡潋滟还没明白过来，就已经被张景山推下车了，差点被身后的便道牙子绊倒。

"景山、景山！"

她刚想拍车窗的玻璃，张景山的捷达车挨着她的脚尖就开走了。已经不是第一回了，张景山最近经常这样，莫名地就控制不住脾气，毫无预兆地发火。

现代化国际大都市的街头，胡潋滟茫然地站在那儿，心怦怦地剧烈跳动着，不时感到一阵眩晕。她迅速从皮包里拿出一盒救心丸，倒了两颗吞进嘴里。因为心慌得难受，她干脆坐在了便道上。看着面前涌动的车海人流，每一张面孔上仿佛都印着和她一样慌张的表情。她甩甩头大口呼吸着，不知道什么时候能摆脱这种焦虑。

二

一连一周过去了，杜青翰不仅没有搬走，小单元房内属于这个男人的东西越来越多。顾盼还惊悚地发现，他不知道什么时候、用了什么方法竟然有了自己换锁后的家门钥匙。虽然他还是高高在上地对她冷着一张脸，对她的几次驱赶置若罔闻，但她也看到每次在她8点以后送菜回家的晚上，如果这个男人在家，就会主动做饭，喂饱自己后还给她留一份。

当然，杜青翰也不是天天回她的房子。因为致远银行离这里实在太远了。如果杜大帅加班太晚的话，赶回这里估计应该就是半夜了。

　　这一天，顾盼拖着疲惫的身躯回到家，墙上的时钟刚好打起 8 点整的报时声。屋内漆黑一片，外面狂风嘶吼。天气预报昨天就发布了七级大风警报，气温骤降了 10℃。这个时候顾盼手脚冰冷，整个屋子仿佛也没了温度。

　　就在这个时候，门口传来了钥匙开门的声音。杜先生笔挺伟岸的身影从门外走进来，他的脸上还带着担忧的表情，仿佛看到顾盼才松了一口气。

　　"这种天气没出去，看来还不算傻！"

　　这样的杜先生让顾盼有了一种错觉。难道他是为了她才在这样的天气里，从单位开了一个半小时的路程赶回这里来的？

　　"你……"

　　"你该不会是要在这样的天气里赶我走吧？"杜青翰昨天跟美国总公司开视频会议一直到凌晨 3 点。今天又着实忙碌了一天，他现在又累又饿。思念这种早就被杜先生丢到爪哇国的功能，是什么时候被唤醒的呢？

　　"我……"

　　"顾盼，这几天我挺想你的！"人在疲惫和担心过后最容易流露真情，他冲着顾盼无奈地笑了一下。"你……"

　　杜先生换了鞋子，脱掉了西装，在昏黄的灯光下难掩眉宇间的疲惫。如果杜青翰还是以前霸道张狂、高高在上的样子，顾盼觉得自己肯定会像之前那次在小区门口看到他时的态度一样，可是现在站在她面前的这个男人，他眼底的柔情几乎要融化了她。她从未见过这样的杜青翰，只觉得自己的一颗心在胸膛里剧烈地起伏着，有一些自己根本无法控制的东西在心中越来越满，让她整个人就要沉沦。

　　顾盼，你到底在干吗啊？把他轰出去！可她怎么做不到呢？

屋子里短暂的沉默让难得真情流露的杜青翰立刻不自在起来。小女人的不回应让早已经不适应敞开心扉的男人立刻觉得尴尬和难堪。可习惯了用职业的精明和强悍掩饰内心的杜大帅又怎么会再次被难倒？

"顾盼，你在我那里住了那么长时间，可现在自己有了房子，我住一段时间都不可以，是不是从情理上说不过去？而且看在我之前几天也帮你做晚饭的面子上，是不是可以考虑给我做一次饭？"

顾盼突然想笑。较之以前在豪宅里杜先生回家就上桌吃饭理所当然的样子，这个时候他确实有些狼狈，而且为了住在这儿，竟然用起了等价交换的论调。她抬起头，看到这个时候外面天色已晚，又是家家户户灯火通明的时刻，在这个狂风肆虐的夜晚，在她的新家里待一次客有什么不可以的吗？

完全可以啊！尤其这个人还是杜、青、翰。

晚上的这一餐，顾盼做得格外丰盛。而且她的心思很奇怪，她真把杜青翰当成了来做客的亲人一般，从茶具到洗漱用品，从被褥到吸顶灯的开关在哪里，都带着一股热切的滋味介绍着，甚至带着一种异样的情愫，这种情愫是否就是传说中的幸福？

没错，在自己的地盘上招待杜先生，这让她有一种异常的满足感，类似幸福。

夜里 12 点钟了，顾盼还在厨房里试验着新的菜品。今天她准备的是一碗花生汤。

以前看《京华烟云》的时候，林语堂的文字中专门有一段话是来描述姚木兰炖花生汤的情节。同样的原料经木兰的打理，就熬得花生入嘴即化，汤汁黏糯，弄得曾家一家老小喜欢得不得了，恨不得能早早将她迎娶进门，好可以天天饱口福。这个能在半个小时内将花生熬得入口即化的女人当然也知道如何把一个大家族安排得妥妥帖帖，所以她的婚姻岁月静好，即便苏亚也有过对城外风景春心萌动的时刻，木兰也能把小插曲处理得体体面面、漂漂亮亮。

那个时候，顾盼第一次感觉到爱情与美食之间千丝万缕的关系。或者说，她年少时第一个感受到爱情悸动的时刻便是在这一碗花生汤中。今天杜青翰的到来着实让她没有想到，她不以为自己和这个男人之间一定还能如何。她只是想，在不违背道德的前提下，如果只是为了面子，她为什么要违背自己的心呢？尤其是现在在她家里，和以往寄宿在杜青翰的大房子里的日日夜夜都不相同。这一刻，她真的感到很幸福！

杜青翰也没有睡着，今夜的感觉很微妙。虽然他知道凭借自己的手段最终留下来并不是难事，令他意外的是，这一晚他看到了与以往完全不同的顾盼。她是真正像一个主人一样在招待自己，要说她已经接受了自己，好像也根本没有。

对她来说，他现在更像是亲人，更像是老朋友，在她的眼底已经看不到最初在一起时的依恋与忐忑。那种目光很多时候都会突兀地浮现在他的梦中，可是从什么时候开始，那种目光在顾盼的眼底一点点地消失了，直到今日甚至已经完全不见了。或许有一天，她会把他当作真正的朋友、普通朋友，直至路人。

这样一想，杜青翰就会觉得在告别了年少执着后的这些年来，第一次为了一个女人妥协的决定似乎没有那么难以接受，甚至有些庆幸。或许他应该放下大男子主义的习惯，放下身段来与幸福握手言和。

"我爸其实除了对我比较严厉以外，以前对别人都是不错的！很多事情你都不用在意。"杜青翰轻声地说着。

顾盼抬起头，看到杜青翰站在小厨房的门口，胳膊横在门框上，就那么专注地看着她。夜色给他披上了一层温柔的轻纱，他从未跟她这样耐心解释过什么，尤其是为了他的家人。

她睁大了眼睛，难以置信地看着面前的这个男人，明显有些受宠若惊了。杜青翰看着表情有些滑稽的顾盼，忽然有些想笑，眼底溢满了连他自己都想象不到的温柔。

"后来家里发生了很多事情，我爸才慢慢变成了现在这个样子。他所做的一切大部分都是因为怕生活的很多波澜重蹈覆辙，绝对不是为了欺负别人，他只是怕自己和家庭再受到伤害。而我妈，她是一个好女人，一辈子不容易，骨子里更是一个很善良的人。她从年轻的时候就是这么憋憋屈屈过来的，所以她并不觉得有些话伤害了你，而是觉得做女人就该如此。"

这些话从杜青翰口中说出来，顾盼愿意去相信，其实如果他早一点这样对自己说，她想自己或许根本不会那么坚决地提出分手。她知道自己的脑子不够灵光，如果对方是杜青翰的话，哪怕给她一句好话，她便会掏肝掏肺地奉上自己的心，去表白她的爱情，去坚守她的幸福。

杜青翰说："如果我想要和任何一个女人搞暧昧，就不会结婚。你认为对于一个每天工作 16 个小时以上的人来说，他有时间去做这些无聊的事情吗？"

这个时候，傻傻的顾盼真有了一种眩晕的感觉。她忽然觉得生活充满了悬疑色彩，这么长时间的相处，她已经彻底绝望，根本没想过杜青翰能在自己面前说出这样一番话来。

杜青翰走过去从身后环住了顾盼的腰，明显感到了小女人比之前瘦了不少。顾盼被电流击中一般战栗了一下，他有力的手臂一点点地收紧，这样的温柔几乎要把她石化了。她听到自己的心一下下剧烈地跳动着，一颗心都要因男人笼罩在自己周身的气息酥软成汁了。

这一夜，杜青翰没有再回房间，而是搬了一把椅子坐在小厨房的案台前，看着顾盼熬夜研制新的菜式。他的手里端着顾盼熬制的花生汤，袅袅的烟霭中，他看着顾盼的面庞越发恬淡。或许，这就是传说中的安之若素、岁月静好！

装潢奢华的别墅里，林鑫浩看着自己哭哭啼啼的女儿，再看看一旁垂着头的孟家傲，越看心里越堵得慌。

"小聪，你先出去吧，我单独跟家傲说几句！"

"有什么话吗？我也要听！"林聪装模作样地抹了抹眼泪，不情愿地站起来。她走出大厅的时候，向自己的老爸眨了眨眼睛。林鑫浩无奈地笑了笑，可下一秒眉头皱得更深了。

偌大的一楼大厅里，只剩下林鑫浩和孟家傲两个人。头顶璀璨的水晶灯折射出丝丝缕缕的光芒来。孟家傲只觉得自己像是被这奢华的光线捆成了蚕蛹，不知道什么时候能破茧成蝶。

"林聪说你在外面有女人了？"

孟家傲搓搓手，有点紧张，可他想起顾盼，还是坚定地点了点头："叔叔，我不爱林聪。我和她并不适合，这次来我是想当面跟您说声对不起！我想，我不能和她结婚了。"

他回国后就一直和林聪纠缠，如今真是累了。以他的条件，即便是顾盼不回头，想找一个漂亮温柔的姑娘也是分分钟的事情。他为什么日日辛苦工作后，还要过这种一分钟都轻松不了的日子？

自己女儿的脾气，林鑫浩比任何人都清楚，可这脾气是他一天天宠起来的，接管孩子的男人只能受着，他林鑫浩的女儿有任性的资本。

"20万！"

孟家傲愣了一下，没明白林鑫浩说的是什么意思！

"我说给你20万，现在先别和小聪分手！"

"您什么意思？您以为我和小聪结婚是为了钱？"孟家傲看着林鑫浩，顿时激动起来。

林鑫浩不慌不忙地说："我这个女儿不成熟，什么事情都是我这个做父亲的在帮她打理。仔细想想，以后我就这一个女儿，我现在所有的一切今后还不都是她的？"

孟家傲的脸立刻就红了："叔叔，我跟小聪在一起不是为了钱！"

"为了钱没有错啊！"林鑫浩和蔼地拍了拍孟家傲的手背，然后从怀里拿出支票簿，慢慢地拿起了笔，可是笔尖迟迟没有落下。

他说："小聪这样家世好的独生女是很容易招男孩子追求的，不是你将来也是别人。我就这么一个宝贝女儿，当然是希望她快乐。你们的婚事我没有反对，可是在财产上确实也没让你占到太多便宜。是因为小聪的年纪太小，我还不放心的缘故。年轻人，心急吃不了热豆腐。"

笔尖最终落在了支票上，上面写着人民币40万元整。他把支票放在桌子上，让孟家傲自己选择。

"我这女儿从小自由惯了，嫁不了豪门，受不了管束。我只希望她一辈子开开心心就够了。这些是你陪她的劳务费。你有没有其他女人我不管，但是我希望你能让她高兴。只要她一天不和你分手，我就会定期给你打款。哪天你们要是真的结婚了，就规规矩矩地跟我女儿过日子！"

20万变成40万，不仅是两倍的差异，更是一种心理的博弈。孟家傲想了想，直接拿起了支票。林鑫浩这样直白的讲话方式，孟家傲并不是第一次见到，既然已经把事情说到这个地步了，他又何必矫情呢？

虽然在这个时候他完全可以选择另外一种生活方式，可是说心里话，就这么让他离开林家，他也确实不甘心。因为这种不甘心，似乎连今后可以预见的幸福也变了滋味。

一个小时后，林聪跳着进了客厅。看着女儿满脸兴奋的样子，林鑫浩笑着说："怎么？这么快就重归于好了？"

"老爸，你真有办法！有你这尊大佛在，孟家傲这只孙猴子就算再机灵，一辈子也别想逃出我的手掌心。"

林鑫浩无奈地摇摇头，拍拍坐在自己身边的女儿叹了口气说："你这么大了也该学着帮爸爸管理一下生意上的事情。爸爸总有老的一天，以后我的一切都是你的。如果你自己不上心，真的嫁给孟家傲这个男人，这辈子恐怕真会被他吃定了。"

"吃定就吃定了呗。只要他不离开我、哄着我，他让我高兴，我自然也会让他高兴！"

林鑫浩满心苦涩，忽然又有了年轻时的念头，这种念头在老婆去世后他就已经再没想过了，如果林聪是个男孩就好了。

林聪看着父亲，脸上的笑容一点点地收敛。若说林鑫浩可以帮自己的女儿达成一切心愿，那么林聪也可以让林鑫浩放弃一切执念。

"爸，你为什么用这种表情看着我，是不是又有别的想法了，是不是又有了娶别的女人的念头？"

林鑫浩苦笑了一下，赶紧辩解："好端端的怎么提起这个来了，爸爸答应过你，一辈子就只有你妈一个老婆，爸爸什么时候对你说话不算数过？"

林聪的眼圈红了，用一种绝对占有的姿势搂住老爸。任何想占据妈妈位置的女人都得死。林鑫浩看着女儿眼底的恨意，心中的无奈感更重了。只有这个时候他才能从林聪的身上找到自己在商场上的影子，翻脸无情、冷血狠厉。她是他的女儿，这一点遗传得很到位。

他不禁想起 10 年前的那一天，那时林聪才上初中，听到自己要再娶的消息，在家里用水果刀割腕自杀。他赶到医院的时候，林聪还没有度过危险期。他吓得痛哭流涕，在女儿的病床前发誓，这辈子不会再娶别的女人。

豪华的包房里只有林鑫浩和胡潋滟两个人。之前的无数电话里，胡潋滟已经明确说过要结束两人之间的关系。可是林鑫浩只说她太累了，需要休息，等休息好了便不会再这么说了。这个男人的温柔好像是一张大网铺天盖地地席卷而来，把她网罗其中。他确实说话算数，这么长时间里没有再给她打电话，好像凭空从她的生活里消失了一样，让她以为自己和这个成熟的男人之间只是一场梦而已。可是这个时候又一次面对面地坐在一起，她才知道那不是梦，所发生的一切都是真的。

林鑫浩依旧是温文尔雅的模样，越是这样，胡潋滟心里那种不安的感觉越强烈，手心里的冷汗涔涔地流出，只觉得他眼底的温柔就像是一把把钢刀，把她定得死死的。

他说："为什么要离开我？难道我对你不好吗？"

"这没什么好不好的？我们之间的关系本来就是你情我愿，现在我想结束了，都是成年人，别婆婆妈妈、磨磨叨叨的！"胡潋滟说得急促，胸膛因此微微地起伏着。

林鑫浩淡然一笑："潋滟，你真是个孩子，这么长时间没见面，没有我照顾你，你竟然瘦了这么多。"

"你到底有没有在听我说！我说，我老公现在已经知道我们之间的事情了，我们已经结束了，今天是我们最后一次见面，以后就是路人，见面不用打招呼。"胡潋滟实在受不了他这样温柔的口气，歇斯底里地发飙了。

"我在听，一直都在听。可是我想告诉你，无论你爱不爱我，我都爱你。你是我除了亡妻之外，这一生唯一爱上的女人。"

"林鑫浩，你听得懂中国话吗？我只爱我老公一个人。"

"我不在乎！"

"我跟你在一起只是为了钱！"

"我有钱，给自己喜欢的女人花钱是我表达爱的方式。无论你喜欢我还是喜欢我的钱，我都会给你你想要的。"

"现在看到你我就觉得特别有压力，听到你的电话我就头皮发麻。我不想再诚惶诚恐地过日子了，我这辈子最倒霉的一件事就是遇到你。"

"遇到你是我这辈子最幸运的事！"

"林鑫浩，你能不能别这样？"

"嫁给我吧！"

胡潋滟一下子惊了，只觉得自己来之前攒足了力气挥出去的重拳都打在了棉花上，像嚼崩豆一样咄咄逼人地说了一通后，这个时候一点力气都没有了，软趴趴地跌坐在沙发上，无措地看着面前这个深情款款的男人。

"鑫浩，我从来没想过离婚，我今天来是告诉你，以后连电话也不要打给我了，我们结束了！"她的心剧烈地跳动着，口气里满满的都是乞求。

男人坐过来，感受到了她的退缩和抗拒，他干脆俯过身把她困在沙发的角落里，专注地看着她的眼睛："潋滟，我不逼你，我告诉你我是认真的。我的妻子已经去世十几年了，如果你拒绝我，我林鑫浩这辈子就永远成了孤单单的一个人。"

胡潋滟的肩膀都颤抖起来，林鑫浩没有再靠近一点也没有再远离一点，就那么目光灼灼地看着她，炙热的眸光似乎就一点点地将她焚尽。

他说："我早就过了男欢女爱的年纪，喜欢上一个人不容易。我要你记得，无论什么时候我都在你身边，只要你需要我，我都会第一时间赶到。"

胡潋滟的眼圈不受控制地红了，她可以对着一个钱欲交换的富豪吹胡子瞪眼，可对着这样的林鑫浩，她一个字也说不出来。

"我不会再见你了！"这是她的坚持。

"我不会同意分手的，你永远在我这里！"

林鑫浩拉起胡潋滟冰冷的手放在自己心口上。当肌肤相触的那一刻，两个人的身体同时一颤。胡潋滟拿起手边的皮包就要离开，却被林鑫浩动作更快地抱在了怀里。男人的怀抱一点点收紧，猛地凑过去就吻上了她的唇。胡潋滟猛地推开他，像受惊吓的小兔子一样逃离了。

这一次林鑫浩没有再阻止她，而是深深地凝视着她的背影。胡潋滟已经冲到了饭店楼下，她似乎还能感受到那种炙热的目光追随着她，一直熨帖在她的心上。

终于都结束了，一切都结束了！

胡潋滟拿出手机，这个时候她特别想听到张景山的声音，马上就要听到，哪怕是一分一秒她也无法忍受，可是电话拨出去好久也无人接听。她不知道，这个时候张景山正在家里忙碌着，电话扔在皮包里，早就无暇顾及。

不知道是不是因为在家失业久了的缘故，张景山觉得自己整个人的性情完全变了。以前的他性格开朗、不拘小节，可是现在他变得患得患失、疑神疑鬼。若说以前他生活中的不安全感完全来自经济压力，那么他现在的感情生活也是惶恐不得终日。

作为一个男人，在感情上他曾经是极度自信的。因为一直把宠老婆、疼老婆作为己任，所以他从来没有想过胡潋滟会背叛自己。如果是有外心，那也是自己在外面一时把持不住，自己的老婆绝对正派，而且根本离不开他这个丈夫。

可是世界上最大的反转就是这该死的"可是"两个字。当背叛发生之后，生活还在继续的日子里他才发现，以前很多没有想过的事情经常分分钟地浮现在眼前。

比如，他经常会想胡潋滟曾经带过奸夫来家里，就在沙发上、卧室里或者洗手间里做过苟且的事情。如果当初在单元房的门口装一个针孔摄像头，他那时就能第一时间掌握第一手资料，早点发现他们的奸情，也不至于被欺骗了这么久。

懊恼、愤恨、悔不当初。

监控防护是他的老本行，他就是干这个的，竟然没早想到这一手。

今天他终于找到了机会，可以弥补以前的过失。胡潋滟走的时候说公司派她外出，要很晚才回来。张景山一早就开始折腾，这个时候他的杰作已经大功告成了，不仅是单元房的门口，两个卧室还有洗手间，他都装了最先进的装备。以后只要奸夫上门，就再也逃不出他的法眼。

点上一支烟，张景山坐在沙发上开始浮想联翩。如果有一天他真的在家里掌握了妻子出轨的证据，他会怎么做？人都是在变化的，妻子能背叛自己一次，就有可能背叛第二次，甚至有可能跟自己离婚。尤其他现在还没找到合适的工作，不是有可能，简直是太有可能了。

如今他们只剩下一套房子了，到时候财产分割怎么算？他辛辛苦苦打拼的家业可不能便宜了奸夫。还有他远在老家的父母，将来老了肯定要来新港养老，到时候他连间屋子都没有，难道让年迈的父母露宿街头？还有现在手里卖房得到的钱，到时候怎么分，还有自己的户口也在这房子上。

张景山越想越惶恐不安，忽然就想到胡潋滟万一不把奸夫领家里来呢？那他手里岂不是没有一点她出轨的证据。到时候人为刀俎、我为鱼肉，下场没有最惨只有更惨。他站起来在房子里烦躁地踱来踱去，眼睛扫向屋里几个摄像头所在的地方，只觉得不够、不够，一点都不够，他应该把摄像头直接安在胡潋滟的身上才好。

回到家竟然看到杜青翰坐在小厅的沙发上抱着 iPad 看电影，顾盼几乎以为自己进错家门了。突然想起今天是周六，大部分中国人民都休息的日子。可是杜先生有休息日吗？顾盼好像从来没见到过，他根本就是 14 亿人口中的极少数。

已经过了晚饭时间，她刚从一家餐饮公司面试归来，心情不好，在外面随便吃了一碗面条。打开冰箱，发现中午自己做的半成品已经被消灭了，明显是祭了某人的五脏庙。

回来的路上，她已经决定今天要跟杜先生好好谈一下。她倒了两杯热茶，然后坐到了杜某人的身边。

"嘘，别说话。"杜青翰看电影竟然和工作一样认真，脸上的表情一丝不苟，专注地盯着屏幕，浑身散发着闲人勿扰的气息。

顾盼把到嘴的话咽进了肚子里，脸上多了几分饶有兴趣的表情，凑了过去。

"咦？"这这这，杜先生竟然在看鬼片儿？

某人浑身立刻起了一层鸡皮疙瘩，与此同时，她又发现小厅里的灯不知道什么时候被人用遥控给关掉了。顾盼也不想再谈了，站起来就要回自己的卧室，却被杜先生理所当然地拉住了手腕。

"一起看吧，否则回屋子里你也睡不着。"

顾盼想了想还是无奈地坐了下来，杜青翰抬眼看了她一眼。算算自己已经有多少年没对女人这样花过心思了？这种感觉很奇怪，连自己都说不上来。

电影里的故事还算唯美，可是依旧有不少令人毛骨悚然的恐怖画面，顾盼不自觉地就挨近了杜青翰，想走又忍不住想看，不走看着又难受。她完全没有意识到旁边腹黑的杜先生的嘴角弯起了罕见的弧度，一直在那里忍俊不禁，看着她越凑越近的样子，表情十分享受。

"不看了！"电影演到最恐怖的高潮时，顾盼毅然决然地做出了决定，无论如何也不看了。很快她便会重新一个人住在这儿，难道到时候要与鬼为伴？她实在受不了这种刺激，拿起遥控去开灯，没想到灯竟然不亮了，电脑屏幕也黑了。

"没电了？"之前搬进来的时候刚刚储值的，应该不会吧？她拿起手机当手电，发现墙壁上面板里的按钮果然掉了下来，可是推上去之后灯仍旧没有亮。这么倒霉，应该是灯泡坏了。找到问题的源头，顾盼从柜子里拿出备用灯泡、螺丝刀，然后登上凳子，把手机递给杜青翰。

一个大男人站在那里，这种被无视的感觉让他的脸色彻底黑了。轻车熟路准备拧灯泡的顾盼这个时候心里十分抱歉，毕竟是在自己家里，人家看电影正看到高潮部分，结果跳闸了，确实有些扫兴。

"麻烦给照一下。马上就好！"

"你下来！"杜先生的声音在黑暗中威严地响起。

顾盼停止了手上的动作，借着手机的光亮看清楚了他此时的样子，似乎每一个毛孔都在说明，这是濒临发怒的前兆。

"为什么？"

"我来！"

杜青翰根本不容顾盼磨蹭，直接把她拉了下来，然后自己站在了小凳子上。几分钟后，电闸再次合拢，小厅里一片光明。

"谢谢你啊！"

顾盼说得礼貌又客气，诚恳极了。可是杜青翰的脸色更难看了。为了寻找存在感，他别扭了半天才冷声说："我饿了，去给我做点吃的。"

"可是……"可是家里的食材都已经用光了，这个时候去菜市场早就已经没有新鲜蔬菜了，去超市有点小贵，现在的她一分钱都得计算着用。

"马上去超市！"杜大帅正觉得这间小屋子让他感到了压力，也不等顾盼同意，自己已经去门口换鞋走出了房门。

还有一个小时就要闭店了，这个时候卖场里的人已经不是很多了。顾盼好久没来过超市了，站在生鲜区，跟一块牛腩和一块牛蹄髈开始较劲，迟迟没法做决定。

杜青翰早就等得不耐烦了，自己去一旁百无聊赖地闲逛着。多少年过去之后，他竟然会再次和一个女人来超市买东西，虽然不喜欢顾盼没完没了、货比三家的样子，可是他并不排斥这种感觉。他已经发现了，自己之前坚持的一些东西，好像正在被慢慢打破。如果这个让他改变的人是顾盼的话，似乎也并不是不能忍受。这个时候，他站在超市的货架前，有些茫然地看着面前的油盐酱醋，他不知道以后会发生什么，他的生活会变成何种情形。这种再次无法驾驭生活的感觉，让他感到抗拒。

忽然一股清香飘到了顾盼的鼻息间，她对气味非常敏感，这种香气很好闻，又不像很多香水那样不自然。她抬起头，一个短发的女人就这么出现在她面前。

啊！

作为国际大都市的新港，美女天天有，今年特别多。面前的这位小姐，长得也实在是太漂亮了吧！那是一个时尚且充满野性，又像个孩子一样有着俏皮神情的女子。她身材高挑，穿着一条皮质的短裙。美好的腰线、修长的大腿、完美的身材，搭配上精致的五官、白皙的皮肤，一下子就攫住了周围人的目光。

"这个牛腩我要了……"

女子看也不看顾盼，稳准狠地从她手里拿走了牛腩。等慢半拍的某人意识到的时候，美女已经推着车子离开了。好任性的姑娘，顾盼呼了一口气，无奈地摇摇头。

小小的插曲过后，顾盼推着半车的东西去和远处背对着自己的杜青翰会合。到了结账的柜台，杜青翰理所应当地拿出了自己的白金卡。顾盼见后吓了一跳，赶紧把他的卡从收银员的手里抢过来，然后把自己的卡递了过去。

杜青翰这个时候的脸色岂止是黑了，简直就是绿了。他什么也没说，直接迈开长腿走人。顾盼被完全无视了。她拎着一个大袋子紧紧跟在后面："杜青翰，你等等我！"

追了好一会儿，终于来到了某人身后。杜青翰好像有心灵感应一样，猛地停住脚步，突然转身。顾盼差点撞到他身上，赶紧急刹车，收住了脚步。

"杜青翰——"

"顾盼，你不要太过分！"他已经主动搬过来了，可这个女人竟然还没有进入状态。这已经不是可以用矫情幼稚来形容了，根本就是脑子少根筋。

"杜青翰,你来我家小住几天,我怎么能让你破费呢?"顾盼知道杜青翰是嫌自己当着人驳他面子了,可是她确实不能让他付钱。

杜青翰彻底明白了,他搬进来竟然还不能让这个女人改变心意,而自己的心意竟然一点点地被这个女人所改变。这种感觉难受极了,他的自尊心也不可能允许。如果换作以前,他可能一秒钟之后便会离开顾盼的那个鬼地方。可是现在盛怒中的杜先生,在心底嗤笑一声,今天他偏不让这个女人如愿。

已经是晚上 10 点以后了,杜大帅坏心肠地就是不肯在外面吃东西,大晚上的偏要让顾盼做东做西。顾盼本着待客之道一一满足。而且平心而论,给杜青翰这个男人做东西吃,她还蛮享受的,尤其是听到他能一口气说出那么多爱吃的东西,而且都是自己以前给他做过的,本来一直紧张阴霾的心情,这一刻竟然出奇地满足。她甚至觉得只要杜青翰吃得香甜,她就是半夜出去采购也心甘情愿。

顾盼被自己这种没出息的想法惊到了,可是抬起眼皮看到这是在自己的小窝里,她顿时安心了。想起之前在他的大豪宅里他们之间的相处模式,曾经来自杜青翰身上的西伯利亚寒流,不止一次把人的心脏都冻透了。

莫非她自己是受虐体质?顾盼惊悚地打了一个冷战,去上洗手间。

杜青翰闻着香气从自己的小卧室里出来,揭开锅盖前的一瞬间,他看到案台上顾盼的手机上,微信群显示着新消息。他皱起眉头,点开美食群中的信息,顾盼此时的窘境便一览无余。他顿时愣住了,心底涌上一股说不清楚的滋味。原来在微信群中的顾盼是可以这样活泼,是可以这样肆无忌惮地向一群陌生人诉说着自己生活的艰难。作为未婚夫,他好像从未听到她同自己说过任何不如意。

虽然之前两个人同在屋檐下那么久,他却根本不知道她是如何生活的。揭开锅盖,袅袅的烟霭模糊了他的双眼,在食物的香气中,他的心再一次一点点地感到一阵颤抖，好像多年之后那块早已木然的内脏又一次有了生命的疼痛感。

顾盼很快就从洗手间里走了出来，看到杜先生正在用勺子搅动鱼片粥，这才松了口气。见人家不肯让出地方来，她干脆坐到了案台对面的椅子上。

"什么时候开始做饭的？"杜青翰问。

顾盼说："6岁吧！"

看着高颜值的杜先生拿着勺子在案台前"装模作样"，也不失为一种享受。他英俊的面庞在白气中有种异样的温柔。顾盼托着下巴像个小学生一样仰着头，连她都不知道自己的眼中正闪动着一种叫崇拜的光彩。

"会不会很辛苦？"杜青翰又问。自己6岁的时候在做什么？开始学钢琴了吧，还有软笔书法，都是从那个时候开始的。

顾盼想了想，说："辛苦的时候都忘记了。现在能记得的都是奶奶吃到我做的菜后很高兴的样子。还有我爸难得回家看我们，只有尝出我做的饭菜又有进步的时候才会高兴起来。所以我喜欢做饭，做饭对我来说不是家务、不是工作，是在创造幸福。"

她渴望幸福？

杜青翰已经给自己和顾盼分别盛出了两碗鱼片粥。看着她认真吞咽的样子，他的心中又有了一种多年未曾有过的感觉，他也想为了一个人的幸福去付出，付出自己的真情实感。这种念头又一次成功地惊到了他。

夜里，杜青翰做了噩梦，他梦到自己在大雨瓢泼的街头不停地寻找着，多年前那种刻骨铭心的寒凉侵蚀着他的每一个毛孔。梦到眼前划过一个女子的裙角，他伸手去抓，却什么都没有抓住，双掌空空如也。对着女人的背影，他更加疯狂地追过去，然后一辆车向他冲了过来。一瞬间，他整个人被撞了个支离破碎，就好像是那场无法挽回的爱情，他付出了一切，拼尽了全力，却终于在一夜之间变成一片废墟。

杜青翰一激灵，睁开了眼睛，冷汗布满了全身，眼前是温暖的阳光打在被子上，门外传来的是顾盼轻哼的歌声："刚下的地铁还不算拥挤，你那边飞机碰巧也落地……"

顾盼五音不全，却唱得悠然自得。杜青翰无语失笑，已经抬起的头重新重重地落在枕头上。和往常一样，星期天他也有一堆公事，要去单位，可是今天他难得想赖一下床，搂住这满室的阳光。杜先生说到做到，在这个星期天的早上7点钟又重新睡了过去，一直睡到了日上三竿。

三

私家菜馆的办公室内，老板笑得彻底："我说顾小姐，我劝你还是别忙活了。大饭店请的都是特级厨师，小馆子用的都是熟人，我们这种地方也不会用你这样的业余选手。我劝你还是正经找份工作，要不就正经找个男人回家做给他吃。你这不是梦想，你这是异想天开。"

雨越下越大，顾盼整个人都被大雨浇透了。她已经有五六年没有骑过脚踏车了。当年来新港的时候，她买了一辆二手的脚踏车，没想到新港太大，找工作、办事情骑脚踏车每次都要骑两三个小时，时间、体力完全都不够用。没想到，如今快30岁的年纪，她竟然重操旧业了。

现在的处境她不敢让任何人知道，她一直工作的音乐厨房的女老板本来也是玩票，现在准备出国便结束了生意，顾盼也就毫无预兆地下岗了。两份贷款每个月都在按时催她，没有工作也没有任何的收入来源，甚至没有一个可以帮助她的家人、朋友。

如果被老妈知道，她可能会被逼着马上卖掉房子。但是她不能，她的房子不是用来炫耀的，这是她梦寐以求的家。

再去找工作嘛，不是不可以，可她还是想再坚持一下，她就是觉得自己已经这么努力了，老天一定会给她一个机会，让她有机会按照自己的想法去过自己想要的生活。她更相信最后出现的那个机会，一定需要她自己先创造出无数个机会来。她不要每天的生活在愁苦中度过，而是想利用一切时间为自己创造机会。

顾盼每天骑脚踏车去各个餐吧、菜馆推销自己的菜式。每天一早骑着脚踏车载着希望出发，傍晚的时候在失败中归来。她不知道自己还能坚持多久，她也不知道最后的那个机会会不会真的到来。她每天能做的便是继续为自己种下希望，等待收获！

私家菜馆男老板的声音好像魔咒一样，把她对生活寄予的期待彻底宣判了死刑。从最开始的激情万丈，到后来的艰难执着，再到现在这一刻，她对自己的人生选择真的有所怀疑了。没有什么痛苦是比苦苦坚持之后看不到任何希望更让人难以承受的了。人家都说，如果上帝给你关了一扇门，一定会给你打开一扇窗，可是她不止一次地觉得自己的门和窗子，上帝都忘记打开了，她这么努力前路却依旧漆黑一片。

这个时候，她在大雨中骑着脚踏车，脑海里无法抑制地想起了杜青翰。和害怕母亲知道一样，她更害怕他看到自己此时的处境。她清楚地知道，他是自己依旧爱着的男人，是她爱着却不能依靠的男人。

她怕他看到自己此时狼狈的样子，她害怕再次听到他嘲笑讥讽的口气，更怕因为自己面临的窘迫再次打破眼前平静的幸福。

小超市的屋檐已经遮挡不住她的头顶，冰冷的雨水重新打在她身上。这个时候，一把黑色的雨伞遮住了她头顶上的风雨，她猛地抬起头，看到杜青翰竟然站在他的面前。

只觉得一阵天雷滚滚，顾盼的大脑一片空白，直接断片了。在她还没有回过神，更不知道如何面对眼前这一切的时候，男人有力的臂膀从她的手上接过二手脚踏车，然后一条长腿横跨过去坐在了车座上，接着把手里的大伞递给了她。

"回家！"

顾盼接过伞，看着飞来的雨水已经溅湿了杜大帅笔挺的衬衣，赶紧一下子费力地举到了他的头上，傻傻地站在了那儿。

"上来！"

"哦！"顾盼嘴里说着，可是身体并没有行动，用很怀疑的目光看着他。杜大帅会骑脚踏车？街头的路人骑脚踏车不奇怪，可是衣冠楚楚、一丝不苟的杜大帅骑着脚踏车后面还带着一个女人，实在是太有违和感。

"快点！"杜青翰霸道地催促着，他回过头去，眼底一片惯有的警告。这倒让顾盼没了太多不自在，赶忙慢吞吞地坐了上去。

新港这座现代化城市里的钢铁森林被笼罩在一片雨雾之中，入目之处仿佛都被盖上了一层柔柔的轻纱。街道上，平日里紧张、冷漠、脚步匆匆的人们此刻看上去都变得和蔼友善起来。

顾盼一只手高高地撑着黑色的大伞，另一只手扶着车座的边缘。听着脚踏车的轮子溅起水渍的时候，她的心紧张极了。

"你是想摔下去，嗯？"

听到某人威严的声音在风雨中响起，顾盼伸出手臂，慢吞吞、一点点地搂住了他劲瘦的腰。她从未在街上与杜大帅这样亲密过，虽然这个时候情况极其特殊，可是之前这个男人在自己骨子里烙下的那种刻骨的疏离，还是让她觉得不真实。

"抱紧一点！"

顾盼的耳朵瞬间失聪了。

"让你抱紧一点！"杜大帅又大声吩咐了一句。

顾盼的听着这句话，心里忽然有只蚕宝宝在不停地蠕动，似乎是想要破茧而出，明明是她搂着他，可她竟有一种被他抱在怀里的感觉。这种感觉仿佛跟催眠一样，她不知不觉整个人的心神都荡漾起来。

感受到了身后女人的一只手臂一点点地收紧，终于完全放心地把头靠在了自己的背上，杜青翰的心也随着这漫天的雨丝柔软起来。

"坐好了啊！"杜青翰又吩咐了一句。脚踏车的速度越来越快，在被雨水冲刷着的现代化街道中飞快地穿行着。忽然一阵风吹来，顾盼手里的大伞被猛地吹向了天际。

雨水兜头盖脸地落在两个人身上，明明狼狈得要死，顾盼突然想笑，平日里开宝马从鞋子到牙齿都武装得一丝不苟的杜大帅，现在像一只落汤鸡一样。

"加速了啊，掉下来别哭！"

为了避雨，顾盼干脆把脸埋在了他的背上，以一种完全信任的姿势，双臂紧紧搂住了男人的腰肢，咯咯地笑了起来。

雨一直下。

昏暗的楼梯上，男子有力的臂膀紧紧钳制着怀中的女人。他的唇、他的手所到之处都在她身上点上了一簇簇火焰。声控灯在他们的头顶一路点燃，又在他们身后一路熄灭，他的吻从轻柔到激烈，直到她发出微弱的喘息声。他的臂膀仿佛要把她嵌入自己的骨血之中。这样霸道的亲密让她无处可逃，她控制着她的呼吸，她感觉在他情动如潮的侵袭之下，自己已经越来越无力了，唯一能做的事情便是紧紧抱着他的腰肢，回应着他的吻，迷离在他的气息中。

终于来到了家门前，他依旧吻着她，用一只手搂着她的腰，一只手去开门，然后用脚再将门带上。哐当的声响，让顾盼有了半丝的清明。下一瞬间，她感觉自己整个人已经被杜青翰按在了墙上，身上湿漉漉的衣物已经被这个男人坚定地扯了下来，像一团云絮般飘摇在空中任他揉捏、予取予求。

细嫩的肌肤在他轻轻地噬咬下，传来细碎的痛痒，一点点地让她无法自持，颤抖着身体，喉中的呻吟到了唇边只有两个字：青翰！

这声呼唤让杜青翰的气息都沉了下来。即便两人身上都还有未干的雨水，顾盼也越来越感觉到这个男人此刻已经情烈如火，而她自己也情动如潮。她没有想到的是，下一秒这个男人便已经强势地进入了她的身体。

"盼盼，有我在！"

无论是在生活给她出的一道道无解的难题面前，还是在欲望横流、男女最亲密的瞬间，从来没有人跟她说过这样的话。

顾盼觉得自己好像被逼到了一张大网之中，那种被人细密爱着的感觉让她一点点地窒息了，她只希望这种爱永远也不要停。无论是心灵还是身体，她从来都没有感受过此刻靠岸般的满足。此时此刻，她什么也抓不住，除了他桎梏着自己身体的一双手。她已经没有了任何感知，除了他一下比一下更快的频率。

他看着这个女人沉迷于这种爱的包围中，却又想要尽快逃离的矛盾表情。他不给她半点机会，蛮横地把她逼到欲望的死角中。猛然，他把她抱进了卧室，悬空的感觉让她失声叫了出来。她只能依靠他，只能用手紧紧地搂着他的脖子。

短暂的分离后，在柔软的大床上，他再度欺身而上。一片漆黑中是他浓浓的喘息。他的动作越来越温柔，让她陷入了无边的梦幻中。在她彻底昏睡过去之前，他的吻落在她的眼睛上。

他说："盼盼，我们结婚吧！"

第二天醒来的时候，顾盼发现自己的手竟然紧紧搂着杜青翰的脖子，腿同样绕着他的腿，两个人就像连体婴儿一般纠缠在一起。而他的手钳制着她的腰，即便睡着也霸道地让她的脸贴在他的胸膛之上。

昨夜这个男人仿佛变身了一样，一次次地把她从睡梦中扰醒，然后强悍地把她逼近绝境，而她只能依靠他、攀附他。然后他再给予她最刻骨的温柔，从客厅到她的卧房，从卧房到浴室，她被他折腾得化成了齑粉，然后又被他重新塑造成了一个人。

这个时候他还在熟睡，经过昨晚一番折腾，即便是钢铁侠也该累了。

她没有动，而是恍惚地望着天花板，他们一起住在这间小房子里也有一段时间了。他工作一如既往地忙，她也几乎每时每刻都在做自己的事情，因为房子太小，他们见面的机会反而比以前更多了。杜青翰习惯在沙发上看电脑，他的屋子太小摆不下沙发，就只能到小方厅里来，只要抬头便可以看到顾盼在厨房里忙碌的样子。很多时候，顾盼都能感到杜青翰在有意无意地看着她。如今两人又跑到了一张床上，让她始料不及，甚至更加茫然。

接下来，她和杜青翰的关系应该怎么发展？

同居男女发展成床伴？

虽然这在 21 世纪的今天根本不足为怪，可顾盼还是觉得头疼。

就在这时候，男人翻身将她更紧地抱在了怀里，慵懒地说："再睡一下，一会儿出去！"

身体的亲密接触，让顾盼很容易就感觉到了某人渐渐攀升的体温，还有身体的变化。她的耳尖儿红了，像个蚕蛹一样开始往外拱。

"睡不着，我们可以再做点别的！"杜青翰用一只手摸住了她的下巴，让她必须看向他，他的眼睛里盛满了笑意。在这样阳光明媚的清晨里，英俊的面庞像是春日里最美丽的一道风景。顾盼实在受不了这样的美景诱惑，脸毫不掩饰地彻底红成了大苹果。

一阵令人窒息的长吻后，她费了好大的力气才找回了自己的声音："一会儿去哪儿？"

"去结婚！"

两个人终于穿戴整齐，顾盼可以和杜大帅坐在小方厅的沙发上正式说话的时候，已经又是一个小时之后了。

"青翰，我觉得我们现在这个样子还是不适合结婚！"如果她现在能养得起自己，供得起房子，完全能作为一个独立的女人过上想要的生活，她会认真考虑他现在的求婚，可是她不想在自己最狼狈的时候去做这件人生中最美好的事情。

她要的婚姻是平等尊重下的幸福，而不是一根让自己走出困境的救命稻草。人的一生太长了，长到每个人都会经历自己想象不到的变化。这几天，杜青翰确实和以前有了很大不同，甚至让她感受到了爱情的滋味。

可是以后呢？

再美好的感情也经不住冷言恶语的伤害，这些她从小到大经历得太多了。而且不仅是杜青翰，还有他的父母，这也是让顾盼感到最有压力的现实问题。如果她不能好好地活出自己，可以预见的生活便会很快重新出现在她面前。

搬出杜青翰的家是因为她不想一辈子寄人篱下、没有尊严。在自己的房子里又接纳了他，是因为自己渴望温暖，而且在自己的地盘上与之有了平等对话的基础。如果在自己最狼狈的时候同他结婚，搬回他的大房子里去，她会恐惧，她不愿意每天诚惶诚恐地过日子。她宁可一个人面对生活中所有的艰辛，最起码不用看别人的脸色。

杜青翰捕捉着她眼底的情绪，精准地判断道："因为我父母？"

她在这样的目光下无处遁形，想要逃走。他逼视着她的眼睛，不给她躲闪的机会。

"不是！"

终究再多的原因，全都是因为她自己。因为她没有自信。如果她和他一样有丰厚的收入、稳定的经济基础，她也许会答应嫁给他。如果那样，她现在可以预见到的未来可能受到的伤害或许就不会变成现实，她需要做的只是锻炼身体，只要不得不治之症、不会拖累别人，她就不会轻易放弃自己的婚姻。现在的拒绝，不过是因为她希望和他今后的幸福可以更长久一点。

"那是因为什么？"

"我住小房子习惯了，不想再去收拾你的大豪宅了！"顾盼觉得这个瞎话有点冷场。

杜青翰撇撇嘴，这个女人果然迟钝得要命。经过这段时间的相处，如果杜青翰还不能彻底了解顾盼是一个什么样的人，他也就不可能做这么多年的管理工作。如果说这么多年，他已经彻底失去了对爱情的兴趣，那么这个女人则是早已彻底失去了依靠任何人的信心。她根本不知道她内心极度渴望的东西，偏偏是她自己最怀疑的。

欠治！

"我们可以在你家结婚！"杜青翰觉得这句话的逻辑出了问题，脸登时沉了下来。

"我还没准备好！"

"别给我找借口！"

顾盼已经感受到了杜大帅带给她的低气压，这是要吵架的节奏？她完全不是他的对手！

"不是借口，是确实还不到时候！"

昨天大雨里她的窘状他已经看到了，也应该都猜到了。她本就不善于隐瞒，却不会放弃坚持。

"那你觉得什么时候可以结婚？"他想到昨天这个小女人一个人在大雨中的情形，罕见地控制住了脾气，连语气都温柔了起来。

顾盼认真地思考着这个问题，她的脑子有点慢，而且考虑问题又常常不按步骤，这个时候太多的信息量涌进大脑里，她想到哪儿便说到哪儿："杜青翰，我那天跟你说的话是真心话。我们之间还有很多问题，还没有走到可以结婚的那一步。如果你愿意一直住在这里，我们可以在我家试婚，一直到我们发现互相真的有爱了为止！"

"互相有爱？我们之间没有爱？那昨天晚上怎么说？"

看着某人好整以暇、理所应当的样子，顾盼的耳朵尖都开始发烫了。男人和女人的思维果然不在一个频道上。

"我……反正已经同居这么久了，我总不至于那么矫情！"顾盼咬着自己的舌头，下定决心，"还有，即便是将来结婚，最起码要拟一个婚前协议。你的财产还有你父母的财产都在里面写清楚，这样对你们、对我都好，你说呢？"

如果被杜青翰的父母再一次先提出来签协议、写借条，她就真得钻到地底下去了。如果再一次因为他们儿子住在这里，以为她要贪图财产用了什么阴谋诡计，那就太可怕了。这样一想，顾盼竟然感到自己浑身都冒起凉气，有些毛骨悚然了。

杜青翰仔仔细细地打量着面前这个女人，看着她被自己吻得嫣红的嘴唇，想着这张嘴怎么能在这般阳光明媚的上午说出这么冷漠的话来。他们已经亲密如斯，难道一夜醒来还是把之前的过往都全盘端出吗？

"这个不需要。我娶的是老婆，不是钟点工！"不用把什么都写在合同里！

"可是我觉得需要，我嫁的是丈夫，不是一辈子的饭票！"所以该写的还是要写清楚！与其真有一天恶言相向，不如丑话说在前面。

杜青翰这个时候再也无法冷静，他讨厌死了她的这种固执，讨厌死了她不肯彻底把自己交给他的感觉。她说的话，他听得懂，她对他们未来的生活没有足够的信心，最起码他根本无法让她足够信任，更别提依靠了。

顾盼惨然一笑："你看，我们之间还有那么多问题没有解决，怎么能结婚呢？"如果一个女人不能在离婚的时候，有足够的铠甲掩护伤痕，还真是不要轻易头脑冲动走进婚姻。

杜青翰觉得心里闷得发慌，看着这个小女人低眉顺眼的表情下隐含的是无比的坚持时，他的心却内疚了，内疚得发疼。

四

"青翰，你的面子我不能不给。可丑话还是得说在前头，菜式的品质是我这个主题餐吧的命脉。我可以让你朋友来试试，可也不敢打包票一定就能行！"

一家临水而立的高档餐厅里，杜大帅坐在靠窗的位置上，认真品尝着盘中的食物："最起码这道意大利面的酱包就不如我朋友做得味道好！"

杜青翰这个人对待事物一向是比较客观的，这样断定绝对不是因为顾盼是他的女人，他只是就事论事。

这里的老板张敏是杜青翰的大学同学，从国外留学归来后没有走进职场，而是直接贷款开了这家主题餐厅。刚开始的时候有两个合伙人，后来因为经营上的分歧，朋友之间反目成仇，这么多年来他也遇到过很多更好的机会，可是再也不敢跟任何人推心置腹地合作了。餐厅里的每一个工作人员都不是随便招聘来的，他不是不相信别人，他是再也不想受那刺激了。

"别逗了！"张敏在欧洲待了五年，自诩美食家一枚，他嘴刁的时候都能刁出花来，后厨的几员大将，他是费了很大功夫才挑选出来培养成现在这个水准的。

"不是我自夸，放眼整个新港，能有我这里大厨水准和品位的，简直是凤毛麟角。"说了还不解气，他一拍桌子索性直接定论，"不对，根本就没有！"

杜青翰眉峰一挑："比过才知道输赢，如今可不是闭门当皇帝的时代！我这是在给你机会，拯救你的宝贝餐厅！你这再这么不温不火地做下去，估计离关门也不远了。"

张敏一口茶水险些喷出来，他一阵咬牙跺脚，然后又笑了起来，也就是杜青翰能把求人这事也求得这么霸道。不过他了解杜青翰的为人，这家伙办事最靠谱，从来不说废话，更不会为了利益瞎推荐。哪怕是亲爹，杜某人也是就事论事，所以他才能一路只靠着能力和才华在职场里披荆斩棘，做到现在这个位置。

这家伙口碑那是相当地好！

"行，哥们儿！我一定好好会会你介绍的这个顶级大厨。她要真能把我手下这几员大将比下去，"张敏想了想，大手一挥，"她只要能跟我后厨这几个人的手艺差不多，我就同意录用她，然后成立部门，专门搞我这主题餐厅的网络配餐！"

"好！"

张敏看着酷酷的杜大帅，眨巴眨巴眼睛问道："我说哥们儿，这是什么人啊，值得你亲自跑一趟？"

"这你甭管，总之记住：无论她能不能竞争上岗，都不要把我推荐她的事情告诉任何人，包括她。我是为了拯救你的餐厅，不需要你卖我什么人情，更不需要你的嘴没把门！"

张敏撇撇嘴："哥们儿，你放心吧！我肯定在测评时不带半点人情。"

杜青翰举杯："等我拯救了你的餐厅，你好好请客谢我！"

自大、自恋、自信得无法无天。不过，他喜欢！

张敏举杯跟杜青翰的杯子碰在了一起，心里暗想，杜青翰推荐的这个人，管她是大神还是小鬼，放马过来吧，全部歼灭。

顾盼突然接到新港最有名的主题餐厅幸福之城的电话，让她去面试。

这是什么情况？她这是走了狗屎运的节奏吗？

在撂下电话的一瞬间，某人有了片刻眩晕的感觉，只觉得窗帘上印着的花朵都在阳光下竞相开放起来。要知道，这家主题餐厅在新港已经经营十几年了，不但特色亲民，而且菜肴的味道也可圈可点，所以回头客特别多，一传十、十传百，近年来甚至成了新港旅游项目中不可忽视的景点之一。

顾盼一个连正式烹饪资格证都没有的姑娘，竟然能被这家明星级的餐厅邀请去面试，她真觉得自己好像在做梦一样。上阵之前，美食微信群里的兄弟姐妹都给顾盼鼓气，几乎所有人都一致认为，是顾盼上传的美食视频起到了效果。因为那个视频如今每一集的点击率都在攀升，百分之百是被慧眼识珠的餐厅老板相中了。

无论如何，顾盼真心觉得这是老天在她走投无路的时候，看她这么努力给了自己一次机会。这一次她志在必得，只许成功，不许失败。

幸福之城餐厅坐落在海河之边，是一座三层的小洋楼。顾盼来新港多年，还是第一次走进这家幸福之城。

久仰大名啊，一进去便感到第一层的装修特别梦幻，她大大地睁着眼睛，一下子就被迎面的照片墙吸引住了。照片里各种秀幸福，亮瞎了各种单身狗的眼球。不用问，这些照片都是游客留下的，今年留了照片，以后肯定还想回来看，然后再留照片，再回来消费。二次消费、三次消费的客户有了，只要想继续晒幸福，一辈子都会来这里消费，老板还真是会做生意。

"您好，我是顾盼，是接到您这里的电话过来面试的！

"你是顾盼？"

在顾盼的一番自我介绍下，一位坐在前台椅子上、右耳戴着耳环、打扮极为绅士的男子，双眼正像探照灯一样，弹无虚发地向她扫射而来。

"是的！"顾盼眨眨眼，第六感来袭，此间氛围异常怪异。

"Follow me！"

到了二楼的厨房，顾盼一下子便被眼前的大阵仗搞得脚步虚浮、指间发凉。足足有半层楼大的后厨，六个穿着统一服装的厨师，面前都有一个案台，周围摆着各式食材，每个人手里都拿着一个明晃晃的道具，正表情各异地看着顾盼。

最让顾盼移不开眼睛的是一个胖脸师傅。他手里的刀具反射出一道光，而他笑着的时候一口小白牙也随之闪闪发光。某人第一次见到这么漂亮的厨房，赞叹之余看着那刀锋犀利的道具，竟然有些不寒而栗。

"大家好！"顾盼中规中矩地给各位鞠了一个躬。

六个厨师手里的钢刀齐齐地剁在案台上，发出整齐的声音。在这声音中，张敏边走边指着每一个人面前的食材开始介绍。

"Peter 在法国餐饮界工作了 10 年，他要做的这道菜是三文鱼鹅肝酱。这是一道鲜香爽口、风味独特的头盘菜。关键是刀功，三文鱼的鱼片要切得极为讲究，否则这盘菜就失败了。"

在张敏说着的时候，Peter 已经开始切三文鱼了。鱼片切得薄如宣纸，几乎只用了几十秒的时间，切好的鱼片就被卷成了玫瑰花，一共三朵，摆放在盘中生菜卷成的花形旁边，然后放上鹅肝酱，动作一气呵成，所有时间加在一起也不过只几分钟而已。

"哇，好棒的刀功！"顾盼看得目瞪口呆，一脸崇拜地看着Peter，直恨不得上去找他要签名。

"该你了！"

"我？"

"就是你！"张敏看了看腕上的百达翡丽，"Peter 用了 2 分 18秒，如果你能在 6 分钟之内做好这道菜，然后端给前面的客人，只要没被投诉，你的欧式菜肴考试就算过关了，顺利进入下一个考试环节。快去洗手换衣服吧！"

几分钟后，顾盼挺起胸、抬起头换上了后厨的战袍，走到案台前，余光扫过正目光炯炯看着她的 Peter。

"开始计时！"

时间一分一秒地过去，顾盼的额头很快便布满了一层细密的汗丝。她的手也不自觉地有些发抖，好几次她都感觉锋利的德国刀差一点就切到她的指头了。最后浇上油醋汁的时候，她只觉得自己几乎要虚脱了一样。

"6分27秒！"

听到张敏冷酷的报时，顾盼似乎听到周围传来了一阵轻笑声。她紧张地看着张敏，一个2分钟，一个6分钟，差得确实有些远。

张敏低头看着这道三文鱼鹅肝酱，脸上的表情有些复杂。而他身旁的Peter则是满面高深。

"先端给客人去！"张敏一摆，他身后的一个女侍应生走过来端走了盘子。

"下一个测试是什么？"紧张之后，顾盼反而镇定下来了，她跑过去站在张敏面前替自己争取时间，"可不可以先进入下一个环节？"

张敏看看顾盼，不置可否地走到下一个厨师的案台面前，指着桌上的食材说："这道是云吞面。作为幸福之城的厨师，不仅要会各种西洋菜肴，更要把中国传统菜式做得炉火纯青。大到满汉全席，小到一碗云吞面和一碟灌汤包。不仅要精益求精，而且都要做成艺术品。"

顾盼加油！

某女在心底给自己打气。云吞面虽然是家常饭，可是工序极为繁复。如今国外都已经把中国的水饺、包子和馄饨等食物评选为全球最有营养的食物之一，在高档餐厅出售也是正确的决定。只是这个时候从搅馅到揉面要全部从头开始，确实考验一个厨师的综合功力。

这一次展示才艺的正是刚才那个胖脸的厨师哥哥，这家伙看来是天生的笑脸，从头笑到尾，可是手上的功夫没给顾盼留有一丝余地。

面团在胖哥哥的手里被捏搓得出神入化，他用两手先将面团提起来用力一扯，被拉长的面团随即像猴皮筋一样迅速在案台上弹了一下，然后他双臂一伸，用右手将面团的两头捏住提起。左手的食指和中指伸入空隙，略加弹动将面条分开，两手徐徐地向外扯，再用左手无名指、小指将面条的中间挂住。

再往下，面条便开始化腐朽为神奇，在阳光下被胖哥哥从左手交到右手，再从右手交到左手，最后冲到头顶，面条被均匀地拉成了丝网一样，如此反复十几次后，簪头一样的面丝便被投进了滚开的水里。与此同时，胖哥哥旁边的那位厨师的云吞馅不仅已经拌好了，连云吞都已经成形了。

馅的主料是龙虾和猪肉。顾盼看到这个虾肉去壳后没有搅拌成泥状，而是用的完好的虾块，她心里不由得赞叹，这样虽然麻烦，口感却是极好的。这么多年过去，这家餐厅依然生意兴隆，老板确实是在用心经营。

云吞稍后入锅，高汤中放入鱼干儿、虾子、虾壳、猪骨和几根碧绿的青菜，不多时一碗香气四溢的云吞面便做成了，整个过程完美得无可挑剔。

等顾盼也独立做出了一碗色香味俱全的云吞面的时候，她的脸色也越来越苍白。从每个专业厨师的脸上，她已经明显知道幸福之城根本就不需要厨师。餐厅老板需要的是比这些人厨艺更加精湛的人。她就算再有手艺，和后厨的这些餐饮专家相比，也是毫无胜算。

张敏用勺子舀起顾盼做的一颗云吞放在嘴里尝了一下，蹙眉看着她，脸上依旧是十分复杂的表情。顾盼心底哀号一声，觉得自己肯定完蛋了。

"走吧，去看看楼下客人对你那份三文鱼鹅肝酱的评价。"

"接下来的菜式还要不要试一下？"

六个厨师啊，还有四个没有比呢，或许还有机会。

张敏看了她一眼："你觉得还有必要吗？"

顾盼用力点了点头。

"可我觉得完全没必要了。我说了，幸福之城从来就不缺做菜好的厨师。"

顾盼疑惑地皱起眉，他什么时候说过了，不缺为什么要让她来面试？张敏看了一眼碗里的云吞面，这个丫头的手艺还挺让他意外的。

Peter 做这道法式冷盘已经不下千次了，动作当然娴熟。大肥做馄饨面一天最少要做几十碗。而这个没有经过专门训练的顾盼也能把两种食物做出这样的水准，着实让他刮目相看，至少说明她的厨艺并不比这些人差。

只是，那又怎样？

走到楼下时，那对叫三文鱼鹅肝酱的年轻情侣已经结过账准备离开了。顾盼听到男孩子正在对侍应生说："这道冷盘还不错，一样美味，希望幸福之城的菜肴能永远给大家带来幸福的滋味！"她听得提心吊胆，听到这里才微微松了口气，然后眼巴巴地看着张敏。

见年轻情侣携手离去，张敏优哉游哉地坐到前台的位置上说："顾小姐，很抱歉，你没有通过我们的招聘测试。"

拯救他的餐厅？杜青翰开什么玩笑？

顾盼早就已经有了不祥的预感，可真从张老板口中听到这个惨烈的结局，她的眼圈还是红了。那种刚刚够到梦想的翅膀然后又被狠狠从云端推下来的感觉，真有种粉身碎骨的痛，痛不欲生！

"张先生，能不能再给我一次机会？"

张敏轻轻地笑了一下："机会？顾小姐，你都这个年纪了怎么还如此天真？如今这个年代怎么可能有人还会无缘无故给别人机会，能做到不顺手堵路就不错了。你没能达到我的要求，对我的餐厅毫无帮助，我为什么要白给你工作机会？我有病，还是你有病？"

顾盼闹了一个大红脸。

张敏笑了笑，要不是杜青翰的引荐，你连走进幸福之城后厨的机会都没有。当然这句话张敏不能对顾盼说，只是他对这个姑娘的兴趣现在已经完全没有了，他这会儿完全不想在她身上浪费时间了。

就在这个时候，一个男人高亢的吼声突然响起，划破了餐厅悠扬的乐曲，像个炮仗一样爆炸了。

"王美君，我告诉你，你别给我犯浑。你再敢说我妈一个字试试，我现在就抽你，信不信？"

"李刚，我就知道你带我来这儿根本就没安好心。什么来这儿找幸福，我看你就是来找倒霉的！什么狗屁骗人的餐厅！当年你就是在这儿骗的我，今天还想骗老娘一次，做梦！你跟餐厅的老板合起伙来骗我。骗子，骗子，一群骗子。"

张敏晕了，他连这小伙子是谁都不知道。

"我当年是脑子被驴踢了才会在这儿跟你留照片秀幸福。自从娶了你之后，我就没痛快过一天。今天我还就告诉你了，我妈永远是我妈，你把她挤对得都跑我姐家住了，你害得我儿子小升初一门交白卷，今天咱们就在这儿散伙。"

"散伙就散伙，今天走出这破饭店，谁不离婚谁是谁孙子！"

丈夫哐哐地敲起桌子来："服务员，来碗散伙饭！"

顿时，所有的客人都把目光投向了这里，整个餐厅里的幸福格调全毁。在这对夫妻的怒骂声与诅咒声中，幸福之城好像成了婚姻的坟场。

两个侍应生赶忙跑过去，百般劝解，又送酒来又送菜，越是这样，夫妻两个人的火气越是大。邪火发不出来，更加迁怒于餐厅，尤其是妻子这个时候完全化身为一头母狮，开始摔碟子摔碗。

顾盼站在一旁，很快便从夫妻俩与侍应生的对话中明白了事情的大概。原来这对夫妻感情一直还不错，当年丈夫和妻子来这里，留过照片秀过幸福。今天他们再次来到幸福之城，本来是哄着老婆调解婆媳矛盾的，不想两个人话不投机，越说越离谱，最后竟然大打出手，直接奔着离婚去了。

张敏在一旁纠结地皱起了眉头，啧啧地叹息。这已经是本月的第七对了，如今的情侣、夫妻们貌似一个个肚子里揣着炸药一样，也不知道哪来那么多的烦心事，在幸福之城里幸福没找到，直接反目成仇了。

再这么发展下去，这餐厅的主题真得变了。不能叫幸福之城了，干脆改叫斗兽场吧。

今天这对儿不知道会怎么发展，之前一对小情侣因为彩礼的问题，意见不一致，两人直接把墙上的相框一个个都给砸了，晦气了好几天。真不知道面前这对儿又要闹哪样儿？

眼见幸福之城中的暴戾之气一日比一日严重，也邪了门了，中国人咱都有话好好说行吗？小夫妻们咱日子都好好过不行吗？

顾盼也看出了张敏的烦恼，她身上的厨师制服还没有换下去，想了想，直接走到了这对打架的夫妻面前。

"两位先不要生气。我们餐厅确实有你们需要的菜品，不过你们能不能谁先冷静一下告诉我详细的事情经过，我好用心去后厨为你们准备，我保证会令你们满意的。"

王美君忍不住先哭了出来。顾盼细心体贴地去帮这个姐姐擦眼泪，对方的眼泪却因此流得更凶了。大概足足哭诉了半个多小时，所有人都把夫妻两个执意离婚的原因搞清楚了。丈夫在一旁不住地叹气，妻子哭得声泪俱下。

问题的源头其实不过是婆媳关系不和。爆发点是孩子面临小升初考试，丈夫和妻子工作本来都很忙，为了发展家庭经济，妻子又做了微商，有时间就得采购、发货，根本没有时间顾及孩子，这才把奶奶从老家接来照顾孩子。可是很快婆媳两个人之间的矛盾便因为一些鸡毛蒜皮的小事迅速升级，家里一日一日变得鸡飞狗跳，最后婆婆直接回老家了，发誓再也不回来了，孩子也彻底没人管了。

正处在叛逆期的少年每天天黑放学回家，家里连个鬼影子都没有，只能自己去外面买饭吃。渐渐就不回家了，下学出去打游戏。后来更发展到白天也旷课，老师找了家长几次，没起到实际效果，直到孩子最后升学考试交了白卷，整个家才被震撼到了。

"你说是不是那个老妖婆毁了我儿子，毁了整个家，她没走之前天天作，这下终于称心如意了。"

丈夫嗷的一嗓子又站起来，这回真准备抽老婆。顾盼及时张开双臂护住妻子："二位息怒，息怒。"

丈夫咬牙切齿地说："你一个女人，不照顾孩子不照顾家，做什么微商卖什么狗屁化妆品，不务正业。我妈来帮你看孩子，你还挑三拣四。就你这样的媳妇，谁娶了谁倒了八辈子霉，我瞎眼才找了你，儿子都是你害的。"

这下妻子也立马跳了起来："我做微商怎么了？我要是不做微商，你儿子结婚的房子什么时候能买上？"

顾盼插了一句道："姐姐，孩子不才上小学吗？他离结婚还早着的吧？"

李美君这个时候已经像疯了一样完全丧失了理智："早？以后的房价谁知道多少钱一平方米，谁知道我以后还有没有机会赚到钱，我能不抓住时间和机会往上冲吗？"

"姐姐，您喝点水，别太激动了！"

王美君推开顾盼，只瞪着李刚说："儿子同学家都住大房子，父母都开好几十万的车子，每次学校组织什么活动，我坐在家长堆里就觉得特别对不起孩子。我也想什么都不做只照顾孩子生活，辅导孩子学习，可是我能吗？我有那个条件吗？谁能体谅我一个做母亲的心呢？"

丈夫李刚的怒火熄灭了一半，这个时候完全沉默了。

王美君哽咽着说："看着胡潋滟和张景山两口子孩子还没有呢，但人家早就有两套房子了。你活了快40岁，还一家三代挤在一间小房子里呢？我不想让我儿子以后像你一样不上不下、不高不低，走到哪儿都被忽视，从来就没人拿你当过菜。你懂不懂，现如今是有钱就有尊重，有钱就有一切，我不奋斗我儿子就会被人瞧不起。"

"那孩子现在考试交白卷就被人看得起了？"丈夫的怒火又被勾

了起来。

顾盼这个时候也彻底凌乱了，这对夫妻竟然是胡潋滟和张景山的好朋友。难怪连说话的调调都是一样的。她赶忙说："二位，二位！无论怎样等吃了我们餐厅的镇店之宝再说吧。"

两个人顶牛一样互相瞪眼，好半天才重新落座。李刚也激动得浑身哆嗦。王美君又开始哭。整个餐厅里幸福的滋味全部消失，处处弥漫着消极的氛围。有刚来的客人欢喜而来败兴而去，很多客人也纷纷提前结账，离席而去。张敏在一旁，脸色越来越黑。留下来的每个人也觉得墙壁照片上的幸福笑脸特别讽刺。

顾盼等两个人稍微平静一点，体贴地拿起水壶给夫妻两人续了水说："涉及孩子，我心里也特别不好受，多说两句，二位可别嫌我多话。孩子这次没考好，上了初中后好好学习也不晚，家长盯紧点儿，也未必不能成才。只是如果你们真的离婚了，那孩子以后可就不好说了。"

说完，她也不再废话了，扭身自顾自地朝二楼的后厨走去。张敏见顾盼连一眼都没有看自己，之前的傲气也收敛了不少，麻溜跟了过去。

二楼的后厨中，几双眼睛齐刷刷地看着顾盼。这个时候她所有的心思全在手中制作的食物上，已经完全忘记了其他。父母就是在她念小学的时候离婚的，她比任何人都知道一个生活在破碎家庭中的小孩是多么无助。与自己父母不同的是，楼下的这对夫妻没有任何原则上的问题，只是因为一些鸡毛蒜皮的小事就要毁了一个家，毁了一个孩子的童年，她觉得自己有义务去挽救这场即将逝去的幸福。

"奶油！"顾盼面色凝重地向 Peter 吩咐，这个时候她顾不上看任何人的脸色了，她在争取时间，不愿放过一分一秒，因为说不定下一秒楼下的两个人就负气离开了。

"再加一个鸡蛋！"顾盼接过搅拌好的蛋液，然后用勺子舀了一点咖啡粉放在嘴里，"味道不对，我要的是苦咖啡，赶紧给我换掉！"

Peter 要疯了，可一看张敏的脸色，发现大 Boss 正示意他赶紧配合，只得咬牙去换咖啡粉。而其他的几个人，顾盼也没让他们干看着。她手里做的是一道甜品，为了节省时间，她给每个人都安排了任务。

此时，顾盼已经不再是刚才那个任人挑选的小白菜了。她像女王一样，浑身充满了霸气，认真的表情、一丝不苟的动作，让每个人都不由自主地选择服从。

10 分钟后，顾盼端着一个小盘子，重新走回了一楼大厅李刚和王美君的面前，然后把手里刚刚完成的蛋糕递了过去。

"这就是我们幸福之城的镇店之宝，二位尝尝看。"

王美君的眼睛已经肿成了烂桃，哽咽着拿着小勺子挖了一口碟子里看起来普通得不能再普通的蛋糕，可只咬了一口就吐了出来："怎么是苦的？"可这样说了一句，她就自嘲地笑了一下说，"我现在吃什么都是苦的，不是蛋糕的问题，是我自己心里苦，算了不吃了！"说着，她就要走人。

旁边的李刚脸色也不太好，看了桌上的食物一眼，站起来准备去结账。整个餐厅里所有的客人也都同时感到了无尽的失望。

顾盼再次拦住他们，对着王美君说："你现在的感觉是对的，任何人家里发生了这种事情，都会心灰意懒。吵也吵过了，发泄也发泄过了，可是真的必须离婚吗？到时候孩子就能变好了吗？孩子的奶奶再不好，也比外面的保姆强啊，你没听新闻上说过很多保姆虐待孩子的事情吗？"

这个时候，丈夫李刚明显对顾盼的一番言论十分赞成，他重新坐下来说："你说得太对了。我妈是有不少缺点，可她是真疼这个孙子，在家的时候，每天晚饭最少四菜一汤，孩子也都早早地回家，至少回家后能感到温暖啊。哪像现在这样，兜里装着钱，家里永远黑着灯，连个鬼影都没有。"

顾盼赶紧把碟子里的蛋糕一分为二，分给夫妻两个人，温和地笑着说："这个镇店之宝，你们还是继续吃完吧，吃完之后或许就有别的想法了，它真的很神奇呢！"

夫妻两个人互相看了一眼，终于神情复杂地重新坐下，半信半疑地品尝着碟子里的蛋糕，一点点地吃了起来。

妻子艰难地咀嚼着，顾盼轻声说："其实你刚才尝出的味道是正确的，不是因为你心情不好，是因为这个蛋糕的外皮确实是苦的，我用的是苦咖啡，很苦很苦的那种！"

说到这里，妻子猛地睁大了眼睛，脸上浮现出难以置信的表情。

顾盼笑着说："怎么样，里面的奶油很甜吧？没错，就是要把苦涩的外皮吃进嘴巴才能尝到里面甜甜的奶油！美女，别再生气了！其实都不是什么解决不了的大矛盾，改变不了别人，改变自己，幸福就会继续哦！"

妻子王美君的眼圈红了。一旁的丈夫李刚这个时候吃得一嘴奶油，满脸复杂表情地说："你们这镇店之宝叫什么名字？有点意思，有点意思。"

所有客人的目光都不知第几次投向了顾盼。不远处的张敏也目不转睛地看着她，耳朵动了几下，等着顾盼的下文。

"这道甜品的名字叫……"顾盼一时语塞，想了想忽然福灵心至，一眨眼说，"与幸福握手言和。"

"与幸福握手言和？"夫妻两个人异口同声地说道。

"其实放下身段去求奶奶来照顾孙子真有这么难吗？"顾盼慢吞吞地说道，"姐姐，你这么有能力，怎么可能说服不了一个真心疼爱孙子的老人呢？我想还是你没有说服自己，退一步海阔天空，何必跟自己和家庭的幸福过不去呢？"

生活就是要吞掉苦涩，才能享受甘甜。不要太计较，不用太过精明，永远不要在敞开心扉前就要求对方给予相同的回报。放下固执，放下倔强。改变不了别人，就只能改变自己。

生活其实用心良苦，等待我们与幸福握手言和！

一个小时后，顾盼出现在张敏的总经理办公室中。她难以置信地瞪着大 Boss 说："基本工资 12000，还不包括奖金，不用试用期，直接上岗？"

张敏一摊手说："如果你不满意，待遇我们可以再谈。而且我想告诉你，我们员工的保险福利都是按照全市最高比例缴存的，除了每个月的工资奖金外，还享有比其他公司都要高上很多的保险福利。这样加在一起，数目是很可观的。如果你还是不满意，可以告诉我你的想法是要多少工资？"

顾盼受宠若惊、老实巴交地回答说："我之前在公司里做销售，基本工资 5000，加上各种奖金也才 7000 多块，这也太多了吧！"

张敏哈哈一笑："请一个新手厨师是有点高，可是请一个能讲金句的厨师一点也不高。明天开始上岗，有没有问题？"

"没……没有问题！"顾盼结巴了。

她第一时间给杜青翰发了短信，在短短的几个小时里，老天爷又给了她一次惊喜。杜青翰竟然给她回了短信，只有两个字：恭喜。顾盼却忍不住喜极而泣。把这个好消息发出去，美食微信群里的兄弟姐妹顿时一片喜大普奔。

走在新港的街头，顾盼把手里的皮包一次次地扔到天上。她相信，这个时候没有人能感同身受地体会到她此刻是有多么高兴，没有人知道这份工作对她的意义是什么。这不仅是一份在她走投无路时雪中送炭的工作，更标志着她顾盼踏上了全新的起点。她可以自己养房子了，可以让身边的所有人不再替自己担心，更能充满信心地去争取自己的幸福了。没错，从今天起，她可以做到真真正正去全力追求自己的幸福了。

晚上 9 点，新港的街头，一个高龄 28 岁的胖姑娘在路边哭成了狗。

路人纷纷回头，表情冷漠，眼神中却是看笑话的激动。

你说她是被抢了吧？

你说她是失恋了吧？

那她为什么哭着哭着还笑呢？

这就是一个受了刺激的神经病，鉴定完毕。

痛痛快快地大哭了一顿，顾盼此时神清气爽、心旷神怡，抹了抹没有搽粉的脸蛋，然后她做了一个大大的鬼脸，顽皮得像个三岁的孩子一样。走着走着，她猛地停住了脚步，见鬼一样看着前方。

一辆宝马车停在路边，杜先生手里搭着西服潇潇洒洒地靠在车子上，眼带笑意地看着她，明显已经看戏看了好一会儿了。顾盼顿时一阵恶向胆边生，这个时候她出现在杜某人面前的样子明明就该是金光闪闪的高大形象，可怎么狼狈兮兮的样子又一次被他看到了呢？

杜青翰最近出现在自己周围的频率越来越高了。瞧他那样子，分明就是在观赏自己家的一只小胖狗傻乎乎地彻底被娱乐的模样。是自己看错了吗？杜先生正一步步向她走来，一直走到顾盼的身边。

"你说你是大人还是小孩儿，当个厨子还能美得哭鼻子！"

"我知道，在你这种合资银行精英的眼里，当个厨子也不是什么值得光荣的事，可我确实是喜欢！喜欢得不得了！"

"行，你喜欢就好！"

"那你喜欢吗？"顾盼坚定地看着杜青翰，把自己定在原地，固执得不肯向前走。她不敢再问杜青翰爱不爱她，或许有一点喜欢，这个时候就能让她对这份感情勇往直前。

杜青翰没有回应，脸上的表情甚至都没有变化一下。顾盼的嘴角抽动了一下，虽然早就已经心知肚明，可还是会忍不住失望。就在下一秒，杜先生低下头深深地吻住了她的嘴唇。

这是杜先生第一次在街上、在大庭广众之下亲吻顾盼。她顿时大脑缺氧了，只三秒钟的时间，她感觉自己已经完全被融化了，双手紧紧地抱住了杜先生，完全投入了他的怀抱中。

当这个吻结束的时候，顾盼仍旧伏在他的怀中："杜青翰，你喜欢我的新职业吗？"

"在我眼里你只有一个职业，就是我老婆。"

/ 第五章 /

请让我们与幸福握手言和

一

顾盼在幸福之城上班半个月后，终于约到了胡潋滟一起庆祝。仔细算起来，她已经有很长时间没有见到这姐们儿了。看着某人穿着一身黑色职业装走进大排档，她多日以来的担心终于变成了现实。

"潋滟，我周三休息，陪你再去医院检查一下吧！"

"我没病，你才有病呢？"胡潋滟打了一个响指，冲老板要了一打啤酒，直接用嘴咬开盖子，对瓶喝了起来。

"潋滟，你到底怎么了？"顾盼本来要庆祝的好心情一下子全都不见了。

"别啰里啰唆的，喝酒。"胡潋滟说着，拿起一瓶啤酒放在了顾盼面前，"是我姐们儿，今天咱俩就不醉不归！"

这个时候，胡潋滟的手机突然响了，她赶忙从皮包里拿出手机，看到上面有两个未接来电的时候，她整个人都慌乱起来。

"是客户？"顾盼拧着眉头问道。

胡潋滟这个时候已经顾不上顾盼了，整个人吓得一阵哆嗦，连语调都变得有些颤抖了："景山，我跟顾盼在一起呢，前天、昨天还有今天早上我不是都跟你说了吗？你也同意了。你要是不信，我让她跟你说话。"

张景山的吼声从里面传来："刚才为什么不接电话？"

"我们在大排档，这里特别吵，我没听见啊！"

"你还敢骗我？我看你是心里有鬼，说你刚才干什么去了？是不是做什么见不得人的腌臜事去了。胡潋滟，你拿我当傻子，有意思吗？"

"景山，你别这样行吗？我每天除了工作哪儿都没去，顾盼已经约我半个月了。你要是不相信我，也一起来吧，就是因为总窝在家里你才会疑神疑鬼。我求你了，出来跟我们一起喝一杯吧！"

"胡潋滟，你跟顾盼喝酒？我看你是跟别的浑蛋男人喝酒吧？我还告诉你了，你爱跟谁在一起就在一起，爱跟谁喝就跟谁喝，我要是再多问一句，我就是你孙子。"

"景山，景山——"电话已经被挂断，胡潋滟拼命打过去，可是对方已经关机了。这个时候，她的脸上顿时浮现出了惊恐、心痛的表情，整个人像是被抽干了灵魂一般呆在了那里。

一旁的顾盼也听到了张景山在电话里的吼声。她的眉头高高扬起，这么多年她只听到过胡潋滟吼张景山，怎么也不敢想象有一天张景山会造反。事情很不对劲。

"潋滟，景山哥这是农奴翻身把歌唱了？你们到底怎么了？"

胡潋滟摇摇头，把已经到眼眶的泪水逼了回去，拿起桌上的矿泉水喝了几口，散了不少酒气："我得回去了，景山最近压力有些大，没事的，过一段时间就好了。"

"我跟你一起回去吧，看看他我心里也踏实了。"

顾盼招来老板就要结账。哪知道胡潋滟就像受刺激了一样，使劲儿拍了一下她的手，跟着吼道："你别添乱了行吗？你跟着过去，他还得发疯，赶紧坐着把这桌吃的都消灭了吧。你知道这世界上多少人现在还不上贷款，多少人股票赔了跳楼，多少夫妻互相疑神疑鬼要闹离婚？你点了这么多竟然敢浪费？你婆婆说得对，你确实是好日子不好好过，自找倒霉。"

这都哪跟哪啊？

顾盼目瞪口呆，可看着胡潋滟激动得额头都冒汗了，眼底怎么也隐藏不去的灰败之色，她的心紧紧地拧在了一起。

"潋滟，你别生气，那我不跟你回去了。你路上小心点儿，到家给我发个短信，跟景山哥有话好好说。他一直都挺让着你的，也一直对你好，你们千万别吵架，再好的感情总吵也会给吵没的。"

胡潋滟的眼泪因为这句话再也控制不住了，像决堤的河水一样冲出了眼眶。她哽咽着说："顾盼，跟杜青翰好好的吧。就算真有怎么都不能在一起的那一天，之前的日子也要让自己开开心心的，别互相折磨。"

"我知道！"顾盼莫名地就被自己最好的姐妹的情绪感染了，明明是那么幸福快乐的一天，却在这个人声鼎沸、处处充满欢声笑语的街市中感受到了刻骨的悲凉。

"你不知道！"胡潋滟吸了吸鼻子，脸上露出了自嘲的笑容，"你现在根本一点都不知道。我 16 岁开始和张景山谈恋爱，再过几年就够 20 年了，和他在一起的日子比我和爹妈相处的时间都长。他是比我爹妈还要亲的人，他已经刻进了我的骨血。无论我们之间变成什么样，我都不会离开他。"

曾经好时光里算计的财产分割，为了一份感情平安落地所算计的一切在这个时候看上去是那么可笑。如果能让她回到过去的时光里，她宁愿没有房子、没有一切，哪怕仍旧是在中秋节的当夜，两个人拎着铺盖卷在陌生的新港街头分吃一块最廉价的月饼，那该有多好。

两个人正说着，忽然一个三四岁大的小男孩不知道什么时候已经站到了她们的桌子前。这个孩子一身名牌，长得特别干净漂亮。放眼望去，整个大排档附近再没有这么漂亮的孩子。他眨巴着大大的眼睛狡黠地对顾盼说："美女，能请我吃饭吗？"

顾盼看了一眼胡潋滟，又看了一眼小男孩，蹲下身说："谁带你出来的，你爸妈呢？"

"我妈去约会了，她让我自己在这儿吃东西，可是这些吃的太丑了，我看着恶心。"

这个时候不仅是顾盼，就连胡潋滟也愣住了。孩子长得确实漂亮，可是太瘦了。而且通过对话让人觉得孩子该有五六岁大了，看着显小实在是因为长得又瘦又小的缘故。世界上怎么会有如此心狠的父母，竟然敢把孩子一个人放在这么乱糟糟的海鲜大排档！

"你记得父母的电话吗？我现在打给他们。"顾盼摸摸孩子的头顶，怜惜地把他抱到座位上。

孩子摇摇头："妈妈很忙的，她不许我打电话，我乖乖地坐在这里，她会来接我的。"

这个时候，母爱爆棚的顾盼即便是好脾气也忍不住一阵义愤填膺。一旁的胡潋滟却先一步抢了她的话说："你妈可真够奇葩的，信不信我现在绑架你？"

小男孩惊悚地捂住胸口说："不要绑架我，我身上的名牌还有我妈妈的 Mini 都是信用卡买的，她是绝对不会给我付赎金的。"

顾盼忍不住被这小鬼头给逗笑了，可是也越来越觉得心疼，她搂住孩子的肩头，对胡潋滟说："潋滟，你快走吧，我帮忙看一下这个孩子，等他家里来人我再走。"

胡潋滟点点头，包里一直没有再次响起的手机让她觉得更加不安了，若是以往张景山肯定会沉不住气再次打过来，他现在到底在做什么？

夜风微凉，吹乱了人的心绪。胡潋滟从计程车上走下来，因为脚步太过匆忙被台阶绊倒了，可是她觉得自己若是再晚一点到家，今天就会真发生什么大事一样。令她没有想到的是，推开家门的一瞬间，她完全傻了。屋里的黑暗像一个张着血盆大口的魔鬼，一点点地将她吞噬。

客厅的地上散落着陌生女人的衣物，一直到卧室的门前。胡潋滟的大脑片刻缺氧，然后她猛然嗷的一声直奔厨房，拿了一把菜刀冲进了卧室。卧室的大床上一片凌乱，活生生就是一副激情过后的模样。可是床上没有张景山和那个女的，这种景象远比真正捉奸在床更让人抓狂。

胡潋滟猛地打开灯，手里的菜刀在橘红色的吸顶灯下泛着杀气。她一脚踢开主卧卫生间的门，里面也是空空如也。

就是转身的一瞬间，她惊悚地发现自己的衣柜被打开了，里面那套结婚纪念日张景山买给自己的红裙子不见了。是张景山让其他女人穿了自己的衣服，还是她最喜欢、最想保留一辈子的那件。

至今张景山也没有说破她和林鑫浩之间的事情。或许他和她的感觉一样，当真把这件事说破的时候，他们这么多年的感情就真的没法继续下去了。胡潋滟能容忍张景山给她带来的所有精神折磨，可她忍受不了他这样的行径！他已经疯了，他这是要一点点地把她彻底逼疯！

还要不要继续？这段婚姻还有什么维持下去的理由？

张景山这个浑蛋真以为她胡潋滟没他不行吗？

她不就是背着他跟另外一个男人上床了吗？现在跑业务、做市场，这些事还不都是稀松平常吗？她胡潋滟不是第一个，更不是最后一个，她还不是为了这个家？

这么多日以来所有的惊吓、委屈、惶恐、不安齐齐涌上心头。张景山的手机还是关机，她跌坐在地上，号啕大哭。

平时只嫌这 100 多平方米的两居室小得不能忍受，可是现在她只觉得黑漆漆的房子那么空旷、那么寒冷，她觉得房子里像有鬼一样瘆人。只有她一个人的屋子，她是死是活也不会有人过问，她的七情六欲也不会被人关注，她不要这样的生活，这不是她追求的生活。

这个时候，胡潋滟的手机突然响了，"林鑫浩"三个字赫然在目，闪烁个不停。之前这个男人也打过无数次电话给她，可是她从来不敢接听，她怕张景山查她的通话记录，更怕再次听到他的声音。可是今天，她好像控制不住自己的手一样，就那么按下了接听键。

"喂！"

"潋滟，你终于肯接我的电话了。我想你……"

胡潋滟听着男人低沉得像大提琴一样的声音，整个人便陷入了一股异样的温柔之中。明明不真实却像一张大网铺天盖地就将她网罗在其中。

"宝贝儿，你怎么了？你哭了，是不是他欺负你了？"

林鑫浩凛冽的质问，让胡潋滟瞬间打了一个哆嗦，她连忙说："没有，我没哭……"这样说着，泪水却怎么也止不住，甚至控制不住地哽咽。

林鑫浩的电话突兀地挂断了，胡潋滟也因此清醒了。她从地上站起来，开始清理房间。这是她的家，她要把张景山和其他女人的东西都扔出去。她受够了，她要让张景山后悔，让他一辈子也别想再进这个门。她要跟他离婚，要跟他一刀两断。

胡潋滟一边大哭一边干活，大概过了一个半小时，门铃突然发出了刺耳的尖叫声。胡潋滟的心怦怦地跳着，拿起桌上的菜刀就冲到了门前。门被打开的那一瞬间，门口的男人不是张景山，而是林鑫浩。他用一只手臂扶住门框，就那么站在门前，眼底的深情澎湃着就要将她淹没。

"潋滟，你瘦了，你知道我在梦里有多少次想要抱抱你吗？"林鑫浩身上淡淡的酒气更增加了这个男人的魅力，他的动作比话语更快一步，这个时候已经把胡潋滟紧紧地抱在了怀中，炙热的吻就那么铺天盖地地落了下来。

如家酒店里，张景山呆呆地坐在椅子上。一个20多岁的姑娘还穿着胡潋滟的衣裳坐在床上，看着面前这个满脸胡楂的男人，不耐烦地催促着。

"我说大哥，要不就结钱让我走人，要不就办事，磨磨叽叽的，你累不累啊？"

张景山看着女孩身上的红裙子，整个人好像被施了魔法一样一动不动。这是当年他用了整整一个月的薪水才买到的结婚纪念日礼物。价钱他至今都记得，2888块。现在这个钱数听起来已经不是很贵了，可是对当年小职员的他来说，就是天文数字。裙子穿在自己老婆身上漂亮极了，当时他就想等以后有了钱,两万块的裙子他也要给她买回家。

"大哥、大哥，你慢点啊，你弄疼我了，我自己来行不？"

女孩夸张得大叫起来。自虐过后张景山如梦方醒，像是剥皮一样想要把属于胡潋滟的这条裙子从这个女人身上扯下来。他心疼极了，就像每次他发脾气过后一样，被虐的只有他自己。

女孩气急败坏地说："我说大哥，你是有病吧？让我在你家脱了衣服又啥也不干，给了我这套裙子又让我脱下来，你整啥啊？别告诉我只是为了气你老婆啊，幼稚！"

张景山从床上拿起裙子，小心翼翼地叠好，然后从口袋里拿出几张百元大钞甩给女孩："你在这儿吧，我走了，多的钱你自己买衣服。"

女孩用浴袍裹着自己，拿起人民币数了数，然后看着张景山离去的背影喊道："大哥，你是个好人，你老婆是个有福气的女人。"

有福气吗？

张景山自嘲地笑了一下。茫茫的夜色中，他就像幽灵般抱着一件火红的衣裳走了好久好久，却不知道自己该去向何处。

二

晚上 12 点的海鲜大排档里，人已经越来越少了。小男孩童童坐在椅子上，小脸苍白。桌子上的各种海鲜、肉串、烧饼、面条，他都咽不下去，到后来肚子已经饿过劲儿了，索性什么都不想吃了，只眼巴巴地看着顾盼，要玩她手机里的游戏。

顾盼轻声对他说："姐姐手机马上就没电了，玩游戏对眼睛也不好，我们给你妈妈打个电话好不好？"

童童固执地摇摇头："妈妈不让打电话，会被打屁股的。阿姨，你也不要送我去派出所，你带我回你家住一下下，好不好？我答应你，明天一定给妈妈打电话，让她接我回家。"

顾盼惊悚地说："童童，你妈妈找不到你会急疯的。听阿姨的话，告诉我你妈妈的电话号码，我给她打过去，好不好？"

"好吧！那你还是带我去派出所吧，警察叔叔会看着我的，明天我妈就会接我回家的。"童童撇撇嘴，一双天真无邪的大眼睛里布满了水汽，一副马上就要哭的样子。

顾盼的心一抽抽地疼，她想到了自己的童年，那种无处可去、无人可等、永远也等不到妈妈来接她的心情。她抱起瘦小的童童说："走吧，阿姨带你回家。"

回到家的时候，杜先生还没有下班，这几天他比之前忙碌了，经常在夜里 12 点之后进门，然后天没亮就又去上班了。

"慢点吃，吃太快会消化不良的。"顾盼坐在餐桌前，看着对面的小不点儿嘴上吃得都是溢出来的酱汁。一张小脸时不时地埋进碟子里，最后连脑门上都粘了一根意大利面。

"阿姨，你做的这个面条太好吃了。我一辈子都没吃过这么好吃的面条。"

一辈子？顾盼揉揉太阳穴，直接晕菜了。

"小朋友不要挑食啊，爱吃的东西可以多吃，但是不爱吃的东西也不可以一口不吃。男子汉如果挑食就不会长高，就会没有力气，以后没法保护喜欢的女生哦！"

"不喜欢的东西吃到肚子里，时间久了连好吃的东西都忘记是什么滋味了。有的时候还很想吐，可是为了不让我妈发脾气，我就只能忍着，好辛苦的。"

顾盼同情地揉了揉童童的小脑袋，端起空盘子去厨房收拾了。

杜先生回到家的时候，已经是快凌晨3点钟了，他没有回卧室，而是先在阳台上抽了一根烟，然后准备去洗澡。当他转身的时候，看到顾盼正穿着睡衣站在昏黄的壁灯下看着他。

"还没睡？"

"你才回来？"

两个人同时张口，又同时停了下来。这是顾盼认识杜青翰这么久以来第一次看到这个男人吸烟。袅袅的烟霭中，他的眉梢眼角都沾染了些许疲惫，几日没有这样相见，他好像是沧桑了许多一般，更显出一种成熟男人的魅力。

顾盼咬了一下舌头，这个时候她还在犯花痴，也真是醉了！

"很晚了，睡吧。"杜青翰给人一种欲言又止的感觉，却什么也没说，一个人走进了浴室。顾盼想了想，走回卧室替他准备了衣物送到了门口："青翰，你忘拿衣服了。"

门打开了，一只大手伸了过来，不承想连衣物还有她一起都被拽了进去。顾盼吓得不行，杜青翰的吻落在了她的唇上，猛烈而炙热，像是压抑着什么异样的情绪一般。

"阿姨，你在做什么？"

天雷滚滚啊，少儿不宜啊！

顾盼一张老脸红成了煮熟的虾子。而杜青翰更是一脸见鬼的模样，探出头来竟然看到了一个小小的软体动物。

顾盼赶紧跳出洗手间，砰的一声把门带好，故作镇定地把孩子抱起来带进了卧室。

"阿姨，那个男人是你的男朋友吗？漂亮的女生小心被坏人骗到哦！"

顾盼听到脚步声，看到杜青翰已经一头黑线地站在了门口，正用一种奇怪的表情看着床上的这一大一小。

童童显然也看到了沐浴后的杜先生，满脸敌意地说："我们要睡觉了，再见吧！"

杜青翰的脸更黑了，对着顾盼说："顾盼，这是怎么回事？"

"他叫童童，是我从海鲜大排档带回家的，回头我跟你说。"

杜青翰难以置信地睁大了眼睛，几步就冲了过来。童童害怕地从床上爬起来，嗖地躲到了顾盼背后。顾盼紧紧地护住孩子，杜大帅发火的样子，别说小孩子了，连她都害怕。

"太晚了，等孩子睡着了，咱们再说行吗？"

童童从顾盼的肩膀后面探出头来，奶声奶气地说："我们的床上没有你的地方了，你走，你走！"

杜青翰第一次在自己的领地里接触到小孩子这种生物，数日烦闷的心情这个时候更不好了，他咬牙对顾盼说："我等你，你最好给我解释清楚。"

童童不知道是不是因为受了惊吓，吃进去的意大利面全都吐了出来。顾盼给孩子喂了药，收拾了好久，然后又费了好大劲儿才把孩子哄得睡着了。

夜色浓稠，整个新港都进入了深度睡眠。顾盼这个时候像个受气的小媳妇一样，用脑袋顶迎着杜大帅凛冽的目光。

"顾盼，我一直以为你也就是笨了一点儿，真没想到你竟然这么不长脑子。你说，你今天做的像是一个成年人能干出来的事情吗？"杜青翰说着，就拿出手机准备拨号。

"你干什么？"

"报警！"男人往往都比女人理性，而杜先生又是理性男人中的极致。他看着一脸茫然的顾盼，心情更加烦闷：这个女人竟然到现在还没有意识到事情的严重性。

"不能报警！"顾盼飞快地抢过他的手机藏在身后，央求着说，"童童已经说了，明天一早他就会给妈妈打电话。小孩子刚刚吐了才睡着，这么折腾会生病的。"

"他是你儿子吗？人家有自己的父母用得着你心疼吗？想孩子想疯了自己生一个得了。这样把别人的孩子抱回家，只能被人家诬陷你拐卖儿童，到时候你长十张嘴也说不清楚。"杜青翰在职场上浸淫多年，各种阴谋诡计见得太多了，不用直觉他就能猜出这是个陷阱。新港市民千千万，对方就钓上来顾盼这么个傻姑娘。他可不能陪她这么犯二下去。

"不可能！"顾盼的头摇得跟拨浪鼓一样，急得脑门儿上的汗都流了下来，"你别把所有人都想得那么坏行吗？这么小的孩子是不会说谎的。"

"不会说谎？我看这小家伙比你智商高多了。"杜青翰知道顾盼现在又犯一根筋儿的毛病了，就像之前她铁了心要离开自己，威逼利诱都不肯回头一样。

"可是孩子不舒服，这个时候怎么能把他拎到派出所去录口供，你就不能有点恻隐之心吗？"童童被她抱在怀里的时候，她才发现这个漂亮的孩子浑身都是骨头，轻得就像个婴儿似的。听他的话好像一天都没怎么吃东西，晚上的意大利面好不容易顺口点儿，却因为在杜青翰那里受了惊吓，全都给吐了。

"妇人之仁！"

"你放心。如果真有什么误会，我会跟童童的父母把事情解释清楚。如果他们都是坏蛋、是骗子，那我做得就更对了。总不能真让一个孩子大半夜在街上供父母钓鱼吧？他的父母没人性，我不能跟他们一样。"

又来了！

杜青翰看着顾盼脸色微红、额头冒汗的样子，就知道她是准备一条路跑到黑了。最后，他无语地从牙缝里挤出一句："你真是奇葩！"

一股强烈的预感让杜青翰有十足的把握可以确定这件事情不仅蹊跷，而且很严重。他这个人的作风一贯是讲得通的讲，讲不通的直接行动。杜先生没再看顾盼一眼，迈开长腿走向了大卧室。

"杜青翰，算我求你了，行吗？"顾盼知道，这个男人有时候真的很冷血。在他看来，任何事情要么有十足的把握，要么有十足的利益驱动，他才会去做。如今童童这件事彻底触犯了他的逆鳞，他这个样子该不会是直接把童童给扔了吧？

"我会很小心抱他，不会把他弄醒的。"杜青翰天大的怒火这个时候也只能化成一声叹息，他对这个女人妥协得实在是越来越多了，可是这件事他真的不能依她，否则后果不堪设想。

顾盼死命拦着杜青翰，当两个人一前一后走到卧室的时候，谁也不动了。大床上，还在睡梦中的童童蜷缩着瘦弱的身体，低声哭泣着，泪水已经沾湿了半个枕头，孩子用一种极其没有安全感的姿势睡着，看得顾盼的泪水都一颗颗地落了下来。

"杜青翰，算我求你了，行吗？"

长久的沉默之后，杜青翰摸了摸顾盼的头顶，然后他深深地叹了一口气小声说："天快亮了，先睡吧，有什么事情明天早上再说。"

顾盼点点头，直接就想给杜先生跪下了。

杜青翰回到小卧室却没有躺下休息，而是又从西服口袋里摸出烟盒，抽出一支烟，轻轻地点上。另外一个房间的门轻轻地关上了，他又陷入了一个完全孤独的世界里，那种莫名的情绪在撕扯着他的神经。很多事情让他理不出一个头绪，却又深感不安。

作为一个男人，一个早已经把心炼就得如铁般生硬的男人，这种感觉非常不好。

桌上的手机在寂静的夜里猛地响起，将小屋中表面的宁静也全都打破了。窗外的天幕上一颗流星刺破了苍穹，最后无声无息地消失，在这座五彩斑斓的国际大都市中没有留下半点痕迹。

顾盼根本不知道自己是什么时候睡着的，早上5点多的时候，童童还没有醒，她起身下床却发现杜青翰已经不在家了。房门敞着，床上的被子也依旧整齐地放着，根本没有人睡过的迹象。打他的手机开始的时候还能打通，却无人接听，再接下来打过去就直接提示对方已关机了。

左眼皮跳跳，是个凶兆！

顾盼把精心准备的早餐端上了桌子，香滑四溢的蛋挞刚刚出炉。养胃的小米粥配上葡萄干、小红枣，甜甜的滋味很讨小朋友的欢心。另外还有一碗鲜奶炖蛋，外加一份脆香可口的虾仁火腿薄饼。

童童自己洗漱完毕，坐在餐桌前，看了一会儿就有了食欲。

"阿姨，我可不可以天天留在这里吃饭？"

顾盼笑着弹了他的小脑门一下说："吃完饭赶紧打电话给你妈妈，阿姨要去上班了。"

"我可以留在这里给你看家，或者你带着我去上班，给你二选一，够意思吧？"

"哎哟！你这小娃娃，我跟你很熟吗？我们昨天才认识好吧！"

"妈妈说了，在你这里吃住不用不好意思，爸爸会付钱的。"童童说着已经吃了一张薄饼，喝了半碗粥。

筷子哐当一声掉在了桌子上，顾盼看着童童，脸色控制不住地凝重起来。童童虽然年纪小却也很会看别人的脸色，虽然嘴巴还是想吃东西，却跟着顾盼放下了筷子。

顾盼回头看了一眼杜青翰昨夜住过的小屋，心想，杜大帅果真料事如神，只是这个孩子的妈妈为什么要把童童故意让自己带回家呢？

"童童，说谎的孩子要长长鼻子哦。你妈妈到底是谁，她让你来找我之前，是怎么跟你说的？"

童童眨巴眨巴眼睛看着顾盼，突然调皮地撇着嘴说："我妈妈什么都没说。她就是让我跟着你，而且她知道你肯定不会不管我的。"

被一个小屁孩耍了的感觉是什么？想要打人有没有？顾盼抓狂了！

"童童小朋友我告诉你，我不管你妈妈是谁，这样去骗一个想要帮助你的人是不对的。我现在就打电话把你送进派出所，让警察叔叔好好教育你。"

"我才不怕，我妈妈说了，到了派出所就说你拐卖儿童。你是人贩子，你还打我，还虐待我。"

顾盼冷汗涔涔。昨晚杜先生那张后爹的面孔现在想起来是多么正义庄严，难怪会被他嘲笑，她居然真的中招了。

"你爸爸是谁？你妈这么教你，他不管吗？"

"我爸是我爸，反正我爸会付钱给你的，我不用跟你客气。"小不点儿拿起一个蛋挞咬了起来，猛地睁大眼睛说，"比麦当劳里卖的好吃多了。"

顾盼生气地拍了一下小孩的手，发火说："不许吃了。赶紧给你妈打电话，让她把你接走。"

"阿姨，你真的要赶我走吗？我妈妈不要我了，难道你也不要我了吗？"童童的眼底又弥漫起了一层水汽，配上小表情，可怜巴巴的真让人心疼。

顾盼的心跟着就是一酸："对不起，阿姨不是熊你，只是让你慢点吃，否则又像昨天晚上一样全吐出来了。"

童童感激地点点头，然后又开始猛吃。

"你妈妈真的不要你了？"某女这个时候大脑已经开始转弯了，心想，这个孩子八成是父母离异了，就像自己小时候那样。

"我妈不要我了……"童童突然一咧嘴，"才怪！"

小米粥从嘴里喷出来，喷了顾盼一脸，看着某女瞪大了眼睛干生气的样子，小屁孩儿捂着肚子笑得拍起了桌子。随着他剧烈的动作，裤子的小口袋里，一个优盘掉了出来，刚好掉到了顾盼脚边。

"这是什么？"

童童不笑了，像是做坏事被人发现了一样，再看顾盼的时候，小脸上写满了紧张。顾盼也不等他回答，拿起优盘去找电脑。很快，电脑屏幕上出现了一个幻灯片，打开一看里面全都是童童从小到大的生活照。每一张下面都写着：爸爸去哪儿了？

原来孩子今年刚好5岁。一张张照片里，他就像个坠入凡间的精灵一样，让人怎么看都看不够，让人怎么爱都觉得欠缺。

幻灯片的最后一张则是留给顾盼的一段话："想嫁给杜青翰，做好当后妈的准备了吗？这个男人抛妻弃子，顾小姐甘愿做小三，不觉得可耻吗？这么多年，童童没有得到过半点父爱，这一切都是你和杜青翰造成的，是你们毁了孩子的整个人生。你们会遭到报应的！"

顾盼只听自己脑子嗡的一声，整个人都傻了。尤其是最后一句话好像魔咒一样印在她的灵魂深处。孩子的父亲竟然是杜青翰，而因为她的存在，没法让孩子拥有一个完整的家庭，就像她自己孤单的童年一样。

三

飞机场的等候大厅里，顾盼像疯了一样拉着童童拼命往前跑。空中传来女播报员提醒登机的声音。她的目光在一张张陌生的面孔上掠过，过了好半天却还是一无所获。

怎么办？怎么办？马上就来不及了！

"阿姨，你这是要累死我的节奏吗？"童童干脆坐在地上开始耍赖了。

"马上就要看到你妈妈了，再坚持一会儿。"

"我妈妈在这儿……"童童用大眼睛环顾着四周，突然大声说，"才怪！"

"快点帮我找啊。你妈妈马上要飞美国，找不到她就真不要你了。"这个熊孩子啊！

童童扮了一个鬼脸，突然指着前方说："看，我妈！"

顾盼傻乎乎地就信以为真，当知道被骗后，她高高地扬起了巴掌，然后轻轻地落在了他的屁股上。

云翳没有想到会在机场看到顾盼，尤其是对方手里竟然还拖着一个漂亮的小男孩。她们两个人一共也没有见过几面，而且还是她自己在对杜青翰没死心之前偷偷去看的。如果是换作别的女人，云翳一定会认为她是来向自己示威的，毕竟在自己的爱情里，对方是不折不扣的胜利者。前几天，她向杜青翰做最后的告别时，知道他们马上就要去领结婚证了。时至今日，她还是没法亲眼看到杜青翰娶别的女人，所以这个时候离开，不早不晚刚刚好。

"顾盼？"

"终于追上了。"顾盼抹了一把汗，把童童朝着云翳推了过去，"去找你妈妈吧！"

童童看着面前这个陌生的女人，愣了好一会儿，然后笑嘻嘻地说："美女你好漂亮啊，能不能请我吃顿饭？"

两个女人彻底被这娃娃雷倒了。

半小时后，机场的咖啡厅里，顾盼和云翳两个人面对面坐着。童童在另一张桌子上玩顾盼刚刚给他买的乐高玩具，正玩得全神贯注、不亦乐乎。

云翳改签了下一班飞机，用简短的时间大概解释了一下自己和杜青翰的过往。顾盼听过之后，沉默了。

"其实你来找我的这一刻，我多希望自己就是这孩子的妈妈，那样我和杜青翰之间就有了这辈子也割舍不断的联系。我也想像童童的妈妈一样被杜青翰轰轰烈烈地爱过，可惜他爱的人始终都不是我。"

顾盼抬起头，看着面前这个眼圈发红的女人。她一直把云翳当成杜青翰的前女友，原来到今天才知道，这个女人只是杜青翰青葱时代青梅竹马的初恋，并不是他爱情路上最浓墨重彩的那一笔。

"我和杜青翰之间确实有过青涩的初恋，可我们之间也只是纯纯的校园恋情。那个时候我总觉得下一个男人也许会更好，选择出国放弃了这段感情。在我们分手半年之后，杜青翰爱上了另外一个女人。他们在一起好几年的时间，并且很快同居了，如果说童童是5岁的话，时间刚好吻合。"

顾盼咬着嘴唇，好半天才听到自己内心支离破碎的声音："杜青翰很爱她吗？"

云翳低头喝了一口咖啡，浓重的苦涩在舌尖洇开，一直苦到了心底。

"我不是当事人，没法评价别人的感情。只是当年青翰会因为这个女人要求我这个和他一起长大的妹妹除了有困难可以求助他之外，不要因为别的事情再和他联系。他是不想自己心中的那个人误会，甚至不想她有一点不开心。"

顾盼这个时候连苦笑也笑不出来了。杜青翰是什么人她再清楚不过了，现下的暖男、妻管严跟杜先生毫不沾边，他是那种骨子里都透露着大男子主义的人。能让他这样对一个女人，只能说明他很爱她，爱到骨血里，才会发自内心地不想让这个女人受一点伤害，受一点委屈。

云翳沉浸在多年前的往事里，那种痛楚到现在似乎还无法自拔："你不知道以前的杜青翰是什么样子。他热情、正直、乐于助人，走到哪里都像是一道阳光，能照亮每一个女孩子的心灵！"

原来是暖男，确定不是西伯利亚寒流？

顾盼这个时候已经说不出自己的心情了，难道现在的杜青翰并不是云翳口中多年前的那个男人，而这个男人之所以会有如此天翻地覆的变化，完全是因为一个女人？

云翳同情地看着顾盼，从皮包里拿出一张纸来，然后在上面写下了一串电话号码，递给了顾盼。

"这是她的电话，既然她已经来新港了，你们早晚会见面的。尤其是童童现在已经在你这里了，说明她已经暗中观察你很久了，也已经主动出招了。如果你想要护住你的婚姻、留住青翰，就应该打一个电话给她，表明自己的立场。"云翳是发自真心地提醒顾盼。

"你怎么会有她的电话？"

云翳自嘲地一笑："其实这次从美国回来，我唯一的目的就是和杜青翰重新在一起。我爱他，一直都爱。我只盼着他能觉得十几年青梅竹马的缘分在这个世界上也是弥足珍贵的，能觉得我是他应该珍惜的女人。所以，回到新港后我做了很多准备，研究过每一位情敌，一个是你，一个就是她。这个电话号码是我请私家侦探查到的，还没有机会用到，就已经出局了。"

顾盼接过那张字条，轻声说了句谢谢。可是她并没有准备打过去。说她是包子也好，说她软弱可欺也罢，她觉得自己即将真正走进的这场婚姻里，如果真需要一个人对事情表态，那这个人只能是杜青翰。

至于其他人……

她不禁又想起了刘玉兰经常挂在口头上的那番言论，身为女人要使出百般解数去留住男人，只要是对婚姻产生威胁的女人都是敌人。否则就是作为女人的失职，就是不够爱这个男人。而作为整个事件中最核心的人物的那个男人，社会给予了他们太多的宽容，无论他们做什么、怎么做，仿佛错的都是女人。

顾盼觉得现在最应该做的事情不是去找任何人，而是跟杜青翰在一起好好谈论一下童童的事情，还有那个一直隐藏在她身后还没有露面的女人。这个女人所做的一切已经触及了她的底线。很多事情她都可以默默忍受，唯独这种事情绝对不行，没有任何商量的余地。

可是事情由不得顾盼选择，几乎是很快，她还是打了那个电话，因为童童生病了。结果这个电话竟然和杜青翰的同时关机了。

为什么这些日子，杜先生早出晚归？

为什么这些日子，杜先生一直心事重重？

为什么从来不抽烟的杜先生会吸烟到深夜？

这个时候，即便顾盼的脑子转动得再慢，她也能猜出为什么了。巨大的苦涩蔓延开来，顾盼觉得自己整个人一时间像是被掏空了一样，幸福这么近，又那么远。在生活上她可以做包子、做小强，可是在感情的世界里，全心付出就做不到全身而退。她的心在疼，痛彻心扉。

孩子肺炎，顾盼带着童童在儿童医院输液。小孩子本就瘦弱，这个时候脸色蜡黄，打了针也还烧到 38℃。因为药力和身体的缘故，小家伙已经困得睁不开眼睛，可一次又一次强迫自己撩开了眼皮。

顾盼心酸地对着孩子笑了一下："睡吧，阿姨保证不走，一会儿咱们一起回家去。"

童童彻底闭上了眼睛，可是另一只没有输液的手在睡梦中一下一下地寻找着。顾盼把自己的胳膊递过去。他一把抓住了她的袖子，安稳地睡着了。

顾盼通过 114 电话查询系统先查了杜青翰银行的总机，然后又转分机，经历过多次无人接听后，终于在最后一次她要放弃的时候，听到的不再是女声机械音，而是一个真男人的声音。

"喂，哪位？"

"你是——"顾盼听着熟悉的声音，心里一顿。

"盼盼？"楚帅阳眉峰一挑，听到自己的心怦怦地剧烈跳动着，"我是楚帅阳啊，你怎么连我的声音都听不出来了？"

他有多久没见她了，朋友妻不可欺，更何况她喜欢的是杜青翰，她对自己的顶头上司一见钟情。太多理由让他不得不管住自己的心，离她远远的。最主要的原因是，他被杜青翰发配到广州分行学习两个月，刚刚回来。

听着某人饱含幽怨的声音，顾盼侧目看了一下仍旧睡着的孩子，轻声说："帅阳，我找一下杜青翰，他在吗？"

"杜青翰？"楚帅阳差点把自己来杜青翰办公室做什么都给忘了。大头儿们已经都进会议室了，可杜青翰竟然连个人影都没有！

"我也正找他呢，今天他根本就没来单位，手机也关机，什么情况？北京大领导来检查工作，他的发言是重头戏，这不是故意摸老虎屁股吗？"

顾盼的心更冷了。理智告诉她，杜青翰正和那个女人在一起，已经忘了一切。可是情感上，她还是忍不住担心，担心自己所想的都不是事实，杜青翰这个时候或许遇到了什么意外。

"那你有没有什么其他方法能联系到他，我现在有急事。"

"盼盼，你怎么了？"

楚帅阳耳朵动了动，竟然从电话里听到了小孩子的哭声，哭得他毛骨悚然。他不过走了两个月，顾盼和杜青翰连孩子都生出来了？某人松了松领带，越发觉得呼吸困难了。

多日不见，顾盼又比上次苗条了许多。这样看上去她的脸部线条清晰了许多，精致的五官也越发立体了。难道真是恋爱中的女人最美丽？楚帅阳目不转睛地看着顾盼，看着她怀里抱着的孩子，怎么就是感觉杜青翰没有把他喜欢的姑娘照顾好呢？

他想从顾盼怀里接过童童自己抱着，可是小家伙满脸戒备地看着他，紧紧地搂着顾盼的脖子。

"盼盼，什么情况，这孩子是从哪儿淘来的？"

顾盼叹了口气，无奈地说："一言难尽，你帮我在家看他一会儿，我得去趟餐厅。"她才工作不到一个月，而餐厅刚刚在做的网络配餐也是她在负责，这几天正是忙的时候，她实在是不能一整天都待在家里。

"我在家看孩子？"楚帅阳有点晕，从来都是别人看他好不好？

"对，你也在上班！"顾盼于心不忍地搂紧了孩子，心里琢磨着干脆带童童一起去餐厅好了。

"我没事！咱不是领导，不用开会，出来半天也不算旷工，这孩子就交给我了。"喜欢一个人就是急她所急、想她所想，只要不是让他生孩子，看个孩子算什么？

好容易做通了童童的工作，顾盼火烧火燎地奔向了幸福之城。

张敏急得火上房，要求送菜的单子一摞摞地放在手边。Peter 和大肥他们负责着后厨的菜式，也是无暇分身。他即便是再绅士，也忍不住想吹胡子瞪眼、想要拍桌子。顾盼来得正是时候，否则这份工作就悬了。

换上战袍走到后厨，这一做便是几个小时昏天黑地。虽然顾盼在心底不断提醒自己要打起十二分的精神，工作的时候什么都不要去想，可是做出的菜品还是有失水准，甚至切菜的时候竟然不小心切到了自己的手指。

"顾盼，你有没有搞错，你是专业厨师，不要把生活中的情绪带到工作中来，拜托有点专业精神，好不好？"张敏在一旁真的怒了。

"老板，对不起！"

"对不起要是有用，世界上还要老板做什么？"

顾盼看着案板上自己手指头留下的血迹，头低得不能再低，她也想控制住自己的情绪，可是真的做不到。

"老板，我去送菜吧！"单子上的大部分菜品已经做好了，此时，餐厅也不是特别忙了，其他的大厨应该能分出时间来做网络配菜的单子。这个时候，立刻把食物送到客户的手中就是对餐厅最大的帮助。

张敏看着顾盼血淋淋的手指开始运气，大厨当送菜工使用，还真是整个新港餐饮业绝无仅有的事情。不过，这也比她什么都做不了强多了，这丫头还算明事理。

脱下后厨的战袍，顾盼换上幸福之城外卖的号衣，骑上专用的电动车出发了。不知不觉中就到了华灯初上的夜晚。顾盼手里还剩下最后一张地址单，看着单子上那串手机号码，她站在海河沿岸一处高档楼盘的小区门外，整个人仿佛被点成了化石。电梯很平稳，她的心却如同坐过山车一样已经连续好几个来回了。

幽静的走廊、昏暗的灯光，一切如杜青翰所在的公寓一般华丽。久居在自己小窝的顾盼仿佛又回到了另一个世界中一般，踩在嵌着花纹的复古地砖上却找不到任何存在感。她站在3301的门前，深呼了一口气，鼓足勇气按下了门铃。

时间一分一秒地在流逝，过了好久，漂亮的木门终于被打开了。熟悉的男人出现在顾盼的面前。顾盼看着他，他也看着顾盼。两个人就这么互相看着，一时相顾无言。

压抑的呼吸，绝望的沉默，以顾盼对杜先生的了解，她很快就明白了，他没有打算解释，也不会在这里向她解释。

"青翰，谁啊？"

娇媚的声音传来，而比声音更娇媚的是女人漂亮得直奔仙女行列的容颜。这张美得足以令人惊心动魄的脸，实在令人难以忘记。顾盼几乎一瞬间就想起了这个女人曾和自己有过一面之缘，在超市的生鲜区，她毫不客气地从自己手上抢走了牛肉。原来，她想要的不只是一块牛肉啊！

女人亲昵地站在杜青翰身边。外面起了大风，所有人都是长裤长褂外加风衣，可是此时的公寓内暖意融融。女人毫不吝啬地大秀着绝好的身材。黑色小背心搭配上红色短裤，更显得一双长腿如同被刨子打磨过一般修长笔直、白皙莹润。女人同高大英俊的杜先生站在一起，才真是一对俊男靓女，般配得令人移不开眼睛。

"原来是送外卖的啊！"女人抱着双臂上下打量着穿着外卖服、头发被吹得像是鸡窝一样的顾盼，眼神中满是说不出的优越感和讽刺，"青翰，赶紧给钱。"

顾盼的目光只在女人的身上落了一下下，她自始至终都盯着杜青翰，只要他还能一句话不说地掏钱，她就敢把手里的饭盒直接扔到这两个人的脸上。

无论怎样，他们昨天晚上还是同在一个屋檐下的情侣，他们还是约好了这个月初八去领证的准夫妻。难道这些都不足以换来杜青翰一句解释的话吗？还是和云翳所说的那样，这个男人不会做任何一件让身旁女人不开心的事情？

杜青翰脸上平静无澜，在这个时候显示了大将之风，掏钱的时候竟然连手都没抖一下，从钱夹里拿出六张百元大钞，直接递到了顾盼的手里。好像昨天在浴室里吻她的根本就是外星人，好像她顾盼真就只是一个送外卖的，好像那天大雨里用脚踏车带她回家的人来自侏罗纪，好像那个曾经跟她说在我眼中你只有一个职业那就是我老婆的人此时完全失忆了。

顾盼的心中波涛汹涌，巨大的悲凉充斥着她所有的感官，就在她还没来得及说一个字的时候，手里的餐盒就被人拿走了。

女人不耐烦的声音响起："剩下给你做小费啦。"

慢半拍的顾盼如梦方醒，她刚要说话，突然木门被砰的一声狠狠关上，把外面和里面分割成了两个世界。

哎哎哎！

里面的两个人真觉得她顾盼是包子吗？他们作为孩子的亲生父母，凭什么把童童扔给她一个陌生人，孩子现在还病着。

顾盼突然想到童童现在该吃药了，也不知道楚帅阳这几个小时有没有虐待小朋友，他自己还是个孩子，自己生病了还需要人照顾，怎么能照顾得了孩子？

顾盼站在公寓门前，虽然她也生气自己慢半拍和此时看起来怎么都是软弱可欺的包子模样，可在伤心难过、难堪难受过后，她觉得自己是清醒的。杜青翰的态度已经说明了一切，这个时候冲进去，不过是换来更大的耻辱罢了。

想必杜青翰这个时候能安心地不过问自己的孩子，一是因为杜先生本身就是个冷血动物，二是杜先生吃准了自己不会虐待童童。她现在要做的事情是给童童喂完药，第一时间把孩子给他们送来。

顾盼不知道自己是怎么从电梯下的楼，骑上电动车后又结实地摔了一跤，膝盖和额头都摔破了。回到家的时候，着实把楚帅阳和童童两个人吓了一跳。

可家里一大一小两个家伙同样把顾盼雷得不轻。肺炎中的小家伙光着膀子，瘦得肋条一根根凸出来，可怜见儿的，让任何一个正常的女人看得都想掉泪。

"楚帅阳，你在干什么？"顾盼大吼一声，她也就是手边没有菜刀。

楚帅阳同样也光着膀子，和童童一样身上画了好多卡通图案，一看就是小朋友的杰作。他无辜地看着震怒中的顾盼说："我们玩植物大战僵尸，输了的人顺便练练画画。你看这孩子，都这么大了连画画都没学过，我像他这么大的时候，琴棋书画那可是样样精通。"

顾盼气得七窍冒烟，拿过衣服给童童穿上，咬牙切齿地说："孩子在生病，你知道吗？"

"现在的孩子就是太娇气，屋里这么暖和，别这么大惊小怪的。"

"叔叔说要给我洗冷水澡，他说解放军都是这么锻炼身体的。"

童童搂着顾盼说道。

"冷水澡？"顾盼捂着心脏，咬牙切齿地看着面前这个家伙，心想，男人这种生物都是什么构造的，一个可以放心地把亲生儿子放在她这儿不闻不问，另一个可以像对待小动物一样毫无照顾病人的自觉性。

楚帅阳真没觉得自己哪错了，整个下午小家伙跟他玩得不亦乐乎，笑得满地打滚也不睡觉，开心得根本不像生病的样子。洗冷水澡不过是说说而已，他才没那工夫给小家伙洗澡呢。可是看着顾盼发火的样子，他觉得自己是真错了，哪里都错了。

"盼盼，我错了，你别生气。我来帮你看一下伤口，你额头在流血呢！"

顾盼没理他，自己给童童穿好衣服，用最快的速度做好晚饭，哄着孩子吃了，又喂了药。一下午没有休息的孩子，终于累得自己睡着了。

"盼盼，杜青翰还没找到？这孩子到底什么情况？哎哎哎，你别哭啊，到底怎么了？"这个时候，顾盼觉得自己好像一口气泄了下来，整个人都虚软无力，身上的伤口疼得要命，内心更是千疮百孔，连动一动的力气都没有了。

"楚帅阳，能不能帮我一个忙？"

"太能了。只要你说，上刀山下火海我也在所不惜。"楚帅阳这个时候心里已经把杜青翰骂了一万遍，老婆难过成这个样子，他竟然凭空消失不在身边，算什么男人？

顾盼深吸了一口气，把泪水逼回了眼底，她轻轻地说："帮我一起去送一下童童吧，把他送回到他亲生父母身边。"

"就这事啊，太容易了吧？"楚帅阳赶忙把外套套在身上，又突然感觉不对，他重新坐在顾盼面前，看着她的眼睛说，"这孩子的父母是谁啊？你到底怎么了？"

顾盼不知道应不应该把事情告诉楚帅阳，毕竟这属于杜青翰的个人隐私，她不是圣母，可不给别人制造麻烦是她做人的原则，尤其是在杜青翰还没亲口把事情的真相告诉她之前。可是她确实已经没有半点力气了，没法单独把孩子送走，这个时候孩子也不能不送走。而且这样一来，楚帅阳一会儿也能见到杜青翰。

就在她心里暗自纠结的时候，小房子的大门传来钥匙转动的声音。杜青翰从外面走了进来，看到楚帅阳的那一刻，本来冷峻的面庞上流露出一丝复杂的情绪。

"头儿，你这一天干什么去了？"

"你怎么在这儿？"

"童童生病了，帅阳来帮我照顾小朋友。"当杜青翰这个人真实地出现在这个小房子里的时候，顾盼之前所有的情绪突然都妥帖了。她就是觉得杜大帅不会是那种不负责任、拿婚姻当儿戏伤害别人的渣男。或许他有什么不得已的苦衷，或许一切都是她这种智商不能理解的假象。

"你现在可以走了，我有事要和顾盼说。"

终于等到了！顾盼看到杜青翰在看着楚帅阳。他的眼神不再像之前在另一个女人公寓里时那样冰冷陌生，而是有着深深纠结的复杂情绪。

楚帅阳把火气压下去，从顾盼的脸上他明白这个时候她已经不需要自己了，可还是忍不住问道："盼盼，还用不用我帮你去送孩子？"

这句话一说出口，他便感觉到屋子里的氛围一下子变了，虽然杜青翰伪装得极好，可他还是用显微镜一样的目光在这个男人脸上找到了一丝异样的变化。

突然，楚帅阳的小宇宙开始熊熊燃烧了，仿佛有什么事情已经呼之欲出，却又不敢确定。那种与顾盼感同身受的痛楚，让他的双腿像钉了钉子一样怎么也挪不开脚步。

"帅阳，不用了，谢谢你，你先回去吧！"

"嗯！"顾盼发话了，楚帅阳就不能不走，他迈着沉重的步子，走到杜青翰身旁，以敏锐如猎犬一般的嗅觉，闻出了某人身上不属于顾盼的香水味道。他的小宇宙燃烧得更加彻底了。

"盼盼，有什么事给我打电话。"说完这一句话，楚帅阳径自离开了。

狭小的单元房中只剩下了杜青翰和顾盼两个人。顾盼看着杜青翰，就那么专注地看着他。她真的不相信，事到如今，他们之间仍旧不存在感情。当她决定在一起、全心全意接受他、准备做他的妻子时，她以为他和自己一样，心里是怀有爱意的，哪怕他从未表白，可她依旧可以感觉到。

迎着顾盼殷切的目光，杜青翰从烟盒里抽出一支烟，这个时候，他已经没有了之前在雷昕美公寓中的冷静，点烟的动作有着让人不易察觉的颤抖。

"顾盼，对不起！"男人清朗的声音一如既往地具有极强的穿透力，语气也不再像当初那样淡薄无情，可是温柔的声线让顾盼感受到了从未有过的寒意。

"对不起什么？杜青翰，请你把话完完整整地说清楚。"

杜青翰看着顾盼茫然的目光，好像是突然下定了决心一般，直接用手指捏灭了香烟，坐在了顾盼的对面。

"我不能和你结婚了，今天我会从这儿搬出去。对于这段感情，我会做出相应的经济补偿，可能不会太多，过几天我会一次性打到你的银行卡里。"

又来了！

这才是杜先生一贯的做事风格。只是，到今天她才知道，杜大帅并不是对所有人、所有事都习惯用钱去量化，之所以受到这样的对待，只是因为你不是他心中值得付出金钱之外的情感的那个人。

"我不需要！"顾盼的喉咙里像塞满了棉花，想继续说些什么，却像失声了一般，一个字也说不出来。

"顾盼……"杜青翰沉默了一下，不知道是不是顾盼的错觉，她竟然听到男人的声线中也有了一丝沙哑，他说，"从我决定要和你结婚的那一刻开始，我对婚姻的态度便是认真的。只是，有时候突发的一些事情会毫无预兆地打乱人生的计划，所以我很抱歉……真的很抱歉。"

这算是杜先生给她顾盼留下的最后一丝尊严吗？她想，任何一个正常的女人在亲眼见到事实之后，在听到一个男人用这样理智的方式与她说"再见"的时候，都会选择用最体面的方式转身离开。可她是顾盼，她不想去分析杜青翰话里的任何深意，她只想这个男人能清清楚楚、明明白白地告诉她。

"你是准备和你的前女友再续前缘吗？如果你仅仅是因为想要给童童一个家，我想我也许不会这么难过。"

"我想这个已经与你无关了！"杜先生再次恢复了冷漠的声线。顾盼的情绪却再也控制不住了。

"是谁在前几天还管我叫老婆的？是谁非要搬到我的小屋子里来的？是谁要拉着我这个月初八去领结婚证的？这才几天时间，一切就与我无关了。杜青翰，你还能再无情一点儿吗？真不知道你身上的血液是什么构成的。难道是冷却剂？"顾盼的眼泪装满了眼眶。

"顾盼，无论我是什么样的人，这一辈子跟你都不可能了。以前我确实觉得你是适合结婚的对象，可是现在不这么认为了，我们当然就没有继续在一起的必要了。"杜青翰的脸色越发苍白，他冷冷地看着顾盼说，"鞋子穿久了才知道合不合脚，现在我找到了更适合与我共度一生的人，当然就要结束与你这段错误的感情。"

顾盼的眼泪彻底冲出了眼眶，整个人像被撕烂的娃娃一样，不停地颤抖着。这个时候她的耳边竟然响起了童童昨天稚嫩的童音："不喜欢的东西吃到肚子里，时间久了连好吃的东西都忘记是什么滋味了。

有时候还很想吐，忍着，好辛苦的。"

在杜青翰看来，她一直就是那个不好吃的食物吧。现在他有了更好的选择，终于不用再忍受了。

顾盼含着泪水冷笑道："杜青翰，到现在为止我才真正体会到了你们这种人处世的高明。表面一套，背后一套，真情与假意收放自如，从不付出真情，也就不会受到任何伤害，何时何地都可以全身而退，时时刻刻都在为自己找寻退路，不会像我这种笨蛋一样一次跌倒还不够，非要撞到南墙才肯回头。"

杜青翰的脸色更加苍白了，可是冷漠的表情依旧没有丝毫变化，整个人就好像是一具没有温度的雕像一般。

"可是你问我会不会像你一样？那我告诉你，一辈子都不会。我一定会找到一个懂得爱、敢于爱、不怕付出、真正有资格得到我顾盼所有爱的男人，跟他幸福地生活一辈子。你走，马上给我走，再也别踏进我家一步。"

杜青翰仍旧像化石一样沉默着，却没人发现他眼底的光亮在一寸寸地龟裂，变成了无数道碎光，淹没在眼眸深处无尽的黑暗中。

半个小时后，杜青翰打包了行李，随着大旅行箱的箱盖砰的一声合拢，他们之间短暂的甜蜜生活完全结束了，直至在这漫长的一生中完全忘却。

杜先生站起来，准备去小卧室抱孩子，童童还在睡着。他走了两步又停住了脚步，没有回头却口气郑重地说："钱我会在三天之内打给你。"

"你说够了没有？"

显然是没有！

杜先生根本不理会顾盼的怒气，仍旧用惯有的腔调严肃地说教："你可以用钱去还一部分贷款，或者用它充当房租，总之不要再把房子外租了，尤其不能租给陌生男人。顾盼，现在坏人太多，不是每个房客都像楚帅阳一样。哪怕是楚帅阳，依旧是别有用心。"

"我想这个已经与你无关了！"把某人的话完全还给他，顾盼自嘲地笑了一下，说，"而且你的话现在在我这里一点可信的价值都没有。你还记得你刚搬来的时候跟我说过什么吗？"

杜青翰彻底止住了脚步。

"你说我买这个房子是幼稚的举动，就像是小孩子过家家一样。这样廉价的小房子应该早点卖了它，跟你搬回你的豪华公寓去住。可是到今天为止，在我的生命中已经没有比这间房子更有价值的东西了。现在它就是我的一切，在某种程度上胜过父母，更胜过老公。"

自始至终，顾盼也不知道杜青翰这个时候脸上是何种表情，她只看到他的肩膀颤抖了一下，或许是因为自惭形秽。毕竟，以她对杜先生的了解，他虽然冷血，可毕竟与十恶不赦相去甚远。

童童睡得极沉，被杜青翰僵硬地抱在怀里仍旧没有醒来。本来打算再也不和某人多说一个字的顾盼，看到孩子酡红的面颊，心底的酸楚一阵阵地翻涌上来。无论大人之间发生什么，孩子都是无辜的。

她把手中药袋子里的药一一拿出来，有的用签字笔再次做了注解，告诉他童童明天输液的时间和地点。她觉得自己就像祥林嫂一样喋喋不休，说了一遍仍旧不放心，仿佛抱着孩子的不是童童的亲生父亲一般。

"顾盼……"杜青翰再次开口的时候，声音更加沙哑了，他说，"我也是今天才知道童童是我儿子，昨天的事情……"

"你不用跟我说这个，只是小心下次再冷血的时候真的会遭到报应。"

顾盼很少用这种刻薄的话语说人，可是今天她太气愤了、太伤心了，也太应该气愤和伤心了。她没有想到的是，杜青翰竟然对着她笑了一下，那笑容里有着罕见的宠溺和眷恋。

"保重！"

很多年之后，顾盼才想起来，杜青翰从自己小屋搬走的那一天正好是自己 29 岁的生日。她的生日从小到大都是被忽略的，本来就没有什么感觉，可是每每想起杜青翰那个灰色的背影，她都会觉得寒意布满全身。

那一天顾盼站在阳台上，看着杜青翰拖着行李箱一步步地走到他的宝马车前。车里走下来一个女人，从他的怀里抱过仍旧熟睡的孩子，然后三个人再次坐进了车子里。自始至终，杜青翰都没有回头。

车子启动了，在苍茫的夜色中离顾盼越来越远，直至完全消失在这座熟悉又陌生的城市中。

四

在酒店里住了三天，张景山终于还是回家了。这几天他的手机一直关机，克制着自己不再跟老婆联系，虽然这三天他每一分每一秒都是度日如年，也知道这样的做法在虐待胡潋滟的同时，更是在虐待自己。可他觉得只有这样，才能找回一个男人的尊严，只有这样才能感受到胡潋滟仍旧是爱他的，仍旧是需要他的。只有看着老婆难受发疯的样子，他才能找到存在感，只有在老婆的眼泪中才能获得安全感。

他也知道自己有很多时候是不正常的，可他就是控制不了，经常自己坐在家里就会陷入一种绝望的情绪。每次看到胡潋滟，他激动得甚至真有想过与之鱼死网破，一起毁灭。可是在这三天里，他故意关机而听不到胡潋滟的声音，就好像这个女人真的离开了自己，自己真的成了单身的男人，卖房的钱在他的卡上，他不是一无所有，可他仍旧确定他不能没有胡潋滟。这个女人已经刻入了他的骨血里，如果她真的离开了，他的人生也不会再有幸福可言。

回到家里，张景山发现家里被收拾得整整齐齐的，自己卧室的门敞开着，走的时候家里的狼藉景象已经不复存在，可是客厅里一个大大的皮箱让他的后背一下子冷汗涔涔。

"潋滟！潋滟！潋滟！"

张景山绝望地叫着，巨大的恐惧向他席卷而来，他忽然一下子回到了现实中，回到了事情发生前自己习惯承担的角色之中。胡潋滟的脾气他从小就知道，宁折不弯，眼里绝不容沙子。这一次他用了最狠厉的方式来报复她、刺激她、折磨她，她难道是狠了心要离开自己了？

两个卧室里都没有胡潋滟的影子，两个卫生间也都没有老婆的影子，张景山觉得自己要崩溃了，今天是她休息的日子，之前他也摔门离去过，她找不到他的时候都会留在家里乖乖等着。可是这一次，她竟然不在。

"潋滟？"

当胡潋滟从厨房中走出来的时候，张景山就好像从生到死经历了一个来回，看着老婆憔悴的样子，他什么也顾不得了，走过去紧紧抱住了她。

胡潋滟只觉得气撞丹田，死命地去推开张景山，却是怎么也撼不动这个发疯的男人。

"你放开我！"这一次胡潋滟没有哭，更没有哀求，她伪装淡漠地看着面前这个自己跟了将近20年的男人。虽然只有短短的数月，他们之间就好像已经过完了一生。爱情的路上甜蜜难寻、满目疮痍。

"潋滟，你这是要做什么？"

"我是和男人上床了。我不为自己辩驳，你也不用经常拿这种方式折磨我。我们离婚吧，房子、财产都给你，我什么都不要。算是对我的惩罚，我空身出门。"

张景山浑身冒着冷气，好半天才颤抖着咬牙说："你是准备和那个男人在一起了？是不是？"

看着张景山眼底生死一线的目光，胡潋滟的心狠狠一拧。满腔的怒火和绝望在这一刻再次被往昔的记忆浇灭，她的心瞬间又软了下来。

一直以来，张景山要比一般男人都大度，他不但不会跟女人计较太多，他身边的哥们儿、朋友、同事也都很容易和他成为好朋友，就是因为他大度、开朗，善于给自己和身边的人找乐子。

眼前这个男人是如此熟悉又陌生，他是被什么逼得变成这个样子的？或许有很多原因，但最大的推手就是自己，他的妻子。

"我没有！"胡潋滟斩钉截铁地说，"那时我只是找不到更好更快筹钱的方法，我对他没有感情。我跟你离婚不是因为要跟他在一起，我是真的受不了。张景山，我犯了一次错，你也有了别的女人，你还想怎么样，你真想逼死我吗？"

张景山的理智也在一点点回归，这三天中一点一滴想明白的事情他没有忘记，方才以为胡潋滟已经离开的恐惧到现在还让他心有余悸。他把老婆抱在怀里说："是老公不好！是老公没有照顾好你，不怨你，是老公没用！"

多久没有这样亲密相拥过了？他们早就说好了要天长地久，他们现在拥有的财富不知道要比当年那两个新漂多上多少倍，可为什么会走到今天这种地步？他们再也回不去了……

"那天是我故意找了别的女人来骗你的，什么都没有发生，我只是做了一个假象来气你。别生气了，以后咱们好好过日子，还像以前一样，老公再也不发疯了。"

胡潋滟猛地睁大了眼睛，难以置信地看着自己的丈夫，盯着他脸上的每一丝表情，试图在他的目光中分辨真伪。

张景山知道老婆此时的心情，他感同身受，他怎么能用这么残忍的方式去发泄怒火呢？于是他高高地举起了右手说："我张景山要是有半句谎言，就叫我天打雷劈不得好死、肠穿肚烂永不超生！"

胡潋滟用手一把捂住了丈夫的嘴巴，轻轻地摇摇头："别说了，我信！不许这么诅咒自己。以后我们好好的，就像以前一样。"

这天之后，张景山真的恢复到了以前的状态。夫妻俩重新抱着枕头睡在了一起。每天除了买菜做饭照顾老婆，张景山腾出发疯的精力开始更加用心地炒股票、找工作，似乎生活真的一天天阳光明媚起来。

顾盼再次见到胡潋滟的时候，姐们儿的气色比以前实在是好了很多。不幸的是，她自己暴瘦了一大圈，体重从准130斤变成了不到110斤。

胡潋滟刚要发言，就听隔壁桌的一对小姐妹正在隆重地交谈着。

瘦妹子安慰胖妹子说："世上所有的事情都是公平的，如果你一直胖下去，说明你的生活过得还不赖。如果你一点点地瘦下去，那必定要经受饿肚子以及魔鬼式锻炼的折磨。如果你暴瘦，那很不幸，你不是失恋就是失亲。所以说啊，妈妈咪的，你身上长的哪里是肥肉，都是满满的幸福啊！"

胡潋滟醍醐灌顶地看了半天，然后拍着顾盼的胳膊说："听见没，今天多吃点，我买单！"

顾盼摇摇头："不想吃，给我再叫杯咖啡吧！"

胡潋滟几天前才知道顾盼与杜青翰的事情，这种事情她真心不觉得应该劝什么。在她眼里，自己的好姐妹顾盼什么都好，胖的时候是古典美人，如今瘦了是现代美人，别说杜青翰琵琶别抱，就算是他死缠烂打，顾盼也不该给人家去做后妈。

"其实杜青翰还真算不上渣！"胡潋滟就事论事地说，"婚姻和爱情这种事情，没有最合适只有更合适。他和那女的别说以前感情深似海，就说他们之间有了一个孩子，这辈子就必定是剪不断理还乱。就算你和他把婚结了，搞不好将来你也成了外人。他果断地提出分手虽然冷血了一点，但总比伪君子脚踏两条船，白浪费你几年的青春强多了。"

顾盼轻轻一笑："潋滟，我知道，我都知道。以后别再提这个人了。"她低头喝了一口咖啡，再抬头的时候就看到从二楼的包厢中走下来一行四人。三男一女，其中两个是她认识的。

打扮得格外正式的孟家傲身旁正有一个美少女依偎着他，幸福甜蜜得完全没有顾及在场的任何一个人。

"林总啊，吃了您请的这顿饭，我算是全看明白了。你这是要把家业一点点传承给女婿啊。哈哈！"

林鑫浩也不否认，笑着说："年轻人毕竟经验少，还需要周总这样的叔叔们在生意上多多提点。我没有儿子，就小聪一个女儿，她不肯接我的班，这份家业自然要传给她未来的丈夫了。"

周总过来拍拍孟家傲的肩膀，不住地点头说："年轻人，前途无量啊。有林总这样的老泰山在商场上给你保驾护航，可不是少奋斗十年的问题了，搞不好就是少奋斗几辈子啊！"

"怎么样，周叔也说了吧，能得到本小姐的垂青，是你几辈子修来的福气，惹我不高兴，直接休了你！"林聪娇气霸道地搂住孟家傲的胳膊，就好像他是自己的俘虏一样。

两个中年人开怀大笑。孟家傲有些尴尬，但是眼底掩饰不住地迸射出希望的火花。他本来都已经放弃了，没想到老狐狸突然松了口，说是明年就把名下的许多产业过户到林聪名下。这个娇小姐懂什么？他几乎看到林家的产业正一步步装到他的口袋里。

林聪再刁蛮又有什么关系，等林家的产业姓了孟，他想要什么样的女人，她还管得了吗？他追回自己喜欢的顾盼，还不有的是办法？

没想到这个时候，他真的看到了顾盼。看到这个女人穿着一条卡其色的连衣裙，丰满的胸部下几寸的位置是什么？竟然是腰线！他认识了将近十年的姑娘竟然变成了大美女！

这个时候某人的心情实在是复杂极了。只有自己知道这么久以来他是多么想念顾盼，可是这个时候他又怕林鑫浩这条老狐狸看出端倪。

顾盼感觉自己被一勺热油烫了眼睛，腻歪透了："我去趟洗手间！"

没有等到胡潋滟的回应，她看了一眼闺密，发现闺密的目光像是凝固了一样只看着前方的那个中年男子。她没怎么在意，直接拿了包包向洗手间走去。

"盼盼！"孟家傲直接堵住了刚走出卫生间的某人，借着酒意，他真想抱抱她，可是他不敢，现在也不是时候。

"麻烦让一下。"顾盼正眼都没瞧他一下。一辈子那么长，不是所有的姑娘都像胡潋滟那样幸运，大多数好女孩谁没遇到过几个渣男。她只是觉得当初自己是怎么选的男朋友，明明不是一路人，竟然还相爱了那么多年。

"盼盼，真的很抱歉。今天我郑重地告诉你，我爱的人是林聪，之前你主动找我要跟我再续前缘，我承认因为可怜你，我有了一点动心。事实证明，那也仅仅是可怜。你不要再纠缠我了，谢谢你对我的爱，可我和你是真的不可能了。"

什么跟什么啊！

这世界难道每隔几天就要出现一回让顾盼重塑三观的诡异事件吗？很多事情不是非黑即白，可也不能这样完全凭借一张嘴毁人不倦、丧尽天良吧？

"孟家傲，我顾盼现在举手发誓，如果心里还对你有一点男女之情，就叫我天打雷劈不得好死、肠子……"肠什么来着？以前张景山每次哄胡潋滟的时候都说这句，每次没说完就被胡潋滟气急败坏地捂住嘴。

"肠穿肚烂永不超生！"顾盼一拍手，终于想起来了。

孟家傲的脸色猛地变成了猪肝色。

"该你了！怎么不愿意？我送你一句话吧，做一个说一套做一套的伪君子，还不如做一个自私自利的真小人。"

"孟家傲，你倒是说啊，别告诉我你不敢，你还对这个女的有什么别的心思。"林聪直接从洗手间里跳了出来，指着某男的鼻子尖儿开始发飙。

原来是这样！顾盼闪到一旁，抱着手臂准备看好戏。

孟家傲从牙缝里挤出那句毒誓来："我孟家傲要是再对顾盼有一点男女之情，就叫我天打雷劈不得好死，肠穿肚烂永不超生。"

这回世界该安静了吧，顾盼如释重负，一分一秒也没有再多停留转身离开了，留给了孟家傲一个从未有过的美丽背影，完全惊艳了他金丝边眼镜下的一双势利小眼。

回到西餐厅，顾盼却发现胡潋滟不见了，询问后，服务生说她已经结账走人了。

这是什么情况？

顾盼连续三通电话打过去，两次无人接听，最后一次竟然直接给挂了。她的右眼突突地跳着，怎么都觉得事情有些不对劲儿。今天胡潋滟是出来安慰她的，如果没有天大的事情，依照姐们儿的脾气是绝对不会不告而别放她鸽子的。

顾盼走出西餐厅，顺着路边的林荫小道前行，走了好一会儿，忽然看到前方一辆价值在 200 万以上的大奔闪亮地停在路边。要知道，奔驰、宝马也是分等级的。开这辆大奔的人非富即贵，绝不可能是杜青翰那样的高级打工仔。

而在车子里，顾盼看到了胡潋滟正被一个男人紧紧地抱在怀里。胡潋滟在挣扎，可是那个男人死死地不肯放手。而这个男人，顾盼也认出来了，正是孟家傲的好岳父、林聪的父亲，刚才在西餐厅中见到的那个林总。

突然脑海中灵光一现，她想起好几个月前自己曾经看到在一辆豪车中与胡潋滟在一起的那个男人的样子，似乎能与眼前的这个男人一点点地重合起来。

顾盼咬牙切齿地就要冲过去，可是才走了一步她就有些蒙了。依照胡潋滟的火暴脾气，她怎么可能受制于一个男人的纠缠？在职场上这种事情胡潋滟遇到得多了，哪一次不是被她处理得妥妥帖帖的，那么只有一种可能，就是胡潋滟是自愿的，她自愿在这个男人的手上落了把柄。想起之前张景山对胡潋滟的态度，一切仿佛都清晰了然了。

就在这个时候，一双大手突然从她身后探了过来，直接就把她拉到了一旁粗壮的大树后面。

"骂我骂得那么神气，原来也是个贪慕虚荣的拜金女。不知道把这件事告诉她老公，她还能不能在我面前这么嚣张！"

"孟家傲，你到底想干什么？"

"要想人不知除非己莫为。你不是送我一句话吗？做一个说一套做一套的伪君子，还不如做一个自私自利的真小人。"

"你到底想干什么？

"我想干什么你不清楚吗？以后不许不接我的电话，不许见到我就表现出那种恶心讨厌的表情来，否则我就把你好姐们儿的丑事告诉她老公，告到她公司里，让她把当初骂我的话都尝试一遍。"孟家傲恶狠狠地说。

"孟家傲，你忘了你刚才发过的毒誓吗，你就不怕报应？"

"毒誓算什么？这世界上睁眼说瞎话的人都活得好好的呢，反正你记住我说的话，我孟家傲说到做到，我早看这女的不顺眼了。"

顾盼头顶飞起三条黑线，猛然就想起来一句话：人至贱无敌，树不要脸没皮。

五

楚帅阳已经连续一周没有看到杜青翰出现在银行里了。这哪里是要竞选长，分明就是准备辞职的节奏。杜青翰有多重视自己的事业没人比他更清楚了，这么多年一丝不苟、兢兢业业，就为了一个突然空降的女人，他就自毁前程了？毁就毁吧，跟他有什么关系！

自从杜青翰决定抛弃顾盼跟另一个女人离开时，这个男人就再也不是楚帅阳的兄弟了。可为什么他还是忍不住替这个暴君担心呢？

以他对杜青翰的了解，这个人面冷心硬是常态，可是说杜青翰这么多年还恋着前女友，作为跟他打江山的形影不离的兄弟，他还真是不信。如果是因为孩子委曲求全，这也不是杜大帅的风格啊？若是真能被一个女人牵着鼻子走，他杜青翰也不可能这么年轻就坐到这个位置，更不可能得到他楚少爷的尊重和崇拜。

正想着，楚帅阳看到杜大帅风姿卓然地走了进来，仔细一看还是没有瞒过某人的火眼金睛。这个男人瘦了一大圈，眼底的疲惫是怎么也无法遮住的。

"杜行，您脚踏贱地，终于舍得从温柔乡里离开，纡尊降贵来上班了？"

杜青翰也不看他，直接从皮包里拿出一份文件扔了过去："这是你的调令，张行已经签字了，从下个月一号正式生效。最近一段时间，你把工作好好跟小方交接一下。"

"把我调走？什么情况？还没升官就要卸磨杀驴了。干吗？家里旧爱还不满足，要在单位里跟暗恋你的方秘书比翼双飞啊？"

杜青翰还是没正眼看爹了毛的楚帅阳，而是自己坐下来打开电脑，用最快的速度处理着几件要紧的公务。

楚帅阳当场气竭，狠狠地翻开手里的文件，仔细一看眉头又紧紧地拧在了一起。

"大客户部总经理？我这是连升两级？"他瞬间搞不懂了。

杜青翰终于抬起眼皮，双手交叉放在桌子上，郑重地看着楚帅阳："行里鉴于你这两年来在工作中的表现非常突出，经过严格的观察和考核，最终做出调任你为致远银行大客户部总经理一职……"

"别给我打官腔，请讲地球语！"楚帅阳从小在官宦家庭长大，这种论调听多了，杜青翰到底想干什么？

"帅阳，你的能力和干劲儿足以胜任这个职位。这是行里的决定，也是我的决定，是你应得的，好好干！"

"我怎么觉得你像是在宣布遗言呢？还是有更好的地方重金挖你，你准备赶紧去投胎呢？"

杜青翰沉默了一会儿，缓缓说道："我是准备退出即将开始的竞选副行长事宜，过几天行里会有统一的通知出台。不过这是我的私事，也是我自己的选择，你不用大惊小怪，也不用跟无关紧要的人提起。你也知道我家里最近的事情太多，我暂时没法把精力放在工作上。"

"杜青翰，少跟我装蒜。谁是无关紧要的人？顾盼吗？你要是不做亏心事，干吗害怕她知道？以为给我升职我就会感谢你？我今天还告诉你了，少爷要是想往上混，也就不跟你了。跟你这么长时间，是因为我觉得你是个男人，有担当、有责任心，虽然冷血但是明辨善恶，有自己坚守的原则。可你现在在做什么？我怎么一点也看不明白了呢？"

杜青翰淡淡地说："我和你只是普通同事而已，我的事情、我的选择你没必要清楚。"说着他已经站起来关上了电脑，准备再次离开。

"杜青翰，你就是用这副冷血无情的模样让顾盼死心绝望离开你的，对吧？你能骗了那个傻丫头，可骗不了我楚帅阳。从小到大段位高的人我见多了，都是男人，今天你必须给我说实话，你到底是怎么想的？我还就不信你是个能为了女人抛弃事业、抛弃一切的痴情种呢！"

"为什么不信？"杜青翰微微一笑，笑容里却蕴含着不易察觉的苦涩。

楚帅阳显然是看到了，跟方才的咄咄逼人吊儿郎当比起来，这个时候他整个人都变得极为严肃。此时此刻，他看到了一个完全陌生的杜青翰。就如同20多年成长过程中的楚帅阳，在不断改变自己的同时不得不遗弃本真，最终已经无法找回那个曾经存在、完全真实的自己一样。

"哥，到底怎么回事？那孩子真是你的吗？"

楚帅阳在那天离开顾盼家的夜里就不放心地把电话打了过去，顾盼已经清清楚楚地向他说明了原因和结果。他也不相信以杜青翰的智商会受骗，可心里还是觉得这事不靠谱。

杜青翰没说话，脸上的表情再次恢复如常。

"那个女人都离开你那么多年了，一直杳无音讯，突然领回一个孩子来说是你的，你就没有怀疑过？顾盼觉得你比孙猴子都精明，所以她信了，可我知道这世上的高人多了，保不齐哪个就是变了身的如来佛祖。这事我怎么就那么不信呢？"

皮包被打开，一份盖着红章的文件递到了楚帅阳面前。他从杜大帅手里接过来看清楚题目后，彻底傻了。

"亲子鉴定书？这女的当年真是带球跑了？"这太滑稽了，太不可思议了，女人这种生物实在是太神奇了，"那她为什么这么多年不带着孩子来找你，为什么偏偏是现在？"

"现在刚刚是时候，至少我没有犯下更严重的错误。"杜青翰冷酷无情地说道。

楚帅阳听到这句话后一下子明白了，杜青翰之所以会把亲子鉴定书给他看，那是因为这个男人是要他在必要的时候把这件事亲口告诉顾盼，让那个傻女人对杜先生彻底死心。

果然够冷、够酷、够绝情！

"你放心吧，顾盼会很快忘记你的。你根本不用这么自恋地以为她还会像以前那样被你和你父母羞辱还能在心里给你留一个位置，还能拿你当好人。她这么好的姑娘，会值得更好的男人去爱、去呵护一辈子。这个男人就是我，我今天晚上就向她去求婚。杜先生，把这么好的姑娘留给了我，我谢谢您了。"

终于，杜青翰脸上冷酷的面具一点点地龟裂了，楚帅阳的最后一句话像一把刀捅在了他的心上。

274

杜青翰用最快的速度站起来，在楚帅阳还没有发现自己仓皇的脚步之前，唇齿中飘出两个字："不谢！"

楚帅阳再次无语、气竭！

刘玉兰打开大门，看到门外站着的这个美丽依旧的短发女人，只需要一瞬间便血压升高、呼吸急促，整个心脏像是在敲鼓一样，整个人完全不好了，直接就进入了疯狂模式。

"阿姨！"雷昕美今天特意换上了一身白色的套装，看上去斯文又大方。当年这位阿姨也是从心里喜欢她的，过年的时候还会像亲妈妈一样给她买漂亮的新衣服。而她自己的亲生妈妈只知道赌钱，除了找她要钱之外，就是要她一定要嫁个有钱人，然后一人得道鸡犬升天。

"你来干什么？这里不欢迎你，你给我滚！"

"老刘，谁啊？大呼小叫的，不怕邻居们笑话？"杜秉严在屋里发火了。

无论任何时候，丈夫的话对刘玉兰来说都是圣旨，可是此时此刻，她的立场从未有过地坚定，就是不要这个女人进门，不要她再接近自己的儿子。

"阿姨，我知道以前自己伤了您和叔叔还有青翰的心，这次我来是诚心诚意跟你们道歉的，请你们原谅我。我活了31年，你们是对我最好最好的亲人，再没有人像你们对我一样好过，我错了！"说着，雷昕美就跪在了刘玉兰面前。

这个时候对门的邻居已经拉开了大门，看到这一幕赶忙尴尬地又把门关上了。可是用脚趾都能想到，人家肯定从猫眼儿里屏住呼吸看热闹呢。

"阿姨，我求求你了！"雷昕美对杜青翰的父母还是相当了解的。虽然年纪不算太大却思想老式，表面见过大世面，实际上一辈子都是谨小慎微、踏踏实实地生活，没有什么承受能力。尤其是他们非常好面子，受不了外界的目光，更受不住几句好话。最主要的是，他们都是善良的人，当年能被自己哄得团团转，一方面是她真的很会讨人欢心，另一方面也是因为两位老人是真心把她当成了一家人。想到这里，满心算计的雷昕美也忍不住心中一阵闷痛。

"我再说一遍，我们家不欢迎你，你跪在这里也没有用。"说着，刘玉兰准备直接关门了。就在这个时候，楼梯下本来坐着的一个小男孩怯生生地走上来，站在了她面前。

"奶奶！"

猛然间，天地似乎都变色了，刘玉兰的世界翻天覆地，她毫无悬念地直接晕了过去。

两个小时后，杜青翰脸色阴沉地坐在了刘玉兰的床边。童童坐在沙发上无助地看着这个陌生的房子，他很饿，却吃不下手边爷爷给他准备的稀饭和腊肠。他好想吃顾盼做的意大利面，还有蛋挞，就算是葡萄干小米粥也是能凑合的。

"既然已经确定了童童是你的儿子、我们的孙子，这个孩子我们杜家自然会承担起养育的责任。只是你准备怎么处理和雷昕美的关系，我和你爸现在想听听你的想法！"

杜青翰握着母亲的手，轻声说："妈，给我点时间，我会尽快处理好这件事的。"

"你要怎么处理？"杜秉严坐在一旁的木椅上，严肃地看着儿子，"我跟你妈已经商量过了，国有国法，家有家规……"

"你能不能说重点？把这烂事上升到这个高度，你以为你儿子就会听你的啊？他已经鬼迷心窍一回了，这次八成还是要跟那个狐狸精在一起。"

杜秉严想好的一大套说辞被老伴儿中途打断了，他十分不爽地看了她一眼，叹了口气，继续发言说："孩子我们杜家来养义不容辞，但是雷昕美不能再当杜家的媳妇了。任何人犯了错，都要接受惩罚，任何人都必须为自己过去的选择负责任。人无纲常变成妖魔，想不负责任就不负责任，想回头就回头，什么事情都由着自己的性子来，然后让别人替她埋单，那杀人放火是不是也可以原谅？所以说……"

刘玉兰这回真急了，这辈子还没有这么不给老头儿面子过："你有完没完，别净说些没油没盐的大道理。你就告诉他，想让雷昕美进门，就必须从爹妈的尸体上踏过去。"

杜秉严正说到关键处又被老伴儿打断了，感觉难受极了，他没了兴致也不长篇大论了，直接说道："我们作为你的父母，今天正式通知你，我们不同意你和雷昕美在一起，你结婚，孩子我们可以养着，但是想娶雷昕美……"

"老刘怎么着？"

刘玉兰咬牙切齿地说："就从他亲爹亲妈的尸体上踏过去。"

这辈子也就这么一回是杜秉严附和着刘玉兰："对，踏过去。"

夜风也没能吹散雾气，整个新港都沉浸在一片朦胧中。杜青翰抱着童童，从车库走向自己的公寓。孩子跟他还不是很亲近，可他抱着童童的时候，孩子还是不自觉地搂住了他的脖子。

"童童，如果爸爸没钱了，你会觉得失望吗？"

小区的绿化是极好的，在新港市中心的小区里，能做到这一点实在是不容易。大片的草坪、成排的法国梧桐、欧式的凉亭、随风摇曳的花圃，使得从小在这里生活的小朋友们好像比别人多了一份优越感。

"你现在很有钱吗？"童童稚嫩的声音凉凉地泼过来，还不忘补刀，"你是妈妈的男朋友里面很一般的，好不好？除了比别人长得帅，毫无优势。"

杜青翰撇撇嘴。这孩子怎么这么现实？

"我是说，连现在这种生活水平也没有了。比如我们不能住在这个小区里，我们不能再住 200 平方米的三室一厅，我们不能再开宝马……"

"你的宝马好低配，都没有一百万，伪豪车好不好？"

"我知道！"杜青翰头大了几号，这个小朋友脑子里的东西太成人化了，"如果爸爸暂时不能给你提供像这里其他小朋友一样的生活了，你会不会很失望？"

童童毫不犹豫地点点头："必须会啊！以前我在北京念国际双语幼儿园，很多大明星的孩子都是我同学呢。出去郊游的时候开你这种车子搞不好都会被嘲笑的，还好那时妈妈的男朋友开的是兰博基尼！"

杜青翰没说话，表情更加凝重了。

"可是后来妈妈跟男朋友分手了，我也念不了那个幼儿园了，妈妈就把我送回了乡下的姥姥家。姥姥不给我上幼儿园，每天只做一顿饭，玩具只有泥巴蛋，还要被那些野蛮的小鬼头欺负，想想都会做噩梦。爸爸，你不要没钱好不好？没有钱好可怜的！"说着，童童的眼睛里水汽弥漫，一张小嘴撇了撇就掉下金豆子来。

杜青翰的心里很难受，却嗤笑了一下说："男子汉，哭什么哭，爸爸以后一定会很有钱的，我保证！"

童童破涕而笑。

孩子坚持不要自己留在杜秉严和刘玉兰的家里，执意要跟杜青翰回来。刘玉兰的身体刚缓过劲儿，便不放心地赶了过来，甚至比杜青翰和童童到家还早。她手里拎着从超市买的各种生活用品，还有吃的喝的，路过童装精品店里还买了好几套儿童服装。没有钥匙进不去屋，她干脆坐在门口，呼哧呼哧地喘着气。

"妈，你怎么来了？"

"我不来行吗？"刘玉兰看见孩子就像打了鸡血一样，噌地站了起来，责备地看着儿子说，"别以为我不知道，你这家里自从顾盼搬走了之后，没开过一次火，你不吃不喝能行，孩子可不行。看看童童瘦得，看着就让人心疼。"

杜青翰打开门，拎着四个大袋子走进 200 平方米的大房子，只有他自己清楚此时心里的滋味。

"童童，看看奶奶给你买的变形金刚，喜欢吗？"

童童点点头，接过玩具还不忘礼貌地说一声谢谢奶奶，把刘玉兰哄得心花怒放。快 60 岁的老大娘伺候完挑食的童童吃饭、洗澡、睡觉，终于把自己给累虚脱了。

多少年来，母子两人没有这样近距离地说过话。刘玉兰躺在童童的旁边，杜青翰在一旁帮母亲捶着腿。

刘玉兰叹了口气说："这孩子估计从小也习惯了，你看雷昕美把他扔下，他不哭也不闹，这一整天也没听说要找妈妈，可怜见儿的。孩子从小不知道受了多少罪，以后再也不能让他受委屈了。说句公道话，顾盼其实真是个不错的姑娘，就凭她那憨憨的性子，以后也一定能对童童好，不如我跟你爸出面跟她父母再说说去？"

"妈！你就别瞎想了，我跟顾盼已经说清楚了，以后绝对没可能在一起。您别再生事了。"

晚上 10 点钟，杜青翰站在顾盼小区楼下的僻静处，看着她和拎着行李箱的楚帅阳并肩向前走着。朝气蓬勃的男子和温婉秀丽的小女人在晚风的吹拂中相得益彰。

美好的夜色温柔了月光。

他看到她一直把楚帅阳送到了小区口。楚帅阳准备离开的时候，杜青翰看到他轻轻抱了一下顾盼，而顾盼没有拒绝。

想要一支烟，可是发现出来得太匆忙忘记带了。没有尼古丁的刺激，巨大的空虚让他心里更加憋闷了。他也不知道自己为什么要来这里，已经说好了再也不见，他竟然没能管住自己的心。这么幼稚的行为竟然发生在杜先生身上，连他自己都不敢相信。

共事多年，他知道楚帅阳是个很不错的男人。顾盼稍大几岁的年龄在如今这个时代也早就不是问题。而且论起家世，虽然楚帅阳没有明确说过，但他也能看出必定是非富即贵。如果顾盼和楚帅阳在一起，未来的生活应该是可以预见的幸福。

已经想得如此透彻，为何亲眼见到的时候还是不能接受？

顾盼已经慢慢转身，熟悉的家居服在她的身上已经渐渐宽大，长长的头发没有束起马尾，就那么自由地散落在风中。他看到她的脚步在楼栋前停下了。她抬起头看向三层那扇亮着灯光的窗子，久久地站在那里。

小区的上空不知谁家窗子中飘来悠扬的歌声，杜青翰看着顾盼，眼底闪现出了晶莹的泪花。

寂静的小区里只剩下杜青翰一个人，他看着顾盼窗前那盏灯熄灭了，透出的黑暗完全融入了无边的天幕中，即便是再迈不开步伐，也终究是到了必须离开的时刻。

孟家傲的脚已经迈上了台阶，不知为何突然感觉到了一股外力袭来，一直把他拖离了顾盼家的楼栋前。

"杜青翰，怎么是你？"真是活见鬼了！他还没来得及说下句，一记重拳就打在了他的脸上。

"杜青翰！"

"砰！"第二拳又砸了下来。

之后拳头如雨点一样砸在了孟家傲的脸上、身上、胸口上，很快他便又像上一次一样挂了彩，而且伤得更重。

"杜青翰，你不是已经和顾盼又一次分手了吗？你为什么打我，你是她什么人？"

更重的一拳直直地打在了某人的面门上，他应声倒地，只听见杜青翰冷酷的声音传来："我记得上次跟你说过，只要你再纠缠顾盼，我见一次打一次。"

"凭什么？"

"就凭我是杜青翰！"杜青翰拎起孟家傲的脖领，冷冷地看着他，"我是和顾盼分手了，可是这辈子谁欺负她，我都不会不管，尤其是你！"

六

杜青翰因为作风问题被致远银行停薪留职放大假了？这是什么情况？顾盼在听到楚帅阳电话的时候，觉得自己的耳朵一定是出了问题。

"我以楚家七十二代传人、同辈唯一男丁对天发誓，顾盼小姐你所听到的一切都是真的，如有反转，纯属做梦！"

原来这两天里，有人实名给致远银行的董事会发了邮件和信函。里面的内容不是说杜青翰玩弄女性，就是说杜青翰抛妻弃子多年不尽父亲责任。这会儿没有人关心照片是不是合成的，只是这件事闹得沸沸扬扬，董事会对这个身负重责的年轻高管不禁有了很大怀疑和负面看法，让他限期解决好私人生活再重新返岗。与此同时，杜青翰手上的权力也都被竞争对手分去了。

顾盼在电话里还能听到楚帅阳大呼小叫的声音，可是她不想再听了，而是选择果断挂掉了电话。不用想，也能知道这件事情的起因一定是缘于雷昕美那个女人。她不知道杜青翰和这个女人之间发生了什么，让他们相爱相杀。可她知道自己是个配角，充其量是个替补，从未成为他婚姻爱情中的主角。她忘不了他抱着孩子头也不回走向另一个女人时决然的背影，她也忘不了那一次他在雷昕美面前真的把她作外卖小妹的样子。

可是，这个时候心底又冒出了另一个声音，是她从一开始就有过的怀疑。杜先生似乎早就下定决心要离开自己，可离开之后是不是和雷昕美重新在一起了呢？如果是在他依旧高高在上、把握十足荣升行长的时候，她或许可以不去过问，但是现在……

致远银行的办公室里，楚帅阳用手撑在杜青翰宽大的办公桌上："我已经告诉顾盼了，你现在应该告诉我，这到底是怎么回事？"

正在收拾东西的杜青翰听到顾盼这个名字，双手颤抖了一下，又很快恢复了镇定，拿出了惯有的撒手锏：一言不发。

"哥！这是有人在陷害你，那个女人，就是你孩子的妈，是不是她做的？你怎么会让自己陷入这种境地？你还是我认识的那个杜青翰吗？你还是杜大帅吗？"

杜青翰很快就利落地收拾完毕，在临走前留给楚帅阳一句话："我永远不敢拿孩子和亲人的命运做赌注！"

而这个时候，在杜秉严和刘玉兰的家中，顾盼坐在沙发上，童童坐在她身边，小手牵着她的衣角。

"童童，阿姨有些话要和奶奶说，你先自己玩，好不好？"

童童摇摇头说："我知道你们不就是要说我妈妈吗？我姥姥也经常和人议论她。我以前同学的妈妈也经常议论她，很多很多人都会在背后议论她，你们说吧，没关系的！"

"你这孩子！"刘玉兰叹了口气。

顾盼只觉得心酸，她轻声地问童童："那你讨厌别人议论妈妈吗？"

"随便！"童童无所谓地摊了摊手，好像已经习以为常了。

"阿姨，我们去书房说吧！"顾盼看着怪异的小朋友童童，看着他对自己妈妈的态度，心里有种说不出的滋味。

书房里，刘玉兰罕见地亲自给顾盼倒了一杯水。杜秉严没有参与这次谈话，却在之前顾盼进门的时候客气地主动跟她打了招呼，这在以前是不可能的事情。因此，顾盼之前对这两位老人心中的不满一下子就烟消云散了。

原来无论经历过多么激烈的争吵，人们往往需要的不是非黑即白的谁对谁错，只是一个善意的态度，就可以彼此握手言和。

刘玉兰真没想到顾盼会来找自己。杜青翰没有把工作上的事情告诉父母，可刘玉兰是他的亲妈，还是用偷听电话、给致远银行匿名去电等很多方式，知道了自己儿子目前在工作上的现状。

　　"阿姨我想知道，杜青翰和雷昕美之间到底是什么情况？还有他以后是怎么打算的？"

　　提到雷昕美，刘玉兰咬牙切齿地说："这个女人当年差点害死青翰，这么多年再次出现果然又是来害我儿子的。"

　　"这件事未必是雷昕美做的，现在没有证据，您先不要多想。"

　　想起那天雷昕美跪在自己面前时的情形，刘玉兰叹了口气也觉得这件事不大可能是那女人做的，可是谁做的又有什么分别？结果都是一样的，都是雷昕美害的。

　　"盼盼啊，我现在就是担心青翰的态度，我真怕他又被这个狐狸精给迷得失去了理智。你不要以为你认识的青翰是一个冷静坚强、精明干练的男人，我这个亲妈亲眼看到过孩子为了一个女人在生死边缘走上一遭的情形，我的孩子为了一段感情是真真正正死过一回了。"

　　顾盼在一个母亲的泪花中看到了一幅幅当年的场景。虽然之前云翳也做过简单的介绍，却没有想到事情竟然是那样惨烈和疼痛。她似乎在一个母亲的哭泣声中看到了一个痴情的男子如何一点点蜕变成了如今冷血现实的男人。

　　杜青翰认识雷昕美的时候，他们同样是二十二三岁的年纪。大学毕业初入社会，先后应聘到了致远银行做了推销信用卡的实习生。缘分将两个外表同样出众的年轻人分到了一个组里，又很快互相吸引成了恋人。

　　以后的三年中，杜青翰成了致远银行的正式员工，雷昕美做了五星级酒店的大堂经理。两个人热恋、同居，爱得难舍难分，即将走入婚姻的殿堂。可是在某一天夜晚，雷昕美突然不辞而别，杜青翰像疯了一样四处寻找。当有人说曾经在北京见过雷昕美的时候，他又漫无目标地追了过去，为此在北京租了半年的地下室。当他再次回到新港的时候是被几个朋友从担架上抬下来的。他在北京出了车祸，住院的时候没告诉父母，回来的时候也只说自己和雷昕美分手了。还是刘玉兰从他几个朋友那儿大致知道了事情的经过。那一年他在床上躺了足足一年多，才终于重新站起来，差一点一辈子落下了残疾。

"就是因为这件事，杜青翰才变了性情？"

他才变得习惯用冷漠为自己铸就防护的铠甲，再也不敢付出真诚，开始信奉等价交换，可以付出金钱却无法给予真情，可以走进婚姻却再也不会相信爱情？

杜青翰不是天生就是如今的模样，而是曾经倾其所有地付出过、真爱过，伤得太重，不愿意再重蹈覆辙。

刘玉兰抹着眼泪说："那次对我们整个家庭来说都是一场浩劫。好好的一个儿子差点丧命、残废暂且不说，之前我们还帮雷昕美的妈妈还过 10 万块的赌债，他们订婚的时候把一张存折的 20 万取光给了她。其实说到底，我们就是一个工薪家庭，这些钱都是从柴米油盐中一分钱一分钱攒出来的。打了水漂后，老头子怎么都想不开，直接就得了甲亢，这么多年来一提起这件事就骂自己是傻子。"

这些事情顾盼从来没听任何人说过，依照她对刘玉兰夫妻两个人的了解，这样的举动说明他们曾经对雷昕美这个女人是多么信任和爱护，早就把这个女人当成了一家人。30 万不仅是金钱，更是杜秉严和刘玉兰夫妻对自己儿媳妇的一片真心。不幸的是，这片真心被狗吃了。

雷昕美这件事发生之后，杜青翰变得越来越冷漠，杜秉严和刘玉兰夫妻越来越精明，所以才有了后来的借条，才有了后来自己和杜家每一个人的奇葩相处模式。

安全感的缺失是一种传染病，从一个人的身上传染到整个家庭，再从一个家庭传染到许许多多的家庭，传染给许许多多的人，直至蔓

一直在车子里的胡潋滟，等了好久才看到顾盼和一个漂亮的短发女人从咖啡厅里出来。她仔细地看着离去的女人，最后对坐在自己身旁的顾盼说："极品尤物鉴定完毕。要是男人我也喜欢！"

顾盼一直沉默不语，好一会儿她才说："杜青翰没打算跟她在一起，他骗了我。"

胡潋滟看着姐们儿，一时消化不了她这句话。她只是有种预感，顾盼这个轻易不冲动、冲动起来连魔鬼都害怕的姑娘，似乎又要干什么惊天动地的大事了！

七

中介带着五个人来看房子，其中两个是准备结婚的小夫妻，走在他们前面的是男方的父母，另外还有一个是陪在小妻子身旁的闺密顾芊芊。

小夫妻对这套房子非常满意，尤其是女孩子一双眼睛从进门开始就觉得不够看了。女人天生对房子有莫名的感情，如果能在这样一套200平方米的大房子里结婚，不知道要被多少闺密们羡慕到掉下巴。

"叔叔、阿姨，这套房子您几位觉得怎么样？"中介小伙笑着问。

男孩子转头问女孩子说："丫丫，这套房子还喜欢吗？"

丫丫幸福地挽着男朋友的手点点头。顾芊芊羡慕地看着好闺密说："200平方米的黄金地段的大豪宅啊，要是将来我公婆能给我买这么一套房子做婚房，我做梦都要笑醒了。叔叔、阿姨，你们到底给买不给买啊？"

大叔哈哈一笑："只要他们喜欢，今天就定下来。"

"今天就定？这房子得多少钱啊？"顾芊芊更惊讶了。

中介小伙赶忙说："这家着急用钱，越快越好。贷款的不做，只卖一次性付款的客户。房子现在的市场价最低也得1200万，房主只卖 1000 万，要求就是先预付 200 万帮房主清贷。房型是小区里最好的就不说了，就说这装修设计和家具，你们看看多用心，基本上都是全新的，你们拎包入住，什么心思都不用再多费了。"

"价钱挺合适的，这小区很少出房，能买上还挺幸运的。"大妈也满意地不住点头。

"那就这么定了吧，你们拟协议吧，条款没问题，我们的定金也没问题，该去哪儿办手续就去哪儿办手续，我们也希望越快越好。"

顾芊芊张大了嘴巴，难以置信道："1000 万，说给就给了啊？叔，您太威武了。丫丫，你找到这么好的婆家，还让不让我们活了？"

丫丫笑得甜蜜。大妈也笑着说："一开始我们看了对面小区一套 120 平方米的小房子，我觉得就他们小两口也挺好的。可她叔叔说，小户型看着就是不大方，非要买大的。房子大了是好，钱也是一样好，他们能知足我们就没白忙活。"

"120 平方米还小户型？这让我们在 60 平方米蜗居里长大的人情何以堪！"

大叔和大妈的脸上同时浮现着骄傲和自豪，那对小夫妻也是满脸幸福和满足。顾芊芊看了一眼男孩子，愤愤地说："就你一个月赚那仨瓜俩枣，够自己打游戏买装备就不错了。你没钱，但是你老爸豪啊，可见投胎真是一门学问！"

男孩不以为然地说："那句话怎么说来着，婚姻是女人第二次投胎，这次可得看准了再投哈！"

顾芊芊举拳发誓："我明天就相亲去，要么自己有钱，要么老子有钱，没权没钱，早点滚蛋！"

一时间，所有人都笑了。就连没钱的中介小伙也笑得一脸认同。这个时候，门打开了，她竟然看见杜青翰从外面走了进来。

中介小伙说："大哥，您回来了。正好今天大叔和大妈就把房子定了，大家一起跟我回公司把协议签了吧！"

"好！"

顾芊芊看到杜青翰的一瞬间，顿时再一次惊掉了下巴，这不是她高冷酷、英俊多金的前姐夫吗？跟自己姐姐分手后竟然沦落到卖房度日了？还好，还好，姐姐果然是傻人有傻福！男人嘛，财貌双全固然好，可是没财光有貌，只看着顺眼有个毛用啊？

这个好消息，她必须得告诉老爸，告诉老爸的前妻，告诉所有人……

顾芊芊这次来新港除了陪从小一起长大的好姐妹觐见公婆，也准备来新港发展的。说发展只是借口，她一个三流大专毕业的姑娘，最主要的还是想要凭借美貌做嫁妆，嫁个有钱人，实现自己的终极理想。她知道自己姐姐那儿有房子，这回连房租都省了，老爸老妈给的几千块可以当零花钱买漂亮衣服啦，想一想整个人都美美哒。

顾盼今天是中班，刚到餐厅的门口就发现幸福之城被一辆豪车给堵了。里里外外围满了人，有客人、有路人，还有餐厅的同事们。被围在最当中的那个人是同事Peter。

"发什么事了？"顾盼赶忙冲了过去。

豪车旁边站着一个怀抱狗狗的中年男子，他指着Peter的脑门说："你一个厨子拽什么拽？我儿子吃了你的菜不舒服，让你给它赔礼道歉是看得起你。我还跟你说了，它可比你金贵多了。"

中年男子的小狗在他怀里叫了几声。

"我是按照人的口味做菜，不是按照狗的口味做菜。幸福之城门前的牌子上写着不许带宠物进入，你的狗吃坏了肚子凭什么赖我？"

中年男子气得脸都青了："你们幸福之城不是给人幸福吗？我最幸福的事就是跟我儿子共享美食。"说着男子把狗狗扔进了车里，"好儿子乖，在里面等爸爸！"

张敏也刚刚来餐厅，大概了解了一下情况才知道，昨天这个中年男子把狗狗放在皮包里来幸福之城吃饭，中途被发现后劝退了这个人，也没收他餐费。哪知道今天他又抱着狗来闹事，非说昨天大厨做的菜让他的狗狗生病了。

"秦总，您到底想怎么解决？大家的时间都很宝贵，您指个明路，咱们尽快解决！"张敏迅速用电话调查了这个人的背景。这个人是一家民营企业的老板，不差钱，视狗如命，最近跟几个儿子为了财产打得不亦乐乎，气不顺，自然要找别人麻烦。

秦总冷笑一声说："你们这个厨子不是说他做的菜没事吗？再做一份，让他跟我儿子一起吃了，如果都没事，这事就了了！"

这句话一出，在场的所有人都傻了。顾盼担忧地看着Peter，这位先生是从欧洲游学回来的绅士，将自己做的每一道菜都视为艺术品，虽然人十分内向，却是个优秀的厨师，是幸福之城的金牌大厨。这个秦总明显是有邪火没地方撒，故意来泄愤的，这也太侮辱人了。

张敏的脸色也难看到了极点，他冷冷地说："秦总，你这个要求太强人所难了。我的厨师不是用来被你侮辱的，这件事我们不会同意。如果你再不把你车子开走，我这就报警了。"

"好啊，你就是报警，我也得给我儿子讨个说法！"

一直沉默着的Peter转身进了餐厅，自始至终一句话也没有说，谁也不知道他进去干什么了。隐隐有一种不祥的预感在顾盼的心底蔓延。这段时间，她的生活里发生了太多糟心事，让她的呼吸都是急促的。

幸福之城每天开门，几乎都能遇到渴望幸福却浑身充满戾气的客人，他们明明是那么渴望被爱，却吝啬向任何一个人表示友善。以她对Peter的了解，这位在国内和国外餐饮界都获过大奖的男人，怎么可能受得了这种侮辱？

餐厅外面的人越来越多了，顾盼细心地发现张敏已经暗中叫了很多人过来掺杂在人群中。幸福之城在新港这么多年屹立不倒，除了生意好之外，对于这种事情，张敏也不可能没有自己的处理能力。

十几分钟过后，Peter捧着一个餐盒出来。所有人的目光都齐刷刷地聚在他的身上。顾盼真心觉得这个盒子里应该是硫酸，一会儿 Peter 会毫不犹豫地泼在秦总身上，至少有可能会泼在那只狗狗身上。毕竟 Peter 这样身价的留洋厨师，一个一米八几的大男人，也不是能被人这样欺负的。

令顾盼和所有人没有想到的是，Peter 把餐盒打开后，里面装着的一份牛肉炒饭，精美的萝卜雕花一丝不苟地放在盘子里，扑鼻的饭香一如既往地让人食指大动、垂涎欲滴。Peter 先从食盒的第二层拿出两副碗筷，又从精美的餐盘里把炒饭随意拨出来了一半。然后，他把手里的东西交给身旁的顾盼帮忙拿着，自己从口袋里掏出一块洁白的餐巾，优雅地系在脖子上，重新拿过食物，像绅士一样品尝起来。

一时间，所有人哗然，连顾盼都傻了。与狗分食一份饭菜，她想到的第一件事便是耻辱。其实，事情完全可以像 Peter 这样处理。真正的羞耻感是来自自己的内心，而不是其他人的态度。

整个下午，顾盼都沉浸在一种异样的感受中，好像多日来压抑的黯然情绪得到了另一种释放和缓解，直到杨娇芬的电话打来，顾盼的世界再次迎来了疾风骤雨。

"妈，您小点声，我在上班呢！"

"杜青翰的事情，你都知道了？"

杨娇芬的声音如千年寒冰一样凛冽。顾盼的心一沉，带着巨大的压力走到了后厨的天台上。

"怎么了，妈？"

"今天刘玉兰给我打电话了。这可是如来佛给孙猴子送礼、天上地下头一回。她跟我表示特别希望你能和杜青翰重续前缘，还说你对杜青翰还是有感情的，杜青翰也特别喜欢你。婚姻大事毕竟也要征求父母的意见，所以她才打电话希望得到我的认可。你是怎么想的？"

"妈，我现在什么都没想呢！"她的脑子里一直都是雷昕美口中的 1000 万。杜青翰不是什么富二代，要一下子拿出这么多钱，卖掉房子都不够。那个男人是不可能向父母求助的，他会怎么做，又能怎么办？那种求助无门的感觉，她感同身受。

"所以我都替你想好了。顾面告诉我，杜青翰现在已经被银行放大假了，以后能不能继续做高管还是个未知数。你那个妹妹顾芊芊亲眼看到杜青翰在卖房子，说是急着用钱。刘玉兰欲言又止，我就知道话里有话，再三追问之下我才知道，原来她儿子搞出了个私生子来，因此搞不好工作都要丢了，金融圈都没法混了。杜家这个时候就是找便宜人来了，你给我离他们远远的，别再给我冒傻气。"

"杜青翰是被冤枉的，从头到尾他都是个受害者，您别这么说他。"

"顾盼！杜青翰是什么人我不需要知道。我只知道他现在没房、没钱，还有个拖油瓶，再也不是我女婿的好人选了。我闺女有工作有房子，凭什么找他这样的？"

顾盼的心冻成了冰棍儿，本来还没有考虑到这些问题的她，忽然觉得杜青翰这个时候面临着人生第二次的重大挫败。会不会像上次一样，萎靡不振那么久，会不会像上次一样痛彻心扉？

即便再迟钝，这个时候她也完全明白了。杜青翰从一开始就没有想过要再和雷昕美在一起。就像雷昕美说的，这个男人对别人狠，对自己更狠。他宁可一无所有也不愿意违背自己的心意，宁可从头再来也不要和一个自己不爱的女人重新在一起，甚至连敷衍都不愿意。

精明的杜先生从一开始就预料到了自己最终会用钱来解决一切。而大男子主义的男人不会让任何一个女人在这个时候嫁给他，跟着他过清贫的日子。或者说，在杜先生的逻辑里，也不会有任何一个女人甘愿跟着他一起过清贫日子。所以他理智地结束了他和她的这段感情，谁能否认说这不是他的一种自我保护呢？

也许在很多人眼中，杜先生就是有这样任性的资本，大多数了解杜先生的人都会像看励志剧一样期待着杜先生能从头再来、再创辉煌。对顾盼来说，杜先生是很强，可是在危难中他也是一个需要帮助、需要依靠的正常人。

他是高高在上的银行高管时，她和很多人一样会崇拜他。他是一个一无所有、陷入困境的普通男人时，她会情不自禁地想要倾其所有去帮助他。朋友也好，亲人也好，爱人也罢，无论以哪种身份帮到他，她都会觉得开心，而置之不理就会一辈子愧疚难安。

"顾盼，你听到我在说什么了吗？"

"妈，我听到了！"顾盼慢吞吞地应着。

"光听到了没用，得记在心里知道吗？"杨娇芬不知不觉挺高了音量，这个闺女心眼儿太少了，真怕别人哄两句就被骗了过去。

"我记住了！"

好容易挂断了老妈的电话，顾盼看到张敏拍着 Peter 的肩膀从办公室里出来。两个男人脸上的表情都十分愉快，她走过去真诚地对 Peter 说："Peter，你今天真棒，我从你身上学到了不少东西。"

Peter 难得与顾盼说笑，这个时候他也很诚恳地说："顾盼，其实我也从你身上学到了很多东西，你也很棒。"

张敏今天是真的开心，也拍了拍顾盼的肩膀说："Peter 说得没错。当初杜青翰介绍你来的时候，我是真没打算用你，现在看来留下你确实是明智的选择。幸福之城经常有你这小兵立大功，你和 Peter 都是我的左膀右臂，缺一不可啊！"

顾盼只觉得像被一箭穿心了一般："老板，你说什么，我来幸福之家是杜青翰介绍的？"

张敏一时语塞，知道今天太高兴把话给说漏了，可也不是什么大不了的事情，杜青翰那个人就是有时太刻板，这明明是好事嘛！

"当然啦！杜青翰虽然只是做了一下引荐，可要不是这样，就凭你根本不可能有机会来幸福之城面试。Peter 是什么资历，你是什么资历？用脑子想想也能知道。"

"激滟，你能不能先把卖房的钱借我一些用用？"

胡激滟拿着电话看向办公室的窗外问："你要做什么？"

想起杨娇芬之前的长篇大论，顾盼迟疑了，可是同人家借钱总不能连理由都不说吧。于是顾盼用最简短的语言，大致把杜青翰此时的境遇说了一下，然后等待着好闺密暴跳如雷。这一次，胡激滟没有像之前借条事件那样火冒三丈。相反她很平静，甚至沉思了一下就答复她说："卖房的钱在景山那儿，今天我回家去问问他，晚上就能给你回信儿。"

"激滟，如果景山哥说不方便就算了，你千万不要去找别人，知道吗？如果是那样的话，我不但不会要你的钱，还会跟你绝交。"

那次之后，顾盼就把看到的胡激滟和林鑫浩的事直接跟胡激滟摊牌了。可是事情并不是顾盼想的那样，虽然那个男人还一直在追求她，但她一直在拒绝。

最近这段时间，张景山和胡激滟之间真正破冰成功了。听了老婆的话之后，张景山也没隐瞒自己的想法，这段时间股市成功抄底，他拿卖房的钱全买了股票，现在割肉不但丧失了历史给予的发大财的机会，还会白白牺牲本金。

胡激滟把张景山的话原原本本地告诉了顾盼，顾盼知道这事确实行不通了，她只能另想办法。

咖啡厅里，杜青翰和雷昕美坐在靠窗的座位上。午后的暖阳照在男人的身上，他和以前真是完全不同了。当年的杜青翰是多么痴情和真实啊，他的喜怒哀乐她都能轻易地捕捉。现在，他比以前看上去更加英俊耀眼，此时，即便是到了这样的境地，他依旧如此沉稳漠然，让她看不到半点预想中的激动和愤恨。他无悲无喜地坐在那里，仿佛一切都是他自己的事情，与其他人没有任何关系。倒是她满脸憔悴、歇斯底里的，成了整个咖啡厅里最可悲可笑的人。

之前她对自己说，既然做不了那个他最爱的女人，那么就做让他最恨的女人好了。现在她才彻底明白，他的悲喜再也与自己无关了。

"还差 200 万，我会在未来三年里分批打款给你，你看如何？"杜青翰正色地看着她。

"未来三年？"雷昕美愣了一下，那是不是意味着今后三年他们之间还会有牵绊？仅仅是一刹那的犹豫，她便清醒了。现在的杜青翰，别说是三年，就是三十年也不会再对她心动了。她偏要跟他纠缠一辈子，三年远远不够！

"是的！"

"不可能！"她拒绝得直白干脆，"我办了移民，下周就飞欧洲了，以后再也不会回来了。我没空在这儿跟你浪费时间。拿不够钱，我就带走童童，养父母我已经找好了。这辈子你也别想再见到儿子了。"

雷昕美期待着杜青翰精彩的表情，可是她又一次失望了。他已经站起身："一个星期后，我会把其余的 200 万拿给你。"

"以前你和你的父母关系总是不好，可是在我看来，当你身无分文走投无路的时候，世界上也只有你的父母肯倾其所有地帮助你。要不要我告诉你父母一下，我猜他们知道后一定会把房子卖了贴补你。"

雷昕美在他的脸上终于看到了一丝生动的情绪。曾经一次次深情注视的目光这个时候只剩下了厌恶，深深的厌恶。她竟然发现，只要他能正视她，只要他的眼中有她，哪怕是厌恶，她竟然也觉得如获至宝。

"雷昕美，1000 万现在对我来说虽然确实是全部，可在多年前我就已经明白了一个道理，能用钱解决的事情从来不是大事，也不值得悲伤和难过。请你记住，父母和孩子是我的底线，不要再触碰我的底线，否则我绝不会放过你。"说完，杜青翰再也没有看这个女人一眼，转身大步离开。

"亲人、孩子？那顾盼呢？如果我说讨厌她，要报复她呢？"雷昕美看着男人冷绝的背影，大声哭喊着。

杜青翰的脚步猛然止住，回过头死死地盯着她，那眼神宛如从地狱中走出的阎君一样让人不寒而栗。

"杜青翰，你害怕了是不是？因为你爱她，对吗？"

寂寥的咖啡厅，伤感的老情歌，丝丝缕缕的阳光，氛围是如此之好，可她已经完全退出了他感情的世界。他不是没有情，不是没有爱，只是那浓浓的情爱都被他用冷硬的外壳包裹在了柔软的心灵中。

那个拥有杜青翰爱情的女人不再是她雷昕美，而是一个叫顾盼的女人。

"大帅，你的人品我放心，10 万块你先拿着用，别跟我说什么写借条，太生分。啥时有钱啥时还！"

"青翰，这 30 万我暂时用不着，你拿去用可以，但是得按每年的定期存款利息给我，要不老婆那儿说不过去。兄弟，多体谅哈！"

"50 万不是小数目，在我这儿是闲钱，可你得给我写个协议，什么时候借的，什么时候还，彼此账号都写清楚了，咱们都走银行转账。亲兄弟明算账，该说的话都说前头。"

"哥，这是我舅给我换车的钱，你先拿着，等缓上来再给我。"楚帅阳把一张金光闪闪的银行卡拍在杜青翰的面前。

或许他做不到为朋友两肋插刀，可是当日顾盼向他开口借钱时，他的退缩一直在夜深人静的时候纠缠着他的内心。举手之劳的事情因为过多的思虑让事情变得无比复杂。

对于顾盼，他努力了、争取了，也终于发现无论有没有杜青翰，他都不可能走进小肥羊的内心。他一直在反思这个问题，是小肥羊太难追，还是自己不够优秀？他想到了当顾盼知道自己隐瞒身份，装作不认识胡潋滟撞到的王阿姨时所表现出的惊讶表情，他就了然了。

爱情很神奇。

有时在人与人相处的某一瞬间，就会产生足以相爱一生的化学反应；也会因为某一时刻思想上的南辕北辙，一辈子都不会迸射出爱情的火花。

杜青翰没想到一帮朋友、兄弟在短时间内真帮他凑到了 200 万，之前他已经做好了去借高利贷的准备。生活中意外的温暖，又一次改变了他对这个社会的看法。或许这个世界没有那么冰冷，哪怕前路真的是天寒地冻，被阳光照耀的地方也总能找到温暖。

顾芊芊拎着行李箱拿着手里的地址敲开顾盼家的房门时，一个光着膀子的男人让她毫无心理准备地大叫起来。

"啊——"

"叫什么叫，叫鬼啊？"男人不耐烦地嚷着。

打扮得韩流十足的顾芊芊用双臂护住前胸，戒备地说："你是谁，我找我姐姐顾盼，你让她出来！"

"啥子顾盼啊，这房子刚卖了，我是干活装修的。房主姓孙，不认识你说的顾盼是谁！"

"卖了？"顾芊芊睁大了眼睛，向后趔趄了几步，她稳住身形，掏出电话，"爸，我姐把房子给卖了，她把比她命还重要的房子给卖了，你说她是不是被人骗了啊？"

八

刘玉兰坐在咖啡厅里，接过顾盼的银行卡，不知不觉已经泪流满面。在她心中，眼前发生的事情是不可能的，是连电视剧中也不可能有的剧情。她曾经哀求过杨娇芬想让顾盼重新做自家的媳妇，被对方毫不迟疑地拒绝后，她就已经死心了。毕竟这也不能怨人家，以前儿子的条件好得没挑，现在没了房子，事业看不到光明了，还有了一个拖油瓶，但凡现实一点的姑娘都会犹豫的。

"阿姨，我之所以把这笔钱交给您而不是杜青翰，是因为我知道他是绝对不会要的。您等他用完之后，再把这件事告诉他吧，免得节外生枝。"

"顾盼啊，这怎么好意思呢？我们怎么能用你的钱？"

"阿姨，以前我也没有想过自己会做出这样的事情来。我早就下定了决心，哪怕是我妈妈、我弟弟、我爸爸和妹妹无论谁逼着我卖房子，我都不会同意的。可是真当事情突然发生了，之前的所有计划和算计都成了空谈。人总是要遵循自己的心才会过得舒坦，否则以后想起今天的冷漠就会一直良心不安。杜青翰以前也帮过我，这个时候我来帮助他，也是应该的。"

"可是房子，这么多钱……"刘玉兰觉得自己一辈子能说会道的特长完全消失了。她手里拿的这张银行卡仿佛有千金的重量，压得她的心一抽抽地疼。事到如今，这张卡确实是雪中送炭，自己的儿子在外面有多难从来不会回家说，可是作为母亲，她和顾盼一样心疼他，哪怕是拼了命也恨不得能帮到他。

"阿姨，童童是无辜的，杜青翰在与雷昕美的感情中也没有做错任何事情。他们现在遇到了难处，身边的人尽力去帮，这是人之常情，您就收下吧！"

"那我给你写张借条吧！"刘玉兰抹了一把眼泪，从包里拿出了随身带着的纸笔。

顾盼愣了一下，她不是圣母，可是来之前她确实没有想过要让刘玉兰给自己打借条。此时此刻，看着老人真诚的目光，她忽然觉得曾经发生在她与两位老人之间的"借条事件"似乎有了一种完全不一样的感觉。

如果事情可以重来，在她知道了两位老人过去受过骗的过往，或许她当时就不会觉得那么难堪；或许她就不会那么自卑地用一种悲壮的方式签下自己的名字；或许她会自信从容地提出自己的不同观点；或许她当时会明白，签字的意义不过是为了满足老人内心缺失的安全感，只是像哄孩子一样哄哄他们罢了。思绪在脑海中汹涌奔腾，顾盼想了好久，她笑着对面前的老人说："行，您给我打个条吧！"

年近六旬的刘玉兰沉默了一下，破涕而笑。

时隔十年，杨娇芬在火车站又一次见到了自己的前夫顾面。他还是一如既往的讨厌相。矮胖身材，白面没毛，看着老实无害，实则坏出水了。另一边的顾面看到前妻，心情上也有一种历史遗留的惯性，离婚这么多年了，他竟然还有点怕她。

"我来帮你拎吧！"作为男人，得讲风度，顾面麻溜地接过了杨娇芬的行李箱，还体贴地从口袋里拿出一瓶矿泉水递了过去。

"你帮我？从认识你那天起，我就一直倒霉，倒了八辈子霉了。你害完我之后又害我闺女。这么多年，你一个当爸的对孩子不闻不问，到后来连生活费都不给了，你是亲爹吗？你也不怕遭报应。"

"又来了？20多年如一日，见面就是这几句，你说你累不累啊？我是亲爹，你还是亲妈呢！怎么也没见你管孩子呢？我那段时间下岗没收入实在是没钱，你当妈的怎么不养孩子呢？"

"我凭什么养，给你省出钱跟小三享受去，你做梦！"

顾面气得直运气，把杨娇芬的皮箱咣当一声放在地上不管了，自己拧开矿泉水瓶喝了起来。

杨娇芬自己拎着箱子，边走边说："我哪点说错了？但凡你当年能对孩子上点心，盼盼能长成现在这样缺心眼儿吗？你说，她说买房就买房，说辞工就辞工，说改行就改行，说卖房就卖房，没心没肺没正形，还不都是随你？"

顾面对杨娇芬从心底是愧疚的，所以他忍着一言不发。

"她那房子比买的时候得涨了20多万。好家伙100多万啊，这钱可不能再让这傻丫头祸祸了，或者被谁给骗了去。这件事上你必须跟我统一思想。"

顾面叹了口气："孩子不容易，在新港有间房挺好的，至少结不结婚都能有个属于自己的窝，我也稍微能放心点儿。孩子把房卖了，肯定是遇到了困难。新港的消费多高啊？她一个姑娘家家的，哪那么容易就供得起一套房啊？"

"那你准备怎么着？带钱来帮孩子了？"

顾面面上一垮，低头不说话了，默默地接过了杨娇芬手里的箱子，再次拧了一瓶矿泉水递了过去。

"就看不惯你这窝囊样儿。我来之前都想好了，也带着钱了。我给盼盼添钱再买套大点儿的房子，让她跟小磊一起住，一起住到结婚。指望你这个爹啊，孩子早睡大马路了。"

顾面直觉就感到不对，走着走着，他又一次摔了箱子："你个羊角风，什么买房，我看你是算计孩子手里的 100 多万给你儿子花吧？孩子还不够可怜的？你敢霸占这 100 多万，我跟你没完！"

"没完就没完，你没资格说我！"杨娇芬一阵狮子吼，整个火车站都颤动了。

就在这个时候，火车站的顶部，一个黑影从天而降，呈大字形，砰的一声摔落在地。四周的人群顿时像炸了锅一样，纷纷大喊："有人跳楼了！"

警笛鸣响，救护车驶来，场面乱作一团。据说护士和医生把跳楼的男人抬上救护车的时候，那人还有救。

杨娇芬听到人群中有人议论："股市大跌一个星期了，好多人都神经了，跳楼不新鲜，这八成又是买股票赔了想不开的。"

"这都是投机的，想一夜暴富的！人国家都说了，股市有风险，入市需谨慎。"

杨娇芬和顾面这个时候互相看了一眼，同时担心起来，丫头该不会是卖房炒股了吧？会不会这个时候也想不开了？

张景山望着电脑屏幕上的 K 线图，突然发出一声困兽般的嘶吼。

怎么会是这样？怎么可能是这样？

他的宝马、他的豪宅，他后半辈子可以扬眉吐气的全部希望啊！突然，他猛地从椅子上跳起来，打开衣柜，把胡潋滟所有的绿色衣服都剪了个稀巴烂。然后，他又翻箱倒柜找出自己冬天时的一件加厚的军绿色羽绒服。一剪子剪不坏，他就报仇雪恨一样，使出吃奶的力气足足剪了半个小时，终于把这件厚衣服彻底摧毁了。

没有绿色了，没有绿色了。

他又想起了什么，从柜子里翻出一件大红 T 恤套在了身上，然后走出去重新坐到了椅子上。离下午股市开盘还有一个小时，他就这样一动不动地坐了一个小时，双手合十，口中念念有词。

胡潋滟约了客户吃饭，今天她觉得很不舒服，从早上起床就觉得有些低烧，这个时候又喝了酒，胃里像火烧，身上却像被泼了冷水一样。她抬起头，忽然想起林鑫浩带她来过几次这家饭店。有一次她也发烧了，那个儒雅的男人在楼上开了房间让她休息。

怎么把客户约到这里来了？她不禁一阵懊恼！

可是很多画面，比如男人温柔相待的情形还是不自觉地挤进了她的脑海。上午，他又往自己的办公室打了电话，一如既往地深情，一如既往地温柔。她有些于心不忍，也感动得心里一片柔软。

可是她更加明白，自己不能再打破与丈夫之间好不容易恢复的正常生活了。为了这段婚外情她付出得太多了，所受的煎熬也太多了。

她浑浑噩噩地向大厅走去，在路过一间包房的时候，服务员刚好进去送菜。她的余光瞥了过去，一个男人怀中搂着一个娇俏的二十几岁的女孩子，两个人深情凝望。胡潋滟忽觉冷水灌顶，打了一个哆嗦，踩着三寸高的高跟鞋，像后门有鬼在追一样离开了。当她重新回到座位上，整个人都虚脱了，真正体会了一次劫后余生。

下班后她没有直接回家，而是先去超市买了很多炊具，还有各种食材。她很少做饭，但是并不代表她不会。以前在老家的时候，父母双职工，她家里还有一个弟弟，都是她给弟弟鼓捣午饭。后来工作越来越忙，比做饭更重要的事情越来越多，她和张景山一度好几年都成了外卖族。今天她忽然贪恋起这份人间烟火来。

胡潋滟手里拎着四个大袋子，在门外喊老公来开门。可是好久也没有人应声，她掏出钥匙刚一进屋就傻了。屋子里凌乱不堪，张景山躺在木地板上，身上穿着一件女士的红色 T 恤。

这是怎么了？

"景山，你起来，你快起来啊！"她没有拽动他，自己却被他按到了地上。

"50 万没了！"

"你干什么，你让我起来！"胡潋滟好容易重新坐起来，顿时也急了，"张景山，你发什么神经？"猛然间她忽然就想到了，紧接着整个人也浑身哆嗦起来。

"50 万没有了。如果三天前我听劝把股票抛了，到今天至多赔上 10 来万。你说我怎么这么不听人劝，非要一意孤行呢！"

胡潋滟张张嘴，想安慰自己的丈夫几句，可是发现她也没有一点力气了。股票也是她近期期盼的唯一的致富之路。她和张景山一样也天天幻想着在股市赚了钱，买宝马、买豪宅，彻底过上有钱人的生活。

她也失望，她也难受。可是，家还在不是吗？换不了宝马、换不了豪宅，她还有一个他。她不是早就想明白了吗？

"景山，赔就赔了，咱不看了，股票就放里面，十年八年早晚能涨回来，反正再惨也比存银行里合适。一套房子也挺好，开捷达也挺好的。咱们的家还在！"胡潋滟轻轻地搂住张景山，把头靠在了他的怀里。

可是一双冰冷的、没有半丝热度的大手把她从怀里拉开了。张景山坐好，用空洞的目光看着面前的妻子，突然惨淡一笑："我还有家吗？你确定这还是我的家？"

胡潋滟觉得一股巨大的恐惧袭来，她的耳朵瞬间有了失聪的感觉。张景山的眉目一瞬间都扭曲了。

"你起来！"张景山拉着胡潋滟站起来，拖着她几步来到卧室的电脑前，"我只看了开头，一直等着你跟我一起来看结尾。画面这么美，我怎么舍得自己一个人欣赏！"

电脑里是一段录像。录像里面，胡潋滟清晰地看到自己打开了大门，林鑫浩站在了大门前，然后他紧紧地把自己抱在了怀里，拖着她就去到了卧室。画面暧昧又疯狂，不仅如此，还有林鑫浩绵绵的情话。

"我宰了他！"

张景山疯了一样砸了电脑，然后又开始摔别的东西。胡潋滟拉扯不住，跪在地上抱住了丈夫的腰。

"景山，不是你想的那样，那天我们什么都没做，我也不知道他那天怎么会突然跑来，你相信我好不好，你可以继续看录像啊！"胡潋滟实在没想到张景山会在家里装了监控，可是那天她真的拒绝了林鑫浩，她真的没有再一次对不起丈夫。

原来下午股市收盘的时候，张景山发现自己竟然亏了 50 万本金，就彻底启动了崩溃模式。巨大的精神刺激本来就让他对生活失去了信心，所以曾经被暂时搁置的极度的不安全感又像魔鬼一样在他的内心嘶吼。他想起来屋里的监控，怀着忐忑的心想要证实自己的猜疑。没想到，属于他的家里真的来过别的男人，这里已经不再是他的家了。

"到现在你还想骗我，你这个贱人！"张景山抬起头狠狠地给了胡潋滟一巴掌，她完全没有防备，倒在了地上。

张景山竟然打了她，从来把她当成掌中宝的丈夫竟然动手打了她？

不知过了多久，胡潋滟才听到震耳欲聋的摔门声。张景山走了，他去哪里，去找林鑫浩拼命了？

胡潋滟拿出手机，拨通了林鑫浩的电话。对方一如既往地热情温柔，仿佛白天她亲眼看到的抱着另一个女人与之深情相对的男人不是他一样。这个时候，她对这种事情已经完全不感兴趣了，这种事已经彻底跟她没关系了。她唯一的念头就是不要让张景山和林鑫浩见面。林鑫浩身旁有保镖的，张景山会吃亏，而林鑫浩可能会胡说八道，从而使得她在自己丈夫那儿更解释不清楚。

　　"我老公有没有去找你？他有你电话吗？他给你打电话了吗？"胡潋滟一向觉得自己是比较冷静、胆大的女人，可是这个时候她已经六神无主、方寸大乱了。她觉得张景山能做出在家里装监控，能想到复制她的手机卡，肯定会有办法得到林鑫浩的联系方式，甚至是居住地址。

　　"找过啊！"对方很冷静，冷静中甚至还带着一丝兴奋，"不如你来我这儿吧，当着你的面我和他好好谈谈，让我来告诉他，一直都是我在追求你，一切与你无关，不要让他再为难你。你一直都很爱他，也很顾着他。"

　　"真的可以吗？"胡潋滟的大脑已经死机了，只能接收信号，不能分析数据。

　　"当然，潋滟你知道的，我什么时候都不会伤害你。"

　　林鑫浩现在所在的位置是一家五星级宾馆的总统套房。胡潋滟得到地址后就觉得浑身更加不自在了。她和张景山两个人要强了这么多年，可从来没住过总统套房。一会儿张景山和林鑫浩见面，总统套房那种被刻意营造出的居高临下的氛围一定会将张景山激怒的。

　　令胡潋滟没有想到的是，她用最快的速度赶到了林鑫浩所在的宾馆，在房间里却没有找到他，更没有找到自己的丈夫。开始的时候，她不敢离开，随着时间一分一秒地流逝，她的心更加惶恐不安了。一种念头在她的心底萌生，是不是张景山和林鑫浩已经见面了，他们正在某个地方激烈地争吵、搏斗？

　　房间里越是安静，这种念头越是令胡潋滟觉得真实。她猛然站起来，乘电梯冲向了酒店的庭院里。

彩色的灯光把精致的园林装点得五颜六色，宛如童话世界一般美丽。绿色和粉色的光影后面是一片高大的梧桐树，仿佛有人影在枝叶下晃动。胡潋滟屏住呼吸向着梧桐林一步步走去，渐渐地，前方传来男人低沉的声音。

"你也从北京回到新港了？什么时候的事？"林鑫浩的声音让胡潋滟猛地一颤，随之放下了悬着的一颗心。

"不关你的事。我说过，我雷昕美这辈子不会与你再有任何纠缠。今天碰上了，你不来找我，我也根本不会同你打招呼！"本来想要转身离开的胡潋滟听到雷昕美这个名字，顿时被点成了化石一动也不能动了。

"美美，当年我知道小聪不仅极力反对我和你在一起的事情，而且她还不止一次找过你，威胁过你。这孩子被我惯坏了，这么多年我始终欠你一声'对不起'。"

提到林聪这个人，雷昕美整个人都被巨大的恐惧包围着，仿佛当年的噩梦又化身成魔鬼从灵魂深处跳出来，冲着她张开了血盆大口。

"你不必道歉，只需要离我远一点。你养的不是女儿，是恶魔，你们家早晚会毁在这个孩子身上的！"

像是被说中了心事一样，林鑫浩长长地叹了口气说："美美！你等一下，我只是想问你，五年前你是不是怀孕了？那个孩子——"

"没有孩子，你听到的只是谣言，我怎么可能有你的孩子。等着被你和你女儿两个人折磨死吗？还是把孩子再养成跟林聪一样的恶魔？"

"我知道是谣言，只是看到你还是忍不住想问问。"

"现在问完了，我可以走了吧？"雷昕美狠狠地推开林鑫浩，顺着鹅卵石小路跑开了。

"潋滟，你怎么在这儿？"

林鑫浩看到了胡潋滟，脸上顿时闪过了一丝尴尬。胡潋滟倒是不以为意，甚至笑嘻嘻地对他说："林总好有艳福啊，白天美少女、方才美少妇，晚上还约了我这个女汉子。"

　　"你——"林鑫浩盯着胡潋滟的目光看了半天，似乎看懂了她眼中的嘲讽和不在乎，他也因此收敛了刚才的热情，隔着月色用一种从未有过的陌生眼神看着胡潋滟。

　　"要不要走一走？"此时胡潋滟已经可以确定自己被这个男人又骗了一次，张景山没有找他，他只不过是想让自己来找他，再次上他的床而已。他所谓的深情、所谓的追求，不过是为了获得捕获猎物的一种快感罢了。那么这个时候，她也轻松拿出了与客户谈判时的气度。

　　林鑫浩就是被胡潋滟这种爽利的性格所吸引的，所以他喜欢她对自己的臣服，希望看到她终究有一天离不开自己的样子。

　　两个人在鹅卵石铺就的小路上一前一后地走着："在我们那个小地方，重男轻女的思想还是很严重的。我都好大了，我妈还是宁可被罚款也要生弟弟。像林总这样家大业大、上流社会的名士始终没有个儿子，是不是也算是人生的一大憾事？"

　　林鑫浩看着胡潋滟，几句话便已经察觉出了这个女人与他之间的感觉已经完全变了，可他仍旧对她有兴趣，或者说因为他早就决定不再娶妻，所以对每个猎物般的女人都有兴趣。

　　"潋滟，如果你肯替我生个儿子，我这辈子就完全没有遗憾了！"

　　胡潋滟被逗笑了："林总，你可真会哄女人。只是我这个人啊，被人暖一下就发热，被人冷一下就成冰，一直就这么爱憎太分明。这个世界上有让我包容、让我可以跪地挽留的人，但肯定不是你。不过你想有个儿子，或许我真的可以帮到你，前提是如果我老公找到你，请你不要伤害他，不要把我们之间的事情胡说八道，或许可以像你在电话里说的那样，帮我求得他的原谅。"

"你说什么？你们拿了顾盼买房子的钱？"杨娇芬先是捂着心口，然后噌的一声暴跳如雷。

顾面也急了："我说亲家啊，到底是怎么回事？我那闺女心眼儿好没问题，可你们也不能这么欺负她啊？"

刘玉兰百口莫辩，杜秉严在一旁也是尴尬到了极点。

"我说亲家母啊，你真的误会了！"

"谁是你亲家？你们现在是骗了我闺女的仇人懂不懂？"杨娇芬觉得自己实在是太聪明了，顾盼不肯跟他们说实话，只说拿去理财了。她自己生的闺女自己了解，说谎的时候耳根子都是红的，她就觉得有问题，于是就带着顾面找上门来，对方果然就不打自招了。

"顾盼这孩子确实不错！"杜秉严总结性发言，刚要开始长篇大论，就被杨娇芬喷了回去，"拿了我闺女的钱当然说她好了。我告诉你们，我闺女现在一个月赚一万块，找什么样的好男人都能找到，才不会给你孙子当后妈呢！"

这个时候，杜秉严从抽屉里拿出了一张银行卡，正是顾盼交给刘玉兰的那张。他原封不动地还给了杨娇芬。

"这是顾盼的钱，青翰一直不知道，我们说是自己的棺材本给他，他也不要，只说钱已经凑齐了。我们不相信，他就让我们在电脑上看了银行卡里的余额。我们确定顾盼的钱是真的用不到了，可是孩子对杜家的这份情意，我们收到了。以后无论她和青翰会不会走到一起，我们永远都是她的亲人。"

这样的话，杜秉严和刘玉兰或许也说过，那个时候也不完全是空话，可是这一刻，他们夫妻两个人的眼圈同时红了。将近60岁的人一辈子没有说过谎话，他们从未想过占别人便宜，也从未奢望过能拥有这样的感动，他们会铭记一辈子。

顾面看了杨娇芬一眼，想要悄悄地拿起银行卡，却被前妻狠狠打了一下手背。看着银行卡装进了前妻的兜里，他心中忍不住一片哀号。

孩子的钱落入虎口了，他这个当老爸的真没用，给不了孩子钱，可怜孩子自己的卖房钱竟然也保不住。他真心觉得，这张银行卡此时还不如在杜家老两口手里保险呢。

世界上有一种合适，叫亲妈觉得合适！

1000万元的支票放在雷昕美的面前，她浑身渐渐颤抖起来，然后紧紧地把童童搂在了怀里，抱着孩子就向门外走去。

"钱我不要了，儿子是我一个人的，我谁也不给！"

杜青翰这个时候也完全愣住了，今天是他给雷昕美付款的日子，不承想事情的发展严重超出了他的预期，一向冷静自若的他也一时无法承受。

"杜先生，这是我和童童的亲子鉴定，三家医院共同给出的结果都是一样的，我是孩子的父亲。而你之前得到的那一份是假的。"

"假的？"杜青翰看向走到门口就被保镖拦下的雷昕美和死死搂着她脖子不肯撒手的童童。

林鑫浩微微一笑："雷女士为了伪造这份亲子鉴定书可是花了大价钱的，所以她才会这么迫不及待地找你要1000万。"说着，他转过身又看向雷昕美说："美美，只要你听话，今天你不仅能拿到这1000万，我还可以保证，小聪绝对不会对童童不利，也不会对你老家的母亲不利，更不会对你不利。从今天开始，童童将是我林鑫浩所有事业的唯一继承人！如果你不听话，童童我还是会带走，你一分钱也拿不到，而且你和那个医生会一起坐牢，接受法律的制裁！"

巨大的恐惧铺天盖地地袭来，雷昕美终于把童童交给了林鑫浩的保镖。当年任性泼辣的大小姐林聪比今天嚣张一万倍，为了阻碍她和林鑫浩在一起，林聪不仅找人绑架了自己亲娘，还雇人把她绑到了私人医馆，恐吓她做绝育手术……

这就是这么多年她不敢把这个意外生下来的孩子的真实身份让任

何人知道的原因。只不过她没有想到的是，当年爱女如命的林鑫浩可以为了林聪放弃一切女人，绝对不会要第二个孩子。哪怕是有女人费尽心机意外怀孕，他也会亲自逼着她们去做流产。没想到，他那天说他想要一个儿子的话竟然是真的，而且今天竟然说要让童童代替林聪成为他的继承人。

林家对雷昕美来说曾经是一场噩梦。而与杜青翰在一起的日子，是她人生中最美好的时光，所以她想要再次拥有，哪怕是用一个孩子让彼此一辈子都纠缠在一起。

林鑫浩接过保镖手中的童童，把孩子高高地举过头顶。他已经50多岁了，林聪越是难堪重任，孟家傲便越是狼子野心，他渴望儿子的心情就愈加迫切。这个孩子是上天赐给他的最珍贵的礼物，将会继承他用一生心血创建的商业王国。

杜青翰冷眼看着这一切，他撕碎协议书，收起已经拿出来的银行卡。这里的一切已经与他无关了，纵然被欺骗的感觉让他一生谨记，可是现在他有更重要的事情去做，他昨天晚上才从父母那里得知顾盼因为这件事做了多么白痴的举动，现在他一分一秒也等不了了。他想马上见到那个傻女人，告诉她，她是多么愚蠢。

顾盼永远也不会知道，当他得知她把房子卖掉，把所有的钱转交给自己父母的时候，这个男人的心里是何种心情。

她那天说出口的悲伤的话语还一直盘旋在他的脑海："到今天为止，在我的生命中已经没有比这间房子更有价值的东西了。现在它就是我的一切，在某种程度上胜过父母，更胜过老公。"

那套房子是这个小女人生活中全部的安全感，是她从幼时漂泊开始一直寻求的避风港湾，是他一直没有给过她的幸福和安稳。

从某种意义上来讲，他确实不需要这笔钱，可这笔钱好像投进他身体中的一块巨石，深深击中了他内心最紧闭的心门，然后在他的血液里掀起无边无际的波澜来。即便对一个女人再次有了爱的感觉，他也从未奢望过这一生会有一个女人可以为了他放弃最宝贵、最珍视的东西。从来没有一个女人可以为他做到这种程度，他说不出自己的心情，但他可以肯定那不是感动，或许这种感觉应该叫作幸福！

准确地说，童童小朋友根本没把同林鑫浩一起离开当回事儿，反正在他的印象里，无论妈妈把他放到哪里，过不了多长时间都会来接他的。这一次也不例外，甚至他也并不排斥管林鑫浩叫爸爸。相反，嘴甜是他的特长，他很快就把林鑫浩哄得心花怒放。

"爸爸，我不喜欢这些傻大个儿，你可不可以自己开车带我去玩儿？"

"好，我让他们走，你跟爸爸去取车！"

"我想和妈妈待一会儿，你来找我们，好不好？"

"好！"林鑫浩可不想在孩子心目中成为一个冷血的父亲，他们之间还没有感情，这点小事，他完全可以满足孩子的心愿。

童童好久没有和妈妈在一起了，他被雷昕美抱在怀里，紧紧地搂着妈妈的脖子，就像在做小狮子和母狮子最爱做的游戏一样，他用脸蹭着妈妈的脸。他小声地在雷昕美耳旁说："妈妈，咱们什么时候回家？"

雷昕美也紧紧地搂着孩子，泪水从她的面颊上无声地滑落。林家的人有多狠，没人比她更清楚，否则她也不会从未有过让童童与亲生父亲相认的打算。可是这一别，她真的不知道以后还能不能经常见到孩子。而孩子在林家的未来又会是什么？直到现在想起林聪，她还忍不住打冷战。

就在这个时候，一辆捷达狠狠地向走向奔驰车的林鑫浩撞去，只听一声惨叫，他便倒在了血泊里。

幸福之城的员工宿舍实际上是张敏为几个家在外地的重要员工租下的几间公寓，而他自己也住在这个小区里。顾盼的室友是餐厅的财务，姑娘回老家结婚去了，自从她搬进来之后就是一个人住。杨娇芬去开发区看段磊了，顾面去帮顾芊芊收拾小出租屋去了。今天是顾盼的公休日，难得耳根清净，打算睡个懒觉。

不知道是不是听错了，门外传来了两个男人对话的声音，一个是老板，另一个好像是，杜青翰？他们在说什么？

她穿着拖鞋蹑手蹑脚地向门口走去，然后鬼鬼祟祟地把耳朵贴在门上。

张敏让了一根烟给杜青翰。杜青翰摆摆手说："抽烟有害健康，同样的错误不能总犯！"某人尴尬地把自己这根也重新放回了烟盒里。

"你跟顾盼到底是什么关系？你不说，公寓的钥匙我可不能给你！"

顾盼的耳朵动了动，心想，天哪！老板还有她们的房门钥匙，若是遇到一个色魔老板那岂不是……

"你觉得你一个大男人拿着我老婆房间的钥匙合适吗？"

杜青翰清朗的声音缓缓响起，紧接着顾盼就听到了张敏倒吸凉气的声音。

"顾盼是，是你老婆？你是把弟妹介绍到我这儿上班来了？不像啊，怎么也想不出你老婆会是这样的？"张敏觉得杜先生能做出这种事情也不算奇怪。只是顾盼和杜先生怎么看都不像是情侣。在他印象中，这位弟兄的另一半要么得是国色天香，要么就得是摇曳多姿。顾盼不是不漂亮，只是太不耀眼了。

"所以，钥匙给我！"

这下张敏二话没说，乖乖地从口袋里摸出钥匙房卡，并且周到地表示等女财务婚假归来，也不来这间公寓了，这间公寓以后就是顾盼的单间。

"怎么样？够哥们儿吧？"

"不需要！"杜大帅惜字如金。

门突然打开了，贴着耳朵的顾盼一个站不稳直接被杜先生捞在了怀里。

　　"你这是在投怀送抱？"

　　顾盼眨眨眼，杜先生竟然在说笑话？刘玉兰方才已经第一时间给顾盼打了电话，将孩子的乌龙事件添枝加叶地描述了一遍。她几分钟前还沉浸在前婆婆和蔼可亲的话语中，没想到这么快就迎来了杜先生。明明想装得矜持一些，可脸上早已经流露出了喜悦的表情。

　　杜青翰直接把顾盼抱了起来，一直抱进了卧室。顾盼已经感受到了杜青翰此时的热情，可是方才张敏的话她也听到了，任何一个女人想必都会纠结于这样的评价。

　　"张敏说我和你根本不像夫妻！可是我觉得很像啊！"

　　"哪里像？"杜青翰把顾盼放到床上，用双臂支撑在她的身侧，目不转睛地看着她。

　　顾盼的眉梢眼角虽然还带着笑容，渐渐她的眼圈还是红了，之前那种为杜青翰而心疼的感觉又一次清晰地袭来。她说："你总说我是傻瓜，其实你又何尝不是和我一样傻？"不会拿自己亲人和爱人的幸福去做尝试，宁可倾其所有，宁可一个人扛起所有的悲痛。

　　杜青翰抬起手抚去她脸上的泪痕，轻声说："以后不要再为我做傻事了。"

　　"你说是房子吗？"

　　"我是说以后有可能发生的任何事！"以前他确实是不想欠任何一个女人的人情，他不需要任何女人为他付出。可是现在，他舍不得，他舍不得她因为任何一个人受委屈，包括他自己。

　　"以后无论发生什么事都不要离开我。"

　　"你是说这次我故意瞒着你和你分手？"

　　"我是说以后有可能发生的任何事！"她不怕他身无分文，不怕他落魄失业，只怕再次分离！

他俯下身寻找她的唇瓣，任何言语也比不上此刻身体上的行动足以表达思念。就在他的嘴唇刚刚要触到她的那一刻，顾盼的手机发出了刺耳的声音，她赶忙接听。

顾芊芊在电话里大声哭喊着："姐，快来救我啊！"

医院的病房里，医生告诉杨娇芬，顾盼只是扭到了脚，已经没有什么大碍了。而顾面也被医生告知，顾芊芊只是受了刺激，打了镇静剂睡着了，从身体检查报告的结果看，可以肯定她没有遭受性侵。

原来顾芊芊来到新港后并没有立刻找工作，而是用从家里带来的钱先租了房子，然后就开始不停地相亲。因为自身条件很好，又一心想嫁个有钱人，相亲的目标一直是高富帅。

多日之后，终于有一个男人符合她所有的期待。交往了几次后，她更是觉得十分喜欢。可是就在昨天，他突然一身酒气地带她去开房，好像受了刺激一样，不顾她的反对就要侵犯她。从他的醉话里，她才知道这个男人一直用的都是化名，他的名字叫孟家傲，是姐姐的前男友。原来他接近她一直都是有目的的，是为了报复，是觉得她和顾盼长得有些相像。今天的失控是因为他本来马上就要和白富美结婚了，没想到白富美一夜间失去了所有的继承权，他这个准驸马也竹篮打水一场空。

"盼盼，盼盼！"顾盼紧紧地闭着双眼，听到耳边有人在焦虑地呼唤着她。她不知道自己昏迷了多久，睁开眼睛看到自己躺在医院里。杨娇芬和顾面分别守在病床的一左一右，两个人分别握着她的两只手。

这是什么情形？自己小时候最期待的就是这样的画面，希望能和其他人一样有爸爸妈妈守在自己身边。如今她已经快30岁了，竟然真的梦想成真了。不仅是杨娇芬和顾面，再仔细看去，段磊正在前方和大夫说话。

大夫说："她受了刺激，头部又撞了重物，片子显示是轻度脑震荡，现在醒了就没事了。"

"谢谢大夫！"段磊如释重负地松了一口气，把大夫送到门外又马上折了回来。

"盼盼啊，你和芊芊真是吓死爸爸了！"顾面伸手摸了摸顾盼的头顶，就像许多年前她还很小的时候那样。原本以为自己会不习惯，没想到她竟然依旧贪恋父亲手掌下的温暖。

"爸妈，我没事了！杜青翰呢？我去看看他！"

"你别动，你自己还在观察呢！"

顾盼所在的公寓离顾芊芊的出事地点只有 500 米左右的距离。当警察赶到的时候，杜青翰已经被失去理智的孟家傲刺中了一刀。而她也忘不了，孟家傲的那一刀是挥向她的，杜青翰是为了救她才被刺中了胸口。

心疼、担忧，各种情绪充斥着顾盼的内心。她到现在仍不敢相信的是，这个世界上竟然真的会有一个男人在最危难的时刻用生命保护自己。

"他的伤虽然重，但是医生说也已经脱离危险期了，现在还在重症监护室里，再观察三个小时就可以转普通病房了。"杨娇芬叹了口气，"这个孩子啊！他能这么对你，我也就放心了。"

"妈——"这是顾盼第一次听杨娇芬用这种口气提起杜青翰，仿佛一时间有什么东西完全都不一样了。

杨娇芬把两张银行卡从口袋里拿出来，放到顾盼的枕头底下："这是你婆婆上次放在我那儿的你卖房的钱，另一张是我存进去的五万块钱，是我给你结婚的嫁妆。你们俩能互相为彼此做到这种程度，妈妈就放心了。你不知道，当你昏迷着被护士抬下救护车的时候，真把妈妈吓坏了。只要你能好好的，让妈妈做什么都愿意。"

这样一说，顾面的眼圈也红了，他什么都没说站起来走出了病房。不一会儿，医院的走廊上传来了男人难以自己的哽咽声。

顾盼忽然想到了什么，心底猛然有些紧张起来，她发自内心地说："妈，你要知道，之前我确实是坚决不肯卖房。可是不论是杜青翰、你和我爸，还是小磊和芊芊，如果你们真遇到万分紧急的事情需要钱，我也会这么做的，也会卖房子帮助你们的。"

"你个傻丫头啊，妈都知道！"

杜青翰住院期间，胡潋滟来看过他们。林鑫浩的一条腿被张景山撞成了粉碎性骨折，以后即便好了怕也只能拄拐杖了。因为林鑫浩没有继续追究，张景山被拘留15天后放了出来。丈夫回家的那一天，胡潋滟做了一大桌子的菜，她不知道还要用多久的时间才能让张景山彻底走出自己带给他的阴霾，但是她已经做好了准备，用一辈子去挽回。也就是在那一天，张景山从邮件里收到了一家大公司的录用通知书。夫妻两个人喜极而泣，抱在了一起。

童童生了一场大病，还差点遭受一次意外。没有任何悬念，意外的操纵者就是林聪。林鑫浩为此勃然大怒，控制了这个自己从小纵容到大的女儿，第三次重新改写了遗嘱。也因为童童的原因，他把雷昕美安排到了孩子身边。承诺在16岁之前，童童可以随时见到母亲。

可能也正是因为一切好过雷昕美的想象，她主动去致远银行澄清了之前自己所做的一切。杜青翰养伤期间，银行的一把手、行长亲自过来探望，并带来了北京总行聘请杜青翰为新港地区副行长的文件。

一个半月以后，杜先生的伤彻底痊愈，胸口上留下很明显的一道疤痕，仿佛跳动的火焰，从胸口一直蔓延到腋下。顾盼每次看到都会觉得心疼和遗憾。虽然杜大帅是男人，可是因为颜值太过爆表，这样总是一道瑕疵。但杜青翰根本就不在意，因为从今以后能这样触摸到他每一寸肌肤的也只有某个人而已。

医院的走廊里，顾面和杜秉严在热络地交谈着，时不时传来刘玉兰和杨娇芬的笑声。

杜青翰看到顾盼眼底闪动的泪花，紧紧地把她搂在了怀里。直到这一刻，他才完全确定内心这种满足的感觉是因为他真正拥有了幸福。

在如今这个时代，人们不愿再去相信什么叫"路遥知马力，日久见人心"，大都喜欢等价交换、一码是一码。就像买东西用支付宝一样，考验不到你的全部真情，就别想见到我的半点真意。看不到你立竿见影的价值，没有人会愿意最先付出真诚。工作的机会、男女之间的爱情和婚姻往往如此。不是不爱，不是不珍惜，不是不肯付出，只是要验货后才肯付款，才会向你敞开真心。

还好，他遇到了这样傻的一个小女人。她敢先于别人付出真诚，这样的性情不知不觉影响着她身边的每一个人，让身边的人一次次地重新找回缺失已久的安全感。

"杜青翰，敢于最先付出真诚，这辈子你还敢吗？"顾盼的这句质问曾经一次次地出现在他的梦中。此时，他不禁有些懊恼，他想多年后自己会把这句话用另一种方式告诉他的孩子："早一些付出真诚，就能早一些得到幸福。"这是你老爸和许许多多看似聪明的人，经历过许多挫败后才明白的道理，很多人一辈子都没有想通的道理。

顾盼感觉到了杜青翰越升越高的体温，他的心有力地跳动着，呼吸间带着炙热的气息，深深地吻上了她的嘴唇。

这个迟来许久的吻，一直持续了很久很久……

阳光从窗子洒落到整个房间，如光阴流过、年华似水。她的手臂紧紧地环住他的腰，一时一刻也不想再分开。不知道从何时开始，有他在，她就觉得自己有了足够的安全感，不是因为他能保护自己，能给她生活上的富足，是因为时至今日，他们在一起充满了幸福的滋味。